GOLDMANN

Autor

Terry Pratchett, geboren 1948, verkaufte seine erste Geschichte mit dreizehn Jahren und ist heute einer der erfolgreichsten Fantasy-Autoren überhaupt. Neben Douglas Adams und Tom Sharpe gilt er als Großbritanniens scharfsinnigster und pointensicherster Komik-Spezialist. *Time Out* schrieb über ihn: »Terry Pratchett wird mit jedem Buch besser und besser. Er ist auf dem Höhepunkt seines Schaffens, und es gibt heute keinen einzigen Humoristen, der es auch nur annähernd mit ihm aufnehmen kann.«

Terry Pratchett im Goldmann Verlag

Voll im Bilde. Roman (41543)
Alles Sense! Roman (41551)
Total verhext. Roman (41557)
Einfach göttlich. Roman (41566)
Lords und Ladies. Roman (42580)
Helle Barden. Roman (43048)

TERRY PRATCHETT

Einfach göttlich

Ein Roman von der
bizarren Scheibenwelt

Ins Deutsche übertragen
von Andreas Brandhorst

GOLDMANN VERLAG

Die englische Originalausgabe erschien unter dem Titel
»Small Gods« bei Victor Gollancz Ltd., London

Umwelthinweis:
Alle bedruckten Materialien dieses Taschenbuches
sind chlorfrei und umweltschonend.

Der Goldmann Verlag
ist ein Unternehmen der Verlagsgruppe Bertelsmann

Deutsche Erstveröffentlichung 4/95

First published by Victor Gollancz Ltd., London

Umschlaggestaltung: Design Team München
Umschlagillustration: Josh Kirby
Satz: IBV Satz- und Datentechnik GmbH, Berlin
Druck: Graphischer Großbetrieb Pößneck GmbH
Verlagsnummer: 41566
SN · Redaktion: Andreas Helweg
Herstellung: Peter Papenbrok
Made in Germany
ISBN 3-442-41566-7

3 5 7 9 10 8 6 4 2

Man nehme die Schildkröte und den Adler.

Die Schildkröte lebt auf dem Boden. Man kann dem Boden kaum näher sein, ohne sich darunter zu befinden. Der Horizont ist nur wenige Zentimeter entfernt. Die Höchstgeschwindigkeit eines solchen Geschöpfs reicht gerade aus, um einen Kopfsalat zu jagen. Es hat überlebt, während der Rest der Evolution vorbeihastete. Der Grund dafür: Es stellt für niemanden eine Gefahr dar, und es läßt sich nur mit Mühe verspeisen.

Und dann der Adler. Ein Wesen der Lüfte und Höhen – sein Horizont erstreckt sich am Ende der Welt. Seine Augen sind scharf genug, um das Zittern eines winzigen pelzigen Wesens einen Kilometer entfernt zu sehen. Der Adler ist geballte Kraft. Ein mit Schwingen ausgestatteter, blitzschnell zuschlagender Tod. Er hat Klauen und Krallen, um kleinere Tiere zu packen und zu verschlingen – und um sich bei größeren zumindest einen raschen Snack zu erlauben.

Stundenlang sitzt der Adler auf einem Felsen und beobachtet die Königreiche der Welt, bis er in der Ferne eine Bewegung bemerkt. Dann blickt er in die entsprechende Richtung, sieht ganz genau hin und erkennt einen kleinen Panzer, der auf kurzen Beinen durch die Wüste schwankt. Was der Adler zum Anlaß nimmt, zu *springen*...

Kurze Zeit später stellt die Schildkröte fest, daß ihr Abstand zum Boden immer mehr wächst. Zum erstenmal sieht sie die Welt nicht aus einer Distanz von etwa einem Zoll, sondern aus einer Höhe von zweihundert Metern, und sie denkt: Diese Perspektive verdanke ich dem Adler; er ist ein guter Freund.

Wenige Sekunden später öffnen sich die Klauen des Adlers.

Woraufhin die Schildkröte praktisch sofort in den Tod stürzt. Jeder kennt den Grund dafür: Die Schwerkraft ist eine Angewohnheit, die man nur schwer abstreifen kann. Allerdings... Kaum jemand weiß, warum sich ein Adler auf diese Weise verhält. Schildkrötenfleisch mag recht gut schmecken, aber angesichts der Mühe dürfte andere Nahrung vorzuziehen sein. Es scheint Adlern schlicht und einfach zu gefallen, Schildkröten zu plagen.

Der Adler weiß natürlich nicht, daß er an einem ziemlich gemeinen Spiel namens »natürliche Auslese« teilnimmt: Eines Tages werden Schildkröten das Fliegen lernen.

Schauplatz der Geschichte ist eine Wüstenregion, in der umbrabraune und orangefarbene Töne vorherrschen. In Hinsicht auf Anfang und Ende lassen sich keine so klaren Aussagen treffen. Beschränken wir uns auf folgende Feststellung: Ein Anfang fand oberhalb der Schneegrenze statt, viele tausend Kilometer entfernt, in den Bergen der Mitte.*

Eine häufig gestellte philosophische Frage lautet:

»Verursacht ein umstürzender Baum im Wald Geräusche, wenn niemand zugegen ist, um etwas zu hören?«

Solche Fragen geben Aufschluß über die Denkweise von Philosophen: Immerhin befindet sich *immer* jemand in einem Wald. Zum Beispiel ein Dachs, der sich über das sonderbare Knacken wundert. Oder ein Eichhörnchen, das sich verblüfft fragt, warum die Landschaft plötzlich nach oben kippt. Ganz gleich welchen Wald man auch nimmt – nie ist er *völlig* leer. Wenn er genug Platz bietet, halten sich dort Millionen von geringen Göttern auf.

Die Dinge geschehen, und zwar eins nach dem anderen. Sie scheren sich nicht darum, wer darüber Bescheid weiß. Aber die *Geschichte*... nun, damit sieht es völlig anders aus. Der Geschichte muß man Aufmerksamkeit schenken, weil es ihr sonst an historischem Inhalt mangelt. Unbeachtete Geschichte besteht nur aus... Dingen, die nacheinander geschehen.

* Omnianismus-Anhänger sprechen in diesem Zusammenhang vom »Mast«.

Und natürlich muß man sie kontrollieren. Sonst könnte sie sich in wer weiß was verwandeln. Entgegen einer weit verbreiteten Ansicht besteht die Geschichte *tatsächlich* aus Königen und Schlachten, Thronfolgen, Kämpfen und dergleichen... Alles muß genau zum richtigen Zeitpunkt stattfinden.

Damit sind gewisse Probleme verbunden. In einem chaotischen Universum geht einfach zuviel schief. Es kann leicht passieren, daß das Pferd des Generals zur falschen Zeit ein Hufeisen verliert oder daß jemand einen Befehl nicht hört beziehungsweise falsch versteht. Oder man stelle sich einen Kurier vor, der eine überaus wichtige Nachricht überbringen soll, unterwegs jedoch einigen unfreundlichen Zeitgenossen mit Knüppeln und leeren Geldbörsen begegnet. Außerdem gibt es jede Menge Gerüchte und Legenden, die sich manchmal zu den wildesten Ereignissen aufblähen – zu parasitären Wucherungen am Baum der Geschichte.

Deshalb braucht die Historie jemanden, der sich um sie kümmert.

Die entsprechenden Personen leben... Nun, sie leben eigentlich dort, wohin man sie gesandt hat, aber ihre *geistige* Heimat befindet sich in einem verborgenen Tal hoch oben in den Spitzhornbergen der Scheibenwelt, wo die Geschichtsbücher lagern.

Es handelt sich nicht etwa um Bücher, in denen Ereignisse auf die gleiche Weise festgesteckt sind wie Schmetterlinge am Kork. Die Geschichte *stammt* vielmehr aus diesen Büchern. Insgesamt sind es mehr als zwanzigtausend. Jedes von ihnen ist drei Meter hoch, in Leder gebunden und mit so winzigen Buchstaben gefüllt, die man nur mit einer Lupe entziffern kann.

Wenn jemand sagt: »Es steht geschrieben...«, steht es dort geschrieben.

Es gibt weniger richtige Metaphern, als die meisten Leute glauben.

Einmal im Monat suchen der Abt und zwei alte Mönche jene Höhle auf, in der die Bücher ruhen. Früher machte sich der Abt allein auf den Weg, aber diese Tradition endete, als man feststellte, daß der 59. Abt eine Million Ankh-Morpork-Dollar mit kleinen Wetten gewonnen hatte. Seitdem schickt man zwei zuverlässige Mönche zum Gewölbe mit.

Ganz abgesehen davon: Wer die Höhle allein betritt, setzt sich erheblichen Gefahren aus. Die hohe Konzentration an lautlos in die Welt strömender Geschichte kann überwältigend wirken. Zeit ist eine Droge: Zuviel davon bringt einen um.

Der 493. Abt rieb sich die faltigen Hände und sah Lu-Tze an, einen der ältesten Mönche. Alle Mönche waren alt, dafür sorgten das friedliche Leben im abgelegenen Tal und die frische, saubere Luft. Hinzu kam: Wenn man jeden Tag mit der *Zeit* zu tun hatte, färbte irgendwann etwas davon ab.

»Der Ort heißt Omnien«, sagte der Abt. »An der klatschianischen Küste.«

»Ich erinnere mich«, erwiderte Lu-Tze. »Da gab's einen jungen Burschen namens Ossory, nicht wahr?«

»Die Dinge müssen... *aufmerksam beobachtet werden*«, meinte der Abt. »Es gibt Spannungen. Freier Wille, Vorherbestimmung... die Macht der Symbole... Wendepunkte und dergleichen... Du kennst das ja.«

»Bin schon seit etwa siebenhundert Jahren nicht mehr in Omnien gewesen«, sagte Lu-Tze. »Ziemlich trockener Ort. Und im ganzen Land gibt's nicht eine einzige Ecke fruchtbaren Bodens, wenn ich mich recht entsinne.«

»Du solltest sofort aufbrechen«, schlug der Abt vor.

»Ich nehme die Berge mit«, entgegnete Lu-Tze. »Das Klima wird ihnen guttun.«

Besen und Schlafmatte vervollständigten das Gepäck. Geschichtsmönche legen keinen großen Wert auf persönlichen Besitz. Die meisten Dinge verschleißen nach hundert oder zweihundert Jahren, haben sie herausgefunden.

Lu-Tze brauchte vier Jahre, um Omnien zu erreichen. Unterwegs beobachtete er zwei wichtige Schlachten und einen historischen Mord – hätte er sie nicht beobachtet, wären es höchstens Randepisoden geworden.

Man schrieb das Jahr der Symbolischen Schlange. Mit anderen Worten: Seit der Erklärung des Propheten Abbys waren zweihundert Jahre vergangen.

Somit stand die Zeit des 8. Propheten unmittelbar bevor.

Darauf durfte man sich bei der Kirche des Großen Gottes Om verlassen: Ihre Propheten zeichneten sich durch ein hohes Maß an Pünktlichkeit aus. Man konnte nach ihnen einen Kalender ausrichten – wenn der Kalender groß genug war.

Wenn die Ankunft bevorstand, so verdoppelte die Kirche normalerweise ihre Bemühungen, heilig zu sein. Das war auch diesmal der Fall. Dabei herrschte ähnlich hektische Betriebsamkeit wie in einem großen Konzern bei der Buchprüfung. In diesem besonderen Fall ging es jedoch nicht um Zahlen, sondern darum, weniger heilige Leute mit sehr phantasievollen Methoden ins Jenseits zu befördern. Solche Aktivitäten gelten bei allen populären Religionen als zuverlässiges Barometer für das Ausmaß der Frömmigkeit. Bei derartigen Gelegenheiten verlangen die Priester nach mehr Reinheit als eine gegen Schmutz allergische Waschfrau. Sie betonen, man müsse die Ketzerei mit Stumpf und Stiel ausrotten, außerdem auch mit Armen, Beinen, Augen und Zungen. Sie versäumen nicht darauf hinzuweisen, daß es reinen Tisch zu machen gilt. Wobei das Blut als besonders geeignetes Mittel gilt.

Und es begab sich aber, daß zu jener Zeit der Große Gott Om zum auserwählten Brutha sprach:

»Psst!«

Brutha erstarrte mit der Hacke in beiden Händen und sah sich im Tempelgarten um.

»Wie bitte?« fragte er.

Es war ein klarer, heiterer Frühlingstag. Die Gebetsmühlen drehten sich fröhlich im leichten Wind, der von den Bergen her wehte. Bienen faulenzten zwischen den Bohnenblüten und trachteten mit lautem Summen danach, den Eindruck von Fleiß zu erwecken. Weit oben kreiste ein Adler.

Brutha zuckte mit den Schultern und wandte sich wieder den Melonen zu.

Und siehe, der Große Gott Om sprach noch einmal zu dem auserwählten Brutha:

»Psst!«

Brutha zögerte. Er hatte deutlich eine Stimme gehört, aus dem Nichts. Vielleicht die eines Dämons. Novizenmeister Bruder Nhumrod wußte viel von Dämonen zu berichten. Von unreinen Gedanken und Dämonen. Das eine führte zum anderen. In seinem Fall müsse das Erscheinen eines Dämons überfällig sein, zu dieser Erkenntnis rang sich Brutha voller Unbehagen durch.

Es kam darauf an, Standhaftigkeit zu zeigen und die Neun Fundamentalen Aphorismen zu zitieren.

Und noch einmal sprach der Große Gott Om zum auserwählten Brutha:

»He, bist du taub, Junge?«

Die Spitze der Hacke bohrte sich in den trockenen, heißen Boden. Brutha schoß herum. Er sah die Bienen, den Adler und am Ende des Gartens den alten Bruder Lu-Tze, der den Misthaufen wendete. An den Mauern boten die surrenden Gebetsmühlen einen beruhigend vertrauten Anblick.

Brutha vollführte jene Geste, mit der Prophet Ischkiebel böse Geister vertrieben hatte.

»Ich verbanne dich hinter meinen Rücken, Dämon«, zischte er.

»Ich *bin* bereits hinter dir.«

Brutha drehte sich langsam um. Und sah niemanden.

Er floh.

Viele Geschichten beginnen lange vor ihrem Anfang, und Bruthas begann Tausende von Jahren vor seiner Geburt.

Es gibt Milliarden von Göttern. In der Welt wimmelt es praktisch von ihnen. Die meisten sind zu klein, um mit bloßem Auge wahrgenommen zu werden, und sie können nur bei Bakterien auf Verehrung hoffen – die zwar häufig ihre Gebete vergessen, allerdings auch nie große Wunder verlangen.

Die Rede ist von den »geringen Göttern«. Sie sind Geister, die dort spuken, wo sich zwei Ameisenpfade kreuzen. Sie beherrschen die Mikroklimate zwischen den Graswurzeln. Und viele von ihnen kommen nie über dieses Stadium hinaus.

Weil ihnen der *Glaube* fehlt.

Doch in einigen Fällen bleibt es nicht dabei. Für göttliches Wachstum kommen verschiedene Auslöser in Frage. Zum Beispiel ein Schäfer, der ein verlorenes Lamm sucht und es zwischen Dornbüschen findet: Vielleicht nimmt er sich einige Minuten Zeit, um eine kleine Steinpyramide zu errichten, als Dank für die Geister in der Nähe. Oder ein seltsam geformter Baum wird mit einem Heilmittel für spezielle Krankheiten in Verbindung gebracht. Oder jemand ritzt eine Spirale in einen Stein. Götter brauchen Glauben, und Menschen wollen Götter.

Oft hört es an dieser Stelle auf, aber manchmal geht es weiter. Man fügt der Pyramide weitere Steine hinzu. Man errichtet einen Tempel dort, wo einst der Baum stand. Der Gott wird stärker, gedeiht im Humus der Verehrung und Anbetung. Und wächst. Und wächst. Der Himmel stellt die letzte Grenze für solches Wachstum dar.

Gelegentlich wachsen Götter sogar darüber hinaus.

Bruder Nhumrod befand sich in seiner schlichten Kammer und rang dort mit unreinen Gedanken, als er eine inbrünstige Stimme aus dem Schlafsaal der Novizen hörte.

Brutha lag dort flach vor einer Statue des Gottes Om – sie zeigte Ihn als gnadenlos herabzuckenden Blitz – und betete hingebungsvoll.

Nhumrod fand den Jungen ein wenig seltsam. Wenn man sprach, schien er tatsächlich *aufmerksam zuzuhören.*

Der Novizenmeister trat näher und stieß den Liegenden mit seinem Stock an.

»Auf die Beine, Junge! Was machst du am hellichten Tag im Schlafsaal, hm?«

Es gelang Brutha, sich auf dem Boden zu drehen, ohne auch nur einen Zentimeter weit in die Höhe zu kommen. Verzweifelt griff er nach den Waden des Priesters.

»Stimme! Eine Stimme!« jammerte er. »Sie hat zu mir gesprochen.«

Nhumrod seufzte. Ah. Das war es also. Stimmen. Nun, mit Stimmen kannte er sich bestens aus. Er hörte sie praktisch die ganze Zeit über.

»Steh auf, Junge«, sagte er etwas freundlicher.

Brutha erhob sich.

Eigentlich war er bereits zu alt für einen Novizen – darauf hatte Nhumrod schon hingewiesen. Um etwa zehn Jahre zu alt. Nhumrods Meinung nach durften richtige Novizen nicht älter sein als sieben.

Vermutlich würde Brutha sogar als Novize sterben. An jemanden wie ihn hatte man nicht gedacht, als die Regeln gemacht worden waren.

Nhumrod sah in das breite, rosarote und offene Gesicht des Jungen.

»Setz dich auf dein Bett«, sagte er.

Brutha kam der Aufforderung sofort nach. Das Wort »Ungehorsam« kannte er überhaupt nicht – es war eins von vielen Wörtern, deren Bedeutung ihm verborgen blieb.

Nhumrod nahm neben ihm Platz. »Du weißt doch, was mit Leuten geschieht, die sich zu Lügen hinreißen lassen, oder?« fragte er.

Brutha errötete und nickte.

»Gut. Erzähl mir jetzt von den Stimmen.«

Der Junge zupfte am Saum seiner Kutte.

»Eigentlich war es nur eine Stimme, Herr«, antwortete er.

»...nur eine Stimme«, wiederholte Bruder Nhumrod. »Und was sagte sie? Ähm?«

Brutha zögerte. Wenn er jetzt darüber nachdachte... Die Stimme hatte gesprochen, ohne etwas zu sagen. Außerdem: Es war sehr schwer, mit Bruder Nhumrod zu reden. Der Novizenmeister hatte die unangenehme Angewohnheit, auf die Lippen des Sprechenden zu starren und dessen letzte Worte zu wiederholen. Darüber hinaus berührte er ständig irgendwelche Dinge – Wände, Möbelstücke, Personen –, schien dauernd zu befürchten, die Welt könnte einfach verschwinden, wenn er sie nicht festhielt. Er litt an so vielen nervösen Ticks, daß sie Schlange stehen mußten. Bruder Nhumrod war vollkommen normal für jemanden, der fünfzig Jahre in der Zitadelle hinter sich gebracht hatte.

»Nun...«, begann Brutha.

Der Novizenmeister hob die dürre Hand. Brutha sah die hellblauen Adern darin.

»Bestimmt weißt du, daß Geistliche *zwei* Arten von Stimmen hören können«, sagte Nhumrod. Eine Braue erwachte aus ihrem bisherigen Schlummer und zuckte.

»Ja, Meister«, erwiderte Brutha leise. »Bruder Murduck hat uns davon erzählt.«

»...davon erzählt. Ja. Manchmal hält Er es in Seiner unermeßlichen Weisheit für angemessen, zu jemandem zu sprechen, und dann wird der Betreffende zu einem großen Propheten. Nun, ein solcher Ehrgeiz ist dir sicher fremd, oder? Ähm?«

»Ja, Herr.«

»...Herr. Aber es gibt noch *andere* Stimmen«, fuhr Bruder Nhumrod mit einem leichten Tremolo fort. »Verlockende, schmeichelnde und verführerische Stimmen, nicht wahr? Stimmen, die unsere Standhaftigkeit auf die Probe stellen? Ähm?«

Brutha entspannte sich. Jetzt kehrten sie auf vertrautes Terrain zurück.

Über *solche* Stimmen wußten die Novizen Bescheid. Normalerweise berichteten sie von ganz gewöhnlichen Dingen, wie zum Beispiel von gewissen nächtlichen Aktivitäten und der Attraktivität von jungen Frauen. Was bewies, daß sie Novizen waren, was die Stimmen betraf. Im Vergleich dazu formten Bruder Nhumrods Stimmen ein wahres Oratorium. Einige der kühneren Jungen diskutierten mit ihm über diese Angelegenheiten. Sie meinten, die betreffenden Gespräche seien sehr aufschlußreich, insbesondere dann, wenn sich weißer Schaum in Nhumrods Mundwinkeln bildete.

Brutha hörte zu.

Bruder Nhumrod war zwar Novizenmeister, aber nicht *der* Novizenmeister. Er beaufsichtigte nur die Gruppe, zu der Brutha gehörte. Es gab noch andere. Vielleicht kannte jemand in der Zitadelle ihre genaue Anzahl – vermutlich waren irgendwelche Leute beauftragt, darüber Buch zu führen.

Die Zitadelle beanspruchte den ganzen mittleren Teil der Stadt Kom, deren Gebäude sich zwischen den Wüsten von Klatsch und den Dschungeln des Wiewunderlands erhoben. Sie erstreckte sich über viele Kilometer hinweg, bildete ein gewaltiges Durcheinander von Tempeln, Kirchen, Schulen, Schlafsälen, Gärten und Türmen. Der Komplex erweckte den Eindruck, als hätten verschiedene Termitenvölker versucht, sich bei ihren Konstruktionsbemühungen gegenseitig zu übertreffen.

Wenn die Sonne aufging, reflektierten die Pforten des zentralen Tempels das Licht, als würden sie brennen. Die großen Portale bestanden aus Bronze und waren dreißig Meter hoch. Buchstaben aus Gold und Blei verkündeten daran die insgesamt fünfhundertundzwölf Gebote – es mochten noch mehr werden, wenn der nächste Prophet religiöse Gesetzeslücken entdeckte.

Der reflektierte Sonnenschein glänzte über Zehntausende von Gläubigen hinweg, die weiter unten schufteten, um den Ruhm des Großen Gottes Om zu mehren.

Vielleicht wußte niemand, wie viele sie wirklich waren. Natürlich gab es nur einen Zönobiarch, den Obersten Iam. Das stand fest. Und sechs Erzpriester. Und dreißig nicht ganz so obere Iams. Und Hunderte von Bischöfen, Diakonen, Subdiakonen und Priestern. Hinzu kamen Novizen wie Ratten in einem Kornspeicher. Und Handwerker, Stierzüchter, Folterer. Und Jungfrauen, sowohl vestalische als auch kummervolle...

Wie auch immer die individuellen Talente beschaffen sein mochten – in der Zitadelle fand jeder seinen Platz.

Wenn man dazu neigte, die falschen Fragen zu stellen oder gerechte Kriege zu verlieren, so mochte sich jener Platz bei den Öfen und Kesseln der Läuterung befinden, oder in den Quisitionsgruben der Gerechtigkeit.

Ein Platz für jeden. Und jeder an seinem Platz.

Die grelle Sonne brannte auf den Tempelgarten herab.

Der Große Gott Om versuchte, im Schatten einer Melonenrebe zu bleiben. In der Nähe dieser Mauern und Gebetstürme war er vermutlich sicher, aber man konnte nie wissen. Einmal hatte er Glück gehabt, aber beim zweiten Mal ging die Sache vielleicht anders aus.

Als Gott hat man bedauerlicherweise niemanden, zu dem man beten kann.

Zielstrebig kroch er los und näherte sich dem Alten am Misthaufen. Er verharrte schließlich, als er bis auf Hörweite heran war.

Und dann sprach er folgende Worte: »He, du!«

Er bekam keine Antwort. Nichts deutete darauf hin, daß ihn jemand gehört hatte.

Om verlor die Geduld, verwandelte Lu-Tze in einen erbärmlichen Wurm und verdammte ihn dazu, für immer durch die tiefsten Jauchegruben der Hölle zu irren. Noch zorniger wurde der Große Gott, als Lu-Tze auch weiterhin unbekümmert den Misthaufen wendete.

»Mögen die Teufel der Unendlichkeit deine Knochen mit Schwefel füllen!« heulte er.

Auch diesmal zeigte der Alte keine Reaktion.

»Tauber Blödmann«, grummelte Om.

Möglicherweise gab es jemanden, der *alles* über die Zitadelle wußte. Manchen Leuten gefällt es, Wissen zu sammeln, wobei echtes Interesse daran eine untergeordnete Rolle spielt: Sie gehen auf die gleiche Weise vor wie Elstern, die sich von glitzernden Dingen angezogen fühlen, oder wie Köcherfliegen, die kleine Holzsplitter und Steinchen unwiderstehlich finden. Abgesehen davon gibt es immer jemanden, der sich um jene Dinge kümmert, die erledigt werden müssen. Meistens handelt es sich dabei um Dinge, mit denen andere nichts zu tun haben möchten oder die sie ganz und gar ignorieren.

Die dritte Sache, die den Leuten an Vorbis auffiel, war seine Größe. Er maß mehr als einen Meter achtzig und verdiente es, als dürr bezeichnet zu werden. Man vergleiche ihn mit dem Modell einer ganz normalen Person, die ein Kind aus Ton geformt und dann in die Länge gerollt hat.

Die zweite Sache, die den Leuten an Vorbis auffiel, waren seine Augen. Die Wurzeln seiner Ahnen reichten bis zu einem Wüstenstamm, dessen Angehörige von der Evolution dunkle Augen bekommen hatten – nicht nur dunkle Pupillen, sondern auch dunkle Augäpfel. Deshalb konnte man kaum je sagen, wohin er gerade blickte. Er schien eine Art Sonnenbrille unter der Haut zu tragen.

Doch die erste Sache, die den Leuten an Vorbis auffiel, war der Kopf.

Er hatte eine Glatze. Die meisten Mitglieder der Kirche ließen sich sofort nach der Priesterweihe lange Mähnen und Bärte wachsen, in denen sich Ziegen verirren konnten. Vorbis hingegen rasierte sich gründlich, und zwar nicht nur an Kinn und Wangen. Sein ganzer Schädel glänzte geradezu. Der Mangel an Haar schien ihm zusätzliche Macht zu geben. Er drohte nicht. Er drohte nie. Er weckte nur in allen anderen das Gefühl, daß man besser einen Abstand von mehreren Metern zu ihm wahrte. Wer sich näher an ihn heranwagte, mußte mit profunder Unsicherheit rechnen. Fünfzig Jahre älteren Männern bereitete es ausgeprägtes Unbehagen, ihn anzusprechen und dadurch beim Nachdenken zu stören.

Niemand wußte, worüber Vorbis nachdachte, und niemand wagte es, ihn danach zu fragen. Der Hauptgrund dafür war der Umstand, daß Vorbis die Quisition leitete. Anders ausgedrückt: Er kümmerte sich um jene Dinge, mit denen andere Leute nichts zu tun haben wollten.

Jemanden wie Vorbis fragte man deshalb nicht danach, woran er gerade dachte, weil er sich sonst vielleicht umdrehte und antwortete: »An dich.«

In der Quisition gab es kein höheres Amt als das eines Diakons. Diese Regel war inzwischen mehrere hundert Jahre alt und sollte verhindern, daß Quisitoren unerquicklichen Ehrgeiz* entwickelten. Doch von Vorbis hieß es: Jemand wie er hätte inzwischen Erzpriester oder gar Iam sein können.

Der Quisitionschef hielt sich nicht mit solchen Banalitäten auf. Er kannte sein Schicksal. Der Große Gott hatte es ihm doch verkündet, oder?

»Na bitte«, sagte Bruder Nhumrod und klopfte Brutha auf die Schulter. »Jetzt ist bestimmt alles klarer für dich.«

Brutha ahnte, von ihm würde eine Antwort erwartet.

»Ja, Herr«, erwiderte er. »Ich glaube schon.«

»...schon. Es ist deine heilige Pflicht, den Stimmen hartnäckigen und dauerhaften Widerstand zu leisten.« Nhumrod klopfte dem Novizen noch immer auf die Schulter.

»Ja, Herr. Ich werde deinen Rat beherzigen. Insbesondere dann, wenn die Stimmen von den eben erwähnten Dingen sprechen.«

»...sprechen. Gut. Gut. Was machst du, wenn du sie noch einmal hörst? Ähm?«

* Wodurch viele zu läuternde Personen Opfer unerquicklicher Frustrationen wurden.

»Dann komme ich sofort zu dir und erstatte Bericht«, sagte Brutha pflichtbewußt.

»...erstatte Bericht. Gut. Gut. Genau darum geht es mir.« Bruder Nhumrod nickte zufrieden. »Das rate ich allen meinen Jungen. Denk daran: Ich bin immer hier, um dir bei deinen kleinen Problemen zu helfen.«

»Ja, Herr. Soll ich jetzt in den Garten zurückkehren?«

»...kehren. Ich glaube schon. Ja, ich glaube schon. Und achte nicht auf die Stimmen, hörst du?« Die rechte Hand hob und senkte sich nach wie vor, während die linke eine mahnende Geste vollführte. Seine eine Wange zuckte.

»Ja, Herr.«

»Womit bist du im Garten beschäftigt gewesen?«

»Ich habe zwischen den Melonen gehackt.«

»Melonen? Oh. Melonen.« Nhumrod atmete tief durch. »Melonen. Melonen. Nun, das erklärt eine Menge.«

Nhumrod blinzelte aufgeregt.

Nicht nur der Große Gott hatte zu Vorbis gesprochen, zwischen seinen Schläfen. *Alle* sprachen mit einem Exquisitor, früher oder später. Es war nur eine Frage des Durchhaltevermögens.

In letzter Zeit ging Vorbis nicht mehr oft nach unten, um den Inquisitoren bei der Arbeit zuzusehen. Auf so etwas konnte ein Exquisitor verzichten. Er schickte Anweisungen und nahm Berichte entgegen. Doch besondere Umstände erforderten seine Aufmerksamkeit.

Auf eins soll hier hingewiesen werden: In den Kellern der Quisition gab es nur wenig zu lachen. Zumindest dann, wenn man über einen normalen Sinn für Humor verfügte. Man suchte vergeblich nach Schildern mit lustigen Aufschriften wie: *Man muß nicht hoffnungslos sadistisch sein, um hier zu arbeiten, aber es hilft!!!*

Allerdings ließen sich hier und dort Hinweise darauf finden, daß der Schöpfer der Menschheit eine sehr sonderbare Vorstellung davon hatte, was »Spaß« bedeutete. Darüber hinaus mußte in seinem Herzen ein Sturm des Zorns wüten, der selbst die Portale des Himmels einreißen konnte.

Zum Beispiel die Becher. Zweimal am Tag legten die Inquisitoren eine Kaffeepause ein. Jeder von ihnen brachte einen Becher von zu Hause mit, und dann scharten sie sich um das Feuer, in dem die Messer glühend gemacht wurden, und auf dem jetzt die Kaffeekanne stand.

Die Becher trugen Aufschriften wie *Souvenir aus der heiligen Grotte von Ossory* oder *Dem besten Vater auf der ganzen Welt*. Die meisten waren angeschlagen, und alle unterschieden sich voneinander.

Und dann die Postkarten an der Wand. Es war sozusagen Tradition: Wenn ein Inquisitor Urlaub machte, so schickte er einen bunt bemalten Holzschnitt nach Hause. Auf der einen Seite zeigte er das lokale Panorama, und die andere präsentierte eine gewagte, schlüpfrige Mitteilung. Dann hing da noch ein rührender Brief vom Inquisitor Erster Klasse Ischmall »Väterchen« Quoom, der den Kollegen dafür dankte, sage und schreibe achtundsiebzig Obolusse für sein Pensionierungsgeschenk gesammelt zu haben, vom prächtigen Blumenstrauß für Frau Quoom ganz zu schweigen. Er betonte, die angenehmsten Erinnerungen seines Lebens mit seiner Zeit in der dritten Folterkammer zu verbinden, erklärte außerdem seine Bereitschaft, jederzeit auszuhelfen, wenn es aus irgendwelchen Gründen an Personal mangelte.

Mit anderen Worten: Selbst die schlimmsten Exzesse des schlimmsten Psychopathen können bequem von einem ganz normalen, freundlichen Familienvater wiederholt werden, der jeden Tag zur Arbeit erscheint und seine Pflicht erfüllt.

Vorbis fand großen Gefallen an dieser Erkenntnis. Seiner Ansicht nach wußte man damit alles, was man über Menschen wissen mußte.

Derzeit saß er auf einer Bank, und zwar neben dem immer noch zitternden Leib seines früheren Sekretärs Bruder Sascho.

Er sah zum diensthabenden Inquisitor, und auf dessen Nicken hin beugte er sich über den angeketteten Sekretär.

»Wie lauten ihre Namen?« fragte er.

»... weiß es nicht...«

»Ich weiß, daß du ihnen Abschriften meiner Briefe gegeben hast, Sascho. Es sind verräterische Ketzer, die den Rest dieser Ewigkeit in der Hölle verbringen werden. Möchtest du dich zu ihnen gesellen?«

»... kenne die Namen nicht...«

»Ich habe dir vertraut, Sascho. Aber du hast mich bespitzelt und die Kirche hintergangen.«

»... keine Namen...«

»Die Wahrheit bringt das Ende der Schmerzen, Sascho. Gib mir Auskunft.«

»... Wahrheit...«

Vorbis seufzte. Eine Sekunde später sah er, wie sich Saschos Zeigefinger unter den Handfesseln krümmte und streckte, krümmte und streckte. Ein Wink.

Er beugte sich vor.

»Ja?«

Sascho öffnete das eine übriggebliebene Auge.

»... Wahrheit...«

»Ja?«

»... die Schildkröte bewegt sich...«

Vorbis lehnte sich mit unverändertem Gesicht zurück. Seine Mimik blieb die meiste Zeit über starr – es sei denn, er wollte etwas ohne Worte zum Ausdruck bringen. Der Inquisitor beobachtete ihn entsetzt.

»Ich verstehe«, sagte Vorbis schließlich, stand auf und nickte dem Inquisitor zu.

»Wie lange ist er schon hier?«

»Seit zwei Tagen, Herr.«

»Und wie lange kannst du ihn noch am Leben erhalten?«

»Vielleicht noch für zwei weitere Tage, Herr.«

»Gib dir Mühe«, erwiderte Vorbis. »Immerhin besteht eine unserer

Aufgaben darin, das Leben so lange wie möglich zu bewahren, nicht wahr?«

Der Inquisitor lächelte nervös, wie ein Mann, der genau wußte, daß ihn ein einziges falsches Wort in Schwierigkeiten bringen konnte.

»Äh... ja, Herr.«

»Ketzerei und Lügen verbergen sich überall.« Vorbis seufzte. »Jetzt muß ich mir einen neuen Sekretär besorgen. Es ist wirklich ärgerlich.«

Nach zwanzig Minuten entspannte sich Brutha. Die sirenenhaften Stimmen sinnlichen Unheils schienen endgültig verstummt zu sein.

Der Novize setzte die Arbeit bei den Melonen fort. Er glaubte, Melonen zu verstehen. Seiner Meinung nach waren sie nicht annähernd so rätselhaft wie viele andere Dinge.

»He, du!«

Brutha richtete sich auf.

»Ich höre dich nicht, gräßlicher Sukkubus«, sagte er.

»Und ob du mich hörst. Ich möchte, daß du...«

»Ich habe mir Finger in die Ohren gesteckt!«

»Steht dir gut. Ja, steht dir gut. Dadurch siehst du aus wie eine Vase. Und nun...«

»Ich summe eine Melodie! Ich summe eine Melodie!«

Bruder Preptil, Meister der Musik, hatte Bruthas Stimme wie folgt beschrieben: Angeblich erinnerte sie ihn an einen enttäuschten Geier, der zu spät am Kadaver eines Esels eintraf. Das Singen im Chor war obligatorisch für alle Novizen, aber auf Bruder Preptils flehentliche Bitten hin hatte man Brutha von dieser Pflicht befreit. Er bot einen mitleiderweckenden Anblick, wenn er verzweifelt versuchte, den Erwartungen der Priester gerecht zu werden, doch seine Stimme... Bei ihrem Klang hätten alle in der Nähe befindlichen Trommelfelle am liebsten die Flucht ergriffen. Zweifellos war sie kräftig und volltönend, aber sie kletterte ständig die Tonleiter auf und ab, ohne jemals die richtige Sprosse zu finden.

Deshalb bekam Brutha die Möglichkeit, mehr Zeit im Garten zu verbringen als die anderen Novizen.

Jetzt holte er tief Luft.

Die ersten Töne verscheuchten zahlreiche Krähen von den nahen Gebetstürmen.

Nach einigen Strophen von *Er zerstampft die Sündigen unter Hufen aus heißem Eisen* wagte es Brutha, die Finger aus den Ohren zu ziehen und kurz zu lauschen.

Abgesehen vom fernen Protest der Krähen herrschte Stille.

Es funktionierte. Vertrau auf Gott, hieß es. Brutha *hatte* Gott vertraut. Von Anfang an. Soweit er sich zurückerinnern konnte.

Er griff nach der Hacke und wandte sich erleichtert den Melonenreben zu.

Nur noch wenige Zentimeter trennte die Hackenspitze vom Boden, als Brutha die Schildkröte bemerkte.

Sie war klein, größtenteils gelb und mit Staub bedeckt. Der Panzer wies viele Kratzer und Kerben auf. Ein kleines, rundes Auge glänzte – das andere war einer von tausend Gefahren zum Opfer gefallen, mit denen jedes langsame, dicht über dem Boden lebende Geschöpf rechnen mußte.

Der Novize sah sich um. Der große Garten befand sich innerhalb der Tempelanlage, und hohe Mauern säumten ihn.

»Wie bist du denn hierhergekommen, kleines Tier?« fragte er. »Bist du vielleicht geflogen?«

Die Schildkröte starrte ihn mit ihrem einen Auge an. Brutha fühlte so etwas wie Heimweh. Zu Hause im Dünenland krochen überall Schildkröten umher.

»Ich könnte dir etwas Salat besorgen«, schlug Brutha vor. »Ich fürchte jedoch, in diesem Garten sind keine Schildkröten erlaubt. Vermutlich hält man euch hier für Ungeziefer oder so.«

Die Schildkröte starrte auch weiterhin. Schildkröten sind ausgezeichnete Starrer.

Brutha fühlte sich verpflichtet, noch etwas zu sagen.

»Trauben«, meinte er. »Wahrscheinlich ist es keine Sünde, dir eine Traube zu geben. Möchtest du eine Traube, kleine Schildkröte?«

»Möchtest du eine abscheuliche Scheußlichkeit in der untersten aller Höllen werden?« fragte die Schildkröte.

Die Krähen waren zuvor zu den Außenmauern geflohen. Jetzt stiegen sie gerade wieder auf, da erklangen die ersten gekreischten Verse von *Der Pfad des Ungläubigen ist voller Dornen*.

Nach einer Weile öffnete Brutha die Augen und zog erneut die Finger aus den Ohren.

»Ich bin noch hier«, stellte die Schildkröte fest.

Brutha zögerte. Ihm dämmerte, daß sich Sukkuben und Dämonen nicht in der Gestalt von Schildkröten offenbarten. So etwas hätte kaum einen Sinn. Da mußte selbst Bruder Nhumrod zustimmen: In Hinsicht auf wilde Erotik gab es Besseres als einäugige Schildkröten.

»Ich wußte gar nicht, daß Schildkröten sprechen können«, sagte der Novize.

»Das können sie auch gar nicht«, lautete die Antwort. »Achte auf meine Lippen.«

Brutha sah genau hin.

»Du hast gar keine«, sagte er.

»Eben«, bestätigte die Schildkröte. »Außerdem fehlen mir richtige Stimmbänder. Ich spreche *in deinem Kopf* zu dir, verstehst du?«

»Potzblitz!«

»Du *verstehst* doch, was ich meine, oder?«

»Nein.«

Die Schildkröte rollte mit dem Auge.

»Ich hätte es wissen sollen. Nun, spielt keine Rolle. Ich brauche meine Zeit nicht mit Gärtnern und so zu vergeuden. Hol den Boß, und zwar fix.«

»Den Boß?« fragte Brutha. Er hob die Hand zum Mund. »Etwa... Bruder Nhumrod?«

»Wer ist das?« erkundigte sich die Schildkröte.

»Der Novizenmeister.«

»Ach du *lieber* Himmel!« ächzte die Schildkröte und ahmte Bruthas Tonfall nach, als sie hinzufüge: »Nein, doch nicht den Novizenmeister. Ich rede vom Hohepriester oder wie auch immer er sich nennt. Hier *gibt* es doch einen, oder?«

Brutha nickte verwirrt.

»Hohepriester«, wiederholte die Schildkröte. »Hohe. Priester. Hohepriester.«

Brutha nickte noch einmal. Er wußte, daß es in der Zitadelle einen Hohepriester gab. Allerdings... Die hierarchische Struktur zwischen der eigenen Person und Bruder Nhumrod konnte er sich noch vorstellen, aber irgendwelche Verbindungen zwischen Brutha, Novize und dem Zönobiarchen sprengten die Grenzen seiner Vorstellungskraft. Auf einer rein theoretischen Ebene war ihm klar, daß eine gewaltige kanonische Struktur existierte, mit dem Hohepriester an der Spitze und Brutha ganz tief unten. Aber er stand diesem Phänomen mit der gleichen Verwunderung gegenüber wie eine Amöbe der Evolutionskette, an deren Ende sich der Bilanzbuchhalter fand – es wimmelte nur so von fehlenden Zwischenstufen.

»Ich kann doch nicht...« Brutha zögerte schon wieder. Allein der *Gedanke*, mit dem Zönobiarchen zu sprechen, ließ seine Zunge vor Ehrfurcht erstarren. »Ich kann *niemanden* auffordern, den Hohen Zönobiarchen zu bitten, hierherzukommen und mit einer Schildkröte zu reden.«

»Als Schlammegel sollst du in den Feuern der Vergeltung verbrennen!« ereiferte sich die Schildkröte.

»Du brauchst nicht gleich zu fluchen«, sagte Brutha.

Die Schildkröte sprang wütend auf und ab.

»Das war kein Fluch, sondern ein Befehl! Ich bin der Große Gott Om!«

Brutha blinzelte.

»Nein«, erwiderte er schließlich. »Unmöglich. Ich habe den Großen Gott Om gesehen.« Er hob die Hände und deutete gewissenhaft die Form der heiligen Hörner an. »Er erscheint nicht als Schildkröte. Statt dessen wählt er die Gestalt eines Adlers oder Löwen, vielleicht auch die eines Stiers. Im Großen Tempel steht eine Statue. Sie ist elf Ellen hoch und besteht aus Bronze und so. Zerstampft Ungläubige unter sich. Eine Schildkröte kann keine Ungläubigen unter sich zerstampfen. Du könntest ihnen höchstens einen strengen Blick zuwerfen. Und die Hörner der Statue sind aus echtem Gold. Wo ich früher gewohnt habe... Im Nachbardorf gab's eine Statue, die eine Elle groß war und ebenfalls wie ein Stier aussah. Deshalb weiß ich, daß du nicht der Große Gott...« – bei den heiligen Hörnern – »...Om bist.«

Die Schildkröte dachte einige Sekunden lang nach. »Wie vielen sprechenden Schildkröten bist du begegnet?« fragte sie sarkastisch.

»Keine Ahnung«, entgegnete Brutha.

»Was soll das heißen, ›keine Ahnung‹?«

»Nun, vielleicht können alle Schildkröten sprechen«, sagte der Novize und offenbarte damit jene Art von Logik, denen er seine zusätzliche Zeit bei den Melonen verdankte. »Vielleicht sind sie nur still, wenn ich in der Nähe bin.«

»Ich bin der Große Gott Om«, stellte die Schildkröte in einem drohenden Tonfall fest. Ihre Stimme blieb dabei notgedrungen leise. »Wenn du so weitermachst, bist du bald ein sehr unglücklicher Priester. Jetzt geh und hol den Boß.«

»Novize«, verbesserte Brutha.

»Wie bitte?«

»Es muß ›Novize‹ heißen, nicht ›Priester‹. Man läßt bestimmt nicht zu, wenn du...«

»Du sollst den Boß holen!«

»Ich bezweifle, ob der Zönobiarch jemals den Gemüsegarten aufsucht«, meinte Brutha. »Vermutlich weiß er nicht einmal, was eine Melone ist.«

»Und wenn schon«, kommentierte die Schildkröte. »Es genügt mir, wenn du ihn holst. Andernfalls wird die Erde beben und der Mond so rot sein wie Blut. Dann suchen Rheuma, Furunkel und diverse Krankheiten die Menschheit heim. Ich meine es ernst«, fügte sie hinzu.

»Mal sehen, was ich tun kann.« Brutha wich zurück.

»Und ich bin noch sehr großzügig, wenn man die Umstände bedenkt!« rief ihm die Schildkröte nach.

»Eigentlich singst du gar nicht schlecht«, bemerkte sie kurz darauf.

»Ich habe schlimmere Sänger gehört«, murmelte sie, als Bruthas Kutte im Tor verschwand.

»Dabei fällt mir eine Epidemie in Pseudopolis ein«, sagte der Große Gott Om leise, als das Geräusch der Novizenschritte in der Ferne verhallte. »Was für ein Jammern und Stöhnen und so.« Er seufzte. »Ach, das waren noch Zeiten.«

Viele glauben sich zum Priester berufen, aber in Wirklichkeit hören die betreffenden Leute nur eine innere Stimme, die folgende Botschaft verkündet: »Man hat bei der Arbeit ein Dach über dem Kopf und braucht keine schweren Dinge zu heben. Oder willst du vielleicht Feldarbeiter werden wie dein Vater?«

Brutha hingegen glaubte nicht nur – er *glaubte*. Für gewöhnlich ist so etwas sehr peinlich, wenn es in einer gottesfürchtigen Familie geschieht, aber Brutha hatte nur seine Großmutter, und die *glaubte* ebenfalls. Sie glaubte in etwa so, wie Eisen daran glaubt, Metall zu sein. Sie gehörte zu jenen Frauen, die Entsetzen in jedem Priester wecken – derartige Frauen kennen alle Lieder, alle Predigten, meistens sogar auswendig. In der omnianischen Kirche wurden weibliche Gemeindemitglieder im Tempel nur geduldet. Man verlangte absolute Stille von ihnen, und sie mußten, alle Blößen bedeckt, in einem abgetrennten Bereich hinter der Kanzel Platz nehmen. Der Grund dafür: Der Anblick dieser einen Hälfte der menschlichen Spezies führte bei den männlichen Mitgliedern der Gemeinde dazu, daß sie Stimmen hörten –

vergleichbar mit denen, die Bruder Nhumrod praktisch rund um die Uhr quälten. Das Problem war: Bruthas Großmutter verfügte über eine Persönlichkeit, die selbst durch eine dicke Bleiwand strahlte, und hinzu kam eine Frömmigkeit mit der Kraft eines Diamantbohrers.

Wenn sie als Mann geboren worden wäre, hätte der Omnianismus seinen 8. Propheten früher als erwartet bekommen. Als Frau begnügte sie sich damit, Reinigungsarbeiten im Tempel zu organisieren, Statuen zu säubern und mutmaßliche Ehebrecherinnen zu steinigen. Bei diesen Aufgaben bewies sie eine geradezu erschreckende Tüchtigkeit.

Brutha wuchs also mit der *Gewißheit* auf, daß der Große Gott Om existierte. Er *wußte* die ganze Zeit über, Om beobachtete ihn, insbesondere auf dem Klo und an anderen sehr privaten Orten. Dämonen umgaben ihn von allen Seiten, daran zweifelte er nie, und sie fielen nur deshalb nicht über ihn her, weil sie von der Festigkeit seines Glaubens und Großmutters Stock auf Distanz gehalten wurden. Besagter Stock wartete hinter der Tür auf seinen Einsatz – wenn er nicht gerade dazu benutzt wurde, wozu er eigentlich gemacht worden war, was recht häufig geschah. Brutha kannte alle Verse der insgesamt sieben Bücher der Propheten, außerdem auch jede einzelne Regel. Er war mit den Geboten und Liedern vertraut. Vor allem mit den Geboten.

Die Omnianer waren ein gottesfürchtiges Volk.

Sie hatten eine Menge zu fürchten.

Vorbis' Gemächer befanden sich im oberen Teil der Zitadelle, was für einen Diakon recht unüblich war. Er hatte nicht um eine solche Unterkunft gebeten. Nur selten mußte er um etwas bitten. Meistens erfüllte ihm das Schicksal alle Wünsche.

Einige der mächtigsten Männer in der Kirchenhierarchie besuchten ihn.

Natürlich nicht die sechs Erzpriester oder der Zönobiarch. Ihnen kam keine echte Bedeutung zu. Sie standen einfach nur an der Spitze. Die wahren Schlüsselfiguren komplexer Organisationen findet man meistens einige Etagen tiefer, und zwar dort, wo es noch möglich ist, Dinge in die Wege zu leiten.

Viele Leute strebten Vorbis' Freundschaft an, hauptsächlich deshalb, weil ihnen kaum etwas daran gelegen sein konnte, sein Feind zu sein.

Derzeit weilten zwei Besucher bei ihm: General Iam Fri'it, der ungeachtet offizieller Verlautbarungen den größten Teil der Heiligen Legion kontrollierte, und Bischof Drunah, Sekretär des Iam-Kongresses. Wer glaubte, ein solcher Posten brächte kaum Einfluß mit sich, sollte berücksichtigen, daß dem Kongreß überwiegend halb taube alte Männer angehörten.

Eigentlich existierten die beiden Besucher gar nicht, zumindest nicht *hier*. Sie sprachen nicht mit Vorbis. Um ein *solches* Treffen handelte es sich also. Viele Leute sprachen nicht mit Vorbis und gaben sich alle Mühe, ihm aus dem Weg zu gehen. Zum Beispiel einige Äbte aus weit entfernten Klöstern, die kürzlich zur Zitadelle bestellt worden waren: Sie machten einen Umweg und reisten eine Woche lang durch unwegsames Gelände, damit sie sich auf keinen Fall den schattenhaften Gestalten in Vorbis' Kammer hinzugesellen mußten. In den vergangenen Monaten hatte Vorbis allem Anschein nach ebensoviel Besuch bekommen wie ein Pestkranker.

Die Männer redeten nicht miteinander. Aber wenn sie zugegen und zu einem Gespräch bereit gewesen wären, so hätte man folgendes hören können:

»Und nun die Sache mit Ephebe«, sagte Vorbis.

Bischof Drunah zuckte mit den Schultern.*

»Nicht weiter wichtig. Keine Gefahr für uns.«

Die beiden Besucher sahen Vorbis an, der nie die Stimme hob. Es ließ sich kaum feststellen, woran er dachte – selbst dann nicht, wenn er seine Gedanken in Worte gefaßt hatte.

* Besser gesagt: Er *hätte* mit den Schultern gezuckt. Wenn er im Zimmer gewesen wäre. Aber er gehörte ja gar nicht zu den Anwesenden.

»Tatsächlich?« erwiderte Vorbis. »So weit ist es mit uns gekommen? Wir sehen *keine Gefahr* in Ephebe? Nach dem, was die Ephebianer mit dem armen Bruder Murduck angestellt haben? Und obwohl sie den Großen Gott Om verspotten? Das dürfen wir nicht einfach so hinnehmen. Welche Maßnahmen gilt es zu ergreifen?«

»Keine Kämpfe mehr«, sagte Fri'it. »Die Ephebianer kämpfen wie Irre. Nein. Wir haben schon genug Männer verloren.«

»In Ephebe gibt es starke Götter«, warf Drunah ein.

»Die ephebianischen Soldaten sind mit besseren Bögen ausgestattet«, fügte Fri'it hinzu.

»Es existieren keine mächtigeren Götter als Om«, stellte Vorbis fest. »Die Ephebianer verehren nur Dschinns und Dämonen. Das ist gar keine richtige Religion. Habt ihr das hier gesehen?«

Er schob eine Schriftrolle über den Tisch.

»Was ist das?« fragte Fri'it vorsichtig.

»Eine Lüge. Geschichte, die nicht existiert und nie existierte. Wie... wie...« Vorbis zögerte und versuchte, sich an ein Wort zu erinnern, das schon seit langer Zeit nicht mehr benutzt wurde. »Wie... Dinge, die man kleinen Kindern erzählt. Vorbereitete Worte, die von Leuten formuliert werden, um...«

»Oh, du meinst ein Spiel, ein Theaterstück«, sagte Fri'it. Vorbis' Blick nagelte ihn an die Wand.

»Du weißt davon?«

»Ich, äh, bei meinen Reisen in Klatsch...« Fri'it riß sich zusammen. Er hatte hunderttausend Mann in die Schlacht geführt. So etwas verdiente er nicht. Er brachte nicht den Mut auf, Vorbis anzusehen.

»Dort wird getanzt«, fuhr er verunsichert fort. »An Feiertagen. Die Frauen tragen Glöckchen an den... Und sie singen Lieder. Darin geht es um den Anfang der Welt, als die Götter...«

Er unterbrach sich. »Es war gräßlich«, behauptete er und ließ die Fingerknöchel knacken. Fri'it ließ sie immer knacken, wenn er besorgt war.

»In *diesem* Fall sind die Götter an dem... dem *Spiel* beteiligt«, sagte Vorbis. »*Männer* mit *Masken*. Könnt ihr euch das vorstellen? Sogar ein Gott des *Weines* tritt auf: ein betrunkener Alter! Trotzdem heißt es, Ephebe sei keine Gefahr! Und dann das hier...«

Er warf eine dickere Schriftrolle auf den Tisch.

»*Dies* ist noch viel schlimmer. Die Ephebianer verehren falsche Götter, aber dabei liegt der Fehler nur bei der Auswahl ihrer Götter. An der Verehrung selbst gibt es nichts auszusetzen. Dies hingegen...«

Drunah warf einen argwöhnischen Blick auf das Pergament.

»Ich glaube, es gibt noch andere Exemplare, selbst hier in der Zitadelle«, sagte Vorbis. »Das hier gehörte Sascho. Wenn ich mich recht entsinne... Hast du ihn mir nicht empfohlen, Fri'it?«

»Er erschien mir immer als ein intelligenter und tüchtiger junger Mann«, erwiderte der General.

»Aber er erwies sich als Verräter«, betonte Vorbis. »Und dafür erhält er nun die gerechte Strafe. Er hat sich geweigert, die Namen der anderen Ketzer zu nennen, und das bedaure ich sehr.«

Fri'it gab sich alle Mühe, sich seine Erleichterung nicht anmerken zu lassen. Er hielt Vorbis' Blick stand.

Stille schloß sich an.

Drunah beendete das Schweigen.

»*De Chelonian Mobile*«, intonierte er. »›Die Schildkröte bewegt sich.‹ Was bedeutet das?«

»Allein die Antwort genügt, um deine Seele mit tausend Jahren in der Hölle zu bedrohen«, sagte Vorbis. Er sah nach wie vor Fri'it an, der nun an die Wand starrte.

»Vielleicht müssen wir ein derartiges Risiko eingehen«, entgegnete Drunah behutsam.

Vorbis zuckte mit den Schultern. »Der Autor beschreibt eine Welt, die von vier großen Elefanten durch die Leere getragen wird.«

Drunahs Kinnlade klappte nach unten.

»Von vier großen Elefanten?« wiederholte er.

»So heißt es, ja«, bestätigte Vorbis und wandte den Blick nicht von Fri'it ab.

»Und worauf stehen die?«

»Angeblich auf dem Panzer einer gewaltigen Schildkröte«, erklärte Vorbis.

Drunah lächelte nervös.

»Und worauf steht die nun wieder?« fragte er.

»Ich sehe überhaupt keinen Anlaß, darüber zu spekulieren, worauf die Schildkröte steht«, entgegnete Vorbis scharf. »Immerhin existiert sie gar nicht!«

»Natürlich, natürlich«, erwiderte Drunah hastig. »Es war nur dumme Neugier.«

»Neugier ist fast immer dumm«, meinte Vorbis. »Sie verleitet den Geist dazu, über die falschen Dinge nachzudenken. Nun, jener Mann, der dies hier schrieb... Er läuft *frei* in Ephebe herum, *während wir hier sitzen*.«

Drunah sah auf die Schriftrolle hinab.

»Er will sich an Bord eines Schiffes befunden haben, das zu einer Insel segelte, und dort bekam er Gelegenheit, über den Rand der Welt zu blicken...«

»Lügen«, sagte Vorbis ruhig. »Und wenn es doch die Wahrheit sein sollte... Daraus ergäbe sich überhaupt kein Unterschied. Die Wahrheit liegt im Innern, nicht im Draußen. Die Wahrheit kommt in den Worten des Großen Gottes Om zum Ausdruck, und Er spricht durch Seine Propheten zu uns. Unsere Augen mögen uns täuschen, aber auf Ihn können wir uns verlassen.«

»Allerdings...«

Vorbis' Blick kehrte zu Fri'it zurück. Der General schwitzte.

»Ja?«

»Nun... Ephebe. Ein Ort, an dem sich Verrückte verrückten Ideen hingeben. Das ist allgemein bekannt. Vielleicht sollten wir sie in Ruhe lassen, damit sie in ihrer eigenen Torheit schmoren.«

Vorbis schüttelte den Kopf. »Leider haben wilde, destabilisierende Ideen die unangenehme Angewohnheit, ständig umherzustreifen und irgendwo Wurzeln zu schlagen.«

Dem mußte Fri'it zustimmen. Er wußte aus eigener Erfahrung: Wahre Ideen wie zum Beispiel die offensichtliche Weisheit und Allmacht des Großen Gottes Om schienen viele Leute so sehr zu verwirren, daß sie ihren Fehler erst kurz vor dem Tod in der Folterkammer einsahen. Falsche und gefährliche Vorstellungen übten dagegen eine starke Anziehungskraft auf gewisse Personen aus, und die Betreffenden versteckten sich in den Bergen und warfen Steine nach ihren Verfolgern, denen nichts anderes übrigblieb, als sie auszuhungern. Bei diesen Überlegungen rieb sich der General nachdenklich eine Narbe. Seltsam: Solche Leute zogen den Tod der Vernunft vor. Fri'it hatte schon früher erkannt, was Vernunft bedeutete. Er hielt es für vernünftig, nicht zu sterben.

»Was schlägst du vor?« fragte er.

»Das Konzil möchte mit Ephebe verhandeln«, erwiderte Drunah. »Du weißt ja, daß morgen eine Delegation aufbricht.«

»Wie viele Soldaten?« erkundigte sich Vorbis.

»Nur eine Leibgarde«, antwortete Fri'it. »Immerhin hat man uns freies Geleit zugesichert.«

»*Man hat uns freies Geleit zugesichert*«, sagte Vorbis – es klang wie ein langer Fluch. »Und wenn ihr das Ziel erreicht habt?«

Folgende Bemerkung lag auf Fri'its Zunge: Ich habe mit dem Kommandeur der ephebianischen Garnison gesprochen, und er scheint mir ein ehrenhafter Mann zu sein – obgleich er natürlich ein verabscheuungswürdiger Ungläubiger und daher nicht mehr ist als ein elender Wurm.

Aus irgendeinem Grund hielt er es für unklug, solche Worte an Vorbis zu richten.

Statt dessen sagte der General: »Dann passen wir auf und sind wachsam.«

»Können wir die Ephebianer überraschen?«

Fri'it zögerte. »Wir?«

»Ich führe die Gruppe an«, sagte Vorbis. Er und der Sekretär des Iam-Kongresses wechselten einen kurzen Blick. »Ich... möchte für eine Weile fort von der Zitadelle. Eine Luftveränderung. Außerdem sollten die Ephebianer nicht glauben, wir wollten sie mit der Präsenz eines hochrangigen Kirchenmitglieds ehren. Nun, ich dachte eben an die Möglichkeit einer Provokation...«

Fri'its Knöchel knackten laut – es klang fast wie das Knallen einer Peitsche.

»Wir haben unser Wort gegeben...«

»Ein dauerhafter Frieden mit Ungläubigen ist ausgeschlossen«, stellte Vorbis fest.

»Und wie gehen wir praktisch vor?« fragte Fri'it etwas schärfer als beabsichtigt. »Der Palast von Ephebe ist ein Labyrinth. Ich weiß Bescheid. Es gibt jede Menge Fallen. Ohne einen Führer kommt niemand hinein.«

»Und wie gelangt der Führer ins Innere?« fragte Vorbis.

»Vielleicht führt er sich selbst«, sagte der General.

»Ich habe die Erfahrung gemacht, daß es immer einen anderen Weg gibt«, verkündete Vorbis. »Ganz gleich, welchen Ort man erreichen möchte: Immer existiert ein anderer Weg. Den uns der Gott früher oder später zeigen wird. Da können wir sicher sein.«

»Zweifellos hätten wir es einfacher, wenn die Situation in Ephebe nicht ganz so stabil wäre«, sagte Drunah. »Dort gibt es tatsächlich gewisse... Elemente.«

»Und Ephebe ist das Tor zur drehwärtigen Küste«, fügte Vorbis hinzu.

»Nun...«

»Der Djel«, sagte Vorbis. »Und dann Tsort.«

Drunah versuchte, Fri'its Gesichtsausdruck zu ignorieren.

»Es ist unsere Pflicht«, meinte Vorbis. »Unsere heilige Pflicht. Auf keinen Fall dürfen wir den armen Bruder Murduck vergessen. Er war unbewaffnet und allein.«

Bruthas große Sandalen klatschten gehorsam über die Steinplatten des Korridors und trugen den Novizen zu Bruder Nhumrods Kammer.

Unterwegs bemühte er sich, die richtigen Worte zu finden. Herr, eine Schildkröte hat mir gesagt... Herr, die Schildkröte möchte... Herr, denk nur, von der Schildkröte bei den Melonen weiß ich...

Brutha hatte es nie gewagt, sich als Prophet vorzustellen. Trotzdem wußte er ziemlich genau, wie ein Gespräch endete, das auf diese Weise begann.

Viele Leute hielten Brutha für einen Idioten. Nun, er sah auch wie einer aus: rundes, offenes Gesicht; nach außen gestellte Füße; X-Beine. Er neigte dazu, die Lippen zu bewegen, wenn er konzentriert nachdachte, schien dem mentalen Klang eines jeden Satzes zu lauschen, bevor er ihn aussprach. Dieser Eindruck täuschte nicht. Das Denken fiel Brutha schwer. Die meisten Menschen denken automatisch: Bei ihnen tanzen die Gedanken so durchs Gehirn wie statische Elektrizität durch eine Wolke. Brutha hingegen mußte jeden einzelnen Gedanken konstruieren, Stück für Stück, wie bei einem Gebäude. Ein tonnenförmiger Körper und Füße, die den Anschein erweckten, in unterschiedliche Richtungen gehen zu wollen – vor allem diesen beiden Aspekten seines Erscheinungsbilds verdankte er es, daß er während seines kurzen Lebens häufig ausgelacht worden war. Darauf reagierte er zumeist, indem er immer gründlich überlegte, bevor er etwas sagte.

Bruder Nhumrod lag lang ausgestreckt vor der Statue des Großen Gottes Om, der die Gottlosen niedertrampelt. Er hielt sich beide Ohren zu. Die Stimmen plagten ihn erneut.

Brutha hüstelte. Kurz darauf hüstelte er wieder.

Nhumrod hob den Kopf.

»Bruder Nhumrod?« fragte Brutha.

»Ja?«

»Äh... Bruder Nhumrod?«

»Was?«

Der Novizenmeister nahm die Hände von den Ohren.

»Ja?« fragte er mürrisch.

»Äh. Es gibt da etwas, das du dir ansehen solltest. Im Garten.«

Nhumrod setzte sich auf. In Bruthas Gesicht glühte Besorgnis.

»Was soll ich mir ansehen?« erwiderte er.

»Im Garten. Es ist schwer zu erklären. Äh. Ich... ich habe herausgefunden, woher die Stimmen kommen, Bruder Nhumrod. Und ich sollte dir doch Bescheid geben.«

Der alte Priester bedachte den Novizen mit einem durchdringenden Blick. Aber wenn es einen Menschen gab, der völlig ohne Arglist und Spitzfindigkeit war, so hieß er Brutha.

Furcht formt einen sonderbaren Nährboden. Gehorsam gedeiht darin besonders gut. Wie Korn wächst er, in ordentlichen Reihen, durch die das Unkrautjäten besonders leicht wird. Aber manchmal reifen *im* Boden, den Blicken verborgen, die Kartoffeln des Trotzes heran.

Die Zitadelle reichte bis tief in den Boden hinein. Man denke nur an die Gruben und Tunnel der Quisition. Hinzu kamen: normale Keller, Kloaken, Abwasserkanäle, vergessene Kammern, Sackgassen, Hohlräume hinter massiv wirkenden Mauern, sogar natürliche Höhlen.

Dies war eine solche Höhle. In der Mitte brannte ein Feuer, und der Rauch zog durch einen Riß in der Decke ab, verlor sich irgendwo im Durcheinander von zahllosen Schächten und Kaminen.

In den unsteten Schatten standen zwölf Gestalten. Sie trugen unscheinbare, unauffällige Kleidung – Lumpen, die rasch vergraben werden konnten und dann keine Spuren für die Quisition hinterließen. Die Kapuzen waren tief in die Stirn gezogen, hüllten die Gesichter in Finsternis. Gewisse Bewegungsabläufe deuteten darauf hin, daß die Männer Waffen trugen. Hier und dort kam es zu subtilen Hinweisen: eine knappe Geste; ein bestimmtes Wort.

Die eine Wand der Höhle schmückte eine Zeichnung. Sie war im großen und ganzen oval, wies oben drei Erweiterungen auf, die mittlere etwas größer als die beiden anderen. Drei weitere zeigten sich unten, und in ihrem Fall ragte die mittlere etwas weiter aus dem Oval, lief außerdem spitz zu.

Die einfache Darstellung einer Schildkröte.

»Natürlich begibt er sich nach Ephebe«, sagte ein Maskierter. »Er wagt es nicht, hier in der Zitadelle zu bleiben. Er muß den Fluß der Wahrheit stauen, und zwar an seiner Quelle.«

»Dann gilt es, vorher möglichst viel Wasser der Wahrheit zu schöpfen«, ließ sich ein anderer Maskierter vernehmen.

»Wir sollten die Gelegenheit nutzen und Vorbis umbringen.«

»Nein, nicht in Ephebe. Er muß hier sterben, damit die Leute davon *erfahren*. Und wir müssen noch stärker werden, bevor wir ihn töten können.«

»Werden wir jemals stark genug sein?« fragte ein Maskierter. Er ließ nervös die Fingerknöchel knacken.

»Auch die einfachen Leute wissen, daß irgend etwas nicht mit rechten Dingen zugeht. Die Wahrheit läßt sich nicht für alle Zeiten aufhalten. Den Fluß der Wahrheit stauen? Irgendwo entstehen immer Lecks, das läßt sich gar nicht vermeiden. Wir haben doch auch die Sache mit Murduck herausbekommen, oder? Vorbis behauptete, er sei in Ephebe umgebracht worden. Hah!«

»Einer von uns muß nach Ephebe und den Meister retten. Wenn er wirklich existiert.«

»Natürlich existiert er. Sein Name steht auf dem Buch.«

»Didaktylos. Ein sonderbarer Name. Er bedeutet ›zwei Finger‹.«

»Bestimmt verehrt man ihn in Ephebe.«

»Wir sollten versuchen, ihn hierherzubringen. Ihn und das Buch.«

Einer der Maskierten zögerte, und seine Fingerknöchel knackten erneut.

»Aber ob die Leute bereit sind, sich hinter einem... *Buch* zu sammeln? Ich meine, die meisten Leute brauchen mehr als nur ein Buch. Weil sie dumm sind und gar nicht lesen können.«

»Aber sie können zuhören!«

»Trotzdem... Sie benötigen noch etwas anderes, ein Symbol...«

»Wir haben eins!«

Dieser Hinweis veranlaßte alle Maskierten, zur Wand zu starren. Im flackernden Schein des Feuers war die Zeichnung nur undeutlich zu erkennen, aber alle Anwesenden wußten, wie sie aussah. Sie betrachteten die Wahrheit, die sehr eindrucksvoll sein kann.

»Die Schildkröte bewegt sich!«

»Die Schildkröte bewegt sich!«

»Die Schildkröte bewegt sich!«

Der Anführer nickte.

»Und jetzt lassen wir das Los entscheiden...«, sagte er.

Der Große Gott Om ließ die Welt seinen Zorn spüren. Das heißt: Er versuchte es jedenfalls. Er gab sich alle Mühe, doch die Welt schenkt der Wut einer Schildkröte kaum Beachtung.

Er verfluchte einen Käfer – ebensogut hätte er Wasser in einen Teich gießen können. Es machte überhaupt keinen Unterschied. Der Käfer krabbelte ungerührt weiter.

Er verfluchte eine Melone bis zur achtzehnten Generation, aber nichts geschah. Er beschwor Furunkel und eitrige Geschwüre. Die Melone lag einfach nur da und reifte gelassen vor sich hin.

Om befand sich vorübergehend in einer peinlichen Situation, und die Welt glaubte offenbar, das ausnutzen zu können. Nun, er beschloß, *Maßnahmen* zu ergreifen, sobald er zu seinem früheren Selbst zurückgefunden hatte, mit allem Drum und Dran. Dann würden sich Käfer und Melonen wünschen, nie Teil der Schöpfung gewesen zu sein. Und für Adler hielt die Zukunft ganz besonderen Schrecken bereit. Darüber hinaus plante Om ein heiliges Gebot in Hinsicht auf den Anbau von Kopfsalat...

Als der Junge mit einem bleichen Alten zurückkehrte, hatte die Laune des Großen Gottes Om einen neuen Tiefpunkt erreicht. Das Erscheinen der beiden Menschen verbesserte seine Stimmung nicht. Aus dem Blickwinkel einer Schildkröte gesehen sind selbst die attraktivsten Personen vor allem zwei Füße sowie ganz oben ein Kopf mit dunklen Nasenlöchern dran.

»Wen hast du mitgebracht?« knurrte Om.

»Das ist Bruder Nhumrod«, sagte Brutha. »Der Novizenmeister. Er bekleidet einen hohen Rang.«

»Ich habe dich nicht aufgefordert, irgendeinen alten, dicken Knabenschänder zu holen!« heulte der Gott hinter Bruthas Stirn. »Dafür sollen deine Augäpfel an Lanzen aus Feuer aufgespießt werden!«

Brutha ging in die Hocke.

»Ich darf nicht zum Hohepriester«, sagte er so geduldig wie möglich. »Normalerweise ist es Novizen sogar verboten, den Großen Tempel aufzusuchen – dort sind sie nur bei besonderen Gelegenheiten zugelassen. Die Quisition würde mich in allen Einzelheiten auf meine Fehler *hinweisen* – so verlangt es das *Gesetz*.«

»Blöder Narr!« ereiferte sich die Schildkröte.

Nhumrod räusperte sich demonstrativ.

»Novize Brutha«, begann er, »aus welchem Grund sprichst du mit einer kleinen Schildkröte?«

»Weil...« Brutha zögerte. »Weil sie mit mir spricht. Äh, das stimmt doch, oder?«

Nhumrod blickte auf den kleinen, einäugigen Kopf hinab, der unter dem Panzer hervorragte.

Eigentlich war er ein freundlicher Mann. Manchmal pflanzten Teufel und Dämonen beunruhigende Gedanken in seinem Kopf, aber hingebungsvoll und ausreichend rezitierte Gebete brachten Abhilfe. Meistens jedenfalls. Er verdiente es nicht, verflucht zu werden, zumindest nicht mit den Worten, die der Große Gott Om in Seiner Inkarnation als Schildkröte benutzte – wenn Nhumrod sie gehört hätte, so wäre er vielleicht bereit gewesen, sie mit Füßen und dergleichen in Verbindung zu bringen. Er wußte natürlich, es war durchaus möglich, Stimmen von Dämonen und manchmal auch die von Göttern zu hören. Doch Schildkröten, das war ihm neu. Bruder Nhumrod richtete seinen Blick besorgt auf Brutha – bisher hatte er ihn für einen netten Jungen gehalten, der immer gehorchte und keine Fragen stellte. Viele Novizen meldeten sich freiwillig für den Dienst in den Pfuhlen und Stierkäfigen. Seltsamerweise glaubten sie, man könnte am besten fromm sein, wenn man bis zu den Knien in Schmutz steckte. Brutha bat nie darum, für derartige Arbeiten eingeteilt zu werden, aber wenn man ihn aufforderte, etwas zu erledigen, so murrte er nie. Es ging ihm nicht darum, jemanden zu beeindrucken. Er gehorchte einfach, weil man ihm eine Anweisung gegeben hatte.

Und jetzt hörte er die Stimme einer Schildkröte.

»Ich glaube, ich muß dich darauf hinweisen, daß die Schildkröte nicht spricht, Brutha«, sagte Bruder Nhumrod.

»Du hörst sie nicht?«

»Nein, Brutha.«

»Sie hat mir gesagt, sie...« Der Novize zögerte. »Sie hat mir gesagt, sie sei der Große Gott.«

Brutha duckte sich unwillkürlich. Großmutter hätte jetzt mit irgendeinem schweren und vor allem harten Gegenstand zugeschlagen.

»Oh, ja, ich verstehe«, erwiderte Bruder Nhumrod. Seine eine Wange zuckte. »Nun, so etwas ist nicht ungewöhnlich für junge Leute, die vor kurzer Zeit zur Kirche gerufen wurden. Ich nehme an, du hast die Stimme des Großen Gottes gehört, als Er dich zur Kirche bestellte, nicht wahr? Ähm?«

Mit Metaphern wußte Brutha nichts anzufangen. Er erinnerte sich daran, die Stimme seiner Großmutter gehört zu haben – er war nicht gerufen, sondern eher geschickt worden. Trotzdem nickte er.

»Und du bist so voller... Enthusiasmus, daß du glaubst, du vernähmst auch weiterhin diese Stimme«, fügte Nhumrod hinzu.

Die Schildkröte sprang umher. Sie *versuchte* es jedenfalls.

»Mögen dich Blitze erschlagen!« kreischte sie.

»In solchen Fällen ist viel Bewegung die richtige Medizin«, sagte der Novizenmeister. »Und jede Menge kaltes Wasser.«

»Verende an den Dornen der Verdammnis!«

Nhumrod bückte sich, griff nach der Schildkröte und drehte sie um. Ihre Beine wackelten zornig.

»Wie kam sie hierher, ähm?«

»Ich weiß es nicht, Bruder Nhumrod«, antwortete Brutha wahrheitsgemäß.

»Deine Hand soll verfaulen und abfallen!« heulte die Stimme im Kopf des Novizen.

»Schildkröten sind recht lecker«, sagte der alte Priester.

Er bemerkte das Entsetzen in Bruthas Miene und fügte hinzu: »Sieh's mal so: Würde sich der Große Gott Om...« – bei den heiligen Hörnern – »...jemals in Gestalt eines so bedeutungslosen Wesens manifestieren? Er mag als Stier erscheinen, ja. Auch als Adler. Sicherlich kommt auch ein majestätischer Schwan in Frage. Aber eine *Schildkröte*?«

»Deinen Geschlechtsorganen sollen Flügel wachsen, die sie forttragen!«

Nhumrod ahnte nichts von diesem besonders gräßlichen Fluch und fuhr fort: »Welche Wunder könnte eine Schildkröte bewirken? Ähm?«

»Mögen die Kiefer von Riesen deine Fußknöchel zermalmen!«

»Glaubst du etwa, sie könnte Kopfsalat in Gold verwandeln?« fragte Bruder Nhumrod im jovialen Tonfall eines Mannes, der keinen Sinn für Humor hat. »Erwartest du von ihr, sie würde ungläubige Ameisen zerstampfen? Ahaha.«

»Haha«, erwiderte Brutha pflichtbewußt.

»Ich bringe sie in die Küche«, sagte der Novizenmeister. »Schildkrötensuppe schmeckt *ex*zellent. Und dann hörst du sicher keine Stimmen mehr, verlaß dich drauf. Feuer heilt alle Torheiten, nicht wahr?«

»*Suppe?*«

»Äh…«, wandte Brutha ein.

»Man soll deine Gedärme um einen Baum wickeln, bis es dir leid tut!«

Nhumrod blickte sich im Garten um. Überall schienen Melonen, Kürbisse und Gurken zu wachsen. Er schauderte.

»Jede Menge kaltes Wasser«, murmelte er. »Darauf kommt's an. Möglichst kaltes Wasser. Und zwar viel davon. Ähm?«

Der Novizenmeister stapfte in Richtung Küche davon.

Der Große Gott Om befand sich in einer der vielen Küchen, lag rücklings in einem Korb, halb verborgen unter einem Kräuterbündel und mehreren Karotten.

Wenn eine Schildkröte auf dem Rücken liegt, so versucht sie natürlich, sich wieder in die richtige Position zu bringen. Zuerst streckt sie den Hals und trachtet danach, ihn als Hebel zu verwenden. Wenn das nichts nützt, wackelt sie mit den Beinen, in der Hoffnung, durch Schaukeln zu kippen.

Kaum etwas ist mitleiderregender als eine auf dem Rücken liegende Schildkröte.

Abgesehen vielleicht von einer auf dem Rücken liegenden Schildkröte, *die weiß, was ihr bevorsteht.*

Die einfachste, sicherste und schnellste Methode, eine Schildkröte umzubringen, ist folgende: Man werfe sie in einen Topf mit kochendem Wasser.

Die Küchen, Lager und Werkstätten der Zivilbevölkerung durchzogen den ganzen Zitadellenkomplex*. Diese spezielle Kammer verfügte über eine niedrige, vom Rauch geschwärzte Decke, und ein großer, gewölbter Kamin bildete ihr Zentrum. Flammen loderten darin.

* Vierzig Menschen müssen mit beiden Beinen fest auf dem Boden stehen (und vor allem hart arbeiten), damit ein Priester in Gedanken jenseits der Wolken weilen und von morgens bis abends den Göttern dienen kann.

Hunde liefen in mit Bratspießen verbundenen Tretmühlen. Beile und Messer klopften in einem beständigen Rhythmus auf die Hackbretter.

Auf der einen Seite der großen Feuerstelle, neben verbeulten Kesseln und Kannen, stand ein vergleichsweise kleiner Topf. Das Wasser darin kochte bereits.

»Sollen die Maden der Rache in deine stinkende Nase kriechen und dich von innen zerfressen!« heulte Om. Seine Beine zuckten. Der Korb erzitterte nur ein wenig, neigte sich jedoch nicht zur Seite.

Eine haarige Hand tastete hinein und nahm das Kräuterbündel.

»Ich werde dafür sorgen, daß dir Falken die Leber aus dem Leib pikken!«

Die Hand griff nach den Karotten.

»An tausend fauligen Wunden wirst du leiden!«

Wieder näherte sich eine Hand dem Korb, und diesmal schloß sie sich um den Großen Gott Om.

»Die fleischfressenden Pilze von...«

»Sei still!« zischte Brutha und ließ die Schildkröte unter seiner Kutte verschwinden. Anschließend eilte er durch das allgemeine kulinarische Chaos und hielt auf die Tür zu.

Einer der Köche sah ihn an und zog die Brauen hoch.

»Ich muß sie zurückbringen«, sagte Brutha, holte die Schildkröte hervor und winkte damit. »So will es der Diakon.«

Der Koch runzelte die Stirn und zuckte dann mit den Schultern. Novizen galten im großen und ganzen als niederste aller Lebensformen, doch Befehle von hochrangigen Angehörigen der religiösen Hierarchie mußten sofort befolgt werden. Wer zögerte und sich nach Gründen und dergleichen erkundigte, riskierte es, mit weitaus wichtigeren Fragen konfrontiert zu werden, zum Beispiel: Ist es möglich, in den Himmel zu kommen, nachdem man über den Feuern der Quisition gebraten wurde?

Draußen im Hof lehnte sich Brutha an die Mauer und schnappte nach Luft.

»Deine Augen…«, begann die Schildkröte.

»Noch ein Wort, und du landest wieder im Korb«, sagte der Novize.

Die Schildkröte schwieg.

»Wahrscheinlich bekomme ich Schwierigkeiten, weil ich nicht zugegen bin, um mir Bruder Whelks Vortrag über vergleichende Religion anzuhören«, sagte Brutha. »Aber der Große Gott hat es für richtig gehalten, den armen Mann kurzsichtig werden zu lassen, und deshalb bemerkt er mein Fehlen vielleicht gar nicht. Wenn er doch feststellt, daß mein Platz leer ist, und wenn er mich fragt, wo ich gewesen bin und was ich gemacht habe… Dann muß ich ihm die Wahrheit sagen, denn wenn ich einen Bruder belüge, belaste ich meine Seele mit einer Sünde, für die mich der Große Gott Om eine Million Jahre lang in der Hölle schmoren läßt.«

»In deinem Fall werde ich gnädig sein«, entgegnete die Schildkröte. »Tausend Jahre, mehr nicht.«

Brutha achtete nicht darauf. »Meine Großmutter meinte, daß ich nach dem Tod ohnehin in die Hölle komme. Sie vertrat immer den Standpunkt, das Leben sei von Anfang an sündig. Ist doch ganz klar: Jeder neue Tag des Lebens bringt neue Sünden.«

Er sah die Schildkröte an.

»Ich weiß, du bist nicht der Große Gott Om.« Bei den heiligen Hörnern. »Wenn ich den Großen Gott Om berühren würde…« – bei den heiligen Hörnern –, »…so müßte ich bestimmt damit rechnen, mir die Hände zu verbrennen. Bruder Nhumrod hat recht: Dem Großen Gott Om fiele es nie ein, sich in der Gestalt einer Schildkröte zu manifestieren. Doch im Buch des Propheten Cena heißt es: Als er durch die Wüste wanderte, sprachen die Geister der Erde und Luft zu ihm. Vielleicht gehörst du zu ihnen.«

Eine Zeitlang starrte ihn die Schildkröte aus einem Auge an. »Ein hochgewachsener Bursche?« fragte sie schließlich. »Mit Vollbart? Und wackelnden Augen?«

»Was?« brachte Brutha hervor.

»Ich glaube, ich erinnere mich an ihn«, fuhr die Schildkröte fort. »Seine Augen *wackelten* immer, wenn er redete. Wußte überhaupt nicht, wohin er sehen sollte. Und er sprach pausenlos. Mit sich selbst. Lief dauernd gegen Felsen und so.«

»Er war drei Monate lang in der Wildnis unterwegs«, sagte Brutha.

»Das erklärt alles«, meinte die Schildkröte. »In der Wildnis ist man gezwungen, sich hauptsächlich von Pilzen zu ernähren.«

»Vielleicht bist du *tatsächlich* ein Dämon«, überlegte der Novize. »Das Septateuch verbietet uns Gespräche mit Dämonen. Aber der Prophet Fruni schrieb: Indem wir Dämonen widerstehen, gewinnen wir zusätzliche Kraft im Glauben...«

»An deinen Zähnen sollen sich Abszesse aus rotglühender Hitze bilden!«

»Wie bitte?«

»Ich schwöre bei *mir*, ich bin der Große Gott Om, der mächtigste aller Götter!«

Brutha klopfte auf den Panzer der Schildkröte.

»Ich möchte dir etwas zeigen, Dämon.«

Wenn der Novize aufmerksam genug lauschte... Dann glaubte er zu spüren, wie die Kraft seines Glaubens wuchs.

Dies war nicht die größte Statue des Gottes Om, aber sie war am nächsten. Sie erhob sich in der für Gefangene und Ketzer reservierten Höhle und bestand aus zusammengenieteten Stahlplatten.

Die Foltergruben waren leer, abgesehen von zwei Novizen, die in der Ferne einen Karren schoben.

»Ein großer Stier«, kommentierte die Schildkröte.

»Das Abbild des Großen Gottes Om in einer seiner weltlichen Inkarnationen!« sagte Brutha stolz. »Und das willst du sein?«

»Seit einer Weile geht es mir nicht mehr besonders gut«, erwiderte die Schildkröte. Sie streckte den dürren Hals noch etwas weiter unter dem Panzer hervor.

»Hinten befindet sich eine Klappe. Welchem Zweck dient sie?«

»Sie ermöglicht es, Sünder im Innern der Statue unterzubringen«, erklärte Brutha.

»Und die zweite Klappe im Bauch?«

»Mit ihrer Hilfe kann die geläuterte Asche herausgelassen werden. Der Rauch quillt aus den Nüstern, als Zeichen für die Gottlosen.«

Die Schildkröte reckte den Hals, und ihr einäugiger Blick glitt über Dutzende von kleinen Zellen mit Gittertüren. Sie betrachtete rußgeschwärzte Wände. Sie sah zur Feuermulde unter dem eisernen Stier. Sie zog die offensichtlichen Schlüsse. Und sie blinzelte.

»Menschen?« fragte sie. »Da drin werden *Menschen* verbrannt?«

»Na bitte!« entfuhr es Brutha in einem triumphierenden Tonfall. »Damit hast du dich verraten. Du bist *nicht* der Große Gott! *Er* weiß natürlich, daß wir hier keine Menschen verbrennen. Meine Güte, hier Menschen zu verbrennen... Das wäre unerhört!«

»Ja«, bestätigte die Schildkröte. »Aber was...«

»Hier wird Ketzerfleisch und ähnlicher Unrat vernichtet«, sagte Brutha.

»Sehr vernünftig«, meinte die Schildkröte.

»*Sünder* und *Kriminelle* erfahren Läuterung in den Feuern der Quisitionsgruben und manchmal auch vor dem Großen Tempel«, fügte Brutha hinzu. »Der Große Gott wüßte das.«

»Ich schätze, ich hab's vergessen«, entgegnete die Schildkröte leise.

»Der Große Gott Om...« – bei den heiligen Hörnern – »...würde sich gewiß daran erinnern, welche Worte Er Höchstpersönlich an den Propheten Wallspur gerichtet hat...« Brutha hüstelte. Tiefe Falten in seiner Stirn und ein deutliches Schielen wiesen darauf hin, daß er konzentriert nachdachte. »›Laßt den Ungläubigen vom heiligen Feuer Vernichtung bringen.‹ So lautet Vers fünfundsechzig.«

»Das habe ich wirklich gesagt?«

»Im Jahr des Nachsichtigen Gemüses hat Bischof Kriebelphor einen Dämon allein mit Hilfe der Vernunft konvertiert«, sagte Brutha. »Er wurde Kirchenmitglied und stieg bis zum Subdiakon auf. So heißt es jedenfalls.«

»Gegen den *Kampf* habe ich nichts einzuwenden«, ließ sich die Schildkröte vernehmen.

»Deine verlogene Zunge kann mich nicht in Versuchung führen, Reptil«, verkündete der Novize. »Denn ich bin stark im Glauben!«

Die Schildkröte sammelte ihre ganze geistige Kraft und stöhnte leise vor Anstrengung.

»Sollen Blitze auf dich herabzucken!«

Eine kleine – um nicht zu sagen: winzige – schwarze Wolke erschien über Bruthas Kopf, und ein kleiner – um nicht zu sagen: winziger – Blitz versengte ihm die linke Braue.

Eine ähnliche Wirkung entfalten jene Funken, die an einem heißen, trockenen Sommertag aus dem Fell einer Katze springen.

»Au!«

»Glaubst du mir *jetzt*?« fragte die Schildkröte.

Auf dem Dach der Zitadelle wehte eine angenehme Brise. Darüber hinaus bot es einen weiten Blick über die Wüste.

Fri'it und Drunah schnauften und warteten, bis sie wieder zu Atem gekommen waren.

»Sind wir hier sicher?« fragte der General schließlich.

Drunah sah auf. Hoch über den trockenen Bergen kreiste ein Adler. Der Bischof fragte sich, wie gut das Gehör eines Adlers sein mochte. Er glaubte sich daran zu erinnern, daß solche Geschöpfe bei irgend etwas besonders gut waren. Vielleicht beim Hören? Adler vernahmen Geräusche, die kleine Tiere einen Kilometer entfernt in der stillen Wüste verursachten. Andererseits: Bei Adlern haperte es mit dem Sprechen, oder?

»Ich denke schon«, erwiderte er.

»Kann ich dir vertrauen?« erkundigte sich Fri'it.

»Kann ich *dir* vertrauen?«

Die Finger des Generals trommelten auf die Brüstung.

»Äh«, sagte er.

Genau darin bestand das Problem. Alle Geheimgesellschaften bekamen es damit zu tun. Weil sie *geheim* waren. Wie viele Personen gehörten zur Bewegung der Schildkröte? Niemand wußte es genau. Wie hieß der Mann, der neben einem saß oder stand? Zwei andere Mitglieder kannten ihn, denn sie hatten ihn zur Gruppe gebracht, sich für ihn verbürgt. Doch wer verbarg sich hinter den Masken? Wissen war gefährlich. Wenn man etwas wußte, so fanden die Inquisitoren Mittel und Wege, einem alle Informationen zu entlocken. Deshalb achtete man darauf, nichts zu wissen. Dadurch wurden Gespräche während der Versammlungen leichter und außerhalb der Gruppe praktisch unmöglich.

Mit solchen Schwierigkeiten mußten alle Verschwörer fertig werden: Wie verschwor man sich gegen jemanden oder etwas, ohne klare Worte an einen potentiellen Mitverschwörer zu richten, dem man nicht ganz vertraute? Jeder Unbekannte holte vielleicht bei der ersten verdächtigen Bemerkung den rotglühenden Schürhaken der Anklage unter seiner Kutte hervor.

Trotz der kühlenden Brise perlte Schweiß auf Drunahs Stirn, ein sicheres Zeichen dafür, daß er ebenfalls derart qualvollen Überlegungen nachhing. Was jedoch nichts *bewies*.

Und Fri'it... Nun, er hatte es sich praktisch zur Angewohnheit gemacht, nicht zu sterben.

Nervös ließ er die Fingerknöchel knacken.

»Ein heiliger Krieg«, sagte er. Damit ging er kein Risiko ein. Der kurze, unvollständige Satz bot keinen Hinweis darauf, welche Ansichten Fri'it in diesem Zusammenhang vertrat. Er hatte nicht etwa gesagt: »Lieber Himmel, ein verdammter heiliger Krieg! Hat der Kerl den Verstand verloren? Irgendein blöder Missionar läßt sich umbringen, und jemand anders schreibt etwas Unsinniges über die Welt. Deshalb muß ein Krieg stattfinden?« Wenn man ihm das Messer auf die Brust setzte, ihm auf dem Streckbrett vielleicht auch noch die Daumenschrauben anlegte, so konnte er behaupten, folgendes gemeint zu haben: »Endlich bietet sich uns die seit langem ersehnte Gelegenheit, einen ruhmvollen Tod zu sterben, für Om, den einzigen wahren Gott, der die Ungläubigen mit Hufen aus Eisen niederstampft!« Es machte keinen großen Unterschied, solange allein der Vorwurf als Beweis für die Schuld genügte, doch vielleicht zog der eine oder andere Inquisitor dadurch einen Irrtum in Erwägung.

»Während der letzten hundert Jahre ist die Kirche nicht sehr militant gewesen«, sagte Drunah und blickte über die Wüste. »Sie hat sich vor allem den weltlichen Problemen des Reiches gewidmet.«

Eine Feststellung, weiter nichts. Nirgends der geringste Ansatzpunkt für einen Knochenbrecher oder Gelenkzertrümmerer.

»Es gab den Feldzug gegen die Hodgsoniten«, sagte Fri'it. »Und die Unterwerfung der Melchioriten. Und die Bestrafung des falschen Propheten Zeb. Und die Belehrung der Aschelianer. Und die Läuterung der...«

»Das war alles nur Politik«, erwiderte Drunah.

»Hm. Ja. Natürlich. Du hast völlig recht.«

»Außerdem kann niemand bestreiten, es wäre nicht sehr weise, den Ruhm des Großen Gottes mit einem heiligen Krieg zu mehren.«

»Nein, das läßt sich tatsächlich nicht bestreiten«, entgegnete Fri'it. Oft war er am Tag nach einem glorreichen Sieg übers Schlachtfeld gewandert, und dabei hatte er einen Eindruck davon gewonnen, was Krieg wirklich bedeutete. Die Omnianer durften keine Drogen nehmen, und manchmal erwies sich dieses Verbot als eine sehr schwere Bürde – zum Beispiel dann, wenn man nicht zu schlafen wagte, aus Angst vor den Träumen.

»Hat der Große Gott nicht durch den Propheten Abbys verkünden lassen, es gäbe keine größere Ehre, als für Ihn zu sterben?«

»Ja, das hat er«, antwortete Fri'it, und dabei fiel ihm ein: Abbys war fünfzig Jahre lang in der Zitadelle Bischof gewesen, bevor der Große

Gott ihn auserwählte. Er hatte nie erlebt, wie ihm brüllende Feinde mit gezückten Schwertern entgegenstürmten. Er hatte nie in die Augen von Männern gesehen, die seinen Tod wünschten... Halt, das stimmte nicht ganz. In der Kirche gab es *Politik*. Mit anderen Worten: Es mangelte nicht an Leuten, die Karriere machen wollten, auch und gerade auf Kosten ihrer Kollegen. Aber wenn der Bischof in die Augen von Personen gesehen hatte, die seinen Tod wünschten, so brauchte er wenigstens nicht zu befürchten, daß sich die Betreffenden ihren Wunsch erfüllten – dazu fehlten ihnen die notwendigen Mittel.

»Es ist ehrenvoll, für seinen Glauben zu sterben«, intonierte Drunah. Es klang so, als verläse er eine sorgfältig notierte Botschaft.

»Das haben die Propheten mehrmals betont«, murmelte Fri'it.

Die Wege des Großen Gottes waren unerfindlich. Zweifellos wählte Er Seine Propheten aus, aber offenbar brauchte Er dabei Hilfe. Vielleicht war Er zu beschäftigt, um ganz allein auszuwählen. In dieser Hinsicht schienen seit einiger Zeit viele Treffen stattzufinden. Selbst bei den Messen im Großen Tempel wurde viel genickt, und gewisse Leute wechselten bedeutungsvolle Blicke.

Der junge Vorbis schien dabei im Mittelpunkt zu stehen. Wie leicht es doch fiel, ihn bereits für einen Auserwählten zu halten... Das Schicksal hatte ihm anscheinend auf die Schulter geklopft. Ein kleiner Teil von Fri'it – jener Teil, der viel Zeit in Zelten verbracht und bei häufigen Kämpfen die Erfahrung gemacht hatte, daß man im Gewühl auf dem Schlachtfeld nicht nur von Feinden getötet werden konnte, sondern auch von Freunden – dachte nun: *Oder etwas* anderes *hat ihn berührt*. Der Gedanke wurzelte in jenem Teil von Fri'its Selbst, der dazu bestimmt war, bis ans Ende der Zeit in der Hölle zu weilen. Nun, immerhin wußte er bereits, was es damit auf sich hatte.

»Weißt du, früher war ich viel unterwegs«, brummte er.

»Ich habe mehrmals zugehört, wenn du auf recht interessante Weise von deinen Reisen in heidnischen Ländern berichtet hast«, erwiderte Drunah höflich. »Dabei fanden häufig Glöckchen Erwähnung.«

»Habe ich jemals von den Braunen Inseln erzählt?«

»Am Ende der Welt und vielleicht sogar jenseits davon«, sagte Drunah. »Ja, ich erinnere mich. Dort wächst Brot an den Bäumen, und junge Frauen finden kleine weiße Kugeln in Austern. Angeblich tauchen sie danach, und dabei sind sie splitterfaserna...«

»Ich denke an etwas anderes«, meinte Fri'it. Vor seinem inneren Auge zeichnete sich ein Bild ab, das keinen größeren Kontrast zu der bis zum Horizont reichenden Wüstenlandschaft bilden konnte. »An den Ozean. An höhere Wellen als die des Runden Meeres. Die Männer müssen lange rudern, um jenseits von ihnen zu fischen. Dabei benutzen sie seltsame plankenartige Objekte. Wenn sie zurückkehren wollen, warten sie auf eine Welle, stehen dann auf und lassen sich von der Woge bis zum Strand tragen.«

»Die Geschichte von den tauchenden Frauen gefällt mir besser«, entgegnete Drunah.

»Manchmal sind die Wellen noch größer als sonst«, fuhr Fri'it fort und ignorierte die Bemerkung des Bischofs. »Nichts kann ihnen widerstehen. Aber wenn man auf ihnen reitet, ertrinkt man nicht. Das habe ich damals gelernt.«

Drunah begegnete einem bedeutungsvollen Blick.

»Ah«, sagte er und nickte. »Wie wundervoll vom Großen Gott, uns so lehrreiche Beispiele zu geben.«

»Es kommt darauf an, die Stärke der Welle richtig zu beurteilen«, betonte Fri'it. »Und dann auf ihr zu reiten.«

»Was passiert mit den Leuten, die dabei nicht vorsichtig genug sind?«

»Sie ertrinken. Das geschieht ziemlich oft. Wie ich schon sagte: Manchmal sind die Wellen ziemlich groß.«

»Das liegt in ihrer Natur, soweit ich weiß.«

Der Adler kreiste noch immer hoch oben am Himmel. Wenn er etwas verstanden hatte, so gab er es durch nichts zu erkennen.

»Das sind interessante Informationen.« Drunahs Stimme klang jetzt fast fröhlich. »Und sicher kann man sie gut verwenden, wenn man sich irgendwann in einem heidnischen Land aufhalten sollte.«

»Ja.«

In allen Bereichen der Zitadelle erklangen Stimmen von den Gebetstürmen: Die Diakone sangen von den Stundenpflichten.

Brutha hätte jetzt in seiner Klasse sein sollen. Aber die Lehrpriester waren nicht zu streng mit ihm: Immerhin war er mit allen Büchern des Septateuch bestens vertraut, kannte die Gebete und Lieder auswendig – was er seiner Großmutter verdankte. Vermutlich nahm man an, daß er sich irgendwo nützlich machte und Arbeiten erledigte, um die sich sonst niemand kümmern wollte.

Er hackte zwischen den Bohnenbeeten, damit es so aussah, als sei er fleißig. Der Große Gott Om – in seiner derzeitigen Manifestation als recht kleiner Gott Om – verspeiste ein Salatblatt.

Während der Novize hackte, dachte er: *Mein ganzes Leben lang habe ich den Großen Gott Om* – er vollführte das Zeichen der heiligen Hörner, wenn auch auf eine eher halbherzige Weise – *...für eine Art großen Bart am Himmel gehalten, vielleicht auch für einen Stier oder einen Löwen in Seinen weltlichen Inkarnationen.* Immer hatte er sich etwas Großes vorgestellt. Etwas, zu dem man aufsehen konnte.

Aber eine Schildkröte... Es erscheint mir einfach nicht richtig. Ich gebe mir Mühe, doch ich kann keine Ehrfurcht empfinden. Und wenn sie – Er – so von den Propheten spricht, als seien es nur dumme alte Männer gewesen... Es kommt mir alles wie ein Traum vor...

In den Regenwäldern von Bruthas Unterbewußtsein rührte sich der Schmetterling des Zweifels und schlug mit den Flügeln, ohne zu ahnen, was die Chaostheorie von solchen Dingen zu berichten wußte.

»Jetzt fühle ich mich besser«, sagte die Schildkröte. »Besser als seit einigen Monaten.«

»Als seit einigen Monaten?« wiederholte Brutha. »Wie lange bist du schon... krank?«

Die Schildkröte trat auf ein Blatt.

»Welcher Tag ist heute?« fragte sie.

»Der zehnte Gruni«, antwortete Brutha.

»Ach? Und welches Jahr schreibt man?«

»Das der Symbolischen Schlange... He, was soll das heißen?«

»Dann sind inzwischen... drei Jahre vergangen«, sagte die Schildkröte. »Dies ist guter Kopfsalat. Und *ich* kenne mich damit aus. In den Bergen gibt's keinen so leckeren Salat, nur Wegerich und Kreuzkraut. Und natürlich Dornbüsche. Es werde ein weiteres Blatt.«

Brutha zupfte am nächsten Kopfsalat. *Und siehe, es ward noch ein Blatt*, dachte er.

»Wolltest du dich in einen Stier verwandeln?« erkundigte er sich.

»Ich öffnete die Augen – das Auge – und stellte fest, ich war eine Schildkröte.«

»Warum?«

»Woher soll ich das wissen? Ich habe keine Ahnung.« log Om.

»Aber du bist doch... äh, allwissend.«

»Das bedeutet noch lange nicht, daß ich alles weiß.«

Brutha biß sich auf die Lippe. »Äh. Doch. Das bedeutet es.«

»Im Ernst?«

»Ja.«

»Und Omnipotenz?«

»Damit ist Allmacht gemeint. Und das bist du: allmächtig und allwissend. So heißt es jedenfalls im Buch Ossory. Er war einer der großen Propheten. Du erinnerst dich bestimmt an ihn. Hoffe ich jedenfalls«, fügte Brutha hinzu.

»Wer hat ihm gesagt, ich sei allmächtig?«

»Du selbst.«

»Unsinn.«

»Ossory hat zumindest *behauptet*, du hättest es ihm gesagt.«

»Ich habe nie jemanden namens Ossory kennengelernt«, brummte die Schildkröte.

»Du hast in der Wüste mit ihm gesprochen«, sagte Brutha. »Es fällt dir bestimmt wieder ein, wenn du nachdenkst. War größer als zwei Meter. Hatte einen langen Bart. Und einen Stab. Und an seinem Haupt zeigte sich das Leuchten der heiligen Hörner.« Der Novize zögerte. Er hatte die Statuen und sakralen Ikonen gesehen – sie konnten sich nicht irren.

»So ein Bursche ist mir nie über den Weg gelaufen«, meinte der kleine Gott Om.

»Vielleicht war er nicht ganz so groß«, räumte Brutha ein.

»Ossory, Ossory«, murmelte die Schildkröte. »Nein... nein... sagt mir überhaupt nichts...«

»Er schrieb, daß du aus einer Feuersäule zu ihm gesprochen hast«, fügte Brutha hinzu.

»Ach, *der* Ossory«, erwiderte Om. »Feuersäule. Ja.«

»Bei jener Gelegenheit hast du ihm das Buch Ossory diktiert«, sagte der Novize. »Komplett mit den Anweisungen, Richtlinien und Abschwörungen. Insgesamt sind es hundertdreiundneunzig Kapitel.«

»Ich bezweifle, daß ich ihm wirklich so viel diktiert habe«, sagte die Schildkröte skeptisch. »Hundertdreiundneunzig Kapitel hätte ich bestimmt nicht vergessen.«

»Was *hast* du ihm denn dann gesagt?«

»Ich glaube, meine Worte lauteten: ›He, sieh mal, was ich kann!‹« antwortete Om.

Brutha starrte auf die Schildkröte hinab. Sie wirkte verlegen, soweit sich das feststellen ließ.

»Selbst Götter möchten sich mal entspannen«, rechtfertigte sich Om.

»Hunderttausende von Menschen leben nach den Maßstäben der Regeln und Richtlinien!« stieß Brutha hervor. »Von den Abschwörungen ganz zu schweigen.«

»Sollen sie ruhig«, erwiderte die Schildkröte. »Ich beabsichtige nicht, sie daran zu hindern.«

»Wenn du die göttlichen Vorschriften nicht diktiert hast – wer dann?«

»Was fragst du mich? Ich habe bereits darauf hingewiesen, nicht allwissend zu sein.«

Brutha zitterte vor Zorn.

»Und der Prophet Abbys? Ich schätze, er hat die Kodizille durch reinen Zufall bekommen, wie?«

»Von mir hat er sie nicht.«

»Der Text steht auf drei Meter großen Bleiplatten!«

»Oh, dann *muß* ich ja dafür verantwortlich sein, nicht wahr? Ich trage immer einige tonnenschwere Bleiplatten mit mir herum für den Fall, daß ich einem Propheten in der Wüste begegne.«

»Wenn du sie ihm nicht gegeben hast... Von wem sonst soll Abbys sie bekommen haben?«

»Was weiß ich?« erwiderte die Schildkröte. »Woher sollte ich es auch wissen? Schließlich kann ich nicht überall zugleich sein.«

»Du bist omnipräsent!«

»Wer behauptet das?«

»Der Prophet Haschimi!«

»Höre jetzt zum erstenmal von ihm.«

»Ach, tatsächlich? Dann hat er das Buch der Schöpfung nicht von dir erhalten, oder?«

»Welches Buch der Schöpfung?«

»Soll das etwa heißen, du kennst es nicht?«

»Nein!«

»Wer hat es ihm dann gegeben?«

»Keine Ahnung! Vielleicht hat er's selbst geschrieben!«

Brutha preßte sich entsetzt die Hand auf den Mund.

»Daff ift Blaffemie!«

»Was?«

Brutha ließ die Hand sinken.

»Das ist Blasphemie!«

»Blasphemie? Ich kann überhaupt nicht blasphemisch sein. Immerhin bin ich ein Gott!«

»Ich glaube dir nicht.«

»Ha! Willst du noch einmal von einem Blitz getroffen werden?«

»So etwas nennst du einen Blitz?«

Bruthas Wangen glühten, und er bebte am ganzen Leib. Die Schildkröte ließ traurig den Kopf hängen.

»Na schön, na schön«, seufzte sie. »Er hätte etwas eindrucksvoller sein können, das gebe ich zu. Unter normalen Umständen wären jetzt nur noch zwei qualmende Sandalen von dir übrig.« Der Schildkröte gelang es, Betroffenheit zum Ausdruck zu bringen. »Ich verstehe das nicht. So etwas ist mir noch nie passiert. Für eine Woche wollte ich zu einem großen weißen Stier werden, und statt dessen bin ich drei Jahre lang ein kleines Reptil. Warum? *Ich* weiß es nicht, und das ist um so verwunderlicher, da ich eigentlich alles wissen sollte – wenn man den Propheten glauben darf, denen ich angeblich begegnet bin. Man hat mich überhaupt nicht beachtet! Ich habe versucht, mit Ziegenhirten und so zu reden, aber nie hat mich jemand gehört! Ich habe schon angefangen, mich für eine Schildkröte zu halten, die davon träumt, ein Gott zu sein. Ja, so schlimm wurde es.«

»Vielleicht stimmt es«, spekulierte Brutha. »Vielleicht bist du wirklich nur eine größenwahnsinnige Schildkröte.«

»Deine Beine sollen auf die Größe von Baumstämmen anschwellen!« fauchte Om.

»Aber... aber...« Der Novize suchte nach den richtigen Worten. »Wenn du recht hast... Dann sind die Propheten nur Leute, die irgend etwas niedergeschrieben haben.«

»Ja, genau.«

»Ich meine, sie haben Botschaften niedergeschrieben, die *nicht* von dir stammten!«

»Nun, das eine oder andere habe ich vielleicht diktiert«, sagte die Schildkröte. »Allerdings... Ich erinnere mich kaum mehr daran.«

»Aber wenn du hier als Schildkröte unterwegs gewesen bist... Wer hat dann all den Gebeten zugehört? Wer nahm die Opfer entgegen? Wer entscheidet darüber, ob die Seelen der Verstorbenen in den Himmel kommen oder zur Hölle fahren?«

»Ich weiß es nicht«, erwiderte Om. »Wer hat denn vorher darüber befunden?«

»Du!«

»Ich?«

Brutha steckte sich die Finger in die Ohren und sang die dritte Strophe von *Und siehe, die Ungläubigen fliehen vor dem Zorn des Großen Gottes Om*.

Nach einigen Minuten kam der Schildkrötenkopf unterm Panzer zum Vorschein.

»Müssen sich die Ungläubigen solche Lieder anhören, bevor sie bei lebendigem Leib verbrannt werden?« fragte der kleine Gott Om.

»Nein!«

»Oh. Also ist es doch ein gnädiger Tod. Darf ich noch etwas sagen?«

»Wenn du erneut meinen Glauben erschüttern willst...«

Die Schildkröte zögerte. Om kramte in den klemmenden Schubladen seines Gedächtnisses, hob einen Fuß und scharrte im Staub.

»Ich... erinnere mich an einen ganz bestimmten Tag... im Sommer... Du warst dreizehn Jahre alt...«

Die krächzende Stimme fuhr fort, und Brutha hörte verblüfft zu. Seine Lippen formten ein O.

»Woher weißt du das?« fragte der Novize schließlich.

»Du glaubst doch, daß der Große Gott Om alles sieht, oder?«

»Du bist eine Schildkröte. Du kannst unmöglich gesehen haben, wie...«

»Als du fast vierzehn warst, schlug dich deine Großmutter, weil du Rahm aus der Vorratskammer gestohlen hattest. Sie irrte sich – dich traf überhaupt keine Schuld. Sie schloß dich in deinem Zimmer ein, und dort hast du leise gesagt: ›Ich wünschte, du wärst...‹«

Es wird ein Zeichen geben, dachte Vorbis. Es gab immer ein Zeichen für jemanden, der aufmerksam genug danach Ausschau hielt. Ein kluger Mann stellte sich in den Weg Gottes.

Er wanderte durch die Zitadelle. Darin bestand eine seiner Angewohnheiten: Einmal am Tag ging er durch die unteren Etagen, jedesmal zu einer anderen Zeit. Und jedesmal beschritt er einen anderen Weg. Wenn Vorbis überhaupt dazu imstande war, an irgend etwas Freude zu finden – und hier ist eine Art von Freude gemeint, die normalen Menschen nicht zu seltsam erscheint –, so bestand sie darin, Gesichter zu sehen. Insbesondere die Gesichter von Leuten, die um eine Ecke bogen und sich ganz plötzlich dem Diakon der Quisition gegenübersahen. Bei solchen Gelegenheiten wurde häufig nach Luft geschnappt, und es offenbarten sich auch andere Hinweise auf ein schlechtes Gewissen. Schlechte Gewissen hielt Vorbis für sehr wichtig. Der Sinn des Gewissens bestand seiner Meinung nach darin, für die Seele eine Art zu kleiner Schuh zu sein, der überall drückte. Schuld war das Schmierfett für die Achsen der Autorität.

Vorbis trat in einen anderen Korridor, und an der Wand gegenüber sah er eine primitive Zeichnung: ein Oval mit vier Beinen und der wenig künstlerischen Darstellung von Kopf und Schwanz.

Er lächelte. In letzter Zeit zeigten sich solche Symbole immer öfter. Nun, sollte die Häresie ruhig eitern und zu einem deutlich ausgeprägten Furunkel werden. Vorbis wußte, wie man mit solchen Dingen fertig wurde.

Während der wenigen Sekunden, in denen er darüber sinniert hatte, setzten die Beine des Diakons den Weg fort, trugen ihn an einer Abzweigung vorbei und... nach draußen, in den hellen Sonnenschein.

Zwar kannte er sich gut in der Zitadelle aus, doch diesmal empfand Vorbis fast so etwas wie Verwirrung. Vor ihm erstreckte sich ein von hohen Mauern gesäumter Garten. Neben einer dekorativen Ansammlung von klatschianischem Mais reckten Bohnenpflanzen rote und weiße Blüten der Sonne entgegen. Zwischen ihren Reihen ruhten

Melonen auf dem staubigen Boden. Normalerweise hätte Vorbis die gute Nutzung dieses Ortes zu schätzen gewußt, aber diesmal galt sein Interesse nicht in erster Linie den landwirtschaftlichen Elementen des Gemüsegartens, sondern dem dicken Novizen, der auf dem Boden hin und her schaukelte und sich dabei die Ohren zuhielt.

Eine Zeitlang blickte Vorbis auf ihn hinab. Dann stieß er Brutha mit der Sandale an.

»Was plagt dich, Sohn?«

Der Junge öffnete die Augen.

Es gab nicht viele hochrangige Repräsentanten der Kirche, die er sofort zu identifizieren wußte. Selbst den Zönobiarchen kannte er nur als ferne Silhouette. Doch der Exquisitor Vorbis ließ sich kaum mit jemandem verwechseln. Etwas an ihm projizierte sich schon nach wenigen Tagen ins Selbst eines jeden Neuankömmlings in der Zitadelle. Den Großen Gott Om fürchtete man allein aus Tradition, aber Vorbis säte *Entsetzen*.

Brutha fiel in Ohnmacht.

»Sonderbar«, sagte der Diakon.

Er vernahm ein leises Zischen und drehte sich um.

Eine kleine Schildkröte kroch in unmittelbarer Nähe seiner Füße über den Boden. Als er sie beobachtete, wich sie langsam zurück, starrte zu ihm empor und zischte wie ein Kessel.

Vorbis griff danach und betrachtete das Reptil, während er es hin und her drehte. Anschließend sah er sich noch einmal im Garten um, fand eine schattenlose Stelle und legte die Schildkröte dort auf den Rücken. Er überlegte kurz, sammelte einige Steine und schob sie unter den Panzer. Das Tier war jetzt mit dem Bauch zum Himmel festgesetzt.

Nach Vorbis' Ansicht mußte jede Gelegenheit genutzt werden, um esoterisches Wissen zu sammeln. Er beschloß, in einigen Stunden zurückzukehren und festzustellen, wie es der Schildkröte erging – vorausgesetzt natürlich, daß ihm die Pflichten Zeit dafür ließen.

Dann wandte er seine Aufmerksamkeit wieder Brutha zu.

Es gab eine Hölle für Leute, die sich der Blasphemie schuldig machten. Es gab eine Hölle für Untertanen, die rechtmäßige Autorität in Frage stellten. Es gab gleich mehrere Höllen für Lügner. Vermutlich gab es auch eine Hölle für kleine Jungen, die ihrer Großmutter den Tod wünschten. An Höllen herrschte kein Mangel.

So lautete die Definition der Ewigkeit: ein vom Großen Gott Om geschaffener Zeitraum, der sicherstellen sollte, daß alle Sterblichen ihre gerechte Strafe erhielten.

Die Omnianer kannten viele Höllen.

Und Brutha schien in ihnen allen gleichzeitig zu weilen

Bruder Nhumrod und Bruder Vorbis beobachteten, wie sich der Novize auf dem Bett hin und her wälzte und dabei gewisse Ähnlichkeiten mit einem gestrandeten Wal aufwies.

»Es liegt an der Sonne«, vermutete Nhumrod. Inzwischen erholte er sich allmählich von dem Schock, den der Besuch des Exquisitors verursacht hatte.

»Der arme Junge arbeitet den ganzen Tag im Garten. Früher oder später mußte so etwas passieren.«

»Hast du es mit Prügeln versucht?« fragte Bruder Vorbis.

»Es tut mir leid, aber bei Brutha haben Prügel ebensowenig Sinn, als wollte man eine Matratze verhauen«, erwiderte Brutha. »Er sagt ›Au!‹, doch ich vermute, damit will er nur guten Willen demonstrieren. Daran mangelt es ihm nicht. An gutem Willen, meine ich. Er ist der Junge, von dem ich dir erzählt habe.«

»Er sieht nicht besonders intelligent aus«, stellte Vorbis fest.

»Er ist es auch nicht«, sagte Nhumrod.

Vorbis nickte anerkennend. Übermäßige Intelligenz bei einem Novizen war nicht unbedingt wünschenswert. Manchmal ließ sie sich nutzen, um den Ruhm des Großen Gottes Om zu mehren, doch sie konnte auch... Nein, sie schuf keine Unruhe, denn Vorbis wußte genau, wie man das Problem falsch verwendeter Intelligenz löste. Aber sie konnte zusätzliche Arbeit bedeuten.

»Und doch loben ihn seine Lehrer, wie ich von dir hörte«, sagte der Diakon.

Nhumrod zuckte mit den Schultern.

»Er ist sehr gehorsam. Und... Und dann wäre da noch sein Gedächtnis.«

»Was hat es damit auf sich?«

»Es scheint sehr umfangreich zu sein.«

»Soll das heißen, das Gedächtnis des Jungen ist gut?«

»Mehr als nur gut. Es ist ausgezeichnet, geradezu perfekt. Er kennt das Septateuch in- und auswendig. Er...«

»Hmm?« fragte Vorbis.

Nhumrod fühlte sich vom Blick des Exquisitors durchbohrt.

»Ich meine, sein Gedächtnis ist so perfekt, wie etwas in dieser alles andere als perfekten Welt sein kann.«

»Ein sehr frommer, belesener junger Mann«, kommentierte Vorbis.

»Äh«, sagte Nhumrod. »Er kann weder lesen noch schreiben.«

»Oh. Ein *fauler* Junge.«

Der Diakon vergeudete keine Zeit in Grautönen. Nhumrods Mund öffnete und schloß sich mehrmals, während er eine Antwort zu formulieren versuchte.

»Nein«, entgegnete er schließlich. »Er gibt sich Mühe. Da sind wir ganz sicher. Aber offenbar schafft er es nicht, irgendwelche Verbindungen zwischen... Lauten und Buchstaben zu erkennen.«

»Habt ihr ihn wenigstens deshalb verprügelt?«

»Es scheint kaum etwas zu nützen, Diakon.«

»Wie ist es ihm möglich gewesen, trotzdem ein guter Schüler zu werden?«

»Er hört zu«, erklärte Nhumrod.

Niemand hörte besser zu als Brutha. Und dadurch hatten es die Lehrer recht schwer. Sie gewannen bei ihm den Eindruck, in... in einer großen Höhle zu sein. Alle Worte verschwanden in den unergründlichen Tiefen von Bruthas Kopf. Dieses konzentrierte Absorbieren des

Gesprochenen konnte schlecht vorbereitete Lehrer profunder Verwirrung zum Opfer fallen lassen: Sie stotterten erst und schwiegen dann, weil sie es einfach nicht mehr ertrugen, daß Bruthas Ohren jede einzelne Silbe aufsaugten.

»Er hört sich alles an«, sagte Nhumrod. »Und er beobachtet alles. Um es sich einzuprägen.«

Vorbis starrte auf Brutha hinab.

»Und ich habe nie ein unfreundliches Wort von ihm gehört«, sagte Nhumrod. »Manchmal machen sich die anderen Novizen über ihn lustig. Nennen ihn ›großen dummen Ochsen‹ oder so. Du weißt ja, wie die Jungen sind, oder?«

Vorbis' Blick galt Bruthas prankenartigen Händen und baumstammdicken Beinen.

Er wirkte sehr nachdenklich.

»Er kann nicht schreiben und lesen«, murmelte er. »Aber er ist sehr gehorsam und zuverlässig?«

»Noch gehorsamer und zuverlässiger kann man kaum sein«, erwiderte Nhumrod.

»Außerdem hat er ein gutes Gedächtnis«, sagte der Exquisitor.

»Es ist mehr als nur ein Gedächtnis. Man müßte ein ganz neues Wort dafür erfinden.«

Vorbis traf eine Entscheidung.

»Schick ihn zu mir, wenn er wieder zu sich gekommen ist.«

Nhumrod riß erschrocken die Augen auf.

»Ich möchte nur mit ihm reden«, sagte Vorbis. »Vielleicht habe ich Verwendung für ihn.«

Hoch über der Wüste. Hier herrschte Stille. Nur der Wind seufzte in den Federn.

Der Adler glitt mit ausgebreiteten Schwingen dahin und beobachtete die winzigen Gebäude der Zitadelle.

Er hatte die Schildkröte losgelassen, damit sie an den Felsen zerplatzte, doch statt dessen war sie verschwunden. Sie mußte irgendwo dort unten sein. Vermutlich versteckte sie sich in diesem grünen Fleck.

Bienen summten an den Bohnenblüten. Und auf Oms Bauch brannte heißer Sonnenschein herab.

Es gibt auch eine Hölle für Schildkröten.

Inzwischen war der kleine Gott Om zu müde, um noch weiter zu strampeln. Er mußte sich damit begnügen, die Beine von einer Seite zur anderen zu neigen und den Kopf auszustrecken in der Hoffnung, daß er als Hebel wirkte.

Geringe Götter starben, wenn niemand an sie glaubte – davor fürchteten sie sich ständig. Aber sie starben auch, wenn sie *starben.*

Jener Teil seines Selbst, der nicht ständig an die Hitze dachte, fühlte Bruthas Mischung aus Fassungslosigkeit und Bestürzung. Om bedauerte seine Bemerkung. Natürlich hatte er den Jungen gar nicht beobachtet. Welcher Gott vergeudete damit Seine Zeit? Was spielte es überhaupt für eine Rolle, was die Leute *anstellten*? Wichtig war nur, daß sie *glaubten.* Ein kurzer Blick in Bruthas Gedächtnis – mehr steckte nicht dahinter. Wie ein Zauberer, der ein Ei hinter dem Ohr eines Zuschauers hervorholte... Auf die gleiche Weise hatte er den Jungen beeindruckt: mit einem Trick.

Ich liege auf dem Rücken, und es wird immer heißer, und ich sterbe...

Und doch... Als ihn der verdammte Adler losgelassen hatte, war er auf einen Komposthaufen gefallen. Eigentlich ein Clown, der Adler. Hier gab es weit und breit nichts als Felsen, aber der blöde Vogel ließ ihn auf das einzige Etwas fallen, das den Sturz der Schildkröte beendete, ohne auch einen Schlußstrich unter ihr Leben zu ziehen. Außerdem befand sich auch noch ein Gläubiger in der Nähe.

Seltsam. Angesichts solcher Zufälle fragte man sich, ob nicht göttliche Vorsehung im Spiel war. Allerdings: Als Gott bestimmte man selbst über die göttliche Vorsehung...

Om lag weiter auf dem Rücken, gnadenloser Hitze und damit dem *Tod* ausgesetzt...

Jener Mann, der ihn umgedreht hatte... Sein Gesicht brachte nicht etwa Grausamkeit oder etwas in der Art zum Ausdruck, sondern eine ebenso sonderbare wie schreckliche Art von *Frieden*.

Ein Schatten verdrängte das grelle, heiße Licht. Om blinzelte und spähte zu Lu-Tze empor. Aus seiner gegenwärtigen Perspektive sah er das Gesicht falsch herum, aber trotzdem erkannte er Mitgefühl darin. Der Mann bückte sich und drehte die Schildkröte, griff dann nach seinem Besen und schlurfte fort, ohne sich noch einmal umzuschauen.

Om seufzte erleichtert. Und begriff plötzlich.

Jemand im Himmel mag mich, dachte er. *Und zwar ich selbst.*

Feldwebel Simony wartete, bis er sich in seinem Quartier befand, bevor er den Zettel entfaltete.

Er war kaum überrascht, als er das Symbol einer Schildkröte auf dem Papier sah. Freude erfaßte ihn.

Eine solche Chance hatte er sich erhofft. Er mußte jenen Mann holen, der die Wahrheit schrieb, als Symbol für die Bewegung. Diese Aufgabe kam ihm zu. Schade nur, daß er Vorbis nicht umbringen durfte.

Der Tod des Exquisitors mußte in aller Öffentlichkeit stattfinden.

Irgendwann. Vor dem Tempel. Damit ihn alle sterben sahen. Damit die Leute glaubten.

Om stapfte durch einen sandigen Korridor.

Nach Bruthas Verschwinden hatte er eine Zeitlang gewartet. Schildkröten können gut warten. Darin sind sie praktisch Weltmeister.

Blöder Junge, dachte Om. *Na ja, wenn man's genau nimmt, bin ich selbst schuld an meiner Lage. Ich hätte mich gar nicht erst an den Narren Brutha wenden dürfen.*

Der dürre Alte hatte ihn nicht gehört. Ebensowenig der Koch. Nun, der alte Knacker war vermutlich taub. Was den Koch betraf... Für ihn würde sich Om ein ganz besonderes Schicksal ausdenken, sobald ihm wieder göttliche Allmacht zur Verfügung stand. Er wußte noch nicht genau, wie die Strafe aussehen mochte, doch soviel stand fest: Es ging dabei um kochendes Wasser und vielleicht auch Karotten.

Eine Zeitlang erfreute er sich an dieser Vorstellung. Aber brachte sie ihn weiter? Löste sie seine aktuellen Probleme? Nein. Er blieb eine Schildkröte, die es in einen Gemüsegarten der Zitadelle verschlagen hatte. Wie er diesen Ort trotz der hohen Mauer erreicht hatte? Profundes Unbehagen erfaßte Om, als er an den winzigen Punkt am Himmel dachte. Ein zweites Mal durfte er nicht mit so enorm viel Glück rechnen. Er legte keinen Wert darauf, über die Mauern hinwegzufliegen, in den Klauen eines Adlers, und das bedeutete: Er mußte einen anderen Weg finden, wenn er sich nicht den nächsten Monat unter Melonenblättern verstecken wollte.

Etwas anderes fiel ihm ein. Das Essen!

Wenn er sich in einen wahren Gott zurückverwandelt hatte, würde er *viel* kreative Kraft darauf verwenden, einige neue Höllen zu entwerfen. Außerdem wollte er weitere Gebote formulieren. Zum Beispiel: Du sollst nicht essen das Fleisch der Schildkröte. Das war wichtig. Om fragte sich, wieso er nicht schon viel früher daran gedacht hatte. Es kam eben auf die Perspektive an.

Oder: Du sollst jede in Not geratene Schildkröte aufheben und sie zu einem sicheren Ort tragen, es sei denn – und das ist wichtig – du bist ein Adler; in dem Fall laß deine verdammten Klauen vom armen Reptil. Eine solche göttliche Anweisung hätte dem nun kleinen Gott Om eine Menge Schwierigkeiten erspart.

Ihm blieb nichts anderes übrig, als den Zönobiarchen selbst zu finden. Ein Hohepriester sollte eigentlich imstande sein, ihn zu hören.

Und bestimmt befand er sich irgendwo in der Zitadelle. Hohepriester gingen nur selten auf Reisen. Om mochte derzeit eine Schildkröte sein, aber das änderte nichts an seinem göttlichen Wesen, oder?

Nach oben. Darauf lief die Hierarchie hinaus. Den Burschen an der Spitze fand man *oben*.

Der frühere Große Gott Om schwankte ein wenig, und sein Schildkrötenpanzer wackelte, als er durch jene Zitadelle wanderte, die man zu seinen Ehren erbaut hatte.

Unterwegs stellte er fest, daß sich in den vergangenen dreitausend Jahren viel verändert hatte.

»*Ich?*« brachte Brutha hervor. »Aber, aber...«

»Er will dich nicht bestrafen«, sagte Nhumrod. »Obwohl du natürlich Strafe verdienst. Wir *alle* verdienen sie«, fügte er fromm hinzu.

»Aber *warum*?«

»... warum? Er äußerte die Absicht, mit dir zu reden.«

»Ich kann doch gar nichts sagen, das für einen Quisitor von Interesse wäre!« jammerte Brutha.

»... wäre. Du willst es gewiß nicht ablehnen, dich den Wünschen des Diakons zu fügen«, meinte Nhumrod.

»Nein, nein, natürlich nicht«, bestätigte Brutha und ließ den Kopf hängen.

»Braver Junge«, lobte Nhumrod. Er hob die Arme und klopfte Brutha möglichst weit oben auf den Rücken. »Du solltest sofort zu ihm gehen. Bestimmt ist alles in bester Ordnung.« Auch der Novizenmeister war in den Traditionen der Wahrheit erzogen, und deshalb fügte er hinzu: »Ich *nehme an*, alles ist in bester Ordnung.«

Es gab nur wenige Treppen in der Zitadelle. Die komplexen Rituale des Großen Gottes Om erforderten lange Prozessionen, die dann besonders eindrucksvoll wirkten, wenn sie über sanft geneigten Boden führten. Die wenigen existierenden Stufen waren niedrig genug, so daß sie keine Hindernisse für schwache, gebrechliche Alte darstellten. In der Zitadelle wimmelte es von alten Leuten.

Die ganze Zeit über wehte von der Wüste her Sand herein. Er sammelte sich an den Stufen und auf den Höfen, trotz der Bemühungen eines ganzen Heers mit Besen bewaffneter Novizen.

Die Beine einer Schildkröte taugen nicht viel.

»Du sollst niedrigere Stufen bauen«, zischte der kleine Gott Om und erkletterte die erste Barriere.

Nur einige Zentimeter entfernt donnerten Füße an ihm vorbei. Dies war einer der wichtigen Verbindungswege in der Zitadelle. Er führte zum Platz der Klage; Tausende von Pilgern eilten hier täglich entlang.

Gelegentlich prallte eine Sandale an den Panzer der Schildkröte, stieß sie hierhin und dorthin.

»Eure Füße sollen sich vom Körper lösen und fortfliegen, um in einem Termitenhügel zu enden!« heulte Om.

Dadurch fühlte er sich ein wenig besser.

Wieder traf ihn ein Fuß, und er rutschte durch den Gang, prallte wenige Sekunden später gegen ein metallenes Gitter ganz unten in der Wand. Aus einem Reflex heraus biß er zu, und nur deshalb glitt er nicht durch die Öffnung. Nun hing er – nur von kräftigen Kiefern gehalten – über einem Keller.

Schildkröten haben ausgesprochen starke Kiefermuskeln. Oms Beine zitterten kurz, doch ansonsten geschah nichts. Nun, an so etwas war eine Schildkröte gewöhnt, die in einer von vielen Spalten durchzogenen Felsenlandschaft überleben mußte. Man hakte ein Bein hinter …

Geräusche weckten Oms Aufmerksamkeit. Metall klapperte, und leises Wimmern erklang.

Om drehte den Kopf.

Das Gitter befand sich hoch in der Wand eines sehr langen und tiefen Raums. Mehrere Lichtschächte erhellten ihn.

Die meisten Schächte dieser Art hatte Vorbis der Zitadelle hinzugefügt. Damit die Inquisitoren nicht im Schatten arbeiteten, sondern im Licht.

Damit sie ganz deutlich sehen konnten, womit sie sich beschäftigten.

Om sah es ebenfalls.

Eine Zeitlang hing er am Gitter und konnte den Blick nicht von dem abwenden, was unten geschah.

Unter normalen Umständen hielt Vorbis nicht viel davon, rotglühende Eisenstangen, mit Spitzen ausgestattete Ketten, Bohrer und Dinge mit Schrauben dran zu verwenden. Solche Werkzeuge waren in erster Linie dazu bestimmt, an einem wichtigen Fastentag dem Publikum vorgeführt zu werden. Für die meisten Fälle genügten einfache Messer, fand er.

Doch viele Inquisitoren hielten an den alten Arbeitsmethoden fest.

Nach einer Weile spannte Om die Kiefermuskeln und zog sich langsam hoch. Vorsichtig hakte er die Vorderbeine hinter Gitterstangen und wirkte dabei sehr konzentriert. Mehrere Sekunden lang traten die Hinterbeine ins Leere, bis eine Kralle poröses Gestein berührte.

Es blieb anstrengend, doch schließlich ließ der kleine Gott Om das Gitter hinter sich.

Langsam kroch er fort und blieb jetzt dicht an der Wand, damit er den Füßen aus dem Weg gehen konnte. Nun, in seiner gegenwärtigen Gestalt blieb ihm gar nichts anderes übrig, als langsam zu sein, aber jetzt wanderte Om noch langsamer als sonst. Weil er nachdachte. Den meisten Göttern fällt es schwer, einen Fuß vor den anderen zu setzen und dabei gleichzeitig nachzudenken.

Jeder durfte den Platz der Klage aufsuchen. Dabei handelte es sich um eine der großen Freiheiten des Omnianismus.

Es gab viele Möglichkeiten, wie man sich mit Petitionen an den Großen Gott Om wenden konnte. Es kam darauf an, wieviel man sich leisten konnte, was richtig war und wie die Dinge beschaffen sein sollten. Immerhin: Wer im Weltlichen Erfolg hatte, genoß zweifellos das Wohlwollen des Großen Gottes – es war unvorstellbar, daß jemand *gegen* Oms Willen erfolgreich war. Aufgrund einer ähnlich beschaffenen Logik konnte auch die Quisition irrtumsfrei arbeiten. Der Verdacht lieferte den Beweis. Wie sollte es auch anders sein? Der Große

Gott ließ in Seinen Exquisitoren die Saat des Argwohns keimen, weil Er es für angemessen hielt. Das Leben konnte recht einfach sein, wenn man an den Großen Gott Om glaubte. Manchmal war es auch sehr kurz.

Doch immer gab es die Sorglosen, Dummen und jene, die aufgrund von mangelnder Voraussicht in diesem oder einem früheren Leben nicht einmal genug Geld besaßen, um sich etwas Weihrauch zu leisten. In Seiner Weisheit und Gnade, die er mit Hilfe der Priester den Gläubigen schenkte, hatte Er für solche Fälle Vorsorge getroffen.

Auf dem Platz der Klage durfte man Gebete und flehentliche Bitten vortragen. Sie wurden garantiert *ge-* und vielleicht sogar *er*hört.

Hinter dem Platz – er bildete ein Quadrat mit einer Kantenlänge von zweihundert Metern – erhob sich der Große Tempel.

Dort lauschte der Gott, zweifellos.

Und wenn nicht dort, so doch in der Nähe...

An jedem Tag fanden sich Tausende von Pilgern auf dem Platz ein.

Ein Absatz traf Om und schmetterte ihn an die Wand. Er prallte ab und bekam unmittelbar darauf eine Krücke zu spüren: Sie schleuderte ihn in die Menge, und dabei drehte er sich wie eine Münze. Er stieß an das zusammengerollte Bettzeug einer alten Frau, die wie viele andere glaubte, ihrem Anliegen mehr Nachdruck verleihen zu können, wenn sie möglichst viel Zeit auf dem Platz verbrachte.

Der Gott blinzelte benommen. Dies war fast so schlimm wie Adler. *Und* fast so schlimm wie der Keller... Nein, widersprach er sich. Auf dieser Welt gab es bestimmt nichts Schlimmeres als jenen Keller.

Er vernahm einige Worte, bevor ihn ein anderer Fuß traf und zwang, die unfreiwillige Reise fortzusetzen.

»Seit drei Jahren leidet unser Dorf unter der Dürre... Bitte schick uns etwas Regen, o Herr.«

Der Große Gott drehte sich auf seinem Panzer und überlegte, ob die richtige Antwort dazu führen mochte, daß ihn die Leute nicht mehr traten. »Kein Problem«, murmelte er.

Wieder kollidierte er mit einem Fuß. Die Frommen bemerkten den kleinen Gott Om überhaupt nicht, während er durch den Wald aus Beinen irrte. Für ihn bestand die Welt nur noch aus Schemen.

Eine andere Stimme erklang in der Nähe, geprägt von Hoffnungslosigkeit. »Herr, o Herr, warum muß mein Sohn in der Heiligen Legion dienen? Warum erlaubst du ihm nicht, sich um den Acker und das Vieh zu kümmern? Kannst du keinen anderen Jungen nehmen?«

»Sei unbesorgt«, krächzte Om.

Eine Sandale erwischte ihn unterm Schwanz, was für die Schildkröte einen mehrere Meter weiten Flug bedeutete. Niemand sah zu Boden. Die Gläubigen gingen von der Annahme aus, die Gebete gewännen an Intensität, wenn der Blick an den goldenen Hörnern auf dem Tempeldach festklebte. Wenn die Präsenz des kleinen Reptils überhaupt zur Kenntnis genommen wurde, so nur als etwas, das über den einen Fuß kratzte und den anderen zu einem automatischen Tritt veranlaßte.

»Meine Frau ist krank und...«

»In Ordnung!«

Tritt...

»...bitte reinige das Wasser in unserem Dorfbrunnen. Es stinkt, und wer es trinkt...«

»Schon so gut wie erledigt!«

Tritt...

»...kommen in jedem Jahr die Heuschrecken und...«

»Ich verspreche es, aber...«

Tritt...

»...vor fünf Monaten ist er zu einer Reise übers Meer aufgebrochen, und seitdem habe ich nichts mehr von ihm gehört...«

»...*hört endlich auf, mich zu treten!*«

Die Schildkröte landete mit der richtigen Seite nach unten an einer freien Stelle des Platzes.

Dort war sie deutlich zu sehen...

Im Leben von Tieren spielt die Form eine entscheidende Rolle, das

Muster von Jäger und Opfer. Dem Auge des unbeteiligten Beobachters präsentiert sich der Wald als, nun, Wald. Für die Taube hingegen ist er nur ein verschwommener, grüner unwichtiger Hintergrund, nicht annähernd so wichtig wie der Falke, den *Sie* gar nicht im Baumwipfel bemerkt haben. Der weit oben am Himmel schwebende Bussard nimmt die Welt nur als eine Art Nebel wahr; seine Aufmerksamkeit gilt vor allem den Bewegungen der Beute im Gras.

Der Adler hockte auf einem der Hörner, sprang nun und breitete die Flügel aus.

Die Mustererkennung erlaubte es ihm, eine kleine Schildkröte auf einem Platz mit vielen Menschen zu erkennen. Glücklicherweise verfügte Om über einen ähnlich beschaffenen animalischen Instinkt, hob den Kopf und spähte mit dem einen Auge nach oben.

Adler sind sehr sture Geschöpfe. Wenn sie sich eine Mahlzeit in den Kopf gesetzt haben, denken sie nur noch daran – bis der Magen gefüllt ist.

Zwei Angehörige der Heiligen Legion standen vor Vorbis' Quartier. Sie blickten zur Seite, als Brutha schüchtern an die Tür klopfte, schienen nach einem Vorwand zu suchen, aufgrund dessen sie ihn sich pakken und gründlich durch die Mangel drehen konnten.

Ein kleiner grauer Priester öffnete und geleitete den Besucher in ein unscheinbares, spärlich eingerichtetes Zimmer. Dort zeigte er bedeutungsvoll auf einen Stuhl.

Brutha setzte sich und beobachtete, wie der Priester hinter einem Vorhang verschwand. Er sah sich im Zimmer um und...

Schwärze umhüllte ihn. Bruthas Reflexe waren selbst dann nicht besonders gut entwickelt, wenn er Zeit hatte, sich auf etwas vorzubereiten, und in diesem Fall bedeutete das: Bevor er reagieren konnte, erklang eine Stimme in der Nähe.

»Gerate nicht in Panik, Bruder. Ich befehle dir, du sollst nicht in Panik geraten.«

Tuch bedeckte Bruthas Gesicht.

»Ein Nicken genügt, Junge.«

Brutha nickte. Man bekam eine Kapuze. Alle Novizen wußten davon. Solche Geschichten erzählte man sich in den Schlafsälen. Man bekam eine Kapuze, damit die Inquisitoren nicht sahen, wem ihre Bemühungen galten...

»Gut. Wir gehen jetzt ins Nebenzimmer. Gib gut acht, damit du nicht stolperst.«

Hände zogen Brutha vom Stuhl und führten ihn durch den dunklen Raum. Ein Vorhang berührte ihn im Nebel der Verwirrung, und er wankte über eine Treppe. Nach der letzten Stufe knirschte Sand unter seinen Sandalen. Die Hände drehten ihn einige Male – energisch, aber ohne erkennbare Boshaftigkeit – und dirigierten ihn anschließend durch einen Korridor. Der Novize passierte einen zweiten Vorhang und gewann dann den Eindruck, er habe eine wesentlich größere Kammer erreicht.

Später, *viel* später, begriff Brutha: Er hatte sich nicht gefürchtet. Im Quartier des Exquisitors stülpte man ihm eine Kapuze über den Kopf, aber es kam ihm nicht in den Sinn, Angst zu haben. Weil er fest im Glauben verharrte.

»Hinter dir steht ein Stuhl. Setz dich.«

Brutha setzte sich.

»Du kannst jetzt die Kapuze abnehmen.«

Brutha nahm sie ab.

Und blinzelte.

Auf der anderen Seite des Raums saßen drei Gestalten, rechts und links jeweils von einem Heiligen Legionär gesäumt. Er erkannte das markante Gesicht des Exquisitors Vorbis, und was die beiden anderen Männer betraf... Einer war klein und stämmig, der andere sehr dick. Man konnte ihn nicht als »kräftig gebaut« bezeichnen, so wie Brutha. Sein Körper schien zum größten Teil aus wabbeligem Fett zu bestehen. Alle drei trugen schlichte graue Kutten.

Nirgends zeigten sich Brenneisen oder scharfe Messer.

Die drei Männer musterten den Jungen mit durchdringenden Blikken.

»Novize Brutha?« fragte Vorbis.

Brutha nickte.

Vorbis lachte leise – nur sehr intelligente Personen verursachen solche Geräusche, wenn sie nämlich an etwas denken, das nicht besonders lustig ist.

»Und bestimmt werden wir dich eines Tages *Bruder* Brutha nennen«, fuhr der Diakon fort. »Oder gar *Pater* Brutha? Nun, ich halte das alles für recht verwirrend. Wir sollten so etwas vermeiden und dafür sorgen, daß du so schnell wie möglich zum Subdiakon Brutha wirst. Was meinst du dazu?«

Brutha meinte nichts dazu. Er ahnte zwar, daß Vorbis von Beförderungen und dergleichen sprach, aber das änderte nichts an der Leere hinter seiner Stirn.

»Nun, genug davon«, sagte Vorbis. In seiner Stimme vibrierte der vage Ärger eines Mannes, der weiß, welche große, rhetorische Arbeit ihn erwartet. »Kennst du diese gelehrten Priester?«

Brutha schüttelte den Kopf.

»Gut. Sie möchten dir einige Fragen stellen.«

Brutha nickte.

Der Dicke beugte sich vor.

»Hast du eine Zunge, Novize?«

Brutha nickte erneut. Dann fiel ihm ein: Vielleicht verlangten die Umstände mehr von ihm – er streckte die Zunge aus, damit der Korpulente sie ganz deutlich sehen konnte.

Vorbis legte dem Dicken die Hand auf den Arm.

»Ich glaube, unser junger Freund ist ein wenig eingeschüchtert«, sagte er sanft.

Der Exquisitor lächelte.

»Und nun, Brutha… Du brauchst uns deine Zunge nicht mehr zu

zeigen; wir wissen jetzt, daß du eine hast. Nun, ich möchte einige Fragen an dich richten. Verstehst du?«

Brutha nickte.

»Als du mein Quartier betreten hast... Du hattest doch Gelegenheit, dich im Vorzimmer umzusehen. Bitte beschreib es mir.«

Brutha starrte Vorbis groß an, und gleichzeitig regten sich in ihm die Turbinen der Erinnerung. Reminiszenzen strömten ins Zentrum seines Selbst.

»Der Raum ist etwa drei Meter lang und hat weiße Wände. Sand bedeckt den Boden, abgesehen von der Ecke an der Tür; dort zeigen sich die Steinplatten. In der gegenüberliegenden Wand gibt es ein Fenster, in einer Höhe von etwa zwei Metern. Es enthält drei Gitterstangen. Hinzu kommen: ein Stuhl mit drei Beinen; eine sakrale Ikone des Propheten Ossory, aus Aphazienholz geschnitzt und mit Blattsilber geschmückt; unter dem Fenster ein Regal, das nur ein Tablett enthält.«

Vorbis preßte die Fingerspitzen aneinander und sah darüber hinweg.

»Und auf dem Tablett?« erkundigte er sich.

»Wie bitte, Herr?«

»Was lag auf dem Tablett, Sohn?«

Bilder huschten an Bruthas innerem Auge vorbei.

»Ein Fingerhut. Aus Bronze. Und zwei Nadeln. Außerdem ein Strick mit insgesamt drei Knoten drin. Und dann noch neun Münzen. Neben einem silbernen Becher, der die Symbole von Aphazienblättern aufwies. Und ein langer Dolch. Aus Stahl, glaube ich. Der Griff schwarz, mit sieben Kerben darin. Ein schwarzer Stoffetzen. Ein Stift. Eine Schieferplatte...«

»Beschreib mir die Münzen«, sagte Vorbis.

»Drei von ihnen waren Zitadellenpfennige«, antwortete Brutha sofort. »Zwei zeigten Hörner, eine die siebenzackige Krone. Vier von ihnen erschienen mir kleiner und bestanden aus Gold. Sie trugen Buchstaben... Ihre Bedeutung blieb mir verborgen, aber vielleicht könnte ich sie zeichnen...«

»Dahinter steckt doch irgendein Trick, oder?« fragte der Dicke.

»Dem Jungen hätte vermutlich eine Sekunde genügt, um das alles zu erkennen«, erwiderte Vorbis. »Brutha... Wie sahen die restlichen Münzen aus?«

»Sie waren groß und aus Bronze: ephebianische *Derechmi.*«

»Woher weißt du das? Hier in der Zitadelle sind sie recht selten.«

»Ich habe sie schon einmal gesehen, Herr.«

»Wann?«

Brutha schnitt eine Grimasse, als er nachzudenken versuchte.

»Ich weiß es nicht genau...«, sagte er.

Der Dicke sah Vorbis an und strahlte.

»Ha!« triumphierte er.

»Ich glaube...« Brutha legte eine kurze Pause ein. »Ich glaube, es war am Nachmittag. Oder vielleicht am Morgen. Oder gegen Mittag. Am dritten Gruni, im Jahr des Verblüfften Käfers. Einige Händler kamen in unser Dorf.«

»Wie alt warst du damals?« fragte Vorbis.

»Zwei Jahre und elf Monate, Herr.«

»Das ist gelogen«, hauchte der Dicke.

Brutha öffnete den Mund – und schloß ihn gleich wieder. Wieso behauptete der korpulente Mann so etwas? Er war zu jenem Zeitpunkt überhaupt nicht im Dorf gewesen!

»Vielleicht irrst du dich, Sohn«, sagte Vorbis. »Inzwischen bist du ein großer Junge und... wie alt? Siebzehn? Achtzehn? Wir können uns kaum vorstellen, daß du dich so genau an eine Münze erinnerst, die du vor fünfzehn Jahren gesehen hast.«

»Wir glauben, du erfindest das alles«, fügte der Dicke hinzu.

Brutha schwieg. Warum sollte er es erfinden? Es war doch alles in seinem Kopf.

»Erinnerst du dich an jedes Ereignis, an dem du irgendwie beteiligt gewesen bist?« fragte der kleine stämmige Mann, der bisher geschwiegen und Brutha aufmerksam beobachtet hatte.

Der Novize war dankbar für die Ablenkung.

»Nein, Herr. Nicht an jedes. Nur an die meisten.«

»Vergißt du Dinge?«

»Äh. Manchmal gibt es etwas, an das ich mich nicht erinnere.« Brutha hatte von der Fähigkeit des Vergessens gehört, ohne sich etwas darunter vorstellen zu können. Andererseits... Es gab Phasen in seinem Leben, insbesondere ganz zu Anfang, die *leer* blieben. Gewissermaßen handelte es sich um verschlossene Räume im Gebäude der Erinnerung. Mit *Vergessen* hatte das nichts zu tun: Verschlossene Zimmer existierten nach wie vor; man konnte sie nur nicht betreten.

»Worin besteht deine erste Erinnerung, Sohn?« fragte Vorbis freundlich.

»Helles Licht flutete mir entgegen, und dann schlug mich jemand«, sagte Brutha.

Die drei Männer musterten ihn sprachlos. Nach einer Weile wandten sie sich einander zu und flüsterten.

»Was gibt es zu verlieren?« »Töricht und vielleicht auch teuflisch...« »... steht eine Menge auf dem Spiel...« »... dürfen wir auf keinen Fall das Überraschungsmoment verlieren...«

Und so weiter.

Bruthas Blick wanderte durchs Zimmer.

Einrichtung und Mobiliar gehörten nicht zu den Prioritäten in der Zitadelle. Regale, Stühle, Tische... Bei den Novizen kursierten Gerüchte, die behaupteten, Priester ganz oben in der Hierarchie hätten goldene Möbel. Aber hier deutete nichts darauf hin. Dieses Zimmer wirkte ebenso schlicht wie die Schlafsäle. In gewisser Weise zeichnete es sich durch eine Art *prunkvolle* Schlichtheit aus: Sie basierte nicht etwa auf Armut, sondern auf fester Absicht.

»Sohn?«

Bruthas Blick wandte sich zum Exquisitor.

Vorbis wandte sich an seine Begleiter. Der Stämmige nickte. Der Dicke zuckte mit den Schultern.

»Du kannst jetzt zurückkehren, Brutha«, sagte Vorbis. »Bevor du gehst, gibt dir einer der Bediensteten zu essen und zu trinken. Morgen früh meldest du dich am Tor der Hörner und begleitest mich nach Ephebe. Weißt du von der Delegation, die morgen aufbricht?«

Brutha schüttelte den Kopf.

»Nun, das überrascht mich nicht«, meinte Vorbis. »Wir erörtern politische Angelegenheiten mit dem Tyrannen. Verstehst du?«

Brutha schüttelte den Kopf.

»Gut«, sagte der Exquisitor. »Ausgezeichnet. Äh... Brutha?«

»Ja, Herr?«

»Du wirst diese Begegnung vergessen. Du bist nie hiergewesen und hast uns nie gesehen.«

Brutha blinzelte erstaunt. Das war doch Unsinn: Man konnte nichts vergessen, nur weil man sich das wünschte. Manche Dinge vergaßen sich selbst – in den verschlossenen Zimmern –, doch dieser Umstand ging auf einen Mechanismus zurück, der sich seiner bewußten Kontrolle entzog. Was meinte Vorbis mit seinen letzten Worten?

»Ja, Herr«, erwiderte er.

Das schien am einfachsten zu sein.

Götter können zu niemandem beten.

Der Große Gott Om eilte mit gestrecktem Hals und mühsam pumpenden Beinen zur nächsten Statue. Sie stellte ihn selbst dar, und zwar als mächtigen Stier, der Ungläubige unter seinen Hufen zerstampfte. Om empfand diese Darstellung kaum als Trost.

Seit fast drei Jahren mußte er ein Dasein als Schildkröte fristen, doch mit der Gestalt erbte er auch viele Instinkte. Die meisten davon konfrontierten ihn mit Entsetzen angesichts des einzigen Tiers, das herausgefunden hatte, wie man Schildkröten verspeisen konnte.

Götter haben niemanden, der ihre Gebete erhört.

Das bedauerte Om sehr. Jeder brauchte *jemanden*.

»Brutha!«

Brutha wußte nicht genau, was er von seiner nächsten Zukunft halten sollte. Diakon Vorbis hatte ihn ganz offensichtlich von seinen normalen Pflichten als Novize befreit, doch das bedeutete: An diesem Nachmittag erwarteten ihn keine Aufgaben mehr.

Aus reiner Angewohnheit begab er sich in den Garten. Die Bohnen mußten gebunden werden, was der Novize begrüßte. Bei Bohnen wußte man genau, woran man war. Sie forderten einen nicht auf, etwas *Unmögliches* zu bewerkstelligen, wie zum Beispiel, etwas zu vergessen. Außerdem: Wenn er längere Zeit fort blieb, mußte er die Melonen mulchen und Lu-Tze alles erklären.

Lu-Tze gehörte praktisch zum Garten.

In jeder Organisation gibt es jemanden wie ihn. Solche Leute fegen in irgendwelchen fernen Ecken oder wandern in den rückwärtigen Bereichen von Geschäften an Regalen entlang – und nur sie wissen, wo was liegt. Es kommt auch vor, daß sie ebenso seltsame wie nützliche Beziehungen zum Kesselraum unterhalten. Allen ist bekannt, um wen es sich handelt, und niemand erinnert sich an eine Zeit, zu der die Betreffenden *nicht* zugegen gewesen sind. Außerdem weiß niemand, wo sie sich befinden, wenn sie nicht den ihnen angestammten Platz im Hintergrund einnehmen. Jemand, der besser beobachtet als die meisten anderen – was nicht besonders schwer ist –, hält manchmal inne und fragt sich, was es mit diesen Leuten auf sich haben mag... Doch diese Art von Neugier schläft schon nach wenigen Sekunden ein. Sie scheint sich einfach nicht zu lohnen.

Zwar schlurfte Lu-Tze im riesigen Gebäudekomplex der Zitadelle von einem Garten zum anderen, aber den Pflanzen brachte er kaum Interesse entgegen. Er arbeitete vor allem mit Boden, Dung, Mist, Kompost, Lehm und Sand. Und natürlich mit den Werkzeugen, die es ihm gestatteten, alle eben erwähnten Dinge zu bewegen. Meistens fegte er oder drehte gerade einen Misthaufen um. Sobald jemand etwas pflanzte, verlor er das Interesse daran.

Er harkte die Pfade, als Brutha den Garten erreichte. Das Harken der

Pfade kam bei ihm einem Kunstwerk gleich: Er hinterließ hübsche Muschelmuster im Boden, fügte ihnen manchmal sanfte, beruhigend wirkende Wellen hinzu. Es behagte Brutha nie, über solche Wege zu gehen; er hatte dabei das unangenehme Gefühl, etwas Schönes zu zerstören.

Er versuchte kaum jemals, mit Lu-Tze zu sprechen, denn inzwischen wußte er: Ganz gleich, was man dem Alten sagte – er nickte immer nur und lächelte ein fast völlig zahnloses Lächeln.

»Ich verlasse die Zitadelle für eine Weile«, sagte Brutha laut und deutlich. »Ich nehme an, es wird sich jemand anders um den Garten kümmern, aber einige Dinge müssen so bald wie möglich erledigt werden...«

Ein Nicken, dann ein Lächeln.

Der Alte folgte dem Novizen an den Beeten entlang, während Brutha von Bohnen und Kräutern sprach.

»Verstanden?« fragte der Junge nach etwa zehn Minuten.

Nicken, lächeln. Nicken, lächeln, winken.

»Was?«

Nicken, lächeln, winken. Nicken, lächeln, *winken*, lächeln.

Lu-Tze bewegte sich wie eine Mischung aus Krabbe und Affe, als er den Novizen zum Ende des Gartens führte. Dort gab es mehrere Misthaufen, lange Reihen aus Blumentöpfen und all die anderen kosmetischen Artikel der Pflanzenpflege. Brutha vermutete, daß der Alte hier irgendwo schlief.

Nicken, lächeln, winken.

Ein kleiner, wackliger Tisch stand neben einem Haufen aus Bohnenstöcken in der Sonne. Eine Strohmatte war dort ausgebreitet worden, und darauf lagen einige spitze Steine, zwischen zwanzig und dreißig Zentimeter groß.

Eine kompliziert wirkende Anordnung aus Holzstäben umgab sie und beschattete bestimmte Stellen der Steine. Kleine Spiegel aus Metall reflektierten das Sonnenlicht zu anderen Bereichen. In sonderbaren

Winkeln montierte Papierkegel dienten offenbar dazu, den Wind zu kanalisieren.

Brutha hatte nie von Bonsai-Kunst gehört und wußte auch nicht, wie man sie bei Bergen anwandte.

»Sieht… hübsch aus«, sagte er unsicher.

Nicken, lächeln, nach einem Stein greifen, lächeln, reichen, reichen.

»Oh, das kann ich unmöglich annehmen…«

Reichen, reichen, lächeln, nicken.

Brutha nahm den kleinen Berg entgegen. Das Objekt zeichnete sich durch eine sonderbare Art von Schwere aus: Für die Hand fühlte es sich nach einem Kilo oder weniger an, doch die Vorstellung verlieh dem Gegenstand ein Gewicht von mehreren tausend *kleinen* Tonnen.

»Äh, danke. Vielen Dank.«

Nicken, lächeln, höflich fortschieben.

»Sieht, äh, wie ein Berg aus.«

Nicken, Grinsen.

»Aber das auf dem Gipfel kann unmöglich echter Schnee sein, oder?«

»Brutha!«

Ruckartig drehte er den Kopf, doch die Stimme erklang *darin.*

O nein, dachte der Novize betroffen.

Er drückte Lu-Tzen den kleinen Berg in die Hände.

»Äh, bitte, bewahr ihn für mich auf, ja?«

»Brutha!«

Das war doch nur ein Traum, oder? Bevor ich so wichtig wurde, daß Diakone mit mir sprechen…

»Ein Traum? Von wegen! Komm und hilf mir!«

Die Bittsteller duckten sich, als der Adler über den Platz der Klage segelte. Das große Geschöpf flog eine enge Kurve und ließ sich auf der Statue des Großen Gottes Om nieder, der die Ungläubigen unter seinen Hufen zerstampfte.

Es war ein prächtiger Vogel mit goldbraunem Gefieder und gelben Augen. Ein verächtlicher Blick glitt über die Menge.

»Ist das ein Zeichen?« fragte ein Alter mit Holzbein.

»Ja, ein Zeichen!« bestätigte eine junge Frau an seiner Seite.

»Ein Zeichen!«

Die Leute drängten sich an der Statue.

»Von wegen Zeichen!« erklang eine Stimme dicht über dem Boden, die allerdings völlig ignoriert wurde. »Das Biest hat Hunger – auf mich.«

»Aber ein Zeichen wofür?« fragte eine ältere Frau, die schon seit drei Tagen auf dem Platz weilte.

»Was soll das heißen, ›wofür‹?« erwiderte der Mann mit dem Holzbein. »Es ist ein Zeichen – nur darauf kommt's an. Sich nach dem Warum und Wieso zu erkundigen... Solche Fragen künden von Zweifel und sind daher sehr verdächtig.«

»Es muß ein Zeichen *für etwas* sein«, erwiderte der ältere Mann. »Das Wort ›Zeichen‹ bezieht sich auf etwas. Es ist ein Dingsbums. Ein Bezugswort, jawohl.«

Eine dürre Gestalt erschien am Rand der Gruppe, bewegte sich mit verstohlener Zielstrebigkeit. Sie trug die *Djeliba* der Wüstenstämme, doch vom Hals reichte ein Riemen herab, an dem ein Tablett hing. Darauf lagen Objekte, die süß und klebrig *aussahen*.

»Vielleicht handelt es sich um einen Boten, den uns der Große Gott schickt«, spekulierte die Frau.

»Es ist ein verdammter Adler, weiter nichts«, grummelte eine verärgert klingende Stimme irgendwo zwischen den Bronzeornamenten, die unter den Hufen der Statue sterbende Ungläubige symbolisierten.

»Datteln? Feigen? Sorbette? Heilige Reliquien? Kleine Leckereien? Gebackene Eidechsen am Spieß?« fragte der Mann mit dem Tablett hoffnungsvoll.

»Wenn Er in dieser Welt erscheint, so kommt Er als Schwan oder Stier«, sagte Holzbein.

»Ha!« zischte die Schildkröte. Niemand hörte sie.

»Das hat mich immer gewundert«, sagte jemand weiter hinten. »Ich meine... Schwäne? Die können doch keine Gottlosen unter ihren, äh, Hufen zerstampfen, oder?«

»Für diese Blasphemie solltest du gesteinigt werden!« ereiferte sich die Frau. »Der Große Gott hört jedes schmähende Wort von dir!«

»Ha!« ertönte es unter der Statue. Der Bursche mit dem umgehängten Verkaufsbrett schob sich noch etwas näher. »Klatschianische Pralinen? In Honig eingelegte Wespen? Kauft sie, solange sie noch kalt sind!«

»Nun, wenn man sich's recht überlegt...«, sagte der ältere Mann mit der Stimme, die viel Ausdauer verriet und mit jeder Menge Langeweile drohte. »Der Adler hat zweifellos etwas *Göttliches*. Der König der Vögel, stimmt's?«

»Er ist kaum mehr als ein Truthahn«, entgegnete die Stimme unter der Statue. »Das Gehirn so klein wie eine Walnuß.«

»Ein sehr majestätischer Vogel, der Adler«, meinte der ältere Mann. »Und auch intelligent. Es gibt keine anderen Vögel, die herausgefunden haben, wie man an Schildkrötenfleisch herankommt. Interessant, nicht wahr? Adler schnappen sich die kleinen Reptile, fliegen ganz hoch empor und lassen die Biester fallen, auf daß ihre Panzer an den Felsen platzen. Anschließend lassen sie sich das zarte Fleisch schmekken. Wirklich schlau von ihnen.«

»Eines Tages bin ich wieder richtig in Form«, versprach sich der kleine Gott Om. »Und dann wirst du diese Worte bedauern. Und zwar für ziemlich lange Zeit. Vielleicht schaffe ich sogar zusätzliche *Zeit*, damit du noch länger Reue empfinden kannst. Oder... Nein, ich verwandle *dich* in eine Schildkröte. Damit du selbst einen Eindruck gewinnen kannst. Am Panzer entlangpfeifender Wind, ein Boden, der immer näher und näher kommt... Das würde dir bestimmt ge*fallen*, wie?«

»Das klingt schrecklich«, sagte die Frau und sah zum Adler hoch.

»Ich frage mich, was der armen Schildkröte durch den Kopf geht, während sie fällt.«

»Die letzten Flüche ihres Lebens, Verehrteste«, antwortete der Große Gott Om und wollte noch weiter unter die Bronze der Zerstampften kriechen.

Der Mann mit dem Tablett wirkte deprimiert. »Ich mache auch einen Vorschlag: zwei Beutel mit Zuckerdatteln für den Preis von einem. Na, was meint ihr? Das ist praktisch geschenkt.«

Die Frau blickte auf das Tablett.

»Äh«, sagte sie. »Da sind überall Fliegen.«

»Du meinst die Korinthen, Gnädigste.«

»Seit wann können Korinthen fliegen?« fragte die Frau.

Der Verkäufer senkte den Kopf. Einige Sekunden später hob er ihn wieder und sah die Frau an.

»Ein Wunder!« stieß er hervor und gestikulierte. »Die Zeit der Wunder hat begonnen!«

Der Adler bewegte sich.

Er hielt Menschen für bewegliche Teile der Landschaft: Während der Lammungszeit in den Bergen mochten sie mit Steinen werfen, wenn sich der Adler das eine oder andere neugeborene Lamm holen wollte, doch ansonsten kam ihnen nicht mehr Bedeutung zu als Büschen und Felsen. Diesmal allerdings hatten sich ziemlich viele von ihnen an einem Ort versammelt. Der Vogel ließ den Blick unsicher über die Menge schweifen.

Wenige Sekunden später erschollen Fanfaren.

Der Adler drehte erschrocken den Kopf, und sein primitives Greifvogelselbst fiel jäher Verwirrung zum Opfer.

Er sprang. Die Bittsteller wichen hastig beiseite, als ihnen der große Vogel entgegenraste und dann aufstieg, über die Ecktürme des Großen Tempels segelte und zu einem Punkt am heißen Himmel wurde.

Tief unten bewegte sich das gewaltige Portal des Tempels. Angeblich war es der Atem des Großen Gottes, der die beiden aus vierzig Tonnen vergoldeter Bronze bestehenden Türhälften aufschwingen ließ. Die Lautlosigkeit dieses Vorgangs bewies, daß sich göttliche Kraft entfaltete...

Bruthas riesige Sandalen klatschten über die Steinplatten. Beim Laufen verbrauchte er immer eine Menge Kraft: Er lief aus den Knien heraus, und die unteren Hälften seiner Beine bewegten sich dabei wie Schaufelräder.

Dies war zuviel. Erst eine Schildkröte, die behauptete Gott zu sein, was natürlich unmöglich stimmen konnte. Andererseits *mußte* es der Wahrheit entsprechen, denn immerhin wußte das Reptil über gewisse Dinge Bescheid. Und dann hatte die Quisition über ihn befunden. Oder so. Nun, es war nicht ganz so schmerzhaft gewesen, wie er immer geglaubt hate.

»Brutha!«

Normalerweise lebte der Platz mit dem Gemurmel Tausender von Gebeten, doch jetzt herrschte Stille. Die Pilger sahen zum Tempel.

Der Novize dachte an die besonderen Ereignisse dieses Tages, als er sich einen Weg durch die Menge bahnte.

Menschen sind mit Realitätsfiltern ausgestattet.

Viele Leute glauben, daß nur neun Zehntel des Gehirns wirklich genutzt werden. Sie irren sich. Nicht einmal der dümmste aller Schöpfer würde den menschlichen Kopf so gestalten, daß er mehrere Pfund unnütze graue Grütze herumträgt, deren einziger Zweck darin besteht, bei fernen primitiven Stämmen in entlegenen Tälern als Delikatesse zu gelten. Das Hirn *wird* genutzt. Eine seiner wichtigsten Funktionen besteht darin, das Wundervolle völlig normal erscheinen zu lassen und das Ungewöhnliche ins Banale zu verwandeln.

*Andern*falls bekämen es Menschen direkt und unmittelbar mit den vielen Wundern des Lebens zu tun. Dann liefen sie von morgens bis abends mit einem dümmlichen Grinsen durch die Gegend, so wie gewisse Stammesangehörige, die in ihren abgelegenen Tälern gelegentlich von der Polizei Besuch erhalten und dann erstaunt feststellen, was alles auf ihren Plantagen und in den Treibhäusern wächst.

Außerdem: Dann würde kaum jemand arbeiten.

Götter mögen keine Menschen, die wenig arbeiten. Wer wenig arbeitet, hat zuviel Zeit zum Nachdenken.

Ein Teil des Gehirns hat die Aufgabe, so etwas zu verhindern. Und dieser Teil funktioniert wirklich hervorragend. Er kann dafür sorgen, daß sich manche Personen langweilen, obwohl sie von Wundern umgeben sind. Bei Brutha arbeitete dieser Teil des Gehirns nun auf Hochtouren. Deshalb merkte er nicht sofort, daß er die letzte Reihe der Pilger hinter sich zurückgelassen und eine breite Passage erreicht hatte. Diese Erkenntnis dämmerte ihm erst, als er sich umdrehte und die Prozession sah.

Der Zönobiarch kehrte zu seinen Gemächern zurück, nachdem er die Abendmesse zelebriert hatte. Besser gesagt: Sie war vom Kaplan zelebriert worden; das Kirchenoberhaupt beschränkte sich bei solchen Gelegenheiten darauf, vage zu nicken.

Brutha drehte sich um die eigene Achse und hielt nach einem Fluchtweg Ausschau. Jemand hüstelte neben ihm, und als er in die entsprechende Richtung blickte, sah er in die wütenden Mienen von zwei Geringeren Iams. Zwischen ihnen zeigte sich das amüsierte, geriatrisch-gutmütige Gesicht des Zönobiarchen.

Der Alte hob automatisch die Hand, um Brutha mit den heiligen Hörnern zu segnen, und anschließend griffen zwei Legionäre nach den Ellenbogen des Novizen. Beim zweiten Versuch gelang es ihnen, Brutha von der Prozession fortzuführen und in die Menge zurückzustoßen.

»Brutha!«

Der Junge hastete über den Platz der Statue, lehnte sich daran und keuchte hingebungsvoll.

»Bestimmt komme ich jetzt in die Hölle!« ächzte er. »Für eine ganze Ewigkeit!«

»Und wenn schon. Hilf mir jetzt endlich.«

Niemand schenkte ihm Beachtung. Die allgemeine Aufmerksamkeit galt der Prozession – es galt bereits als heiliger Akt, ihr zuzusehen. Brutha ging in die Hocke und starrte an den bronzenen Opfern des Großen Gottes Om vorbei.

Ein kleines Auge glänzte zwischen dem erstarrten Gemetzel.

»Wie kommst du dorthin?«

»Es war eine knappe Sache«, erwiderte die Schildkröte. »Eins sage ich dir: Wenn ich wieder in Form bin, müssen die Adler mit erheblichen Veränderungen rechnen.«

»Was wollte der Adler mit dir anstellen?« erkundigte sich Brutha.

»Oh, er wollte mich zu seinem Nest fliegen und mit mir zu Abend essen«, antwortete der kleine Gott Om. »Was *könnte* er wohl beabsichtigt haben, hm?« Eine kurze Pause entstand, und die Schildkröte nutzte sie und dachte über den Sinn von Sarkasmus im Hinblick auf Brutha nach. Ebensogut hätte man Meringe nach einem Schloß werfen können.

»Das Biest wollte mich fressen«, sagte Om.

»Aber du bist doch eine Schildkröte!«

»Ich bin dein *Gott*!«

»Aber *derzeit* hast du die Gestalt einer Schildkröte. Mit einem *Panzer*«, betonte Brutha.

»Daran stören sich Adler nicht«, brachte der kleine Gott düster hervor. »Sie packen Schildkröten, fliegen mit ihnen hundert oder noch mehr Meter hoch und lassen sie dann fallen.«

»Urrgh.«

»Nein. Es macht eher *Knack* und dann *Platsch*. Wieso bin ich wohl hier, in der Zitadelle?«

»Ein Adler hat dich fallen gelassen? Aber…«

»Bin auf einem Misthaufen in deinem *Garten* gelandet. *So* intelligent sind Adler. Hier besteht alles aus Felsen und Steinen und so, aber der blöde Vogel läßt mich auf die einzige weiche Stelle fallen.«

»Da hattest du Glück«, sagte Brutha. »Eine Chance von eins zu einer Million.«

»Als Stier habe ich solche Probleme nicht gehabt. Es gibt nur wenige Adler, die imstande sind, einen Stier zu packen und mit ihm aufzusteigen. Wie dem auch sei...« Die Schildkröte holte tief Luft. »Hier gibt es Schlimmeres als Adler. Zum Beispiel...«

»Die schmecken lecker«, erklang eine Stimme hinter Brutha.

Der Novize richtete sich schuldbewußt auf, die Schildkröte in der Hand.

Alle in der Stadt kannten Das-ist-praktisch-geschenkt Schnappler, Lieferant verdächtig neuer heiliger Reliquien, verdächtig alten Konfekts an Stielen, sandiger Feigen und Datteln, die weit übers Verfalldatum hinaus waren. Er stellte eine Art Naturkraft dar, so wie der Wind. Niemand wußte, woher er kam oder wo er die Nacht verbrachte. Jeden Morgen erschien er wie aus dem Nichts und drehte den Pilgern Klebriges an. In dieser Hinsicht glaubten die Priester, daß er ein gutes Werk vollbrachte: Die meisten Pilger kamen zum ersten Mal, und daher mangelte es ihnen an der Grundvoraussetzung, um mit jemandem wie ihm fertig zu werden – sie hatten es noch nie zuvor mit ihm zu tun bekommen. Auf dem Platz der Klage konnte man oft beobachten, wie jemand versuchte, möglichst würdevoll die zusammenklebenden Zähne voneinander zu lösen. Viele Fromme, die eine mehr als tausend Kilometer weite Reise hinter sich hatten, mußten anschließend in Zeichensprache zum Große Gott Om beten.

»Möchtest du einen leckeren Sorbett für nachher?« fragte Schnappler hoffnungsvoll. »Nur ein Zitadellenpfennig pro Glas, und das ist praktisch geschenkt.«

»Wer ist der Narr?« knurrte Om.

»Ich habe nicht vor, die Schildkröte zu essen«, stieß Brutha hervor.

»Willst du sie vielleicht dressieren?« erkundigte sich Schnappler fröhlich. »Damit sie durch Ringe springt und so?«

»Halt dich nicht mit ihm auf«, sagte Om. »Versetz ihm einen ordentlichen Fausthieb und schieb den Bewußtlosen anschließend hinter die Statue.«

»So ein Unsinn«, brummte Brutha. Wenn man mit jemandem spricht, den sonst niemand hören kann, ergeben sich gewisse Probleme. Die ersten davon lernte der Novize nun kennen.

»Deshalb brauchst du nicht gleich unhöflich zu werden«, entgegnete Schnappler.

»Dich habe ich nicht gemeint«, sagte Brutha.

»Ach, sprichst du mit der Schildkröte?« fragte Schnappler. Woraufhin der Novize eine schuldbewußte Miene zog.

»Meine Mutter hat mit einer Wüstenspringmaus gesprochen«, fuhr Schnappler fort. »In Zeiten großer Anspannung können Tiere eine echte Hilfe sein. Und natürlich auch dann, wenn man Hunger leidet.«

»Dieser Mann ist nicht ehrlich«, verkündete Om. »Ich kann es in seinem Selbst sehen.«

»Kannst du das tatsächlich?«

»Was kann ich?« fragte Schnappler. Er musterte Brutha, legte den Kopf dabei ein wenig schief. »Nun, wenigstens hast du Gesellschaft bei deiner Reise.«

»Bei welcher Reise?«

»Die nach Ephebe. Die geheime Mission, bei der es darum geht, mit den Ungläubigen zu verhandeln.«

Brutha wußte, daß er eigentlich nicht überrascht sein sollte. Im Kosmos der Zitadelle breiteten sich Neuigkeiten ebenso schnell aus wie ein Buschfeuer nach langer Dürre.

»Oh«, sagte er. »*Die* Reise meinst du.«

»Es heißt, auch Fri'it nimmt daran teil«, fügte Schnappler hinzu. »Ebenso wie der andere – die *grausige Eminenz*.«

»Diakon Vorbis war sehr nett zu mir«, erwiderte Brutha. »Er hat mich überhaupt nicht geschlagen und gab mir zu trinken.«

»Was? Erstaunlich«, kommentierte Schnappler. »Nun, es käme mir natürlich nie in den Sinn, irgend etwas Schlechtes über ihn zu sagen.«

»Warum redest du mit dem Blödmann?« fragte Om.

»Er... er ist ein Freund von mir«, antwortete Brutha.

»Ich wünschte, er wäre auch ein Freund von *mir*«, sagte Schnappler. »Wenn man solche Freunde hat, braucht man keine Feinde zu fürchten. Darf ich dir einige kandierte Sultaninen anbieten? Am Stiel?«

Bruthas Dormitorium gewährte außer ihm noch dreiundzwanzig anderen Novizen Obdach. In der Kirche glaubte man offenbar, in Gesellschaft sei man gegen Sündhaftigkeit besser gewappnet. Darüber hatten sich die Novizen immer gewundert: Ihrer Meinung nach brauchte man nur ein wenig nachzudenken, dann erkannte man, daß viele Sünden geradezu Gesellschaft erforderten. Aber darin bestand natürlich die größte aller Sünden, im Nachdenken. Wer des Nachts zu oft und zu lange allein war, mochte der Versuchung erliegen, hemmungslos seinen Gedanken nachzuhängen. Alle wußten, so etwas führte zu Verwachsungen, vielleicht auch zu abgehackten Füßen.

Er wollte allein sein, und deshalb zog sich Brutha in den Garten zurück, während der Gott in seiner Kuttentasche schrie. Om steckte dort in einem Durcheinander aus Garn, Bindfäden, einer Schere und diversem Saatgut.

Schließlich holte ihn eine große Hand heraus.

»Bisher hatte ich noch keine Gelegenheit, dir davon zu berichten...«, sagte Brutha. »Man hat mich für eine wichtige Mission auserwählt. *Ich* reise nach Ephebe, wo Verhandlungen mit den Ungläubigen stattfinden sollen. Diakon Vorbis hat sich für *mich* entschieden. Er ist mein Freund.«

»Diakon Vorbis?«

»Der oberste Exquisitor. Er... gewährleistet, daß man dich auf angemessene Weise verehrt.«

Om bemerkte das Zögern des Novizen, erinnerte sich an das Gitter und das Geschehen im Keller...

»Er foltert Leute«, sagte die Schildkröte kühl.

»O nein! Das fällt in den Zuständigkeitsbereich der *In*quisitoren. Bruder Nhumrod meint, sie arbeiten lange und für wenig Geld. Jeder Inquisitor möchte einmal Exquisitor werden, hat mir Bruder Nhumrod erklärt. Deshalb geben sie sich solche Mühe. Deshalb schuften sie manchmal Tag und Nacht, ohne zu schlafen.«

»Tag und Nacht foltern sie Menschen«, murmelte der Gott. Nein, ein Mann wie der im Garten griff nicht selbst zum Messer. Das überließ er anderen. Vorbis benutzte subtilere Methoden.

»Sie tilgen *Sünde* und *Ketzerei* aus bestimmten Personen«, sagte Brutha.

»Und wenn die Betreffenden nicht überleben?«

»Das spielt keine Rolle«, erwiderte der Novize ernsthaft. »Was mit uns in diesem Leben geschieht, ist nicht weiter wichtig. Ein wenig Schmerz ertragen wir gern, wenn wir dadurch nach dem Tod weniger Zeit in der Hölle verbringen müssen.«

»Und wenn sich die Exquisitoren irren?« fragte die Schildkröte.

»Das ist ausgeschlossen«, behauptete Brutha. »Sie werden von, äh, deiner Hand geleitet. Beziehungsweise von deinem Bein. Von deinen Krallen, meine ich.«

Die Schildkröte blinzelte mit dem einen Auge. Sie erinnerte sich an heißen Sonnenschein, an Hilflosigkeit und ein Gesicht, das nicht etwa Grausamkeit zum Ausdruck brachte, sondern Interesse. Jemand, der beobachten wollte, wie jemand anders starb – nur um festzustellen, wie lange es dauerte. Om zweifelte nicht daran, jenes Gesicht würde er nie vergessen. Und das galt auch für den Geist dahinter. Ein Bewußtsein wie eine Stahlkugel...

»Aber angenommen, etwas wäre schiefgegangen«, beharrte er.

»In Theologie bin ich nicht sehr gut«, sagte Brutha. »Aber Ossorys Testament drückt sich in dieser Hinsicht ziemlich klar aus. Die zu läuternden Personen *müssen* gesündigt haben, denn sonst hättest du in deiner Weisheit nicht die Aufmerksamkeit der Quisition auf sie gelenkt.«

»Ach?« Om dachte noch immer an das Gesicht. »Es ist also ihre eigene Schuld, wenn sie gefoltert werden? Das habe ich gesagt?«

»›Der Große Gott richtet über uns, im Leben wie im Tod …‹ Ossory III, Kapitel VI, Vers 56«, sagte Brutha. »Meine Großmutter meinte immer: Wenn Menschen sterben, so kommen sie zu dir, um das Urteil zu empfangen. Sie durchqueren eine große Wüste, und du wiegst ihr Herz mit einer speziellen Waage. Wenn es leichter ist als eine Feder, so bleibt ihnen die Hölle erspart.«

»Meine Güte!« entfuhr es der Schildkröte. Nach einigen Sekunden fügte sie hinzu: »Hast du irgendwann einmal in Erwägung gezogen, daß ich nicht gleichzeitig Herzen wiegen und hier unten bei dir sein kann?«

»Du kannst alles machen, was du nur willst«, stellte Brutha fest.

Om musterte den Jungen.

Er glaubt wirklich, dachte der kleine Gott. *Er weiß gar nicht, wie man lügt.*

Die Kraft des Glaubens brannte wie ein Feuer in Brutha.

Und dann begriff Om plötzlich. Die Wahrheit schlug ihm erbarmungslos ins Gesicht, wie der Boden nach einem langen Fall vom Himmel.

»Du mußt mich nach Ephebe mitnehmen«, sagte er hastig.

»Wie du meinst«, erwiderte Brutha. »Hast du vor, das Land der Ungläubigen mit Hufen und Flammen heimzusuchen?«

»Vielleicht, vielleicht«, räumte Om ein. »Du mußt mich unbedingt mitnehmen.« Er versuchte, seine geheimsten Gedanken unter Kontrolle zu halten, damit Brutha sie nicht hörte. *Laß mich auf keinen Fall hier!*

»Ohne mich könntest du Ephebe viel schneller erreichen«, meinte Brutha. »Die Leute dort sind ausgesprochen lasterhaft. Je eher du sie für ihre Sünden bestrafst, desto besser. Du könntest einfach damit aufhören, eine Schildkröte zu sein. Verwandle dich in einen brennenden Wind und leg die ephebianischen Städte in Schutt und Asche.«

Ein brennender Wind, dachte Om. Und die Schildkröte dachte an die stille Ödnis der weiten Wüste, an das Flüstern und Raunen jener Götter, die zu Dschinns und Geistern geworden waren.

Weil sie niemanden hatten, der an sie glaubte.

Niemanden. Ein einziger Gläubiger verlieh Göttern schon ein wenig Substanz.

In der Wüste stöhnten jene heiligen Entitäten, die der Vergessenheit anheimgefallen waren.

Und was Bruthas Flamme des Glaubens betraf: Sie brannte nur in ihm. Ein anderes Feuer dieser Art gab es nirgends in der Zitadelle.

Fri'it versuchte zu beten.

Er war ein wenig aus der Übung gekommen.

Oh, natürlich sprach er jeden Tag die acht obligatorischen Gebete, aber tief in seinem verzweifelten Innern wußte er, um was es sich dabei handelte: um eine Angewohnheit. Um kurze Muße. Um regelmäßige Pausen, mit deren Hilfe man die Zeit messen konnte.

Er fragte sich, ob er jemals *richtig* gebetet, ob er jemals Herz und Seele für ein himmlisches Wesen irgendwo dort draußen geöffnet hatte. Wenn das tatsächlich der Fall war, so lag das letzte echte Gebet lange zurück. Vielleicht damals, als Kind... Er entsann sich nicht. Blut hatte die Erinnerungen fortgewaschen.

Es ist meine Schuld, fuhr es ihm durch den Sinn. Es mußte seine Schuld sein. Er war schon einmal in Ephebe gewesen und mochte die Stadt: weiße Marmorbauten auf einem breiten Felsvorsprung, von dem aus man weit übers Runde Meer blickte. Djelibeby fiel ihm ein: In dem kleinen Flußtal lebten Irre, die an Götter mit komischen Köpfen glaubten und ihre Toten in Pyramiden bestatteten. Fri'it kannte auch Ankh-Morpork jenseits des großen Wassers. Dort verehrte man jeden Gott und jede Göttin – solange jedenfalls genug Geld in den göttlichen Taschen steckte. Ja, Ankh-Morpork... Dort gab es ganz normale Gassen und auch viele Götterstraßen, zusammengepreßt wie ein Kartenspiel. Niemand wollte jemand anders das Dach über dem Kopf anzünden. Besser gesagt: So etwas geschah nicht häufiger, als es den allgemeinen Traditionen Ankh-Morporks entsprach. Im großen und ganzen ließen sich die Leute gegenseitig in Ruhe, damit jeder nach Belieben in den Himmel kommen oder zur Hölle fahren konnte.

An diesem Abend hatte Fri'it zuviel getrunken, und zwar von einem geheimen Weinvorrat, dessen Entdeckung ihn innerhalb von zehn Minuten den Werkzeugen der Inquisitoren ausgeliefert hätte.

Zumindest das mußte man Vorbis lassen. Früher mochte die Quisition bestechlich gewesen sein, heute war sie das nicht mehr. Der oberste Exquisitor hatte sich auf die fundamentalen Dinge zurückbesonnen, und deshalb herrschte jetzt eine Demokratie der scharfen Messer. Es kam sogar noch besser. Die Fahndung nach Häresie konzentrierte sich vor allem auf die höheren Ebenen der Kirche. Vorbis ließ keinen Zweifel daran: je höher am Baum, desto stumpfer die Säge.

Ach, was war bloß aus der Religion der guten alten Zeit geworden...

Fri'it schloß die Augen, sah jedoch nur die Hörner des Tempels, flüchtige Bilder zukünftiger Massaker und... das Gesicht von Vorbis.

Die weiße Stadt gefiel ihm.

Selbst die Sklaven lebten dort zufrieden. Weil es in bezug auf sie Regeln gab, die es zu beachten galt. Bestimmte Dinge durfte man mit einem Sklaven nicht anstellen – weil Sklaven wertvoll waren.

Von der Schildkröte hatte er dort erfahren. Das alles ergab einen Sinn. Alles klang *richtig*. Aber auch, wenn alles einen Sinn ergab und richtig klang... Es brachte ihn in die Hölle.

Vorbis wußte über ihn Bescheid. Bestimmt. Die Spione des Exquisitors lauerten überall. Sascho war recht nützlich gewesen, doch die Frage lautete: Wieviel hatte Vorbis von ihm in Erfahrung bringen können? Über welche Informationen verfügte der Diakon? Gehörten Namen dazu?

Vielleicht.

Mit ziemlicher Sicherheit.

Die Quisition lüftete jedes Geheimnis.

Irgend etwas in Fri'it zerbrach, und er sah zum Schwert an der Wand.

Warum nicht? Sein Schicksal bestand ohnehin darin, eine Ewigkeit in tausend Höllen zu schmoren...

Diese Erkenntnis schenkte ihm eine gewisse Freiheit. Wenn man ohnehin mit dem Schlimmsten rechnen mußte, wenn das entsetzlichste aller Schicksale zur Gewißheit wurde... Dann brauchte man eigentlich nichts mehr zu fürchten. Dann verloren alle Drohungen ihren Sinn.

Und wenn einem schon nichts anderes übrigblieb, als auf der Folterbank zu sterben, sollte es sich wenigstens lohnen.

Fri'it stand mühsam auf und wankte zur Wand. Nach mehreren Versuchen gelang es ihm, den Schwertgürtel vom Haken zu ziehen. Vorbis' Quartier war nicht weit entfernt, und die Treppe stellte das einzige Hindernis dar. Ein Hieb genügte. Er konnte den Exquisitor in zwei Stücke teilen, ohne sich dabei anzustrengen. Und nachher... Vielleicht passierte überhaupt nichts. Es gab andere Leute, die wie er dachten und fühlten. Irgendwo. Oder... oder er erreichte die Ställe vielleicht und konnte fliehen, durch die Wüste, nach Ephebe...

Der General torkelte zur Tür und streckte die Hand nach dem Knauf aus...

...der sich von ganz allein drehte.

Fri'it taumelte zurück, als die Tür nach innen aufschwang.

Vorbis stand auf der Schwelle. Im flackernden Schein der Öllampe zeigte sein Gesicht höfliche Besorgnis.

»Entschuldige bitte die späte Störung«, sagte er. »Aber ich dachte, wir sollten über die morgen beginnende Mission sprechen.«

Fri'it ließ das Schwert fallen.

»Stimmt was nicht, Bruder?« fragte Vorbis.

Der Exquisitor lächelte und betrat den Raum. Zwei Kapuzenumhänge tragende Inquisitoren folgten ihm.

»Bruder«, sagte Vorbis noch einmal und schloß die Tür.

»Wie ist es da drin?« fragte Brutha.

»Ich klappere wie eine Erbse im Topf«, grummelte die Schildkröte.

»Ich könnte ein bißchen Stroh hineinstopfen. Und ich habe das hier.«

Grünes Zeug fiel auf Oms Kopf.

»Aus der Küche«, sagte Brutha. »Schalen und Kohl. Hab's gestohlen«, fügte er hinzu. »Andererseits... Von einem Diebstahl in dem Sinne kann eigentlich gar nicht die Rede sein. Immerhin ist es für dich.«

Der alles andere als angenehme Geruch halb verfaulter Blätter wies darauf hin, daß Brutha sein Verbrechen verübt hatte, während das Diebesgut auf halbem Wege zum Misthaufen gewesen war. Om verzichtete auf eine entsprechende Bemerkung. Er hielt sie – zumindest derzeit – für unangemessen.

»Hm, ja«, brummte er nur.

Es muß noch andere Gläubige geben, dachte er. Ja, ganz bestimmt. Draußen, außerhalb der Stadt. Hier im Bereich der Zitadelle war alles zu sehr... Routine.

Aber die Pilger vor dem Tempel... Sie stammten aus den ländlichen Provinzen. Und bei ihnen handelte es sich um die Frommsten der Frommen. Ganze Dorfgemeinschaften hatten ihre Ersparnisse zusammengelegt, damit eine Person bis zur fernen Hauptstadt reisen konnte, um dem Gott dort ein Anliegen vorzutragen. Trotzdem: In keinem von ihnen loderte die Flamme.

Die Bittsteller steckten voller Furcht, Angst, Sehnsucht und Hoffnung – solche Gefühle besaßen eine klar ausgeprägte Struktur und ließen sich deutlich voneinander unterscheiden. Doch das Feuer wahren Glaubens fehlte.

Der Adler hatte die Schildkröte in Bruthas Nähe fallen gelassen. Woraufhin Om... erwachte. Er entsann sich vage daran, ein Reptil gewesen zu sein. Nun erinnerte er sich daran, daß er früher als Gott geherrscht hatte. Wie groß durfte die Entfernung zu Brutha werden, um diese Erinnerungen nicht in Gefahr zu bringen? Ein Kilometer?

Zehn? Fünfzehn? Wie mochte es sich anfühlen, wenn das Wissen versickerte, wenn eine Leere entstand, die das rudimentäre Selbst der Schildkröte nicht füllen konnte? Vielleicht blieb ein Teil von ihm zurück, ein Ich-Splitter, der sich entsann, für immer in Hoffnungslosigkeit gefangen…

Om schauderte.

Nun befand er sich in einem Bastkorb, der an Bruthas Schulter hing. Der Aufenthalt in einem solchen Behälter wäre in jedem Fall unbequem gewesen, aber die morgendliche Kühle veranlaßte den Jungen, immer wieder von einem Bein aufs andere zu treten – dadurch rutschte Om von einer Seite zur anderen.

Nach einer Weile kamen einige Stallburschen der Zitadelle mit Pferden an. Sie bedachten Brutha mit neugierigen Blicken, und dem Novizen fiel nichts Besseres ein, als immer wieder zu lächeln.

Hunger plagte ihn, aber er wagte es nicht, seinen Posten zu verlassen. Immerhin hatte ihn der oberste Exquisitor aufgefordert, er solle an diesem Ort warten. Nach einer Weile erklangen Geräusche, woraufhin sich Brutha einige Meter weit an der Mauer entlangschob und einen Blick um die Ecke warf.

Der Hof war hier U-förmig, schmiegte sich an einen Flügel des Zitadellenkomplexes. Jenseits der Ecke erweckte alles den Anschein, als träfe eine zweite Gruppe Vorbereitungen zum Aufbruch.

Brutha kannte Kamele. Im Dorf seiner Großmutter hatte es auch welche gegeben – zwei, um ganz genau zu sein. Hier waren es Hunderte. Sie blökten wie Dutzende von schlecht geölten Pumpen und rochen wie tausend feuchte Teppiche. In *Djeliba* gekleidete Männer schritten zwischen ihnen hin und her und schlugen gelegentlich mit einem Stock zu – alle Fachleute vertraten die Ansicht, das sei die beste Methode für den Umgang mit Kamelen.

Brutha schlenderte zum nächsten Tier. Ein Mann band ihm gerade einige Feldflaschen auf den Rücken.

»Guten Morgen, Bruder«, lautete der Gruß des Novizen.

»Hau ab«, knurrte der Mann, ohne sich umzudrehen.

»In Kapitel XXV, Vers 6 warnt uns der Prophet Abbys: ›Wehe dem, der seinen Mund beschmutzt mit Flüchen, denn die Worte sollen sein wie Staub‹«, intonierte Brutha.

»Ach, tatsächlich?« erwiderte der Unbekannte im Plauderton. »Nun, dieser Bursche Abbys kann mich mal.«

Brutha zögerte. Natürlich hatte sich der Mann gerade einen sicheren Platz in mindestens tausend Höllen verdient – ganz zu schweigen davon, daß sich die Quisition ein oder zwei Monate lang um ihn kümmern sollte. Andererseits: Der Mann gehörte offenbar zur Heiligen Legion – unter dem Umhang war gerade ein Schwert zum Vorschein gekommen.

Legionäre durften sich gewisse Freiheiten erlauben, ebenso wie Inquisitoren. Der häufige Kontakt mit den Gottlosen beeinflußte sie und setzte ihre Seelen tödlichen Gefahren aus. Brutha beschloß, großzügig zu sein.

»Und wohin willst du an einem so schönen Morgen mit so vielen Kamelen, Bruder?«

Der Soldat zog einen Gurt fest.

»Wahrscheinlich zur Hölle.« Der Legionär grinste humorlos und fügte an: »Vermutlich erreiche ich sie direkt hinter dir.«

»Ach? Der Prophet Ischkiebel wies uns darauf hin, daß ein Mann gar kein Kamel braucht, wenn er zur Hölle reiten will, ebensowenig wie ein Pferd oder einen Esel. Die Zunge allein genügt ihm«, betonte Brutha und blickte so streng drein, wie er konnte, während ein Hauch von Mißbilligung in seiner Stimme bebte.

»Haben uns einige Propheten Botschaften in Hinsicht auf vorlaute Lümmel hinterlassen, die einen Satz warme Ohren verdienen?« fragte der Legionär.

»›Wehe dem, der *seine* Hand gegen einen Bruder erhebt und ihn so behandelt wie einen Ungläubigen‹«, zitierte Brutha. »Ossory, Regel XI, Vers 16.«

»›Verzieh dich und vergiß schleunigst, daß du uns gesehen hast, wenn du nicht in erhebliche Schwierigkeiten geraten willst, mein Freund.‹ Feldwebel Aktar, Kapitel I, Vers 1.«

Brutha runzelte die Stirn. Daran erinnerte er sich nicht.

»Ich hoffe, du hast eine angenehme Reise«, sagte er höflich. »Wohin auch immer sie führen soll.«

Er kehrte in die Richtung zurück, aus der er kam, eilte zum Tor.

»Wenn du meine Meinung hören willst…«, wandte er sich an die Schildkröte im Korb. »Dem Burschen sollte man in einer ganz speziellen Hölle Manieren beibringen.«

Om schwieg.

Die anderen Mitglieder der ephebianischen Reisegruppe fanden sich ein. Brutha nahm Haltung an und versuchte, niemandem im Weg zu sein. Er sah einige Kavalleristen, doch sie trugen keine *Djeliba* wie die Kamelreiter, sondern Westen aus winzigen Metallschuppen und schwarzgelbe Umhänge – mit dieser Kleidung schmückten sich Legionäre nur bei besonderen Anlässen. Brutha fand, sie sahen darin sehr eindrucksvoll aus.

Schließlich trat einer der Stallburschen auf ihn zu.

»Was machst du hier, Novize?« fragte er scharf.

»Ich reise nach Ephebe«, erwiderte Brutha.

Der Mann starrte ihn einige Sekunden lang groß an und grinste dann.

»Du? Bist nicht einmal Priester und willst nach Ephebe?«

»Ja.«

»Wie kommst du darauf?«

»Jemand hat es ihm gesagt«, erklang Vorbis' Stimme hinter dem Mann. »Deshalb ist er hier. Um meinen Wünschen zu dienen.«

Brutha konnte das Gesicht des Stallburschen ganz deutlich sehen. Eine langsame Veränderung machte sich dort breit, und sie zu beobachten… Ebenso konnte man zusehen, wie ein Ölfleck über einen Teich glitt. Schließlich drehte sich der Mann so, als seien seine Füße an einer Drehscheibe festgenagelt.

»Vorbis, Herr...« Selbst die Stimme klang ölig.

»Und jetzt möchte er ein Roß«, sagte der Exquisitor.

Entsetzen legte sich wie ein gelber Schatten über die Züge des Stallburschen.

»Natürlich. Selbstverständlich. Sofort. Das beste aller Rösser...«

»Mein Freund Brutha ist ein bescheidener und demütiger Diener des Großen Gottes Om«, sagte Vorbis. »Er gibt sich mit einem Maulesel zufrieden, nicht wahr, Brutha?«

»Ich... ich kann gar nicht reiten, Herr«, erwiderte der Novize verlegen.

»Auf einem Maulesel kann jeder reiten«, meinte Vorbis. »Unter Umständen sehr oft bei einer kurzen Strecke. Und nun... Sind alle da?«

Er wölbte eine Braue und sah den wachhabenden Feldwebel an, der zackig salutierte.

»Wir warten noch auf General Fri'it, Herr.«

»Ah. Feldwebel Simony, nicht wahr?«

Vorbis hatte ein schrecklich gutes Namensgedächtnis. Er kannte alle. Der Feldwebel erbleichte ein wenig und salutierte erneut, noch zackiger als vorher.

»Ja, Herr!«

»Wir brechen ohne General Fri'it auf«, sagte der Exquisitor.

Auf den Lippen des Feldwebels formte sich ein A – der erste Buchstabe des Wortes »Aber« – und verschwand wieder.

»General Fri'it ist mit anderen Dingen beschäftigt«, fügte Vorbis hinzu. »Mit Dingen, die seine *ganze* Aufmerksamkeit verlangen. Und um die er sich ganz persönlich kümmern muß.«

Fri'it öffnete die Augen, und Gräue flutete ihm entgegen.

Er sah das Zimmer, in dem er sich befand, aber auf eine seltsame Weise. Kanten und Konturen schien es irgendwie an Substanz zu mangeln.

Das Schwert...

Er hatte das Schwert fallen gelassen, aber vielleicht fand er es wieder. Der General trat einen Schritt vor, fühlte dabei einen leichten Widerstand im Bereich der Fußknöchel und senkte den Kopf.

Dort lag das Schwert. Doch die tastenden Finger fuhren einfach hindurch. Es war wie im Rausch, aber Fri'it wußte, er war nicht betrunken. Ebensowenig ließ sich sein gegenwärtiger Zustand mit dem Wort *nüchtern* beschreiben. Jeder noch so ferne mentale Nebel hatte sich plötzlich aufgelöst und bescherte ihm einen völlig klaren Verstand.

Er drehte sich um und betrachtete jenes Etwas, das seinen Bewegungen Widerstand entgegengesetzt hatte.

»Oh«, sagte er.

GUTEN MORGEN.

»Oh.«

ZU ANFANG ERSCHEINT ALLES RECHT VERWIRREND. DAS IST VÖLLIG NORMAL.

Erschrocken sah Fri'it, wie die große dunkle Gestalt durch die graue Wand schritt.

»Warte!«

Der von einer Kapuze umhüllte Totenschädel kehrte durch die Wand zurück.

JA?

»Du bist der Tod, nicht wahr?«

IN DER TAT.

Fri'it versuchte, sich so würdevoll zu benehmen, wie es ihm noch möglich war.

»Ich kenne dich«, sagte er. »Ich bin dir oft begegnet.«

Tod musterte ihn eine Zeitlang.

NEIN, AUSGESCHLOSSEN.

»Ich versichere dir...«

DU HAST MENSCHEN GESEHEN. WENN DU MIR GEGENÜBERGETRETEN WÄRST, KÖNNTE ICH MICH BESTIMMT AN DICH ERINNERN.

»Was geschieht jetzt?«

Tod zuckte mit den Schultern.

WEISST DU DAS NICHT? erwiderte er und verschwand erneut.

»Warte!«

Fri'it eilte durch die Wand und stellte überrascht fest, daß er sie ebenso mühelos durchschreiten konnte wie leere Luft. Er gelangte in einen Korridor; vom Tod fehlte weit und breit jede Spur.

Kurz darauf begriff er: Diesen Korridor hatte er noch nie gesehen. Hier gab es keine Schatten und auch keinen knirschenden Sand unter den Sandalen.

Diesem Gang mangelte es auch an einem Glühen in der Ferne, das auf den General die gleiche Wirkung ausübte wie ein Magnet auf Eisen.

Das Unvermeidliche ließ sich nicht aufhalten. Früher oder später mußte man sich ihm stellen.

Zum Beispiel jetzt.

Fri'it wanderte durch das Glühen und erreichte die Wüste. An einem dunklen Himmel, der sich über schwarzem Sand wölbte, leuchteten Sterne. Doch die Landschaft war nicht wirklich finster. Jedenfalls nicht so finster, wie jene Finsternis, an die sich der General erinnerte: Er konnte selbst weit entfernte Einzelheiten noch erkennen.

Eine Wüste. Nach dem Tod... *Die* Wüste. Keine Höllen. Zumindest im Moment noch nicht. Vielleicht gab es Hoffnung.

Ein Lied aus seiner Kindheit fiel ihm ein, und erstaunlicherweise drehte sich der Text nicht um Ungläubige, die von göttlichen Hufen zermalmt wurden. Mit anderen Worten: Es ging nicht um Om und Seinen schrecklichen Zorn. Nein, das Lied war wesentlich anspruchsloser, sorgte mit einfachen Wiederholungen für einen Schrecken ganz besonderer Art.

Durch eine weite Wüste mußt du gehen...

»Wo befindet sich dieser Ort?« fragte Fri'it heiser.

DIES IST KEIN ORT, antwortete Tod.

Ganz allein mußt du durch die weite Wüste gehen...

»Was erwartet mich am Ende der Wüste?«

DAS URTEIL.

Dieser Weg ist dir bestimmt...

Fri'it starrte über die endlose, eintönige Landschaft.

»Ganz allein muß ich mich auf den Weg machen?« hauchte er. »Aber in dem Lied ist von einer schrecklichen Wüste die Rede...«

JA? NUN, WENN DU MICH JETZT BITTE ENTSCHULDIGEN WÜRDEST...

Tod verschwand.

Aus reiner Angewohnheit atmete Fri'it tief durch. Vielleicht fand er dort draußen zwei Steine. Einen kleinen, den er in der Hand halten konnte, und einen großen, hinter dem er sich verstecken konnte, während er auf Vorbis wartete...

Solche Überlegungen kamen einer weiteren Angewohnheit gleich. Rache? *Hier?*

Der General lächelte.

Sei vernünftig, Mann. Du bist Soldat gewesen. Dies ist eine Wüste. Du bist oft in Wüsten unterwegs gewesen.

In Wüsten überlebte man durch Anpassung. Es gab Stämme, die in den schlimmsten Wüsten zurechtkamen. Indem sie Kondenswasser von den Schattenseiten der Dünen leckten... Etwas in der Art. Solche Leute hielten die Wüste für ihre *Heimat*. In einem Gemüsegarten hätten sie vermutlich den Verstand verloren.

Ein anderer Gedanke tauchte auf. *Die Wüste ist das, was du von ihr denkst. Und jetzt kannst du klarer denken als jemals zuvor...*

Lügen existierten nun nicht mehr. Das galt auch für Illusionen. Darauf lief es in Wüsten hinaus: Man war allein – allein mit sich selbst und seinen Gedanken; allein mit jenen Dingen, an die man glaubte.

Woran habe ich immer geglaubt?

Wenn jemand ein anständiges Leben führte – wobei priesterliche Richtlinien keine oder nur eine sehr geringe Rolle spielten –, sich dabei an das hielt,was er in seinem Innern für richtig und angemessen hielt... Dann gab es letztendlich keinen Grund, irgendein Urteil zu fürchten.

So etwas konnte man sich zwar nicht auf die Fahne schreiben, aber die Wüste sah schon ein wenig besser aus.

Fri'it brach auf.

Der Maulesel war klein, und Brutha hatte lange Beine: Er mußte sie beim Reiten anziehen. Wenn er sie gestreckt hätte, wäre das Tier unter ihm in der Lage gewesen, den Weg allein fortzusetzen.

Die Anordnung der Gruppe mochte überraschen.

Feldwebel Simony und seine Soldaten ritten vorn, zu beiden Seiten des Weges.

Ihnen folgten die Bediensteten, Schreiber und jene Priester, die keinen hohen Rang bekleideten. Vorbis ritt hinten und nahm den Platz ein, der einem Exquisitor zustand: Er war wie ein Schäfer, der seine Schar hütete.

Brutha leistete ihm Gesellschaft. Damit wurde ihm eine Ehre zuteil, auf die er lieber verzichtet hätte. Brutha gehörte zu den Leuten, die selbst bei Frost schwitzen können; Staub und Sand hafteten an ihm fest, bildeten eine Haut, die aus Schmirgelpapier zu bestehen schien.

Vorbis erweckte den Eindruck, als empfände er die Nähe des Jungen amüsant. Ab und zu stellte er ihm Fragen, zum Beispiel:

»Wie viele Kilometer haben wir zurückgelegt, Brutha?«

»Vier Kilometer und sieben *Estado*, Herr.«

»Woher weißt du das?«

Diese Frage konnte der Novize nicht beantworten. Woher wußte er, daß der Himmel blau war? Er dachte einfach daran, und dann *wußte* er es. Man konnte nicht daran denken, wie man dachte. Ebenso sinnlos mußte das Bemühen bleiben, eine Kiste mit der Brechstange zu öffnen, die in seinem Innern lag.

»Und wie lange sind wir unterwegs?«

»Seit etwas mehr als neunundsiebzig Minuten.«

Vorbis lachte. Brutha fragte sich, warum. Er fand es nicht etwa rätselhaft, daß er sich erinnerte, sondern daß alle anderen vergaßen.

»Hatten auch deine Vorfahren diese erstaunliche Fähigkeit?«

Stille.

»Konnten sie ebenfalls so genau Auskunft geben?« erkundigte sich der Exquisitor geduldig.

»Ich weiß es nicht. Ich bin bei meiner Großmutter aufgewachsen, und sie hatte ein... gutes Gedächtnis. Für gewisse Dinge.« Vor allem für Sünden und dergleichen. »Und sie konnte gut hören und sehen.« Sie hatte sogar scheinbar durch zwei Wände hören und sehen können – ein echtes Phänomen.

Brutha drehte sich vorsichtig im Sattel. Etwa eine Meile weiter hinten sah er eine Staubwolke.

»Da kommen die anderen Soldaten«, sagte er im Plauderton.

Dieser Hinweis schockierte Vorbis – vielleicht war es viele Jahre her, seit zum letztenmal jemand eine unschuldige Bemerkung an ihn gerichtet hatte.

»Die anderen Soldaten?« wiederholte er.

»Feldwebel Aktar und seine Männer auf achtundneunzig Kamelen mit vielen Feldflaschen und Wasserschläuchen«, sagte Brutha. »Ich habe sie gesehen, kurz bevor wir die Stadt verließen.«

»Du hast sie *nicht* gesehen«, behauptete Vorbis. »Sie reiten *nicht* hinter uns. Du wirst sie vergessen.«

»Ja, Herr.« Erneut die Aufforderung, etwas Unmögliches zu bewerkstelligen.

Nach einigen Minuten wandte sich die ferne Staubwolke von der Straße ab und glitt an einem langen, sanft geneigten Hang empor, der zum Hochland der Wüste führte. Brutha beobachtete sie argwöhnisch, hob dann den Blick zu den Dünen und Bergen.

Ein dunkler Punkt kreiste oben am Himmel.

Die Hand des Novizen flog zum Mund.

Vorbis hörte, wie er nach Luft schnappte.

»Was ist los, Brutha?« fragte er.

»Ich habe gerade an den Gott gedacht«, antwortete der Junge.

»Wir sollten immer an den Gott denken«, erwiderte Vorbis. »Und darauf vertrauen, daß Er uns bei dieser Reise begleitet.«

»Er ist bei uns«, stellte Brutha fest. Die absolute Gewißheit in seiner Stimme entlockte dem Exquisitor ein Lächeln.

Der Novize horchte auf die innere Stimme, die er in letzter Zeit so oft gehört hatte, aber jetzt blieb alles still. Einige schreckliche Sekunden lang fragte sich Brutha, ob die Schildkröte aus dem Korb gefallen war, doch dann spürte er ihr beruhigendes Gewicht am Riemen.

»Wir müssen auch sicher sein, daß Er in Ephebe bei uns weilt, während wir von Ungläubigen umgeben sind«, fügte Vorbis hinzu.

»Davon bin ich überzeugt«, sagte Brutha.

»Außerdem gilt es, auf die Ankunft des Propheten vorbereitet zu sein«, meinte der Exquisitor.

Die Wolke hatte nun den oberen Bereich der Dünen erreicht und verflüchtigte sich in der Ödnis.

Brutha wollte sie mit allen Mitteln aus seinen Gedanken verbannen, aber ebensogut hätte er versuchen können, einen gefüllten Eimer unter Wasser zu leeren. Im Hochland der Wüste überlebte niemand. Dort gab es nicht nur heißen Sand, kochende Felsen und das brennende Gleißen der Sonne. Man erzählte sich von Regionen des Schreckens, die selbst die verrückten Nomaden mieden. Ein Meer ohne Wasser, Stimmen ohne Mund...

Was keineswegs bedeuten sollte, daß die unmittelbare Zukunft nicht schon genug Entsetzen in Aussicht stellte...

Brutha hatte das Meer schon einmal gesehen, aber der Omnianismus förderte nicht gerade das Interesse daran. Vielleicht deshalb, weil Wüsten schwerer zu durchqueren waren. Weil sie dafür sorgten, daß die Leute zu Hause blieben. Aber manchmal verwandelten sich die Wüstenbarrieren in ein Problem, und dann mußte man sich dem Meer zuwenden.

Der Ort Il-drim bestand nur aus einigen Hütten, die sich an einem steinernen Pier zusammendrängten. Dort lag eine Trireme, an deren

Mast die heilige Oriflamme wehte. Wenn die Kirche auf Reisen ging, so machten sich alte und hochrangige Personen auf den Weg. Was bedeutete: Die Kirche reiste mit Stil.

Die Gruppe verharrte auf einer Hügelkuppe und beobachtete den Kai.

»Verweichlicht und verdorben sind wir«, sagte Vorbis. »So steht es mit uns, Brutha.«

»Ja, Herr.«

»Und wir sind bösen Einflüssen ausgesetzt. Das Meer, Brutha. Es spült an die Küsten des Unheils, und es bringt gefährliche Ideen. Die Menschen sollten nicht reisen, Brutha. Die Wahrheit liegt in der Mitte. Wer reist und sich von der Mitte entfernt, geht damit das Risiko ein, Irrtümern zu erliegen.«

»Ja, Herr.«

Vorbis seufzte.

»Zu Ossorys Zeiten segelten wir allein, in Booten aus Leder. Wir vertrauten dem von Gott geschickten Wind. Auf eine solche Weise sollten heilige Leute reisen.«

Ein winziger Funke des Trotzes regte sich in Brutha und erklärte, für zwei Decks zwischen Füßen und Wasser würde er durchaus ein wenig Verdorbenheit auf sich nehmen.

»Wie ich hörte, ist Ossory einmal mit einem Mühlstein zur Insel Erebos gesegelt«, sagte er, nur damit das Gespräch nicht endete.

»Für den wahren Gläubigen ist nichts unmöglich«, erwiderte Vorbis.

»Versuch mal, ein Streichholz an Sülze zu entzünden, Blödmann.«

Brutha versteifte sich. Vorbis konnte die Stimme nicht überhört haben.

Die Stimme der Schildkröte erklang erneut.

»Wer ist der Narr?«

»Vorwärts«, sagte Vorbis. »Wie ich sehe, kann es unser Freund Brutha gar nicht abwarten, an Bord zu gehen.«

Die Pferde setzten sich wieder in Bewegung.

»Wo sind wir? Was geschieht jetzt? Hier drin ist es so heiß wie in der Hölle, und glaub mir: Ich weiß, wovon ich rede.«

»Ich kann jetzt nicht mit dir reden!« zischte der Novize.

»Der Gestank des Kohls ist einfach unerträglich! Es werde Salat! Es werden Melonenscheiben!«

Die Rösser traten vorsichtig und vielleicht auch mit gemischten Gefühlen über den Pier und anschließend über eine Laufplanke. Der Bastkorb wackelte immer heftiger. Brutha sah sich schuldbewußt um, aber scheinbar bemerkte niemand etwas. Trotz der Größe des Novizen konnte man ihn leicht übersehen. Praktisch alle anderen Leute hatten Besseres zu tun, als ihre Zeit damit zu vergeuden, jemanden wie Brutha zu beobachten. Offenbar war er selbst für Vorbis unsichtbar geworden – der Exquisitor sprach mit dem Kapitän.

Brutha fand einen ruhigen Platz am spitz zulaufenden Ende der Trireme – eins der nach oben ragenden Dinge mit Tüchern dran gewährte ihm dort etwas Privatsphäre. Er griff nach dem Korb, und Unbehagen erfaßte ihn, als er den Deckel hob.

Die Stimme der Schildkröte ertönte von tief unter ihrem Panzer.

»Sind Adler in der Nähe?«

Brutha sah zum Himmel hoch. »Nein.«

Der Kopf kam zum Vorschein.

»Du...«, begann das Reptil.

»Ich konnte nicht mit dir reden!« verteidigte sich Brutha. »Die ganze Zeit über waren Leute in meiner Nähe! Bist du imstande, die... die Worte in meinem Kopf zu hören oder Gedanken zu lesen?«

»Bei den Gedanken von Sterblichen ist das verdammt schwer«, erwiderte Om. »Glaubst du vielleicht, sie erscheinen mit großen Blockbuchstaben am mentalen Himmel? Ha! Ich erkenne *Absichten*, ja. Auch *Gefühle*. Aber keine Gedanken. Die meiste Zeit über weißt du ja selbst nicht einmal, was du denkst. Und dann soll ich mich in deinem geistigen Chaos zurechtfinden?«

»Weil du der Gott bist«, entgegnete Brutha. »Abbys, Kapitel LVI, Vers 17: ›Körper und Geist der Sterblichen kennt Er; vor Ihm gibt es keine Geheimnisse.‹«

»Abbys? Der Typ mit den kariösen Zähnen?«

Brutha ließ den Kopf hängen.

»Hör mal...«, sagte die Schildkröte. »Ich bin, was ich bin. Es ist nicht meine Schuld, wenn die Leute mehr von mir erwarten.«

»Aber im Garten... Du wußtest von meinen Gedanken.«

Der kleine Gott Om zögerte. »Das war etwas anderes«, erwiderte er. »Es... es handelte sich nicht um Gedanken, sondern um Schuld.«

»Ich glaube an den Großen Gott Om und Seine Gerechtigkeit«, verkündete Brutha. »Und ich werde auch weiterhin an Ihn glauben, ganz gleich, was du sagst und bist.«

»Freut mich, das zu hören«, entgegnete die Schildkröte mit Nachdruck. »Laß deinen Glauben von nichts erschüttern. Äh, wo sind wir jetzt?«

»Auf einem Boot«, erklärte Brutha. »Auf dem Meer. Alles schaukelt.«

»Wir fahren mit einem Schiff nach Ephebe? Warum ziehen wir nicht durch die Wüste?«

»Niemand kann die Wüste durchqueren. Niemand kann in ihr lange genug überleben.«

»*Ich* hab's geschafft.«

»Wir ›segeln‹ nur ein paar Tage lang.« Übelkeit stieg in Brutha empor, obwohl das Schiff gerade erst vom Pier abgelegt hatte. »Und es heißt, der Gott...«

»...ich...«

»...schickt uns guten Wind.«

»Tatsächlich? Oh, ja. Ich schicke euch einen guten Wind. Keine Hindernisse bis zum Ziel. Alles bleibt so ruhig wie ein Sturzbach.«

»Wie ein Mühlbach! Ich wollte Mühl*bach* sagen!«

Brutha klammerte sich am Mast fest.

Nach einer Weile kam ein Matrose, setzte sich auf ein zusammengerolltes Seil und musterte den Jungen interessiert.

»Du kannst loslassen, Pater«, sagte er. »Das Ding bleibt auch von allein stehen.«

»Der Ozean... die Wellen...«, murmelte Brutha. Er öffnete den Mund ganz vorsichtig, obwohl sein Magen überhaupt nichts mehr enthielt.

Der Seemann spuckte nachdenklich.

»Aye«, entgegnete er. »Sie brauchen eine solche Form, damit sie zum Himmel passen.«

»Es knackt und knirscht im Schiff!«

»Aye. Das stimmt.«

»Soll das heißen, dies ist gar kein Sturm?«

Der Matrose seufzte und ging fort.

Irgendwann wagte es Brutha, den Mast loszulassen. Nie zuvor hatte er sich so schlecht gefühlt.

Dabei ging es nicht nur um die Seekrankheit. Er wußte nicht, wo er sich befand. Und darüber hatte er immer Bescheid gewußt. Der eigene Aufenthaltsort und die Existenz von Om hatten die beiden einzigen Gewißheiten in seinem Leben gebildet

In dieser Hinsicht erging es ihm wie Schildkröten. Wer solche Reptile beim Wandern beobachtete, konnte feststellen, daß sie immer wieder verharrten – vermutlich deshalb, um Erinnerungen an die bisherige Reise an einem sicheren Platz im Gedächtnis zu verstauen. Nach einer bei Fachleuten verbreiteten Theorie waren die Schildkröten nur deshalb nicht zur dominierenden Spezies im Multiversum geworden, weil sie den größten Teil ihres geistigen Potentials zur Orientierung verwendeten.

Brutha stellte seinen gegenwärtigen Aufenthaltsort fest, indem er sich daran erinnerte, wo er gewesen war, indem er unbewußt die Schritte zählte und sich besondere Merkmale der Landschaft einprägte. Irgendwo in seinem Kopf gab es einen langen roten Faden der Erinnerung: Wenn man ihn abwickelte, führte er über den kurvenreichen Pfad des Lebens bis zur Geburt zurück.

Ohne einen direkten Kontakt mit dem Boden – auf dem Meer, dessen Oberfläche sich ständig veränderte – verlor dieser Erinnerungsfaden den Halt, flatterte wie eine Fahne im Wind.

Der nach wie vor im Bastkorb steckende kleine Gott Om wurde kräftig hin und her geworfen, als Brutha in Richtung Reling übers Deck wankte.

Für alle anderen an Bord herrschte prächtiges Segelwetter. Möwen folgten dem Schiff. Auf der einen Seite – Backbord oder Steuerbord – sprangen fliegende Fische aus dem Wasser, um der Aufmerksamkeit einiger Delphine zu entgehen. Brutha beobachtete die grauen Leiber, die im Zickzack vor dem Kiel schwammen, Teile einer Welt, in der man nicht zu zählen brauchte...

»Ah, Brutha«, sagte Vorbis. »Fütterst die Fische, wie ich sehe.«

»Nein, Herr«, widersprach Brutha. »Mir ist schlecht, Herr.«

Er drehte sich um.

Sein Blick fiel auf Feldwebel Simony, einen muskulösen jungen Mann mit dem unbewegten Gesicht eines Profi-Söldners. Er stand neben jemandem, der auf den Novizen vage vertraut wirkte – das Oberhaupt des Schiffes, wie auch immer sein Rang lautete. Hinzu kam der lächelnde Exquisitor.

»*Er* ist es!« heulte die Schildkröte. »*Er* ist es!«

»Unser junger Freund ist kein sehr guter Seemann«, meinte Vorbis bissig.

»*Er* ist es! *Er*! Ihn würde ich überall wiedererkennen!«

»Ich möchte überhaupt kein Seemann sein, Herr«, stöhnte Brutha. Er spürte, wie der Korb zitterte, als Om darin umhersprang.

»Töte ihn! Mit irgendeinem spitzen Gegenstand! Oder wirf ihn über Bord!«

»Kommt mit uns zum Bug, Brutha«, forderte Vorbis den Novizen auf. »Dort gibt es viele interessante Dinge zu sehen. Das behauptet jedenfalls der Kapitän.«

Der Kapitän lächelte wie jemand, der sich in einer sehr schwierigen Situation weiß. Vorbis konnte zweifellos ein recht problematischer Passagier sein.

Brutha folgte den drei Männern und riskierte drei kurze Worte: »Was ist los?«

»*Er*! Der Kahlköpfige! Stoß ihn ins Meer!«

Vorbis drehte sich halb um, sah die Verlegenheit in Bruthas Zügen und lächelte.

»Bestimmt wird sich unser Horizont erweitern«, sagte der Exquisitor. Er wandte sich wieder an den Kapitän und deutete zu einem großen Vogel, der dicht über den Wellen dahinglitt.

»Ein sinnloser Albatros«, erläuterte der Kapitän sofort. »Fliegt von der Mitte bis zum Ra...« Er unterbrach sich, doch Vorbis schien das gar nicht zur Kenntnis zu nehmen. Er beobachtete den Vogel mit offensichtlichem Interesse.

»Er hat sich umgedreht und in die Sonne gelegt! *Sieh dir nur sein Selbst an!*«

»Von einem Pol der Welt zum anderen, in jedem Jahr«, sagte der Kapitän. Schweiß glänzte nun auf seiner Stirn.

»Tatsächlich?« erwiderte Vorbis. »Warum?«

»Das weiß niemand.«

»Abgesehen vom Großen Gott«, betonte der Exquisitor.

Die Wangen des Kapitäns nahmen einen gelblichen Ton an.

»Äh, ja«, bestätigte er. »Natürlich.«

»Brutha?« rief die Schildkröte. »Hörst du mir zu?«

»Und da drüben?« fragte Vorbis.

Er streckte den Arm aus, und der Kapitän sah in die entsprechende Richtung. »Oh, fliegende Fische. Natürlich fliegen sie nicht *wirklich*«, fügte er rasch hinzu. »Sie schwimmen nur ziemlich schnell und durchstoßen dann plötzlich die Wasseroberfläche.«

»Eins der göttlichen Wunder, nicht wahr?« kommentierte Vorbis. »Unendliche Vielfalt.«

»Ja«, sagte der Kapitän. Erleichterung marschierte wie ein verbündetes Heer über sein Gesicht.

»Und das da unten?« erkundigte sich der Exquisitor.

»Tümmler«, antwortete der Kapitän. »Eine Art Fisch.«

»Schwimmen sie immer so in der Nähe von Schiffen?«

»Ja, oft. Insbesondere vor den Küsten von Ephebe.«

Vorbis beugte sich über die Reling und schwieg. Simony starrte zum Horizont, und sein Gesicht war immer noch starr wie eine Maske. Im Gespräch entstand eine Pause, die der Kapitän dummerweise zu füllen versuchte.

»Tagelang folgen sie den Schiffen«, sagte er.

»Erstaunlich.« Wieder schloß sich eine Pause an – eine Teergrube des Schweigens öffnete sich, um die Mastodonten unüberlegter Bemerkungen einzufangen. Frühere Exquisitoren hatten ihren Opfern mit Gebrüll Geständnisse entrungen. Vorbis benutzte eine ganz andere Taktik: Er schwieg einfach und wartete.

»Sie scheinen Gefallen daran zu finden«, sagte der Kapitän. Nervös sah er zu Brutha, der vergeblich versuchte, das Kreischen der Schildkröte zu ignorieren.

Vorbis kam dem Novizen zu Hilfe.

»Das ist sehr praktisch, insbesondere bei längeren Reisen«, meinte er.

»Ach, ja?« erwiderte der Kapitän.

»Wenn man dabei an die Verpflegung denkt«, sagte Vorbis...

»Herr, ich glaube nicht...«

»Gewissermaßen eine schwimmende Speisekammer«, ließ sich der Exquisitor vernehmen.

Der Kapitän lächelte schief. »O nein, Herr. Es käme uns nie in den Sinn, die Tümmler zu *essen*.«

»Ist ihr Fleisch vielleicht nicht schmackhaft?«

»Nun, du weißt sicher, was man sich erzählt...«

»Nein. Was erzählt man sich?«

»Wenn Seeleute sterben, so verwandeln sich ihre Seelen in...«

Der Kapitän sah den Abgrund weiter vorn, aber der Satz entwickelte ein eigenes Bewegungsmoment und trug ihn geradewegs zur rhetorischen Schlucht.

Eine Zeitlang hörte man nur das Rauschen der Wellen, das leise Platschen der Tümmler – und ein dumpfes Hämmern, das vom rasend schnell pochenden Herzen des Kapitäns stammte.

Vorbis lehnte sich an die Reling.

»Aber *wir* glauben natürlich nicht an einen derartigen Unfug«, sagte er wie beiläufig.

»O nein, *natürlich* nicht«, versicherte der Kapitän hastig und griff damit nach dem rettenden Strohhalm. »Das dumme Gerede von Seeleuten. Wenn ich so etwas noch einmal höre, lasse ich den Betreffenden auspei...«

Vorbis sah an ihm vorbei.

»He, du da!«

Einer der Matrosen begegnete seinem Blick.

»Hol mir eine Harpune«, sagte der Exquisitor.

Der Mann sah den Kapitän an, bevor er forteilte, um Vorbis' Wunsch zu erfüllen.

»Herr, äh, du solltest es, äh, besser vermeiden, dich auf diese Weise zu betätigen, äh«, brachte der Kapitän mühsam hervor. »Äh. Ich meine, in ungeübten Händen kann eine Harpune zu einer sehr gefährlichen Waffe werden. Du könntest dich verletzen...«

»Keine Sorge«, erwiderte der Exquisitor. »Ich werde keinen Gebrauch davon machen.«

Der Kapitän senkte den Kopf und streckte die Hand nach der Harpune aus.

Vorbis klopfte ihm auf die Schulter.

»Anschließend kannst du uns zum Essen einladen. Ich bin sicher, eine so gute Gelegenheit möchte auch der Feldwebel nicht versäumen, oder?«

Simony nahm Haltung an. »Wie du meinst, Herr.«

»Ja.«

Brutha lag irgendwo auf dem Deck zwischen zusammengerollten Segeln und Tauen. Es war heiß, und die Luft roch so, als sei sie mehrmals mit Bilgen in Kontakt geraten.

Brutha hatte den ganzen Tag über nichts gegessen. Zuerst wegen der Übelkeit. Später mangelte es ihm schlicht an Appetit.

»Wer grausam zu Tieren ist, muß deshalb nicht unbedingt ein... schlechter Mensch sein«, behauptete der Novize. Seinem Tonfall nach überzeugte er sich allerdings kaum selbst mit diesem Satz. Der Tümmler war recht klein gewesen.

»Er hat mich auf den *Rücken* gedreht«, sagte Om.

»Ja, aber Menschen sind wichtiger als Tiere«, erwiderte Brutha.

»Dieser Standpunkt wird häufig von Menschen vertreten«, stellte Om fest.

»Kapitel IX, Vers 16 des Buches...«, begann der Novize.

»Wen kümmert's, was in irgendwelchen Büchern geschrieben steht?« heulte die Schildkröte.

Brutha blinzelte verblüfft.

»Du hast nie einen Propheten darauf hingewiesen, daß man Tiere rücksichtsvoll behandeln soll. An derartige Botschaften erinnere ich mich nicht. Nein, davon hast du nie gesprochen, als du... größer warst. Eigentlich geht es dir gar nicht darum, daß die Leute Tiere anständig behandeln. Sie sollen nur Rücksicht auf sie nehmen, weil *du* eins der Tiere sein könntest.«

»Und wenn schon!«

»Außerdem ist er nett zu mir. Niemand zwingt ihn dazu.«

»Glaubst du? Glaubst du wirklich? Hast du dir jemals sein Selbst angesehen?«

»Natürlich nicht! Ich weiß überhaupt nicht, wie man das anstellt!«

»Im Ernst?«

»Ja! Menschen sind nicht imstande...«

Der Junge zögerte. Vorbis schien dazu fähig zu sein. Er brauchte nur jemanden anzusehen und wußte, welche Gedanken der betreffenden Person durch den Kopf gingen. Und Bruthas Großmutter war dazu ebenfalls in der Lage gewesen.

»Ich bin sicher, Menschen fehlt eine solche Fähigkeit«, sagte er. »Wir können nicht feststellen, was jemand anders denkt.«

»Darum geht es auch gar nicht«, erwiderte Om. »Ich spreche nicht von *Gedanken*, sondern vom *Selbst*. Ich meine die Struktur, die *Form*. Es hat keinen Sinn zu versuchen, einen Fluß zu lesen, oder? Aber man kann seine Form erkennen. Hexen fällt es leicht, das Ich anderer Menschen zu sehen.«

»›Der Hexen Weg soll sein ein Dornenpfad‹«, zitierte Brutha.

»Ossory?« vermutete Om.

»Ja. Das weißt du natürlich.«

»Hörte die Worte eben zum ersten Mal«, verkündete die Schildkröte bitter. »Ich habe nur geraten, weiter nichts.«

»Wie auch immer... Ich bin noch immer davon überzeugt, daß du nicht der wahre Om bist. Der Große Gott würde nicht auf diese Weise von Seinen Auserwählten sprechen.«

»Ich habe nie jemanden auserwählt«, erwiderte Om. »Die angeblichen Propheten wählten sich selbst aus.«

»Wenn du wirklich Om bist, dann hör auf, eine Schildkröte zu sein.«

»Ich *kann* es nicht. Drei verdammte Jahre lang habe ich's versucht! Die meiste Zeit über *dachte* ich, eine Schildkröte zu sein.«

»Vielleicht stimmt das auch. Vielleicht bist du eine Schildkröte, die sich für einen Gott hält.«

»Komm mir bloß nicht auf die philosophische Tour. Wenn du damit anfängst... Dann glaubst du irgendwann, ein Schmetterling zu sein, der von einem Leben als Wellhornschnecke träumt. Nein. An einem

Tag dachte ich nur daran, wie weit der nächste Baum mit dicht über dem Boden wachsenden Blättern entfernt ist, und am nächsten steckt mein Kopf plötzlich voller Erinnerungen. Ich weiß *ganz genau*, daß ich vor drei Jahren der Große Gott Om gewesen bin. Behaupte bloß nicht, ich sei eine an Größenwahn leidende Schildkröte.«

Brutha zögerte. Es war natürlich unverschämt, danach zu fragen, aber er hätte gern gewußt, woraus die Erinnerungen der Schildkröte bestanden. Allerdings... Konnte in diesem Zusammenhang überhaupt etwas unverschämt sein? Er hockte – beziehungsweise lag – an Bord eines Schiffes und plauderte ungezwungen mit dem Gott... Wie sollte man angesichts solcher Umstände etwas Unverschämtes sagen können? Und selbst wenn dem Novizen das eine oder andere freche Wort herausrutschte – mußte man den Zorn einer Schildkröte fürchten?

Er wagte es, der Neugier nachzugeben und eine entsprechende Frage zu stellen.

»Ich bin ein großer weißer Stier gewesen«, sagte Om stolz.

»Und du hast die Ungläubigen unter deinen Hufen zerstampft«, meinte Brutha.

»Normalerweise neige ich nicht dazu, jemanden zu zerstampfen, aber vielleicht habe ich mich gelegentlich dazu hinreißen lassen, in extremen Fällen. Manchmal bin ich auch als Schwan erschienen. Darauf legte ich immer großen Wert: auf eine eindrucksvolle Gestalt. Tja, und dann erwache ich plötzlich nach drei Jahren und stelle fest, ich bin eine Schildkröte. Kann man noch tiefer sinken?« *Vorsicht, Vorsicht*, ermahnte sich der kleine Gott Om. *Du brauchst seine Hilfe, und deshalb solltest du besser darauf verzichten, ihm alles zu sagen. Behalt deine Vermutungen für dich.*

»Wann hast du zu denken begonnen?« fragte Brutha. »Ich meine, wann hast du dich wieder erinnert?« Er hielt das Phänomen des Vergessens für ebenso seltsam und faszinierend wie andere Menschen die Vorstellung, nur mit den Armen zu schlagen, um wie ein Vogel zu fliegen.

»Etwa sechzig Meter über deinem Gemüsegarten«, antwortete Om. »Kein sehr geeigneter Ort, um sich plötzlich der eigenen Existenz bewußt zu werden.«

»Aber warum?« fragte Brutha. »Götter *müssen* sich doch nicht als Schildkröten manifestieren. Sie tun's nur, wenn sie es *wollen.*«

Wenn er dahinterkommt, bin ich erledigt, dachte Om. *Es ist eine Chance von eins zu einer Million. Wenn's schiefgeht, kehre ich zu einem Leben zurück, in dem niedrig hängende Blätter Glück bedeuten.*

Etwas in ihm schrie: *Ich bin ein Gott! Es gebührt mir nicht, auf diese Weise zu denken! Ich brauche mich keinem Menschen auszuliefern!*

Doch ein Teil erinnerte sich viel zu deutlich an die drei Jahre lange Existenz als Schildkröte und flüsterte: *Dir bleibt keine Wahl. Du brauchst ihn, wenn du zu deinem früheren Platz im Himmel zurückwillst. Er ist dumm und dämlich, hat nicht einen Funken Ehrgeiz in seinem dicken Leib. Mit solchem Material mußt du arbeiten...*

Die Gott-Komponente sagte: *Vorbis wäre besser. Sei doch vernünftig. Ein solches Selbst ist zu allem fähig!*

Er hat mich auf den Rücken gedreht!

Nein, er hat eine Schildkröte *auf den Rücken gelegt.*

Ja. Mich.

Nein. Du bist ein Gott.

Und derzeit habe ich die Gestalt einer Schildkröte.

Wenn Vorbis wüßte, daß du ein Gott bist...

Aber Om entsann sich an den nachdenklichen Gesichtsausdruck des Exquisitors, an zwei graue Augen, Fenster zu einem Bewußtsein, das ebenso undurchdringlich war wie eine Stahlkugel. Nie zuvor hatte Om einen solchen Geist bei einem Geschöpf gesehen, das auf zwei Beinen ging. Vorbis mochte durchaus imstande sein, sogar einen Gott auf den Rücken zu drehen – nur um zu sehen, was dann geschah. Und nicht nur einen Gott, sondern das ganze Universum. Ja, er war jemand, der nicht zögerte, der das Weltall auf den Rücken legte und anschließend in aller Ruhe beobachtete, wie es mit den Beinen strampelte...

Aber Om mußte sich mit Brutha begnügen, mit einem Verstand, der ebenso scharf war wie ein Pinsel. Und wenn Brutha herausfand, daß...

Oder wenn er starb...

»Wie fühlst du dich?« fragte Om.

»Schlecht.«

»Kriech tiefer unters Segel«, sagte die Schildkröte. »Damit du dich nicht erkältest.«

Es muß doch jemanden geben, dachte Om. *Er kann unmöglich der einzige sein, der...* Dieser Gedanke war so schrecklich, daß der kleine Gott versuchte, ihn aus seinem Schildkrötenkopf zu verbannen. Doch es gelang ihm nicht. *...der an mich glaubt.*

Der wirklich *an mich glaubt. Nicht nur an zwei goldene Hörner oder irgendein großes Gebäude. Nicht an den Schrecken von heißen Brenneisen und glühenden Messern. Ich meine keine Leute, die ihre Tempelsteuern bezahlen, weil es die Tradition verlangt – und weil sie vorsorgen möchten für den Fall, daß der Große Gott tatsächlich existiert.*

Und jetzt hat er sich mit jemandem eingelassen, der das scheußlichste mir bekannte Selbst hat, der Menschen nur deshalb tötet, um zu sehen, ob sie sterben. Eine Art Adler-Person, wenn es so etwas gibt...

Om hörte undeutliches Murmeln.

Brutha lag mit dem Gesicht nach unten auf dem Deck.

»Was machst du da?« fragte Om.

Der Novize drehte den Kopf.

»Ich bete.«

»Gut. Und wofür betest du?«

»Das *weißt* du nicht?«

»Oh.«

Wenn Brutha stirbt...

Die Schildkröte schauderte unter ihrem Panzer. Wenn Brutha starb... Mit den Ohren der Imagination hörte Om bereits das Seufzen des Winds im heißen Herzen der Wüste.

Dort, wo die geringen Götter ein trauriges Dasein fristeten.

Woher kommen Götter? Und wohin gehen sie?

Der religiöse Philosoph Koomi von Smale versuchte, diese Fragen in seinem Buch *Ego-Video Liber Deorum* zu beantworten. In die Umgangssprache übersetzt lautet der Titel *Götter: Ein Leitfaden für den skeptischen Gläubigen.*

Man sagte, daß ein Höchstes Wesen existieren mußte, denn wie sonst konnte man die Entstehung des Universums erklären, hm?

Koomi vertrat ebenfalls die Ansicht, daß ein Höchstes Wesen existierte. Aber da im Universum ein ziemliches Durcheinander herrschte, konnte es unmöglich vom Höchsten Wesen erschaffen worden sein. Andernfalls hätte das Höchste Wesen mit seiner Allmacht dafür gesorgt, daß mehr Ordnung herrschte, und sicher wäre es auch bereit gewesen, Dingen, wie zum Beispiel Nasenlöchern, mehr Ästhetik zu verleihen.

Um es anders auszudrücken: Das Vorhandensein einer schlecht montierten Uhr bewies die Existenz eines blinden Uhrmachers. Man brauche sich nur umzusehen, dann konnte man feststellen, wo es überall noch Verbesserungsmöglichkeiten gab.

Woraus sich folgender Schluß ziehen ließ: Mit an Sicherheit grenzender Wahrscheinlichkeit war das Universum von einem Untergebenen in aller Eile konstruiert worden, als das Höchste Wesen einmal nicht hinsah.

Aus diesem Grund hielt es Koomi für keine gute Idee, Gebete an das Höchste Wesen zu richten. Dadurch mochte Seine Aufmerksamkeit geweckt werden, was Schwierigkeiten geradezu heraufbeschwor.

In Hinsicht auf die vielen geringeren Götter vertrat Koomi eine spezielle Theorie: Seiner Ansicht nach wuchsen und gediehen Götter, weil es jemanden gab, *der an sie glaubte*. Der Glaube ist ihre Nahrung. Als die Menschheit noch in kleinen Stämmen lebte, gab es vermutlich Millionen von Göttern. Um nur ein Beispiel zu nennen: Die lokalen Götter des Donners und der Liebe verschmolzen ebenso miteinander wie Quecksilbertropfen, als sich die kleinen Stämme zu großen Stämmen zusammenschlossen und wirkungsvollere Waffen entwickelten. Auch die anderen Götter konnten wachsen – dabei spielte es keine Rolle, wie klein sie anfingen. Sie gewannen an Bedeutung, sobald sie mehr Anhänger fanden, mehr Menschen, die an sie glaubten. Wenn deren Zahl schrumpfte, so verringerte sich auch die göttliche Macht, und umgekehrt.

Es war ein ständiges Auf und Ab.

Götter fanden Gefallen an so etwas. Vorausgesetzt, das Auf betraf sie selbst und das Ab andere Leute.

Koomis Theorie basierte zum größten Teil auf der guten alten gnostischen Häresie, die überall dort im Multiversum Wurzeln schlägt, wo Menschen nicht mehr niederknien, sondern aufstehen und sich einige Minuten Zeit für ernsthaftes Nachdenken nehmen. Manchen von ihnen schwindelt angesichts der ungewohnten Höhe, und solche Leute neigen zu der Annahme, sorgfältige Überlegungen seien schädlich. Sie haben recht – weil sich Priester über so etwas ärgern und mit traditionellen Mitteln für Disziplin sorgen.

Als die omnianische Kirche von Koomi erfuhr, zeigte sie ihn in jedem Ort des omnianischen Reiches herum, um ganz deutlich auf die Fehler in seiner Theorie hinzuweisen.

Es gab viele Orte im omnianischen Reich, und deshalb mußte Koomi in viele kleine Stücke geschnitten werden.

Dunkle Wolken zogen über den Himmel. Die Segel knatterten im aufkommenden Wind, und Om hörte die Rufe der aufgeregten, besorgten Matrosen – sie versuchten, das Schiff schneller werden zu lassen, damit es dem Sturm entkam.

Ein *starker* Sturm stand bevor, selbst nach den Maßstäben der Seeleute. Die Wellen waren bereits schaumgekrönt.

Brutha schnarchte in seinem Bett aus Tauen und zusammengerollten Segeln.

Om hörte den Matrosen zu. Jene Männer hielten sich nicht mit

Wortklaubereien auf. Jemand hatte einen Tümmler getötet, und sie alle wußten, was das bedeutete. Es bedeutete, daß sie mit einem Sturm rechnen mußten. Vielleicht bedeutete es auch, daß das Schiff mit Mann und Maus sank. Es ging schlicht und einfach um Ursache und Wirkung. Wenn man einen Tümmler tötete... Es war schlimmer als Frauen an Bord oder Albatrosse.

Om fragte sich, ob Schildkröten schwimmen konnten. Einige Arten brachten sicher die notwendigen Voraussetzungen mit, aber der kleine Gott bezweifelte, ob er zu denen gehörte.

Er verfügte über einen Körper, der sich relativ gut dafür eignete, durch Wüstenlandschaften zu wandern. Mit ziemlicher Sicherheit mangelte es ihm an hydrodynamischen Eigenschaften – sah man einmal von denen ab, die notwendig waren, um geradewegs bis zum Grund zu sinken.

Nun, er war nach wie vor ein Gott. Er hatte gewisse *Rechte*.

Om kroch über die Seile hinweg und zum Rand des schwankenden Decks, zwängte den Panzer dort zwischen zwei Stützen und sah in die wogenden Fluten.

Dann sprach er mit einer Stimme, die kein sterbliches Wesen zu hören vermochte.

Zunächst geschah überhaupt nichts. Nach einiger Zeit wuchs eine Welle höher empor als die anderen, und dabei veränderte sie die Form. Wasser strömte nach oben und schien dabei eine unsichtbare Gußform zu füllen. Eine humanoide Gestalt bildete sich, doch etwas wies darauf hin, daß ihr Erscheinungsbild nur deshalb menschliche Aspekte aufwies, weil sie es *wollte*. Es hätte sich ebensogut um eine Wasserhose oder eine Unterströmung handeln können. Das Meer ist stark – viele Leute glauben daran. Und nur selten reagiert es auf Gebete.

Die Gestalt aus Wasser ragte noch weiter auf, bis sie die Höhe des Decks erreichte. Es schien ihr nicht die geringste Mühe zu bereiten, sich den Bewegungen des Schiffes anzupassen.

Ein Gesicht entstand; ein Mund öffnete sich.

»Nun?« fragte die Erscheinung.

»Ich grüße dich, Göttin des...«, begann Om.

Die wäßrigen Augen blinzelten.

»Du bist nur ein geringer Gott. Und du wagst es, *mich* zu rufen?«

Böen pfiffen und heulten in der Takelage.

»Es gibt Leute, die an mich glauben«, erwiderte Om. »Deshalb habe ich Rechte.«

Eine kurze Pause folgte, und dann sagte die Königin des Meeres: »Du hast *einen* Gläubigen?«

»Die Anzahl spielt derzeit keine Rolle«, meinte Om. Und er wiederholte: »Ich habe Rechte.«

»Welche Rechte willst du in Anspruch nehmen, kleine Schildkröte?« fragte die Königin des Meeres.

»Rette dieses Schiff«, sagte Om.

Die Königin schwieg.

»Du mußt mir diesen Wunsch erfüllen«, fügte Om hinzu. »So verlangen es die Regeln.«

»Aber ich kann einen Preis nennen«, wandte die Königin ein.

»Ja, das stimmt.«

»Ich verlange einen *hohen* Preis.«

»Und er wird bezahlt.«

Die Wassersäule sank in den Ozean zurück.

»Ich denke darüber nach.«

Om starrte in die gischtende See. Das Schiff schlingerte, kippte so sehr zur Seite, daß die Schildkröte zwischen den beiden Stützen hervorrutschte. Unmittelbar darauf neigte sich der Segler zur anderen Seite, und Om sauste in der anderen Richtung übers glitschige Holz. Mit den Krallen eines Vorderbeins hielt er sich an einem kleinen Pfosten fest, und der Rest des Körpers schwang herum – einige Sekunden lang zappelten die Hinterbeine über dem schäumenden, zornigen Meer.

Eine Erschütterung löste die Krallen vom Pfosten.

Etwas Weißes huschte Om entgegen, als er fiel, und aus einem Reflex heraus biß er hinein.

Brutha gab einen schmerzerfüllten Schrei von sich und zog die Hand hoch – der kleine Gott hing daran.

»Du hättest mich nicht gleich beißen müssen!«

Der Bug des Schiffes bohrte sich in eine Welle, und dadurch verlor Brutha den Halt, stürzte aufs Deck. Om ließ los und rollte zur Seite.

Als der Novize wieder auf die Beine kam – besser gesagt: auf Hände und Knie –, sah er sich von Matrosen umringt. Zwei packten ihn an den Ellenbogen, als eine Woge über den Segler hinwegtoste.

»Was habt ihr vor?«

Die Seeleute versuchten, Bruthas Blick zu meiden. Entschlossen zerrten sie ihn zur Reling.

Irgendwo im Durcheinander rief Om:

»Die Regeln! Du mußt dich an die *Regeln* halten!«

Brutha wurde jetzt von vier Matrosen festgehalten. Om hörte nicht nur das Heulen des Sturms, sondern auch die Stille der Wüste.

»Wartet«, sagte Brutha.

»Wir meinen das nicht persönlich«, meinte der älteste Seemann. »Eigentlich wollen wir das gar nicht.«

»Ich will es ebensowenig wie ihr«, erwiderte Brutha. »Hilft uns das weiter?«

»Das Meer verlangt ein Leben«, erklärte der älteste Matrose. »Deins erscheint uns geeignet. Also los, Jungs. Heben wir ihn über…«

»Kann ich mich noch von meinem Gott verabschieden?«

»Wie bitte?«

»Wenn ihr mich unbedingt umbringen wollt, so möchte ich vorher noch einmal zu meinem Gott beten.«

»Wir bringen dich nicht um«, lautete die Antwort. »Die See tötet dich.«

»›Die Hand der Tat ist des Verbrechens schuldig‹«, zitierte Brutha. »Ossory, Kapitel LVI, Vers 93.«

Die Seeleute wechselten einen Blick. Unter den gegenwärtigen Umständen war es sicher nicht ratsam, *irgendeinen*, egal welchen Gott zu verärgern.

Das Schiff glitt über die steile Flanke einer Welle.

»Wir geben dir zehn Sekunden«, sagte der älteste Matrose. »Damit hast du zehn Sekunden mehr als die meisten anderen Menschen in einer solchen Situation.«

Brutha legte sich aufs Deck, wobei sich eine weitere Woge, die an den Aufbauten vorbeidonnerte, als sehr hilfreich erwies.

Om stellte überrascht fest, daß er sich des Gebets bewußt war. Die Worte verstand er nicht, aber er vernahm die Stimme wie einen unterschwelligen Juckreiz im Hinterkopf.

»Erwarte bloß kein Wunder von mir.« Om versuchte, sich aufzurichten. »Ich habe alles versucht...«

Der Bug des Schiffes neigte sich nach oben...

...und pflügte dann durch spiegelglattes Wasser.

Der Sturm wütete nach wie vor, aber nicht mehr im Bereich des Seglers. Eine runde Zone der Ruhe, mit dem Schiff in der Mitte, dehnte sich langsam aus. Blitze zuckten auf allen Seiten zum Ozean herab und schienen die Gitterstäbe eines ganz besonderen Käfigs zu formen. Andere elektrische Entladungen knisterten hier und dort.

Und dann war alles vorbei.

Hinter ihnen hockte sich ein Berg aus Gräue auf die See. Donnergrollen verklang in der Ferne.

Brutha stand unsicher auf, schwankte von einer Seite zur anderen und wollte ein gar nicht mehr existierendes Schaukeln des Schiffes ausgleichen.

»Ich...« Erstaunt blickte er sich um.

Niemand weilte in der Nähe. Die Matrosen waren geflohen.

»Om?« fragte Brutha.

»Hier drüben.«

Der Novize zog seinen Gott aus einem dicken Algenfladen.

»Du hast behauptet, du könntest nichts bewerkstelligen«, sagte er vorwurfsvoll.

»Dafür trage ich überhaupt keine Ver...« Om unterbrach sich. *Ein Preis dafür muß bezahlt werden*, dachte er. *Bestimmt ein sehr hoher. Immerhin: Die Königin des Meeres gehört zu den Göttern. Ich habe damals einige Städte in Schutt und Asche gelegt, mit heiligem Feuer und so. Wie sollen einen die Leute respektieren, wenn der Preis nicht hoch ist?*

»Ich habe gewisse Dinge in die Wege geleitet«, sagte Om.

Flutwellen. Ein Schiff sank. Das Meer verschlang einige Städte. *Darauf läuft es hinaus. Wenn die Leute keinen Respekt haben, bleiben sie ohne Furcht. Und wie sollen sie glauben, wenn sie nicht fürchten?*

Eigentlich ist das unfair. Jemand hat einen Tümmler getötet. Für die Königin des Ozeans spielt es natürlich gar keine Rolle, wer über Bord geworfen wird. Ebensowenig ist es für ihn *wichtig, welcher Tümmler den Tod fand. Und* das *ist unfair, denn Vorbis steckt dahinter. Er bringt die Menschen dazu, Dinge anzustellen, die sie überhaupt nicht anstellen wollen...*

He, was denke ich da? Bis vor kurzer Zeit war ich nur eine Schildkröte und wußte nicht einmal, was »unfair« bedeutet...

Die Luken öffneten sich, und Seeleute wankten zur Reling. Wer sich bei einem Sturm an Deck befindet, riskiert dabei, über Bord gespült zu werden. Doch das erscheint fast erstrebenswert, wenn man mehrere Stunden *unter* Deck verbracht hat, in der Gesellschaft von panikerfüllten Pferden und seekranken Passagieren.

Jetzt heulten keine Sturmböen mehr. Das Schiff glitt in aller Seelenruhe dahin, während eine leichte Brise die Segel blähte. Das Meer erstreckte sich spiegelglatt, ebenso leblos wie eine Wüste aus Sand.

Ereignislose Tage verstrichen. Vorbis blieb die meiste Zeit über in seiner Kabine. Die Besatzung behandelte Brutha mit vorsichtigem Respekt. Solche Sachen sprechen sich schnell herum.

Die Küste bestand vor allem aus Dünen; hier und dort erstreckten sich Salzwassersümpfe. Über dem Rand hing der Dunst der Hitze. Es handelte sich um jene Art von Küste, die bei Schiffbrüchigen noch mehr Entsetzen weckt als die Vorstellung, zu ertrinken und Futter für die Fische zu werden. Bisher hatten Möwen das Schiff begleitet, doch jetzt waren die Vögel verschwunden.

»Keine Adler«, stellte Om fest. Es gab also wenigstens *einen* positiven Aspekt.

Gegen Abend des vierten Tages kam es zu einer Abwechslung im unerbaulichen Panorama: Auf den Dünen glitzerte etwas, und zwar in einem bestimmten Rhythmus. Der Kapitän – inzwischen sah er wie jemand aus, der einige Nächte lang ohne Schlaf geblieben war – rief Brutha zu sich.

»Dein, äh... der Diakon wies mich an, darauf zu achten«, sagte er. »Bitte gib ihm jetzt Bescheid.«

Vorbis' Kabine befand sich unweit der Bilgen, und dort war die Luft so dick wie Suppe. Brutha klopfte an.

»Herein.«*

Hier gab es keine Bullaugen. Vorbis saß im Dunkeln.

»Ja, Brutha?«

»Der Kapitän hat mich geschickt, um dir folgendes mitzuteilen: In der Wüste glänzt etwas.«

»Ausgezeichnet. Nun, hör jetzt gut zu, Brutha. Der Kapitän hat einen Spiegel. Borg ihn dir.«

»Äh... Was ist ein Spiegel, Herr?«

»Ein verbotenes Instrument des Unheils«, erklärte Vorbis. »Allerdings... Unter bestimmten Umständen kann man es für gute Zwecke verwenden. Nun, der Kapitän leugnet sicher, einen Spiegel zu besitzen. Aber er hat einen sorgfältig gestutzten Bart, was auf Eitelkeit hinweist,

* Worte sind das Lackmuspapier des Geistes. Wenn ein Vorgesetzter kaltblütig Ausdrücke wie »in Angriff nehmen« verwendet, so sollte man schleunigst eine sichere Distanz zwischen sich selbst und der betreffenden Person schaffen. Wenn solche Leute »Herein« sagen... In einem solchen Fall ergreife man sofort die Flucht.

und Eitelkeit verlangt nach einem Spiegel. Leih ihn dir aus. Und stell dich mit dem Gegenstand so in die Sonne, daß er das Licht zur Wüste reflektiert. Verstehst du?«

»Nein, Herr«, erwiderte Brutha.

»Deine Unwissenheit schützt dich vor Sünde, Junge. Komm anschließend zurück und sag mir, was du gesehen hast.«

Om döste im Sonnenschein. Brutha hatte für ihn einen Platz am spitz zulaufenden Ende des Schiffes gefunden – dort konnte der kleine Gott in der Sonne liegen, ohne von der Besatzung gesehen zu werden. Nun, derzeit waren die Matrosen ziemlich nervös und sicher nicht auf der Suche nach Schwierigkeiten...

Eine Schildkröte träumt...

...von Jahrmillionen. Traumzeit. Die ungeformte Zeit.

Die geringen Götter brummten und schwirrten in der Ödnis, an kalten und tiefen Orten. Sie sammelten sich in der Dunkelheit, ohne Erinnerung, angetrieben von Hoffnung auf Gier nach jenem einen Etwas, das Götter brauchen: *Glauben.*

Im tiefen Wald gibt es keine mittelgroßen Bäume. Dort existieren nur die Riesen, deren Wipfel sich dicht unter dem Himmel erstrecken. In der Düsternis weiter unten reicht das Licht allein für Moose und Farne. Doch wenn ein Riese fällt und dadurch ein wenig *Platz* schafft... Dann beginnt ein Wettkampf: Die anderen Bäume in der Nähe wollen sich *ausdehnen*, und Sämlinge streben nach *oben.*

Manchmal kann man sich selbst Platz schaffen.

Wälder und Ödnis unterscheiden sich voneinander. Eine namenlose Stimme, die einmal Om werden sollte, schwebte im Wind am Rande der Wüste. Sie versuchte, sich im Durcheinander aus vielen anderen Gehör zu verschaffen, ohne ins Zentrum geschoben zu werden. Vielleicht trieb sie schon seit Millionen von Jahren im Wind – sie konnte die Zeit nicht messen. Da waren nur die Hoffnung und eine Stimme. Und ein Gefühl, daß Dinge existierten.

Dann begann ein Tag. In gewisser Weise war es der erste.

Om spürte die Nähe des Schäfers schon seit einiger Zei... schon seit einer Weile. Die Herde kam immer näher. Es hatte kaum geregnet, und das Futter wurde immer knapper. Hungrige Mäuler trieben hungrige Beine immer weiter zwischen die Felsen, zu den bisher verschmähten Büscheln aus trockenem, von der heißen Sonne halb verbranntem Gras.

Es waren Schafe, die dümmsten Tiere im Universum, abgesehen vielleicht von der Ente. Aber selbst ihr unkomplizierter Geist konnte die Stimme nicht hören. Der Grund: Schafe lauschen nicht.

Und dann... Ein Lamm entfernte sich von den anderen Tieren, und Om sorgte dafür, daß die Entfernung noch etwas größer wurde. Das Jungschaf brachte einen Hang hinter sich, geriet in eine Felsspalte...

Das Blöken lockte die Mutter herbei.

Die Felsspalte war nur aus unmittelbarer Nähe zu erkennen, und das Mutterschaf freute sich, weil sie ihr Junges wiedergefunden hatte – es sah keinen Grund, laut zu blöken. Es blieb still, während der Schäfer erst rief, dann fluchte und schließlich mit flehentlicher Stimme sprach. Seine Herde bestand aus hundert Schafen, und erstaunlicherweise war er bereit, tagelang nach einem einzelnen Tier zu suchen. Nun, dieser Bereitschaft verdankte er es, hundert Schafe zu besitzen.

Die Stimme, die später zu Om werden sollte... Sie übte sich in Geduld und wartete.

Am Abend des zweiten Tages scheuchte sie unweit der Felsspalte ein Rebhuhn auf, als der Schäfer in der Nähe weilte.

Als Wunder taugte dieser Vorgang nicht viel, doch dem Schäfer genügte es. An der betreffenden Stelle errichtete er eine kleine Steinpyramide, und am nächsten Tag kehrte er mit der ganzen Herde zurück. In der Hitze des Nachmittags legte er sich schlafen – und in seinem Traum sprach Om zu ihm.

Drei Wochen später wurde der Schäfer gesteinigt, und zwar von den Priestern des Gottes Ur-Gilasch, der damals in jener Region dominierte. Diese Maßnahme zum Schutz des göttlichen Monopols kam zu spät: Om hatte bereits hundert Gläubige, und ihre Zahl wuchs...

Nur einen guten Kilometer vom Schäfer entfernt befand sich ein Ziegenhirte mit seiner Herde. Ein mikrogeographischer Zufall sorgte dafür, daß es ein Schäfer und kein Ziegenhirte war, der Oms Stimme als erster hörte und ihm einen Eindruck von der Natur des Menschen vermittelte. Sonst hätte die Geschichte vermutlich einen ganz anderen Verlauf genommen, denn Schäfer und Ziegenhirten sehen die Welt aus verschiedenen Perspektiven.

Schafe sind dumm und müssen angetrieben werden. Ziegen hingegen sind intelligent und brauchen Führung.

Ur-Gilasch, dachte Om. *Ach, das waren noch Zeiten*... Damals stürmten Ossory und seine Gefährten den Tempel, zertrümmerten den Altar und warfen die Priester aus dem Fenster, auf daß sie draußen von wilden Hunden zerfleischt wurden, was angemessen und richtig war. Lautes Wehklagen erklang, übertönt von triumphierenden Schreien, und Oms Anhänger entzündeten Lagerfeuer dort, wo Ur-Gilasch verehrt worden war. Damit erfüllte sich die Prophezeiung des Propheten. In diesem Zusammenhang spielte es überhaupt keine Rolle, daß der Prophet ein derartiges Geschehen erst vor fünf Minuten vorausgesagt hatte, beim Sammeln von Feuerholz. Eine Prophezeiung ist in jedem Fall eine Prophezeiung, selbst dann, wenn man nicht lange auf ihre Erfüllung warten muß.

Was für eine großartige Zeit! Jeder Tag brachte neue Konvertierungen. Der Aufstieg von Om war unaufhaltsam...

Die Schildkröte erwachte.

Der alte Ur-Gilasch... Ein Wettergott, nicht wahr? Ja. Nein. Vielleicht einer der Spinnengötter, an denen offenbar nie Mangel herrschte? Etwas in der Art. Was mochte mit ihm geschehen sein?

Und was geschieht mit mir? Wie *geschieht es? Man hängt in der astralen Sphäre herum, treibt dort im Strom und genießt den Rhythmus des Universums. Die ganze Zeit über geht man von der Annahme aus, daß die Menschen auch weiterhin glauben, und irgendwann beschließt man, sie ein wenig wachzurütteln, ja, und man manifestiert sich in ihrer Welt – und plötzlich ist man eine Schildkröte. Genausogut könnte man zur Bank gehen und feststellen: Das Geld rutscht durch ein Loch in der Hosentasche. Man sieht sich nach einem geeigneten Bewußtsein um, und plötzlich findet man sich als Schildkröte wieder. Schlimmer noch: Es fehlt einem die Kraft, etwas dagegen zu unternehmen.*

Drei Jahre lang war er gezwungen gewesen, zu praktisch *allem* aufzusehen...

Der alte Ur-Gilasch? Vielleicht lag er irgendwo als Eidechse in der Sonne, mit einem alten Eremiten als einzigem Gläubigen. Oder – und das erschien Om wahrscheinlicher – es hatte ihn in die Wüste verschlagen. Ein geringer Gott konnte froh sein, wenn er eine Chance bekam...

Etwas stimmte nicht. Gewisse Bilder huschten an seinem inneren Auge vorbei, und er versuchte vergeblich, sie festzuhalten. Dieses Bemühen blieb nicht nur deshalb ohne Erfolg, weil er keine Hände hatte... Götter stiegen auf und fielen wie Zwiebelstücke in kochender Suppe. Aber *diesmal* war die Situation anders. Diesmal ging etwas nicht mit rechten Dingen zu...

Damals hatte er Ur-Gilasch verdrängt. Nun, so lief das eben. Das Gesetz des Dschungels. Aber in Oms Fall gab es keinen Herausforderer...

Wo war Brutha? »Brutha!«

Der Novize zählte die Lichtblitze in der Wüste.

»Es ist doch gut, daß ich einen Spiegel habe, oder?« fragte der Kapitän hoffnungsvoll. »Der Exquisitor hat sicher nichts gegen den Spiegel, weil er nun einem guten Zweck dient, oder?«

»Ich glaube nicht, daß Vorbis so denkt«, erwiderte Brutha und zählte weiter.

»Nein«, sagte der Kapitän niedergeschlagen. »Ich bezweifle es ebenfalls.«

»Sieben. Und dann vier.«

»Bestimmt erwartet mich die Quisition«, stöhnte der Kapitän.

Brutha wollte antworten: »Dann freu dich, denn dadurch wird deine Seele rein.« Aber aus irgendeinem Grund mochte er es nicht so formulieren.

»Das tut mir leid«, sagte er statt dessen.

Überraschung verdrängte den Kummer aus dem Gesicht des Kapitäns.

»Für gewöhnlich weisen Priester darauf hin, die Quisition sei gut für die Seele«, meinte er.

»Das ist sie bestimmt«, entgegnete Brutha.

Der Kapitän musterte den Novizen aufmerksam.

»Sie ist flach«, sagte er leise. »Ich bin übers Randmeer gesegelt. Sie ist flach, und ich habe den Rand gesehen, und sie bewegt sich. Damit meine ich nicht den Rand, sondern... sondern das, was sich weiter unten befindet. Selbst wenn man mir den Kopf abhackt – sie bewegt sich auch weiterhin.«

»Aber nicht mehr für dich«, sagte Brutha. »Deshalb rate ich dir, mit solchen Worten vorsichtiger umzugehen.«

Der Kapitän beugte sich etwas näher.

»Die Schildkröte bewegt sich«, hauchte er und eilte davon.

»Brutha!«

Schuldgefühle zerrten auf die gleiche Weise an Brutha wie die Angelschnur an einem Fisch. Er drehte sich um – und seufzte erleichtert. Es war nicht Vorbis' Stimme, nur die des Gottes.

Brutha schritt am Mast vorbei und sah nach unten. Die Schildkröte blickte zu ihm auf.

»Ja?« fragte der Junge.

»Du kümmerst dich überhaupt nicht mehr um mich«, klagte das Reptil. »Ich weiß natürlich, daß du beschäftigt bist«, fügte es sarkastisch hinzu, »aber ein gelegentliches schnelles Gebet schadet gewiß nicht.«

»Heute morgen bin ich sofort zu dir gekommen«, erwiderte Brutha. »Außerdem habe ich Hunger.«

»Gestern abend hast du ein großes Stück Melonenschale bekommen.«

»Und wer durfte die Melone genießen, hm?«

»*Er* nicht«, stellte Brutha fest. »Er ißt nur trockenes Brot und trinkt Wasser dazu.«

»Warum genehmigt er sich kein frisches Brot?«

»Er wartet immer, bis es trocken wird.«

»Ja, kann ich mir denken«, grummelte die Schildkröte.

»Om?«

»Was?«

»Ich habe eben mit dem Kapitän gesprochen. Er meinte, die Welt sei flach und hätte einen Rand.«

»Ja? Und?«

»Aber wir wissen doch, daß die Welt eine Kugel ist, weil...«

Die Schildkröte blinzelte.

»So ein Unsinn«, sagte sie. »Wer behauptet, die Welt sei eine Kugel?«

»Du.« Brutha zögerte einige Sekunden lang, bevor er hinzufügte: »So heißt es jedenfalls im ersten Buch des Septateuch.«

Auf diese Weise habe ich nie zuvor gedacht, fuhr es ihm durch den Sinn. *Und ich habe nie zuvor »jedenfalls« gesagt.*

»Warum hat der Kapitän mir das erzählt?« fragte er. »Ich meine, so etwas ist doch kein normales Gespräch, oder?«

»*Ich* habe die Welt nicht erschaffen«, betonte Om. »Warum sollte ich die Welt erschaffen? Es gab sie doch schon. Und *wenn* mir etwas daran läge, eine neue Welt zu erschaffen, so gäbe ich ihr bestimmt nicht die Form einer Kugel. Eine kugelförmige Welt? Die Bewohner fielen herunter. Und die Meere würden unten abfließen.«

»Du könntest den Ozeanen befehlen, auf der Kugel zu bleiben.«

»Ha! Hör sich das einer an!«

»Außerdem gibt es keine perfektere Form als die der Kugel«, fuhr Brutha fort. »So steht es geschrieben im Buch...«

»Was ist schon groß dran an einer Kugel?« brummte der kleine Gott Om. »Wenn man sich's genau überlegt... Die perfekte Form findet man bei Schildkröten.«

»Perfekt für was?«

»Nun, zum Beispiel für Schildkröten«, sagte Om. »Wenn ich ein Ball wäre... Dann würde ich dauernd irgendwohin rollen. Oder umherhüpfen.«

»Es ist Ketzerei zu behaupten, die Welt sei flach«, empörte sich Brutha.

»Es stimmt trotzdem.«

»Und sie wird wirklich von einer gewaltigen Schildkröte getragen?«

»Ja.«

Brutha lächelte triumphierend. »Dann frage ich dich: Und worauf steht die Schildkröte?«

Om bedachte ihn mit einem durchdringenden Blick.

»Sie steht auf *nichts*«, sagte er. »Es ist eine Schildkröte, um Himmels willen. Sie schwimmt. Schildkröten *schwimmen*.«

»Ich, äh, gehe jetzt besser und erstatte Vorbis Bericht«, meinte Brutha. »Er wird sehr ruhig, wenn man ihn warten läßt. Hast du mich aus einem bestimmten Grund gerufen? Nach dem Essen versuche ich, dir noch etwas Futter zu besorgen.«

»Wie fühlst du dich?« fragte die Schildkröte.

»Gut. Danke der Nachfrage.«

»Ißt du richtig und so?«

»Ja, ich denke schon.«

»Freut mich, das zu hören. Na los, geh jetzt. Ich bin ja nur dein *Gott*.« Om hob die Stimme, als Brutha forteilte. »Es ist dir nicht verboten, mich öfter zu besuchen!«

»Und bete lauter!« rief er. »Ich habe es satt, dauernd die Ohren zu spitzen!«

Vorbis saß reglos in seiner Kabine, als Brutha durch den Gang schnaufte und anklopfte. Alles blieb still. Nach einer Weile öffnete der Novize die Tür.

Der Exquisitor schien nicht zu lesen. Vielleicht schrieb er – ebenfalls eine Sache, die mit dem Phänomen »Buchstaben« zu tun hatte. Wenn er allein war, starrte er lange Zeit an die Wand oder lag auf dem Boden und betete. Im Gebet konnte Vorbis einen so demütigen Eindruck erwecken, daß die Posen machtgieriger Imperatoren im Vergleich dazu unterwürfig anmuteten.

»Ähm«, sagte Brutha und versuchte, die Tür wieder zu schließen.

Vorbis winkte verärgert, erhob sich und verzichtete darauf, den Staub von der Kutte zu klopfen.

»Weißt du, Brutha... In der ganzen Zitadelle gibt es niemanden, der es wagen würde, mich beim Gebet zu stören. Man fürchtet die Quisition viel zu sehr. *Alle* fürchten sie. Du scheinst die einzige Ausnahme zu sein. Hast du keine Angst vor der Quisition?«

Brutha blickte in nachtschwarze Augen. Und Vorbis blickte in ein rundes, rosarotes Gesicht. Praktisch alle Leute zeigten eine spezielle Mimik, wenn sie mit einem Exquisitor sprachen. Sie versuchten sich dann an einer möglichst ausdruckslosen Miene, und auf dem Gesicht glänzte ein mehr oder weniger dünner Schweißfilm. Selbst ein unerfahrener Exquisitor erkannte sofort die Anzeichen der Furcht. Brutha hingegen wirkte nur ein wenig außer Atem – was bei ihm fast immer der Fall war. Er faszinierte den Diakon.

»Nein, Herr«, erwiderte der Novize.

»Warum nicht?«

»Die Quisition schützt uns, Herr. So heißt es im Buch Ossory, Kapitel VII, Vers...«

Vorbis neigte den Kopf zur Seite.

»Ja, das stimmt natürlich. Hast du jemals in Erwägung gezogen, daß sich die Quisition irren könnte?«

»Nein, Herr«, sagte Brutha.

»Warum nicht?«

»Keine Ahnung, Herr. Ein solcher Gedanke ist mir einfach nie gekommen.«

Vorbis nahm an einem kleinen Schreibtisch Platz – eigentlich stellte das Ding kaum mehr dar als ein Brett, das aus der hölzernen Wand ragte.

»Du hast recht, Brutha«, sagte er. »Die Quisition *kann* sich nicht irren. Die Dinge *müssen* so beschaffen sein, wie es den Wünschen des Großen Gottes entspricht. Immerhin wäre es absurd zu vermuten, daß sich auf dieser Welt etwas gegen Seinen Willen entwickeln kann, oder?«

Brutha dachte kurz an eine einäugige Schildkröte.

Er war nie ein guter Lügner gewesen. Die Wahrheit erschien ihm schon kompliziert genug; deshalb lag es ihm fern, mit Lügen alles noch komplexer zu gestalten.

»So lehrt es uns das Septateuch«, sagte er.

»Wo es Strafe gibt, ist das Verbrechen nicht fern«, dozierte Vorbis. »Manchmal folgt das Verbrechen der Strafe, was nur die Voraussicht des Großen Gottes beweist.«

»Das hat meine Großmutter auch immer gesagt«, entgegnete Brutha automatisch.

»Ach? Diese Frau hätte ich gern kennengelernt.«

»Sie gab mir jeden Morgen eine Tracht Prügel«, erzählte Brutha. »Weil ich im Laufe des Tages bestimmt etwas anstellen würde, was eine solche Strafe verdiente.«

»Deine Großmutter scheint die menschliche Natur sehr gut verstanden zu haben.« Vorbis stützte das Kinn auf die Hand. »Als Mann hätte sie sicher einen ausgezeichneten Inquisitor abgegeben.«

Brutha nickte. *Und ob*, dachte er.

»Und nun…« Der Diakon sprach im gleichen Tonfall wie vorher. »Sag mir, was du in der Wüste gesehen hast.«

»Äh. Sechsmal hat es geblitzt, und es folgte eine Pause, die etwa fünf Herzschläge lang dauerte. Dann kamen acht Blitze. Eine weitere Pause. Und noch einmal fünf.«

Vorbis nickte nachdenklich.

»Drei Viertel«, sagte er. »Gepriesen sei der Große Gott. Er ist mein Stab und Hirte, in der Not ebenso wie in der Fremde. Und du kannst jetzt gehen.«

Brutha hatte nicht damit gerechnet, daß man ihm die Bedeutung des Blitzens in der Wüste erklärte. Er kam auch nicht auf die Idee, sich danach zu erkundigen. Es war das Vorrecht der Quisition, Fragen zu stellen.

Am nächsten Tag segelte das Schiff an einer Landspitze vorbei, und dahinter erstreckte sich die Bucht von Ephebe. Die Stadt präsentierte sich als weißer Fleck am Horizont, den verstreichende Zeit und geringer werdende Entfernung in eine große Ansammlung aus blendend weißen Häusern an einem hohen Berghang verwandelten.

Feldwebel Simony schien die Metropole für sehr interessant zu halten. Während der ganzen Reise hatte Brutha kein einziges Wort mit ihm gesprochen. Freundschaften zwischen Klerus und Legion galten nicht als besonders erstrebenswert. Soldaten waren offenbar in eine Aura des *Unheils* gehüllt…

Brutha war erneut sich selbst überlassen, als die Besatzung das Schiff in den Hafen steuerte und Vorbereitungen zum Anlegen traf. Er nutzte die Zeit und beobachtete Simony. Die meisten Soldaten tendierten dazu, schlampig zu sein und einfachen Geistlichen mit einer Mischung aus Unhöflichkeit und Verachtung zu begegnen. Der Feldwebel unterschied sich von diesem Klischee. Zunächst einmal: Er gleißte regelrecht. Sein Brustharnisch war so sehr auf Hochglanz poliert, daß er in den Augen schmerzte. Und seine Haut wirkte wie geschrubbt.

Er stand im Bug und betrachtete die Stadt. Es war ungewöhnlich, ihn allein zu sehen, nicht in der Nähe des Exquisitors. Wo auch immer sich Vorbis befand: Simony stand in der Nähe, mit der einen Hand am Schwertknauf, den Blick auf der Suche... wonach?

Und er schwieg immer. Es sei denn, man sprach ihn direkt an. Brutha versuchte, freundlich zu sein.

»Sieht sehr... weiß aus, nicht wahr?« fragte er. »Die Stadt. Sehr weiß. Feldwebel Simony?«

Der Feldwebel drehte sich langsam um und starrte den Novizen an.

Vorbis' Blick war schrecklich. Vorbis sah durch den Kopf einer Person bis hin zu ihrem sündigen Kern. Er hielt den Leib wahrscheinlich nur für einen Behälter, der Schuld aufnahm. Simony hingegen... Seine Augen verrieten ebenso schlichten wie intensiven Haß.

Brutha wich einen Schritt zurück.

»Oh, tut mir leid.« Kummervoll wanderte er zum stumpfen Ende des Schiffes und versuchte, einen möglichst großen Abstand zu dem Soldaten zu wahren. Bald gab es noch mehr Soldaten...

Die Ephebianer warteten auf Vorbis und seine Gruppe. Krieger standen am Kai und hielten ihre Waffen so, daß sich niemand *direkt* bedroht fühlen mußte. Es waren ziemlich viele.

Brutha setzte ganz mechanisch einen Fuß vor den anderen, während die spöttische Stimme der Schildkröte hinter seiner Stirn erklang.

»Die Ephebianer wollen also den Frieden, wie?« meinte Om. »Nun, man könnte einen anderen Eindruck gewinnen, nicht wahr? *Und* es hat auch nicht den Anschein, wir würden einem besiegten Feind Gesetze bringen. Nein, ich glaube eher, man hat uns eine Lektion erteilt, und nun möchten wir vermeiden, daß sich so etwas wiederholt. Wir sind gekommen, um den Frieden zu erbitten. Danach sieht's für mich aus.«

»In der Zitadelle sprach man von einem ruhmreichen Sieg«, erwiderte Brutha. Inzwischen brauchte er kaum mehr die Lippen zu bewegen, wenn er mit der Schildkröte sprach. Om schien die Worte bereits zu hören, sobald sie die Stimmbänder erreichten.

Weiter vorn blieb Simony dicht an der Seite des Diakons und starrte jeden der ephebianischen Wächter argwöhnisch an.

»Komisch«, sagte Om. »Wer eine Schlacht gewinnt, redet nur selten von einem ›ruhmreichen Sieg‹ – vielleicht liegt es daran, daß der Sieger nachher Gelegenheit hat, sich auf dem Schlachtfeld umzusehen. Es sind vor allem die Verlierer, die von ruhmreichen Siegen sprechen.«

Brutha wußte nicht, was er davon halten sollte. »Das klingt wohl kaum nach einer göttlichen Offenbarung.«

»Es liegt am Gehirn der Schildkröte.«

»Wie bitte?«

»Weißt du denn überhaupt nichts? Körper sind nicht nur praktische Beförderungsmittel fürs Bewußtsein – sie beeinflussen die Denkweise. Wegen der Morphologie und so.«

»Was?«

Om seufzte. »Wenn ich mich nicht konzentriere, denke ich wie eine Schildkröte!«

»Soll das heißen… langsam?«

»Nein! Schildkröten sind Zyniker. Sie rechnen immer mit dem Schlimmsten.«

»Warum?«

»Vielleicht deshalb, weil ihnen immer das Schlimmste zustößt.«

Brutha sah sich in Ephebe um. Rechts und links der omnianischen Kolonne marschierten Wächter mit Helmen, aus denen seltsame Federkämme ragten – der Novize verglich sie mit ausgefransten Pferdeschwänzen. Einige ephebianische Bürger standen am Straßenrand und beobachteten das Geschehen. Erstaunlicherweise wirkten sie wie ganz normale Leute und wiesen überhaupt keine Ähnlichkeit mit zweibeinigen Dämonen auf.

»Es sind Menschen«, sagte Brutha.

»Dafür bekommst du eine Eins in komparativer Anthropologie.«

»Bruder Nhumrod hat immer gesagt, daß die Ephebianer Menschenfleisch verspeisen«, meinte Brutha. »Er lügt bestimmt nicht.«

Ein kleiner Junge musterte Brutha nachdenklich, während er mit dem Finger in der Nase bohrte. Wenn es sich um einen Dämon in menschlicher Gestalt handelte, so war das entsprechende Unheilswesen ein äußerst guter Schauspieler.

Hier und dort erhoben sich Statuen aus weißem Stein. Brutha hatte noch nie zuvor Statuen gesehen – außer jenen Exemplaren, die den Großen Gott beim Zerstampfen von Ungläubigen zeigten.

»Wen stellen die Bildnisse dar?«

»Die dickliche Gestalt ist Tuvelpit, Gott des Weins. In Tsort nennt man ihn Smimto. Die Aufgedonnerte mit der komischen Frisur ist Astoria, Göttin der Liebe. Hat nur Flausen im Kopf. Das häßliche Etwas da drüben... Der Krokodilgott Offler. Kommt nicht von hier, sondern aus Klatsch. Die Ephebianer haben von ihm gehört und hielten ihn für eine gute Idee. Achte auf die Zähne. Es sind gute Zähne. Echt *gute* Zähne. Die mit den Schlangenhaaren...«

»Du sprichst so von ihnen, als gäbe es sie wirklich«,staunte Brutha.

»Das ist auch der Fall.«

»Außer dir existieren keine Götter – das hast du Ossory gesagt.«

»Nun, äh, da habe ich vielleicht ein wenig zu dick aufgetragen. Wie dem auch sei: Die meisten Götter taugen nicht viel. Einer verbringt fast seine ganze Zeit damit, Querflöte zu spielen und den Milchmädchen nachzujagen. Das ist doch kein heiliges Verhalten.«

Die Straße führte steil und in engen Kurven am Hang empor. Ein großer Teil der Stadt schien auf Felsvorsprüngen errichtet worden oder in den Rücken des Berges hineingemeißelt zu sein. Dadurch wurde die Veranda eines Hauses zum Dach des anderen. Die Straßen waren keine Straßen, sondern Treppen aus schmalen Stufen. Für Menschen und Esel stellten sie keine unüberwindlichen Hindernisse dar, wohl aber für Karren und Wagen. Diese Stadt gehörte den Fußgängern.

Viele Bürger sahen der Prozession schweigend zu. Stumm blieben auch die göttlichen Statuen. Die Ephebianer hatten so viele Götter wie andere Städte Ratten.

Brutha bemerkte den Gesichtsausdruck des Exquisitors. Vorbis blickte starr geradeaus, und der Novize fragte sich, was er sah.

Hier war alles so anders!

Und natürlich auch teuflisch. Obgleich die in Stein dargebotenen Götter keinen sehr dämonischen Eindruck erweckten... Bruder Nhumrods imaginäre Stimme flüsterte in Brutha und meinte, daß diese speziellen Dämone durch ihr harmloses Erscheinungsbild noch viel dämonischer wurden. Die Sünde schlich wie ein Wolf im Schafspelz heran.

Eine der Göttinnen hatte gewisse Probleme mit ihrem Gewand, stellte der Novize fest. Wenn Bruder Nhumrod zugegen gewesen wäre... Vermutlich hätte er jetzt das Bedürfnis verspürt, in seine Kammer zu fliehen, dort mehrere Stunden lang auf dem Boden zu liegen und besonders hingebungsvoll zu beten.

»Petulia, Göttin Veräußerlicher Zuneigung«, erklärte Om. »Verehrt von den Damen der Nacht und aller anderen Tageszeiten, wenn du verstehst, was ich meine.«

Bruthas Kinnlade klappte nach unten.

»Hier gibt es eine Göttin für *angemalte und verruchte Weiber*?«

»Warum nicht? Sollen sehr religiös sein, solche Frauen. Vielleicht deshalb, weil sie so häufig auf dem Rücken lie... weil sie oft zum Himmel emporsehen... Es kommt eben auf den Glauben an. Und auf Spezialisierung. Reduziert das Risiko und erhöht den Profit. Irgendwo gibt's sogar einen Gott des Kopfsalats. In einer solchen Position braucht man kaum Konkurrenz zu fürchten. Man sucht sich einfach eine Gemeinschaft, die Kopfsalat anbaut, und dort bleibt man. Donnergötter kommen und gehen, aber bei jeder Schädlingsplage wird zum Gott des Kopfsalats gebetet. Eins muß man Petulia lassen: Sie hat eine Marktlücke entdeckt und gefüllt.«

»Es gibt einen Gott des Kopfsalats?«

»Warum nicht? Wenn genug Leute glauben, kann man der Gott von irgend etwas werden...«

Om unterbrach sich und überlegte, ob jetzt erste Erkenntnisse in Brutha reiften. Doch der Novize dachte an etwas ganz anderes.

»Es ist nicht richtig. Nein, es gehört sich nicht, Leute auf diese Weise zu behandeln... Autsch.«

Er stieß an den Rücken eines Subdiakons. Die Gruppe verharrte nun unter anderem deswegen, weil die ephebianische Eskorte stehenblieb. Doch den eigentlichen Anlaß bot ein Mann, der über die Straße hastete.

Er schien recht alt zu sein und ähnelte in vielerlei Hinsicht einem Frosch, der schon vor einer ganzen Weile ausgetrocknet war. Etwas an ihm mochte bestimmte Leute in Versuchung führen, ihn »rüstig« zu nennen, doch derzeit existierten zwei andere Bezeichnungen, die den Alten hundertprozentig genau beschrieben: »splitternackt« und »tropfnaß«. Hinzu kam ein Bart. Ein Bart, in dem man zelten konnte.

Ohne jede Befangenheit eilte der Mann über die Straße und zum Laden eines Töpfers. Den Töpfer beunruhigte es offenbar überhaupt nicht, daß sich ein nackter und nasser Greis an ihn wandte. Ähnlich erging es den übrigen Bürgern. Kaum jemand von ihnen schenkte dem Alten mehr als nur beiläufige Aufmerksamkeit.

»Ich möchte einen Topf Größe neun und Bindfaden«, sagte der Nackte.

»Ja, Herr Legibus.« Der Töpfer griff unter den Ladentisch und holte ein Handtuch hervor. Der Alte nahm es geistesabwesend entgegen. Brutha ahnte, daß sich diese Szene schon oft wiederholt hatte.

»Darüber hinaus benötige ich einen Hebel mit unendlicher Länge und, ähm, einen unbeweglichen Ort, um darauf zu stehen«, sagte Legibus, während er sich abtrocknete.

»Leider kann ich nur das bieten, was du hier siehst, Herr: Töpfe und Haushaltswaren. Axiomatische Artikel sind derzeit ein wenig knapp.«

»Hast du ein Stück Kreide?«

»Ich glaube, vom letztenmal ist noch eins übrig«, erwiderte der Töpfer.

Der kleine nackte Mann nahm die Kreide und malte Dreiecke an die nächste Wand. Nach einer Weile blickte er an sich herab.

»Warum trage ich keine Kleidung?« fragte er.

»Wir haben mal wieder *gebadet*, wie?« entgegnete der Töpfer.

»Meine Sachen liegen im Bad?«

»Vielleicht kam dir beim Baden eine Idee«, spekulierte der Töpfer.

»Stimmt! Stimmt haargenau!« entfuhr es Legibus. »Es geht darum, wie man die ganze Welt bewegen kann. Mit Hebelkraft. Funktioniert zweifellos. Jetzt geht's nur noch darum, die technischen Einzelheiten auszuarbeiten.«

»Freut mich«, sagte der Töpfer. »Wenn sich die Welt mit einem Hebel bewegen läßt... Dann wäre es vielleicht möglich, sie im Winter an einen wärmeren Ort zu bringen.«

»Leihst du mir das Handtuch?«

»Es gehört dir, Herr Legibus.«

»Tatsächlich?«

»Du hast es beim letztenmal zurückgelassen. Erinnerst du dich? Als du die Idee für den Leuchtturm hattest?«

»Gut, gut.« Legibus wickelte sich das Handtuch um die Lenden und zeichnete noch einige Linien an die Wand. »Gut. In Ordnung. Ich schicke später jemanden, um die Mauer zu holen.«

Der Alte drehte sich um und schien die Omnianer jetzt zum erstenmal zu sehen. Er beugte sich vor, blinzelte mehrmals und zuckte dann mit den Schultern.

»Hmm«, sagte er und ging fort.

Brutha zupfte am Umhang eines ephebianischen Soldaten.

»Entschuldige bitte... Warum sind wir stehengeblieben?«

»Philosophen haben Vorfahrt«, antwortete der Krieger.

»Was ist ein Philosoph?« fragte Brutha.

»Jemand, der klug genug ist, um sich den Lebensunterhalt ohne schwere körperliche Arbeit zu verdienen«, erklang eine Stimme zwischen den Schläfen des Novizen.

»Ein Ungläubiger, der nach dem gerechten Schicksal sucht, das ihn früher oder später ereilen wird«, erläuterte Vorbis. »Jemand, der Torheiten erfindet. Diese verfluchte Stadt lockt sie ebenso an wie ein Misthaufen Fliegen.«

»Es liegt am Klima«, meinte die Schildkröte. »Ist doch ganz klar. Wenn man dazu neigt, bei jeder neuen Idee aus der Badewanne zu springen und über die Straße zu laufen, dann sollte man kalte Regionen meiden. Wenn man sich bei kaltem Wetter auf eine solche Weise verhält, holt man sich eine Lungenentzündung und stirbt. So etwas nennt man natürliche Auslese. Ephebe ist berühmt für die vielen Philosophen. Ihre Auftritte sind besser als jedes Straßentheater.«

»Meinst du damit viele alte Männer, die nackt durch die Straßen laufen?« fragte Brutha leise, als sie den Weg fortsetzten.

»Mehr oder weniger. Wenn man das ganze Leben lang übers Universum nachdenkt, so vergißt man irgendwann die weniger wichtigen Dinge. Wie zum Beispiel die Hose. Nun, Philosophen haben ständig neue Ideen, aber neunundneunzig von hundert sind vollkommen nutzlos.«

»Warum bringt man sie dann nicht an einem sicheren Ort unter?« fragte der Novize. »Ich meine, offenbar taugen Philosophen nicht viel.«

»Man gewährt ihnen so große Freiheit, weil die hundertste Idee Spitze ist«, sagte Om.

»Wie bitte?«

»Sieh dir den höchsten Turm auf dem Gipfel des Berges an.«

Brutha spähte in die gezeigte Richtung. Oben auf dem Turm bemerkte er ein glänzendes, schlüsselförmiges Objekt, das mit Hilfe mehrerer dicker Metallstreben verankert war.

»Was ist das?« flüsterte er.

»Der Grund dafür, warum Omnien keine Flotte mehr hat«, sagte Om. »Deshalb lohnt es sich, immer einige Philosophen in der Nähe zu haben. In der einen Minute heißt es ›Ist Wahrheit schön?‹ und ›Ist

Schönheit wahr?‹ und ›Verursacht ein umstürzender Baum im Wald Geräusche, wenn niemand zugegen ist, um etwas zu hören?‹ Tja, und wenn man schon glaubt, daß die Burschen gleich zu sabbern anfangen, sagt einer von ihnen: ›Übrigens, wir könnten die optischen Prinzipien gut veranschaulichen, indem wir einen neun Meter durchmessenden Parabolspiegel an einem hohen Ort installieren und feindliche Schiffe mit gebündelten Sonnenstrahlen beschießen.‹ Philosophen haben immer wieder erstaunliche Einfälle. Vor der Sache mit dem Spiegel kam jemand auf die Idee, das Hebelprinzip mit einem Mechanismus zu demonstrieren, der Kugeln aus brennendem Schwefel drei Kilometer weit schleudern konnte. Und *davor* wurde ein Unterwasser-Etwas konstruiert, das zugespitzte Pfähle in Schiffsrümpfe feuerte.«

Brutha beobachtete die ferne Schüssel. Von den Ausführungen der Schildkröte hatte er nicht mehr als ein Drittel verstanden.

»Nun, kracht es oder nicht?«

»Was soll krachen?«

»Der im Wald umstürzende Baum. Verursacht er Geräusche oder nicht?«

»Wen kümmert's?«

Die Gruppe erreichte nun ein Tor in einer Mauer, die den oberen Bereich des Berges ebenso umgab wie ein Stirnband den Kopf. Der ephebianische Hauptmann blieb stehen und drehte sich um.

»Den... *Besuchern*... werden jetzt die Augen verbunden«, sagte er.

»Das ist unerhört!« erwiderte Vorbis. »Eine diplomatische Mission führt uns hierher!«

»Und wenn schon«, brummte der Hauptmann. »Meine Befehle lauten: Wer dieses Tor durchschreitet, muß eine Augenbinde tragen. Wer sich die Augen nicht verbinden lassen möchte, bleibt hier draußen. Die Entscheidung liegt ganz bei euch.«

Einer der Subdiakone flüsterte dem Exquisitor etwas ins Ohr. Vorbis nickte kurz und flüsterte mit dem Anführer der omnianischen Gardisten.

»Na schön«, sagte er schließlich. »Wir fügen uns – unter Protest.«

Die Augenbinden waren weich und absolut undurchsichtig. Als man Brutha durchs Tor führte...

...zehn Schritte geradeaus, dann fünf nach links, dann schräg nach vorn und dreieinhalb Schritte nach links, und hundertdrei Schritte nach rechts, drei nach unten, dann siebzehn und ein Viertel Mal um die eigene Achse drehen, neun Schritte nach vorn, einen nach links, neunzehn Schritte nach vorn und zwei nach links, dreieinhalbmal drehen, eine Sekunde warten, drei Stufen nach oben, zwanzig Schritte nach rechts, fünf und ein Viertel Mal drehen, fünfzehn Schritte nach links, sieben Schritte nach vorn, achtzehn Schritte nach rechts, sieben Stufen nach oben, schräg nach vorn, zwei Sekunden warten, vier Schritte nach rechts, einen Hang hinab (der Höhenunterschied betrug einen Meter alle zehn Schritte), und zwar dreißig Schritte weit und sechs Schritte nach vorn...

...fragte er sich, welchen Zweck die Binden erfüllten.

Auf einem offenen Hof nahm man ihm das Tuch von den Augen. Weiße Mauern reflektierten blendend hell den Sonnenschein, und Brutha blinzelte.

Bogenschützen standen an den Wänden. Die Pfeilspitzen zeigten nach unten, aber irgend etwas an ihnen deutete darauf hin, daß sie praktisch von einem Augenblick zum anderen eine waagerechte Ausrichtung gewinnen konnten.

Ein kahlköpfiger Mann erwartete sie. In Ephebe schien es einen unbegrenzten Vorrat an dürren, haarlosen Männern zu geben, die als Kleidung Bettlaken bevorzugten. Dieser lächelte, allerdings nur mit dem Mund.

Hier mag man uns nicht sehr, dachte Brutha.

»Bitte verzeiht die Unannehmlichkeiten«, begann der Dürre. »Ich bin Aristokrates, Sekretär des Tyrannen. Bitte sag deinen Männern, daß sie die Waffen ablegen sollen.«

Vorbis richtete sich zu seiner vollen Größe auf – er war etwa einen

Kopf größer als der Ephebianer. Die Wangen des Exquisitors enthielten ohnehin kaum Farbe, doch jetzt wirkten sie fast ebenso weiß wie die Mauern.

»Wir haben das Recht, unsere Waffen zu behalten!« zischte er. »Wir sind Botschafter in einem fremden Land!«

»Aber nicht in einem *barbarischen* fremden Land«, erwiderte Aristokrates ruhig. »Hier braucht ihr keine Waffen.«

»Ihr habt unsere Schiffe vernichtet!« stieß Vorbis hervor. »Ist das etwa nicht barbarisch?«

Aristokrates hob die Hand.

»Darüber sprechen wir später«, sagte er. »Derzeit habe ich das Vergnügen, euch zu euren Unterkünften zu geleiten. Nach der langen Reise möchtet ihr bestimmt ein wenig ausruhen. Natürlich steht es euch frei, jeden beliebigen Bereich des Palastes aufzusuchen. Wenn es einen Ort geben sollte, an dem ihr unerwünscht seid, so werden die Wächter nicht zögern, euch darauf hinzuweisen.«

»Können wir den Palast verlassen?« fragte Vorbis kühl.

Aristokrates zog die Schultern hoch und ließ sie wieder fallen.

»Das Tor wird nur dann bewacht, wenn Krieg herrscht«, erklärte er. »Niemand hindert euch daran, das Labyrinth zu betreten. Was allerdings nur ratsam wäre, wenn ihr euch in allen Einzelheiten an den Weg erinnert, der euch hierherbrachte. Müßige Wanderungen jenseits des Tors wären alles andere als klug. Unsere Vorfahren waren bedauerlicherweise sehr mißtrauisch, was sie dazu veranlaßte, das Labyrinth mit vielen Fallen auszustatten. Aus reiner Achtung vor der Tradition halten wir die entsprechenden Mechanismen in einem voll funktionsfähigem Zustand. Wenn ich nun bitten dürfte...«

Die Omnianer blieben zusammen, als sie Aristokrates durch den Palast folgten. Unterwegs sahen sie Springbrunnen und Gärten. Hier und dort saßen Leute und schienen nur damit beschäftigt zu sein, sich zu unterhalten. Bei den Ephebianern gab es ganz offensichtlich keine klaren Konzepte in Hinsicht aufs »Drinnen« und »Draußen« – sah man einmal vom Labyrinth ab, das in dieser Hinsicht eine deutliche Sprache sprach.

»Hier droht uns auf Schritt und Tritt Gefahr«, sagte Vorbis leise. »Wer sich von den Kameraden abwendet oder irgendwie mit dem Feind fraternisiert, wird sein Verhalten vor den Inquisitoren erklären müssen, und zwar *ausführlich.*«

Brutha beobachtete eine Frau, die zum nächsten Brunnen ging und dort ihren Krug füllte. Sie sah nicht sehr militärisch aus.

Erneut prickelten sonderbare Gefühle in ihm. Sein Selbst schien sich zu teilen. An der Oberfläche trieben die Gedanken von Brutha, und es handelte sich genau um jene Gedanken, die in der Zitadelle als erstrebenswert galten. Ephebe war ein Sündenpfuhl, in dem es von Ungläubigen und Gottlosen wimmelte. Die Weltlichkeit dieses Ortes kam einem subtilen Schleier gleich, der über die Fallen aus falschen Prinzipien und Ketzerei hinwegtäuschen sollte. Die Sonne mochte hier scheinen, aber trotzdem mangelte es der Stadt nicht an Schatten, an Düsternis.

Jenseits dieser Gedanken dachte ein Brutha, der Brutha von innen her beobachtete...

Vorbis wirkte hier fehl am Platz. Er war... wie ein falscher Ton in einer ansonsten angenehmen Melodie. Eine Stadt, in der Töpfer ganz ruhig und gelassen blieben, wenn nackte, tropfnasse alte Männer kamen und Dreiecke an Mauern malten... Über solche Städte wollte Brutha mehr herausfinden. Er kam sich vor wie ein großer leerer Krug, der gefüllt werden wollte.

»Stellst du irgend etwas mit mir an?« raunte er.

Om betrachtete die Form von Bruthas Selbst. Anschließend bemühte er sich, möglichst schnell zu überlegen.

»Nein«, erwiderte er, und zumindest das entsprach der Wahrheit. War so etwas schon einmal geschehen?

Hatte es sich auf diese Weise zugetragen, damals, ganz zu Anfang? Vielleicht. Die Erinnerungen daran blieben... verschwommen, ohne

Konturen. Om entsann sich nicht mehr an die damaligen Gedanken, nur an ihre Struktur. Kräftige Farben. Und alles wuchs, mit jedem verstreichenden Tag. *Er* war gewachsen. Die Gedanken und der Geist, der sie dachte, entwickelten sich mit der gleichen Geschwindigkeit, und deshalb fiel es leicht, die aus jener Zeit stammenden Dinge zu vergessen. Man nehme ein Feuer, das danach trachtete, sich an die Form der eigenen Flammen zu erinnern. Doch das *Gefühl* hatte er nicht vergessen.

Nein, er stellte nichts mit Brutha an. Der Novize beeinflußte sich selbst. Brutha begann, in der Art und Weise von Göttern zu denken. Mit anderen Worten: Er verwandelte sich allmählich in einen Propheten.

Om wünschte sich, mit jemandem darüber sprechen zu können. Mit jemandem, der ihn verstand.

Nun, dies war Ephebe, oder? Hier verdienten sich die Leute den Lebensunterhalt, indem sie zu verstehen versuchten.

Man brachte die Omnianer in kleinen Zimmern an einem zentralen Hof unter. In der Mitte des Platzes sprudelte ein Springbrunnen, umgeben von einigen duftenden Kiefern. Die Soldaten wechselten bedeutungsvolle Blicke. Viele Leute glauben, daß Berufssoldaten viel ans Kämpfen und so denken, aber wirkliche *Profis* unter den Berufssoldaten denken mehr ans Essen und einen warmen Platz zum Schlafen. Solche Dinge sind meistens rar, während sich viel zu häufig Gelegenheiten ergeben, in den Kampf zu ziehen.

In Bruthas Kammer stand eine Schale mit Obst auf dem Tisch, neben einem Tablett mit kaltem Fleisch. Doch eins nach dem anderen. Zuerst holte er den Gott aus dem Bastkorb.

»Hier gibt es Obst«, sagte er. »Was hat es mit den Beeren auf sich?«

»Man nennt sie ›Trauben‹«, erwiderte Om. »Das Rohmaterial für Wein.«

»Das Wort habe ich schon einmal gehört. Was bedeutet es?«

Draußen erklang ein Schrei.

»Brutha!«

»Das ist Vorbis. Ich muß zu ihm.«

Der Exquisitor stand in seinem Zimmer.

»Hast du etwas gegessen?« fragte er.

»Nein, Herr.«

»Obst und Fleisch, Brutha. Obgleich heute ein Fastentag ist. Man will uns beleidigen!«

»Äh«, sagte der Novize. »Vielleicht wissen die Ephebianer gar nicht, daß wir heute einen Fastentag achten müssen.«

»Schon Unwissenheit ist Sünde«, verkündete Vorbis.

»Ossory VII, Vers 4«, fügte Brutha automatisch hinzu.

Vorbis lächelte und klopfte ihm auf die Schulter.

»Du bist ein wandelndes Buch. Das *Septateuch perambulatus.*«

Brutha blickte auf seine Sandalen hinab.

Er hat recht, dachte er. *Ich habe es ganz vergessen. Besser gesagt: Ich wollte mich nicht mehr daran erinnern.*

Unmittelbar darauf vernahm er die eigenen Gedanken wie ein Echo: *Es ist Obst, Fleisch und Brot, weiter nichts. Fastentage und Festtage, Tage des Propheten und Tage des Brotes... Wen kümmert's? Etwa einen Gott, dessen einzige Sorge darin besteht, daß sich die Nahrung für ihn nicht zu weit über dem Boden befindet? Ich wünschte, Vorbis würde mir nicht dauernd auf die Schulter klopfen.*

Der Exquisitor wandte sich ab.

»Soll ich die anderen auf den Fastentag hinweisen?« fragte Brutha.

»Nein. Unsere geweihten Brüder brauchen nicht daran erinnert zu werden. Was die Soldaten betrifft... So fern der Heimat können wir vielleicht ein Auge zudrücken.«

Brutha kehrte in seine Kammer zurück.

Om lag auf dem Tisch und starrte auf die Melone.

»Ich hätte mich fast zu einer schrecklichen Sünde hinreißen lassen«, sagte der Novize. »Ich war bereit, Obst an einem Fastentag zu essen.«

»Schrecklich, schrecklich«, meinte Om. »Und nun schneid die Melone auf.«

»Das ist verboten!« schnaufte Brutha entsetzt.

»Nein, ist es nicht«, widersprach Om. »Schneid das Ding auf.«

»Das Verspeisen von Obst brachte die Leidenschaft in unsere Welt«, gab Brutha zu bedenken.

»Das Verspeisen von Obst bringt höchstens Blähungen«, meinte Om. »Die Melone! Schneid sie auf!«

»Du führst mich in Versuchung!«

»Nein. Ich erlaube dir hiermit ausdrücklich, den Fastentag zu ignorieren. Ich gebe dir eine Art Sondergenehmigung.«

»Nur ein Bischof oder jemand, der einen noch höheren Rang bekleidet, darf...« Brutha unterbrach sich plötzlich.

Om sah ihn an.

»Ja, genau. Und nun zur Melone.« In einem etwas sanfteren Tonfall fuhr Om fort. »Ich erkläre die Melone zu Brot, wenn du dich dadurch besser fühlst. Immerhin bin ich zufällig ein Gott. Ich kann Melonen nennen, wie ich will. Sie ist Brot, klar? Und nun schneid die verdammte Melone auf.«

»Den Laib«, berichtigte Brutha.

»Meinetwegen. Und gib mir ein Stück ohne Körner.«

Brutha kam der Aufforderung ein wenig widerstrebend nach.

»Iß schnell«, riet ihm Om.

»Damit Vorbis uns nicht ertappt?«

»Weil du gleich aufbrechen und mit der Suche nach einem Philosophen beginnen mußt«, sagte Om. Er sprach mit vollem Mund, was jedoch ohne Einfluß auf seine mentale Stimme blieb. »Weißt du, Melonen wachsen auch wild. Aber sie sind kleiner als diese Exemplare hier. Kleiner und grün. Mit einer Schale wie Leder. Kann sie nicht durchbeißen. Jahrelang mußte ich mich von Blättern ernähren, die selbst eine Ziege ausspucken würde. Obgleich Melonen in der Nähe lagen. Diese Dinger sollten dünnere Schalen haben.«

»Ich soll einen Philosophen suchen?«

»Ja. Jemanden, der sich mit dem Denken auskennt. Jemanden, der mir helfen kann, mein Dasein als Schildkröte zu beenden.«

»Aber… Vielleicht hat Vorbis irgendeine Aufgabe für mich.«

»Du machst nur einen kleinen Spaziergang. Das ist überhaupt kein Problem. Und beeil dich. Es gibt auch noch andere Götter in Ephebe, und in meinem gegenwärtigen Zustand möchte ich ihnen nicht begegnen.«

Auf Bruthas Gesicht machte sich Verwirrung breit.

»Wie soll ich einen Philosophen finden?« fragte er.

»Hier? Wirf einfach einen Ziegelstein – das ›Au!‹ stammt sicher von einem professionellen Denker.«

Das Labyrinth von Ephebe ist uralt und ein gutes Beispiel für die vielen Verwendungsmöglichkeiten von verborgenen Federn, rasiermesserscharfen Messern und herabfallenden Felsblöcken. Man braucht nicht nur einen Führer, um es zu durchqueren, sondern sechs. In jedem Jahr findet ein spezieller Wettkampf statt, der Veränderungen des allgemeinen Designs betrifft. Dann versuchen die verschiedenen Sektoren, ihre Bereiche noch gefährlicher zu gestalten. Preisrichter beurteilen die einzelnen Leistungen, und es gibt hochdotierte Auszeichnungen für die Sieger.

Ohne Führer war im Labyrinth nie jemand weiter gekommen als neunzehn Schritte. Nun, mehr oder weniger. Der Kopf des Betreffenden blieb erst nach vier oder fünf zusätzlichen Metern liegen, aber das zählt vermutlich nicht.

An jedem Übergangspunkt gibt es eine Kammer, die überhaupt keine Fallen enthält, nur eine kleine Glocke aus Bronze. Es handelt sich um Wartezimmer, wo Besucher von einem Führer an den nächsten überantwortet werden. Hier und dort gibt es Fenster in der hohen Decke, meistens über den besonders phantasievoll konstruierten Fallen – die Wächter lachen ebenso gern wie andere Leute.

Von alldem wußte Brutha nichts, als er durch die Tunnel und Korridore schlenderte, ohne einen einzigen Gedanken an die Gefährlichkeit der Umgebung zu vergeuden. Nach einer Weile öffnete er das letzte Tor, und kühle Abendluft wehte ihm entgegen.

Sie roch nach Blumen. Motten schwirrten durchs Halbdunkel.

»Wie sehen Philosophen aus?« fragte Brutha. »Wenn sie nicht gerade baden, meine ich.«

»Sie denken viel«, antwortete Om. »Halt nach jemandem mit verkniffenem Gesicht Ausschau.«

»Ein verkniffenes Gesicht könnte auch auf Verstopfung hindeuten.«

»Nun, wenn die Betreffenden einem solchen Problem philosophisch begegnen...«

Brutha und Om waren mitten in der Stadt. Hunde bellten. Irgendwo miaute eine Katze. Hinzu kamen andere Geräusche, die darauf hinwiesen, daß Menschen fleißig damit beschäftigt waren, ihr Leben zu leben.

Eine Tür sprang auf, und es klirrte laut. Es hörte sich an wie eine recht große und leere Weinamphore, die auf einem Kopf zerbrach.

Ein dürrer Ast, gekleidet in eine Toga, fiel aufs Kopfsteinpflaster, stand wieder auf und starrte wütend zum Eingang.

»Jetzt hört mal, ich stehe nach wie vor auf dem Standpunkt, daß ein endlicher Intellekt nicht durch Vergleiche die absolute Wahrheit erreichen kann, denn die Wahrheit ist von Natur aus unteilbar, was bedeutet, daß sie sich Konzepten wie ›mehr‹ und ›weniger‹ entzieht, woraus folgt, allein die Wahrheit mag als exakter Maßstab für die Wahrheit dienen.« Die Gestalt legte eine kurze Pause ein, vor allem, weil sie Luft holen mußte. »Ihr Mistkerle«, fügte sie hinzu.

»Ach?« ertönte es aus dem Gebäude. »Gleichfalls.«

Der Alte ignorierte Brutha, löste mit nicht unbeträchtlicher Mühe einen Stein aus dem Pflaster und hielt ihn in der einen Hand.

Dann nahm er Anlauf und stürmte durch die Tür. Ein zorniger Schrei ertönte.

»Ach, Philosophie«, sagte Om.

Brutha spähte vorsichtig durch den Zugang.

In dem Raum versuchten zwei Gruppen fast identisch gekleideter Männer, die beiden Streithähne voneinander zu trennen. Solche Szenen wiederholen sich an jedem Tag millionenfach in den Bars und Kneipen des Multiversums: Die beiden Gegner knurrten, schnitten Grimassen und versuchten, sich aus den Griffen der Freunde zu lösen. Allerdings versuchten sie es nicht *zu sehr*, denn sonst bestand die Gefahr, daß sie Erfolg hatten und womöglich gegen jemanden antreten mußten, der wirklich entschlossen war, ihnen die Nase nach innen zu rammen.

»Ja, genau«, meinte Om. »Typisch Philosophie.«

»Die Leute kämpfen!«

»Sie tauschen frei und ungezwungen ihre Meinungen aus, ja.«

Brutha sah genauer hin und erkannte den einen oder anderen Unterschied zwischen den Männern. Jemand hatte einen kürzeren Bart, und die Wangen des Betreffenden glühten, als er vorwurfsvoll den Zeigefinger hob.

»Er hat mir Verleumdung vorgeworfen« platzte es aus ihm heraus.

»Stimmt nicht!« rief der andere Mann.

»Stimmt doch! Stimmt doch! Wiederhol noch einmal, was du gesagt hast!«

»Ich wollte nur die Natur des Paradoxen verdeutlichen, indem ich folgendes ausführte: Wenn Xeno der Ephebianer alle Ephebianer als Lügner bezeichnet...«

»Na bitte! Na bitte! Er verleumdet schon wieder!«

»...nein, nein, hör zu. Nun, Xeno ist selbst Ephebianer, woraus sich der Schluß ziehen läßt, daß er lügt, und deshalb...«

Xeno unternahm einen wirklich ernst gemeinten Versuch, sich loszureißen. Er zerrte vier Philosophenkollegen mit sich.

»Ich verpasse dir ein Ding, das du so schnell nicht vergißt, Mann!«

»Entschuldigt bitte?« sagte Brutha.

Die Philosophen erstarrten und drehten sich langsam zu Brutha um.

Ein Teil der Anspannung fiel von ihnen ab, als sie den Novizen sahen. Hier und dort erklang verlegenes Hüsteln.

»Seid ihr Philosophen?« fragte Brutha.

Der Mann namens Xeno trat vor und rückte seine Toga zurecht.

»Ja«, bestätigte er. »Wir sind Philosophen. Wir denken, und deshalb sein wir.«

»Sind«, korrigierte der Mann, der sich vergeblich bemüht hatte, ein Paradoxon zu erklären.

Xeno wirbelte herum. »Du stehst mir bis *hier*, Ibid!« donnerte er und wandte sich dann wieder an Brutha. »Wir *sind*, und deshalb sein wir«, sagte er voller Zuversicht. »Darauf läuft's hinaus.«

Einige Philosophen wechselten interessierte Blicke.

»Das ist faszinierend«, behauptete jemand. »Die Tatsache unserer Existenz *beweist* unsere Existenz. Meinst du das?«

»Halt die Klappe«, entgegnete Xeno, ohne sich umzudrehen.

»Habt ihr gekämpft?« fragte Brutha.

Die Mienen der Philosophen brachten schockierte Verblüffung zum Ausdruck.

»Gekämpft?« entfuhr es Ibid erschrocken. »Wir? Meine Güte, wir sind *Philosophen*.«

»Ja, genau«, fügte Xeno hinzu.

»Aber ihr…«, begann Brutha.

Xeno winkte ab.

»Die Hitze der Debatte«, sagte er.

»These plus Antithese gleich Hysterese«, fügte Ibid hinzu. »Die hartnäckige Untersuchung des Universums. Der Hammer des Intellekts auf dem Amboß fundamentaler Wahrheit…«

»Klappe«, sagte Xeno. »Was können wir für dich tun, junger Mann?«

»Frag sie nach den Göttern«, drängte Om.

»Äh, ich möchte mehr über die Götter herausfinden«, antwortete Brutha.

»Über die Götter?« wiederholte Xeno. »Damit halten wir uns nicht auf. Ha! Götter sind Relikte eines längst überholten Glaubenssystems.«

Ein wolkenloser Abendhimmel spannte sich über Ephebe, doch in der Ferne grollte Donner.

»Bis auf den Blinden Io, Gott des Donners«, fuhr Xeno fort, wobei sich sein Tonfall kaum veränderte.

Ein Blitz zuckte übers Firmament.

»Und Cubal, Gott des Feuers«, sagte Xeno.

Ein Windstoß ließ die Fenster klappern.

»Auch mit Flatulus, Gott der Winde, ist alles in bester Ordnung«, meinte Xeno.

Ein Pfeil erschien aus dem Nichts und bohrte sich dicht neben Xenos Hand in den Tisch.

»Und zu den unvergänglichen himmlischen Größen gehört selbstverständlich auch Fedecks, der Kurier der Götter«, verkündete der Philosoph.

Ein Vogel trat in die Tür. Wenigstens wies das Geschöpf gewisse Ähnlichkeiten mit einem Vogel auf. Es mochte etwa dreißig Zentimeter groß sein, hatte ein schwarzweißes Gefieder und einen krummen Schnabel. Die besondere Mimik des Wesens wies auf folgendes hin: Seine schlimmsten Befürchtungen schienen sich bereits bewahrheitet zu haben.

»Was ist das?« erkundigte sich Brutha.

»Ein Pinguin«, antwortete Om hinter seiner Stirn.

»Patina, die Göttin der Weisheit«, sagte Xeno. »Eine der besten sakralen Entitäten.«

Der Pinguin krächzte und watschelte in die Dunkelheit zurück.

Die Philosophen wirkten verlegen, und schließlich fragte Ibid: »Was ist mit Foorgol, Gott der Lawinen? Wie weit ist die Schneegrenze entfernt?«

»Etwa dreihundert Kilometer«, antwortete jemand.

Die Männer warteten. Nichts geschah.

»Relikt eines überholten Glaubenssystems«, sagte Xeno versuchsweise.

Nirgends in Ephebe erschien ein Wall aus weißer Kälte.

»Nur die Personifizierung einer Naturkraft«, ließ sich ein anderer Philosoph vernehmen. Er sprach etwas lauter, und seine Kollegen nickten zustimmend und fanden offenbar zu ihrer alten Selbstsicherheit zurück.

»Primitive Verehrung der Natur.«

»Völlig bedeutungslos.«

»Eine einfache Möglichkeit, um mit dem Unbekannten fertig zu werden.«

»Ha! Ein erfundener Butzemann, um die Schwachen und Dummen zu erschrecken!«

Brutha spürte, wie Worte in ihm emporstiegen. Er konnte sie nicht zurückhalten.

»Ist es immer so kalt hier? Mir scheint, es kam gerade zu einem regelrechten Temperatursturz.«

Die Philosophen rückten von Xeno ab.

»Nun, eins muß man Foorgol lassen«, sagte Xeno. »Er ist sehr verständnisvoll, insbesondere in Hinblick auf Scherze und so...«

Er sah sich nervös um. Nach einer Weile entspannten sich die Philosophen und schienen Brutha ganz zu vergessen.

Der Junge fand erst jetzt Zeit, sich den Raum eingehend anzuschauen. Er hatte nie zuvor eine Taverne gesehen, ahnte jedoch, daß er sich nun in einer befand. Die Theke erstreckte sich vor der einen Wand des großen Zimmers. Dahinter zeigten sich die typischen Dinge einer ephebianischen Schenke: Weinkrüge, Amphoren, Tüten mit gesalzenen Erdnüssen und getrocknetem Ziegenfleisch, mit den Bildnissen knapp bekleideter Vestalinnen geschmückt – in der Hoffnung, daß es Leute gab, die gleich mehrere derartige Tüten kauften, nur um gemalte Brustwarzen zu betrachten.

»Was ist das alles?« hauchte Brutha.

»Woher soll ich das wissen?« entgegnete Om. »Laß mich raus, damit ich's mir ansehen kann.«

Brutha öffnete den Korb und nahm die Schildkröte heraus. Das rheumatische Auge des Reptils ließ den Blick durchs Zimmer schweifen.

»Oh, eine typische Taverne«, sagte Om. »Gut. Ich möchte eine Untertasse von dem, was man hier trinkt.«

»Eine Taverne? Soll das heißen, dies ist ein Ort, an dem man Alkohol genießt?«

»Das will ich stark hoffen, ja.«

»Aber... aber... Das Septateuch verlangt an nicht weniger als siebzehn Stellen, daß wir uns von solchen... Etablissements fernhalten...«

»Warum denn?« erwiderte Om. »Siehst du den Mann, der die Krüge poliert? Sag zu ihm: ›Ich möchte...‹«

»Alkohol macht Narren aus den Menschen, teilt uns der Prophet Ossory mit. Und du...«

»Wie oft soll ich das noch sagen? Derartige Weisheiten hat er nicht von mir. Geh jetzt zu dem Mann da drüben!«

Der Betreffende sprach Brutha an. Wie durch ein Wunder erschien er auf der anderen Seite der Theke, polierte nach wie vor einen Krug.

»Guten Abend, junger Herr«, sagte er. »Was darf's sein?«

»Ich möchte ein Glas Wasser«, sagte Brutha und formulierte jedes einzelne Wort mit großer Sorgfalt.

»Und für die Schildkröte?«

»Wein!« heulte Om.

»Ich weiß nicht...« Brutha überlegte. »Was trinken Schildkröten?«

»Nun, bei uns nehmen sie meistens etwas Milch mit Brot drin«, lautete die Antwort.

»Hast du viele Schildkröten unter deinen Gästen?« fragte Brutha laut, um Oms geistige Stimme zu übertönen.

»Oh, die durchschnittliche Schildkröte ist ein sehr philosophisches

Tier. Schneller als metaphorische Pfeile; schlägt Hasen beim Wettlauf und so weiter. Bewundernswert.«

»Äh, ich habe kein Geld«, gestand Brutha.

Der Wirt beugte sich vor. »Macht nichts«, sagte er leise. »Deklivitos hat gerade eine Runde ausgegeben und bestimmt nichts dagegen, wenn auch du etwas bekommst.«

»Brot und Milch?«

»Oh, danke. Herzlichen Dank.«

»Hier gehen alle Arten von Leuten ein und aus.« Der Wirt lehnte sich wieder zurück. »Stoiker. Zyniker. Sind starke Trinker, die Zyniker. Epikureer. Stochastiker. Anamaxandriten. Epistemologen. Peripatetiker. Synoptiker. Alle Arten. Das sage ich immer. Außerdem sage ich immer...« Er begann damit, einen weiteren Krug zu polieren. »Ich sage: ›Man braucht alle Arten, damit die Welt zu dem wird, was sie ist.‹«

»Brot und Milch!« rief Om. »Dafür bekommst du meinen Zorn zu spüren, klar? Frag ihn jetzt nach den Göttern.«

Brutha trank einen Schluck Wasser. »Kennen sich die Philosophen mit den Göttern aus?«

»Da solltest du besser einen Priester fragen«, meinte der Wirt.

»Nein, ich meine...« Brutha versuchte, mit dem seltsamen Gesprächsstil des Wirts zurechtzukommen. »Wissen die Philosophen, wie... wie die Götter entstanden sind?«

»Von solchen Diskussionen halten Götter nicht viel. Manchmal finden hier solche Debatten statt, meistens spät abends, wenn die Jungs eine Menge intus haben: kosmische Spekulationen darüber, ob die Götter tatsächlich existieren. Tja, und dann zuckt plötzlich ein Blitz herab, und daran ist ein Zettel befestigt mit der Aufschrift: ›Klar existieren wir.‹ Manchmal erinnern dann nur noch zwei qualmende Sandalen an den Fragensteller. Nun, angesichts derartiger Zwischenfälle ist kaum jemand bereit, metaphysischen Hypothesen Aufmerksamkeit zu schenken.«

»Das Brot ist nicht einmal frisch«, klagte Om, während er Milch schlürfte.

»Oh, ich weiß, daß es die Götter gibt«, versicherte Brutha hastig. »Ich möchte nur... etwas mehr über sie herausfinden.«

Der Wirt zuckte mit den Schultern.

»Dann wäre ich dir sehr dankbar, wenn du darauf achten könntest, nicht in der Nähe wertvoller Dinge zu stehen. Nun, in hundert Jahren spielt das alles ohnehin keine Rolle mehr.« Er griff nach einem weiteren Krug, den es zu polieren galt.

»Bist du ebenfalls Philosoph?« fragte Brutha.

»Nach einer Weile färbt es ab«, sagte der Wirt.

»Die Milch ist sauer«, beschwerte sich Om. »Ephebe gilt als Demokratie. Dieser Milch sollte man das Stimmrecht geben.«

»Ich fürchte, hier bekomme ich nicht die erhofften Auskünfte.« Brutha zögerte kurz. »Äh. Herr Getränkeverkäufer?«

»Ja?«

»Vorhin, als die Göttin...« – das Wort klang noch immer sonderbar für ihn – »...der Weisheit erwähnt wurde, kam ein seltsamer Vogel herein. Was hat es mit ihm auf sich?«

»Oh«, erwiderte der Wirt. »Eine peinliche Angelegenheit.«

»Wieso?«

»Es handelte sich um einen Pinguin.«

»Ich nehme an, das ist ein kluger Vogel, oder?«

»Nein«, widersprach der Wirt. »Nein, nicht unbedingt. Pinguine genießen keineswegs den Ruf, besonders intelligent zu sein. Sie gelten als die zweitdümmsten Vögel der Welt. Angeblich können sie nur unter Wasser fliegen.«

»Aber warum...«

»Wir reden nicht gern darüber«, sagte der Wirt. »Es verärgert die Leute. Verdammter Bildhauer«, fügte er leise hinzu.

Laute Stimmen zogen Bruthas Aufmerksamkeit auf sich: Die Philosophen zankten sich schon wieder.

Der Wirt beugte sich vor. »Ohne Geld wirst du wohl kaum auf Hilfe rechnen können. Gespräche sind hier nicht billig.«

»Aber...«

»Man bedenke zum Beispiel die Kosten für Seife und Wasser. Für Handtücher, Waschlappen, Luffas, Bimssteine, Badesalz und so. Es kommt einiges zusammen.«

Von der Untertasse her erklang ein schlürfendes Geräusch. Om sah zu Brutha auf; die Milch bildete am Kopf der Schildkröte weiße Flecke.

»Du hast *überhaupt* kein Geld?« fragte das Reptil.

»Nein.«

»Nun, wir brauchen einen Philosophen«, sagte Om schlicht. »In meinem gegenwärtigen Zustand kann ich nicht richtig denken, und du hast keine Ahnung, worauf es dabei ankommt. Wir müssen jemanden finden, der das Denken zu seinem Beruf gemacht hat.«

»Du könntest es beim alten Didaktylos versuchen«, schlug der Wirt vor. »Er ist der billigste Philosoph weit und breit.«

»Benutzt er keine teure Seife?« fragte Brutha.

Das Gesicht des Wirts blieb ernst, als er erwiderte: »Wahrscheinlich übertreibe ich nicht, wenn ich hier feststelle: Er verzichtet ganz und gar auf die Verwendung von Seife.«

»Oh«, sagte Brutha. »Gut. Danke.«

»Frag ihn, wo der Mann wohnt«, wandte sich Om an den Jungen.

»Wo finde ich Herrn Didaktylos?« fragte Brutha.

»Auf dem Palasthof. Neben der Bibliothek. Laß dich einfach von deiner Nase leiten – sie wird dir den Weg zeigen.«

»Wir kommen gerade vom Pa...« Aus irgendeinem Grund unterbrach sich Brutha. »Vielleicht sollten wir jetzt besser gehen.«

»Vergiß die Schildkröte nicht«, riet der Wirt. »Sonst kommt noch jemand auf den Gedanken und steckt sie in den Kochtopf.«

»Möge sich all dein Wein in Wasser verwandeln!« kreischte Om.

»Nun?« fragte Brutha, als sie nach draußen in die Nacht traten. »Wird sich der Wein tatsächlich in Wasser verwandeln?«

»Nein.«

»Bitte erklär es mir noch einmal: Warum suchen wir nach einem Philosophen?«

»Ich will meine frühere Macht zurück«, sagte Om.

»Aber alle glauben an dich!«

»Wenn die Leute an mich glauben würden, könnten sie zu mir sprechen. Und ich zu ihnen. Ich weiß nicht, woran es liegt. In Omnien werden doch keine anderen Götter verehrt, oder?«

»Das ist verboten«, sagte Brutha. »Und die Quisition sorgt dafür, daß sich niemand über dieses Verbot hinwegsetzt.«

»Ja. Man kann nur schwer niederknien, wenn man keine Knie mehr hat.«

Brutha blieb in der leeren Straße stehen.

»Ich verstehe dich nicht!«

»Das verlangt auch niemand von dir! Wie heißt es so schön? Die Wege der Götter sind unerfindlich.«

»Die Quisition gewährleistet, daß wir auf dem Pfad der Wahrheit bleiben! Die Quisition mehrt den Ruhm der Kirche!«

»Glaubst du das wirklich?« fragte die Schildkröte.

Brutha horchte in sich hinein und stellte fest, daß die Gewißheit fehlte. Er öffnete den Mund, ohne einen Ton hervorzubringen.

»Komm«, sagte Om so sanft wie möglich. »Kehren wir zurück.«

Mitten in der Nacht erwachte Om und vernahm Geräusche, die von Bruthas Bett herkamen.

Der Novize betete wieder.

Der kleine Gott Om hörte neugierig zu. Er erinnerte sich an Gebete. Einst waren es viele gewesen. So viele, daß er sie gar nicht auseinanderhalten konnte und das auch nicht wollte. Es spielte auch keine Rolle: Wichtig war nur das gewaltige kosmische Gemurmel Tausender von betenden und *glaubenden* Seelen. Die Worte verdienten überhaupt keine Aufmerksamkeit.

Menschen! Sie lebten in einer Welt, in der das Gras immer grün blieb, in der die Sonne jeden Morgen aufging und aus Blüten Früchte wurden. Doch was beeindruckte sie? Weinende Statuen. Und in Wein verwandeltes Wasser! Obwohl so etwas nur einen quantenmechanischen Tunneleffekt erforderte. Früher oder später geschah so etwas bestimmt. Es genügte, einige Milliarden Jahre lang zu warten. Als ob Sonnenlicht, das Wein schuf, mit Hilfe von Reben, Trauben, Zeit und Enzymen, nicht viel eindrucksvoller war. Außerdem: Man brauchte weitaus weniger Geduld...

Nun, derzeit beherrschte Om nicht einmal mehr die einfachsten göttlichen Tricks. Blitze, die ebenso wirkungsvoll waren wie Funken vom Pelz einer Katze – damit konnte man niemanden erschlagen. Oh, damals hatte er einige Male ordentlich hingelangt und sich Respekt verschafft. Aber jetzt fiel es ihm schon schwer, sich genug Futter zu beschaffen.

Bruthas Gebet war wie der Klang einer Pikkoloflöte in einer Welt der Stille.

Om wartete, bis der Junge wieder schwieg, entfaltete dann die Beine und wankte nach draußen in die Morgendämmerung.

Die Ephebianer marschierten über mehrere Höfe des Palastes und umringten die Omnianer auf allen Seiten, *fast* so wie Gefangene.

Brutha spürte Vorbis' brodelnden Zorn. In der völlig kahlen Schläfe des Exquisitors pulsierte eine Ader.

Vorbis schien den Blick des Novizen zu fühlen und drehte den Kopf.

»Heute morgen wirkst du irgendwie beunruhigt, Brutha«, sagte er.

»Tut mir leid, Herr.«

»Und du siehst in alle Ecken. Wonach suchst du?«

»Äh, ich bin nur an den Einzelheiten dieser neuen Umgebung interessiert.«

»Die sogenannte Weisheit von Ephebe ist nicht einmal eine Zeile aus dem letzten Absatz des Septateuch wert«, sagte Vorbis.

»Sollen wir nicht das Werk der Ungläubigen studieren, um die Wege der Häresie rechtzeitig zu erkennen?« fragte Brutha, überrascht von sich selbst.

»Oh, ein gutes Argument. Die Inquisitoren haben es oft gehört, und in manchen Fällen wurden die Worte recht undeutlich ausgesprochen.«

Vorbis starrte auf den Hinterkopf von Aristokrates, der die Gruppe anführte. »Sich Ketzerisches anzuhören und festgesetzte Wahrheit in Frage zu stellen... Es ist nicht weit vom einen zum anderen. Häresie kann faszinierend sein. Darin liegt ihre Gefahr.«

»Ja, Herr.«

»Ha! Hier werden nicht nur verbotene Statuen gemeißelt... Offenbar verstehen die Bildhauer nicht einmal ihr Handwerk.«

Brutha war kein Experte, aber diesen Eindruck hatte auch er gewonnen. Er stellte fest, daß die Statuen in den vielen Nischen des Palastes alles andere als perfekt wirkten. Er kam an einer vorbei, die mit zwei linken Armen ausgestattet worden war. Bei einer anderen zeigten sich Ohren in unterschiedlicher Größe. Nichts deutete darauf hin, daß jemand versucht hatte, häßliche Götter darzustellen. Ganz im Gegenteil: Allem Anschein nach hatte der Bildhauer versucht, sein Werk attraktiv zu gestalten. Es war ihm nur nicht recht gelungen.

»Jene Frau dort scheint einen Pinguin in den Armen zu halten«, sagte Vorbis.

»Patina, Göttin der Weisheit«, erwiderte Brutha unwillkürlich. Eine Sekunde später wurde ihm klar, was er gesagt hatte.

»Das, äh, habe ich irgendwo gehört«, fügte er hinzu.

»Ach? Deine Ohren scheinen recht aufmerksam zu sein.«

Aristokrates blieb vor einem imposanten Portal stehen und nickte der Gruppe zu.

»Meine Herren...«, sagte er. »Der Tyrann empfängt euch nun.«

»Merk dir alles, was in jenem Raum gesagt wird«, flüsterte Vorbis dem Novizen zu.

Brutha nickte.

Die Tür öffnete sich.

Überall auf der Welt gibt es Herrscher mit Titeln wie »der Gepriesene«, »der Erhabene« oder »Oberster Gebieter über Dies und Das«. Doch in diesem kleinen Land wählte das Volk den Regenten, konnte ihn jederzeit durch jemand anders ersetzen und nannte ihn... Tyrann.

Die Ephebianer hielten es für richtig, daß jeder Bürger eine Stimme hatte*. Alle fünf Jahre wählte man jemanden zum Tyrannen, wobei die geeignete Person ehrlich, intelligent, vernünftig und vertrauenswürdig sein mußte. Sofort nach der Wahl begriff das Volk, daß es sich beim Regenten um einen kriminellen Irren handelte, der den Kontakt zum gewöhnlichen nackten und tropfnassen Philosophen auf der Straße völlig verloren hatte. Fünf Jahre später wurde ein anderer Tyrann gewählt, der ähnliche Eigenschaften aufwies – es war erstaunlich, daß intelligente Personen immer wieder den gleichen Fehler machten.

Die Kandidaten für das Amt des Tyrannen wurden bestimmt, indem man schwarze und weiße Kugeln in verschiedene Urnen legte. Diese Tradition gab viel Anlaß für abfällige Bemerkungen in Hinsicht auf Politik.

Der gegenwärtige Tyrann war ein kleiner dicker Mann mit dürren Beinen – er wies beträchtliche Ähnlichkeiten mit einem Ei auf, in dem etwas verkehrt herum auszuschlüpfen versuchte. Er saß allein in der Mitte des großen Raums, auf einem von Schriftrollen und Zetteln umgebenen Stuhl. Die Füße berührten den marmornen Boden nicht, und das Gesicht glänzte rosarot.

Aristokrates raunte ihm etwas zu. Der Tyrann sah von den Pergamenten auf.

»Ah, die omnianische Delegation«, sagte er, und ein Lächeln huschte ebenso über sein Gesicht wie eine Eidechse über einen Stein. »Nehmt Platz, ihr alle.«

* Vorausgesetzt, der Betreffende war nicht arm oder untauglich aufgrund von Wahnsinn. Ebensowenig in Frage kamen Leichtfertige, Ausländer und Frauen.

Er sah wieder nach unten.

»Ich bin Diakon Vorbis von der Zitadellenquisition«, sagte Vorbis kühl.

Der Tyrann hob den Kopf und bedachte ihn mit einem neuerlichen Eidechsenlächeln.

»Ja, ich weiß«, erwiderte er. »Du verdienst dir deinen Lebensunterhalt damit, Leute zu foltern. Bitte setz dich, Diakon Vorbis. Und das gilt auch für deinen rundlichen Freund, der nach etwas zu suchen scheint. Und auch für die anderen. Gleich kommen einige junge Frauen mit Trauben und so. Das passiert praktisch immer. Es läßt sich gar nicht vermeiden.«

Die Omnianer sanken auf die Sitzbänke vor dem Platz des Tyrannen. Vorbis blieb stehen.

Der ephebianische Herrscher nickte. »Wie du wünschst«, sagte er.

»Dies hier ist unerträglich!« stieß Vorbis plötzlich hervor. »Man hat uns behandelt wie...«

»Ich schätze, *wir* hätten bei *euch* nicht mit einer so guten Behandlung rechnen dürfen«, verkündete der Tyrann gelassen. »Es ist mir völlig gleich, ob du Platz nimmst oder nicht, Diakon. Wir sind hier in Ephebe, in einem freien Land. Von mir aus kannst du auf dem Kopf stehen, wenn du unbedingt willst. Wenn *ich* bei dir in der Zitadelle um Frieden nachgesucht hätte... Vermutlich wäre mir nichts anderes übriggeblieben, als auf den blutigen Resten meines Bauches zu dir hinzukriechen. Verschwende keine Zeit mit dem Versuch, etwas anderes zu behaupten. Setz dich oder bleib stehen, Diakon, aber sei still. Ich bin fast fertig.«

»Womit?« fragte Vorbis.

»Mit dem Friedensvertrag.«

»Deswegen sind wir hier: um einen Friedensvertrag auszuhandeln.«

»Nein«, entgegnete der Tyrann. Einmal mehr huschte die metaphorische Eidechse über den imaginären Stein. »Ihr seid hier, um den Vertrag zu unterzeichnen.«

Om holte tief Luft, bevor er sich nach vorn schob.

Die Treppe war ziemlich lang, und der kleine Gott mußte sich von einer Stufe zur nächsten fallen lassen. Schließlich brachte er die letzte hinter sich.

Er hatte sich verirrt. Aber in Ephebe die Orientierung zu verlieren... Das war nicht annähernd so schlimm wie in der Zitadelle. Wenigstens konnte er hier nicht in einen Keller stürzen.

Bibliothek, Bibliothek, Bibliothek...

In der Zitadelle gab es eine Bibliothek. Brutha hatte sie beschrieben, und deshalb wußte Om, wonach es Ausschau zu halten galt.

Die Bibliothek in der Zitadelle enthielt ein Buch.

Die Friedensverhandlungen kamen nicht gut voran.

»Ihr habt uns angegriffen!« ereiferte sich Vorbis.

»Ich nenne so etwas präventive Verteidigung«, erwiderte der Tyrann. »Wir haben beobachtet, welches Schicksal Instanzia, Betrek und Uschistan erlitten haben.«

»Dort erkannte man die Wahrheit von Om!«

»Ja«, murmelte der Tyrann. »Das mag tatsächlich geschehen sein. Zum Schluß.«

»Und jetzt sind jene Länder stolze Mitglieder des Reiches.«

»Ja«, sagte der Tyrann. »Ja, sie gehören jetzt tatsächlich zum Reich. Das mit dem Stolz ist eine andere Sache... Nun, wir möchten sie so in Erinnerung behalten, wie sie einst gewesen sind. Bevor du ihnen jene Briefe geschickt hast, die den Geist in Ketten legen.«

»Sie halfen den Menschen in Istanzia, Betrek und Uschistan, den rechten Weg zu finden«, meinte Vorbis.

»Kettenbriefe«, fuhr der Tyrann fort. »Auch Ephebe bekam einen solchen Kettenbrief. Vergeßt eure Götter. Unterwerft euch. Lernt zu fürchten. Brecht nicht die Kette – sonst findet ihr plötzlich fünfzigtausend Soldaten vor eurer Haustür.«

Vorbis nahm Platz und lehnte sich zurück.

»Wovor fürchtet ihr euch?« fragte er. »Hier in der Wüste, mit euren... Göttern... Wißt ihr nicht tief in eurer Seele, daß die ephebianischen Götter ebenso unbeständig sind wie wandernde Dünen?«

»O ja«, antwortete der Tyrann. »Das wissen wir. Das ist immer unser Vorteil gewesen. Mit dem Sand kennen wir uns aus. Euer Gott ist ein Felsen – und wir wissen auch über Felsen Bescheid.«

Om stapfte durch eine kopfsteingepflasterte Gasse und blieb dabei möglichst im Schatten.

In Ephebe gab es jede Menge Höfe und dergleichen. Der kleine Gott verharrte am Rand eines weiteren Platzes.

Stimmen ertönten. Eine von ihnen klang verdrießlich und näselnd.

Sie stammte vom Philosophen Didaktylos. Der Ephebianer Didaktylos war der am häufigsten zitierte und angesehenste Philosoph aller Zeiten, doch es gelang ihm nie, den Respekt seiner Kollegen zu erringen. Sie hielten ihn einfach für keinen *richtigen* Philosophen. Er badete nicht oft genug, besser gesagt: nie. Und er philosophierte über die falschen Dinge. Schlimmer noch: Er war an den falschen Dingen *interessiert.* An gefährlichen Dingen. Andere Philosophen stellten Fragen wie: »Ist Wahrheit schön?« Und: »Ist Schönheit wahr?« Und: »Wird die Realität vom Beobachter geschaffen?« Didaktylos hingegen formulierte ein berühmtes philosophisches Rätsel: »Ja, in Ordnung, aber wenn man der Sache auf den *Grund* geht, ich meine, wenn man bis zu ihrem *Kern* vorstößt, welchen *Sinn* hat dann alles?«

Seine Philosophie vereinte drei Hauptströmungen: die zynische, die stoische und die epikureische. Ein klassischer Ausdruck von Didaktylos faßt sie auf folgende Weise zusammen: »Man darf niemandem weiter trauen, als man ihn werfen kann, und daran läßt sich nichts ändern, und deshalb schlage ich vor, daß wir einen trinken. Ich nehme einen Doppelten, wenn du bezahlst. Danke. Und eine Tüte mit Nüssen. Was, der linke Busen ist fast unbedeckt? Dann nehme ich *zwei* Tüten!«

Viele Leute haben aus seinen *Meditationen* zitiert:

»Es ist eine echt komische Welt, das steht fest. Aber warum auch nicht? Das Lachen gehört zum Leben, oder? *Nil Illegitimo Carborundum* – so lautet meine Devise. Die Fachleute wissen nicht alles. Andererseits: Wohin kämen wir, wenn wir alle gleich wären?«

Om näherte sich der Stimme und kroch um eine Ecke, hinter der sich ein kleiner Hof erstreckte.

An der gegenüberliegenden Wand stand ein großes Faß. Diverse Gegenstände davor – zerbrochene Weinamphoren, abgenagte Knochen und aus Latten bestehende angebaute Schuppen – ließen den Schluß zu, daß hier jemand wohnte. Ein Holzschild verstärkte diesen Eindruck. Es hing über dem Faß an der Wand, und jemand hatte mit Kreide darauf geschrieben:

Vor dem Faß stand ein kleiner Mann. Er trug eine Toga, die einst weiß gewesen sein mochte – auch die Kontinente hatten einst einmal alle zusammengehangen –, und er trat jemanden, der vor ihm auf dem Boden lag.

»Verdammter Faulpelz!«

Der jüngere Mann setzte sich auf.

»Ich bitte dich, Onkel…«

»Eine halbe Stunde lang lasse ich dich allein, und was machst du? Vernachlässigst die Arbeit und schläfst ein!«

»Welche Arbeit? Unser letzter Kunde war der Bauer Piloxi, und er kam in der vergangenen Woche zu uns…«

»Woher willst du wissen, daß er der letzte Kunde gewesen ist? Woher, hm? Vielleicht sind Dutzende von Leuten vorbeigekommen, während du hier geschnarcht hast. Und vielleicht brauchte jemand von ihnen die Dienste eines persönlichen Philosophen!«

»…und Herr Piloxi hat nur mit Oliven bezahlt.«

»Die wahrscheinlich einen guten Preis erzielen, wenn wir sie verkaufen.«

»Sie sind *verfault*, Onkel.«

»Unfug! Vor ein paar Tagen waren sie noch grün.«

»Ja, aber eigentlich sollten sie schwarz sein!«

Die Schildkröte hockte im Schatten und wandte den Kopf wie die Zuschauer bei einem Tennisspiel von einer Seite zur anderen.

Der junge Mann stand auf.

»Frau Bylaxis kam heute morgen«, sagte er. »Das Sprichwort, das du ihr letzte Woche gegeben hast, funktioniert angeblich nicht mehr.«

Didaktylos kratzte sich am Kopf.

»Welches Sprichwort?« fragte er.

»Es lautet: ›Vor dem Morgengrauen ist es am dunkelsten.‹«

»Oh, damit ist alles in bester Ordnung. Ausgezeichnete Philosophie.«

»Aber Frau Bylaxis fühlt sich trotzdem nicht besser. Außerdem blieb sie wegen des schmerzenden Beines die ganze Nacht auf, und dabei stellte sie fest, daß es vor dem Morgengrauen nicht am dunkelsten ist. Und die Schmerzen im Bein blieben. Als Entschädigung gab ich ihr ›Es tut gut zu lachen‹.«

Didaktylos' Miene erhellte sich ein wenig.

»Das brachte alles wieder ins Lot, wie?«

»Frau Bylaxis will's ausprobieren. Sie gab mir einen getrockneten Tintenfisch dafür. Und sie meinte, ich sähe aus, als könnte ich etwas zu essen gebrauchen.«

»Na bitte, Urn. Allmählich lernst du, worauf es ankommt. Das heutige Mittagessen wäre gesichert. Ich habe dir ja gesagt, früher oder später würde es klappen. Wenn wir geduldig sind und durchhalten.«

»Ein getrockneter Tintenfisch und eine Schachtel mit verfaulten Oliven können nicht unbedingt als hohes Einkommen bezeichnet werden. Zumindest dann nicht, wenn man dafür zwei Wochen lang denken muß.«

»Wir haben drei Obolusse für das Sprichwort bekommen, das Grillos der Schuster von uns erhielt.«

»Nein, wir bekamen sie nicht. Der alte Grillos brachte das Sprichwort zurück. Weil seine Frau nichts davon hielt.«

»Und du hast ihm das Geld gegeben?«

»Ja.«

»Was, etwa die ganze Summe?«

»Ja.«

»So etwas dürfen wir nicht einreißen lassen. Wir können nicht das gesamte Honorar erstatten, wenn die Worte schon ein wenig abgenutzt sind. Welche Weisheit ließen wir uns für ihn einfallen?«

»›Eine kluge Krähe weiß, in welche Richtung das Kamel deutet.‹«

»Da steckt eine Menge Arbeit drin.«

»Grillos meinte, einen solchen Satz könnte er nicht verstehen.«

»Ich verstehe auch nichts von der Schusterei, aber trotzdem bin ich imstande, gute Sandalen von schlechten zu unterscheiden.«

Om blinzelte. Dann konzentrierte er sich auf die Selbstsphären der beiden Männer und betrachtete sie.

Urn – vermutlich der Neffe – hatte ein recht normales Bewußtsein, auch wenn es darin mehr Kringel und Ecken gab als im Geist anderer Menschen. In Didaktylos' Bewußtsein hingegen blubberte und blitzte es wie in einem Kochtopf mit Zitteraalen. So etwas sah Om zum erstenmal. Bruthas Gedanken brauchten Äonen, um neue Gestalt anzunehmen – genausogut konnte man beobachten, wie Berge kollidierten. Bei Didaktylos *zuckten* die Gedanken hin und her, so schnell, daß sie nur vage Schemen bildeten. Kein Wunder, daß er eine Glatze hatte: Das Haar wäre bei ihm von innen her verbrannt.

Om wußte: Er hatte einen Denker gefunden.

Und zwar einen billigen, wenn der Schein nicht trog.

Er sah zur Wand hinter dem Faß. Auf der einen Seite führten breite Marmorstufen zu einer Tür, über der metallene Buchstaben im weißen Stein folgende Botschaft verkündeten: LIBRVM.

Einige Sekunden lang schenkte Om der unmittelbaren Umgebung keine Aufmerksamkeit mehr, was sich als Fehler erwies. Urns Hand packte ihn am Panzer, und Didaktylos sagte: »He... die Biester sollen gut schmecken...«

Brutha duckte sich.

»Ihr habt unseren Gesandten gesteinigt!« rief Vorbis. »Einen unbewaffneten Mann!«

»Er wollte es nicht anders«, erwiderte der Tyrann. »Aristokrates hat alles beobachtet. Er kann uns schildern, was geschehen ist.«

Der hochgewachsene Mann nickte und stand auf.

»Die Tradition erlaubt es jedem, auf dem Marktplatz zu sprechen«, sagte er.

»Und gesteinigt zu werden?« fragte Vorbis scharf.

Aristokrates hob die Hand.

»Auf dem Marktplatz darf jeder sagen, was er will. Nun, bei uns gibt es eine andere Tradition namens ›freies Zuhören‹. Und wenn den Leuten nicht gefällt, was sie hören... Dann ärgern sie sich manchmal.«

»Ich war ebenfalls dabei«, meldete sich ein anderer Berater. »Der omnianische Priester sprach zu den Leuten, und zuerst war alles in Ordnung, weil die Zuhörer lachten. Und dann meinte er, Om sei der einzige wahre Gott, und daraufhin wurde es still. Und dann stieß er eine Statue des Weingottes Tuvelpit um. Woraufhin die Schwierigkeiten begannen.«

»Willst du etwa behaupten, der Priester sei von einem Blitz getroffen worden?« fragte Vorbis.

Er schrie jetzt nicht mehr, sondern sprach ganz ruhig, fast monoton. *Dies ist die Stimme des Exquisitors*, dachte Brutha. *So spricht der Exquisitor, wenn die Inquisitoren fertig sind…*

»Nein, von einer Amphore. Der Grund: Tuvelpit weilte im Publikum.«

»Und es ist angemessenes göttliches Verhalten, mit Amphoren nach ehrlichen Menschen zu werfen?«

»Dein Missionar stellte den Leuten, die nicht an Om glaubten, schreckliche Strafen in Aussicht. Diesen Hinweis empfanden die Zuhörer als unhöflich.«

»Und deshalb warfen sie mit Steinen.«

»Nur einige wenige. Sie verletzten nur seinen Stolz. Und außerdem kam es dazu erst, als kein Gemüse mehr zur Verfügung stand.«

»Man warf mit Gemüse?«

»Ja. Als die Bürger keine Eier mehr fanden.«

»Und als wir dagegen protestierten…«

»Eure sechzig Schiffe kamen sicher nicht nur, um zu protestieren«, sagte der Tyrann. »Wir haben dich gewarnt, Diakon Vorbis. Fremde finden das in Ephebe, was sie suchen. Wir überfallen die Orte an eurer Küste. Wir greifen eure Schiffe an. Bis ihr den Friedensvertrag unterzeichnet.«

»Was ist mit der Möglichkeit, durch Ephebe zu reisen?« fragte Vorbis.

Der Tyrann lächelte.

»Auf dem Landweg? Mein lieber Diakon: Wenn ihr in der Lage seid, die Wüste zu durchqueren – dann könnt ihr jeden beliebigen Ort erreichen.« Der Herrscher von Ephebe wandte den Blick von Vorbis ab und sah zum Himmel, der sich zwischen den Säulen zeigte.

»Es ist fast Mittag«, stellte er fest. »Und es wird immer heißer. Bestimmt möchtest du unsere, äh, Vorschläge mit deinen Begleitern erörtern. Sollen wir unser Gespräch heute abend fortsetzen?«

Vorbis erweckte einige Sekunden lang den Anschein, als dächte er nach.

»Ich glaube, die Diskussion könnte mehr Zeit in Anspruch nehmen«, sagte er schließlich. »Wie wäre es, wenn wir unser zweites Treffen... auf morgen früh anberaumen?«

Der Tyrann nickte.

»Wie du wünschst. In der Zwischenzeit steht der Palast zu eurer Verfügung. Hier gibt es viele Tempel und Kunstwerke, die euch vielleicht interessieren. Wenn ihr etwas essen möchtet, so wendet euch an den nächsten Sklaven.«

»›Sklave‹ ist ein ephebianisches Wort«, meinte Vorbis. »In der omnianischen Sprache existiert es überhaupt nicht.«

»Davon habe ich gehört«, entgegnete der Tyrann. »Ich schätze, ebensowenig haben Fische ein Wort für Wasser.« Er zeigte wieder sein flüchtiges Lächeln. »Ich sollte vielleicht auch die Bäder und die Bibliothek erwähnen. Ja, bei uns gibt es viel Sehenswertes. Ihr seid unsere Gäste.«

Vorbis neigte kurz den Kopf.

»Ich hoffe, dich eines Tages als meinen Gast begrüßen zu können.«

»Wer weiß, was ich dann bewundern darf«, kommentierte der Tyrann.

Brutha stand auf und stieß dabei die Sitzbank um. Verlegenheit färbte ihm die Wangen.

Das mit Bruder Murduck stimmt überhaupt nicht, dachte er. *Man hat ihn erst geschlagen, dann verprügelt und anschließend gnadenlos gesteinigt – so behauptet es Vorbis. Und Bruder Nhumrod meint, er hätte die Leiche gesehen, und alles sei wahr. Man hat ihn umgebracht, nur weil er zu den Leuten sprach! Wer zu so etwas fähig ist, verdient... Strafe. Außerdem gibt es in Ephebe Sklaven. Menschen, die zur Arbeit gezwungen werden, die man wie Tiere behandelt. Und die Ephebianer bezeichnen ihre Herrscher als Tyrannen!*

Warum ist trotzdem alles anders, als es zunächst zu sein scheint?

Warum fällt es mir so schwer, Vorbis zu glauben?

Warum weiß ich, daß jene Behauptungen nicht der Wahrheit entsprechen?

Und was hat es mit den Fischen auf sich, die kein Wort für Wasser haben?

Ephebianische Soldaten führten – beziehungsweise eskortierten – die Omnianer zu ihren Unterkünften zurück. In Bruthas Zimmer stand wieder eine Schale mit Obst auf dem Tisch; daneben lagen Fisch und Brot auf einem Teller.

Ein Mann fegte.

»Äh«, sagte Brutha. »Bist du ein Sklave?«

»Ja, Herr.«

»Das muß schrecklich sein.«

Der Mann stützte sich auf den Besen. »Ja, das stimmt. Es ist schrecklich. Geradezu gräßlich. Wußtest du, daß ich nur einen Tag pro Woche frei habe?«

Brutha hatte noch nie von »freien Tagen« gehört und konnte sich auch nichts darunter vorstellen. Er nickte verwirrt.

»Warum läufst du nicht weg?« fragte er.

»Oh, das passiert ab und zu«, lautete die Antwort. »Einmal bin ich weggelaufen und hab' mich in Tsort umgesehen. Aber da gefiel's mir nicht besonders, also kehrte ich wieder zurück. Wie dem auch sei: Jeden Winter laufe ich für zwei Wochen weg. Dann geht's nach Djelibeby.«

»Bringt man dich zurück?« fragte Brutha.

»Ha!« machte der Sklave. »Von wegen. Aristokrates ist ein alter Geizhals. Muß mich ganz allein um die Rückreise kümmern. Meistens lasse ich mich von Schiffen mitnehmen oder so.«

»Du kehrst *freiwillig* zurück?«

»Ja. Das Ausland ist ganz gut für den einen oder anderen Besuch, aber wer möchte da schon leben? Darüber hinaus brauche ich nur noch vier Jahre als Sklave zu verbringen; anschließend bin ich frei. Als freier Mann hat man Stimmrecht. *Und* man kann sich Sklaven halten.« Die Augen des Mannes trübten sich, als er die einzelnen Punkte an den Fingern abzählte. »Ein Sklave bekommt drei Mahlzeiten pro Tag, mindestens eine davon mit Fleisch. Er hat das Recht auf einen freien Tag pro Woche. Und einmal im Jahr darf er für zwei Wochen weglaufen. Niemand verlangt von mir, Öfen zu reinigen oder schwere Dinge zu heben. Hochgeistige Konversation nur nach vorheriger Vereinbarung.«

»Ja, aber du bist nicht *frei*«, wandte Brutha ein. Gegen seinen Willen war er fasziniert.

»Wo ist da der Unterschied?«

»Äh...« Brutha kratzte sich am Kopf. »Als freier Mann bekommt man keinen Tag frei. Und eine Mahlzeit weniger.«

»Im Ernst? In dem Fall verzichte ich gern auf die Freiheit, herzlichen Dank.«

»Äh... Hast du hier irgendwo eine Schildkröte gesehen?« fragte der Novize.

»Nein. Und ich habe sogar auch unterm Bett saubergemacht.«

»Ist dir sonst irgendwo eine Schildkröte aufgefallen?«

»Möchtest du eine? Sollen sehr lecker sein...«

»Nein, nein. Schon gut...«

»Brutha!«

Die Stimme des Exquisitors. Brutha eilte über den Hof und betrat Vorbis' Kammer.

»Ah, Brutha.«

»Ja, Herr?«

Der Diakon saß im Schneidersitz auf dem Boden und starrte an die Wand.

»Du bist ein junger Mann und befindest dich an einem Ort, der viel Neues bietet«, sagte Vorbis. »Zweifellos möchtest du dich hier umsehen.«

»Möchte ich das?« erwiderte Brutha. Vorbis sprach jetzt wieder mit der Exquisitorstimme, die verbalem Stahl gleichkam.

»Du kannst gehen, wohin du willst. Sieh dir das Neue an, Brutha. Finde soviel wie möglich heraus. Sei Auge und Ohr für mich. Und mein Gedächtnis. Mache dich mit Ephebe vertraut.«

»Äh, meinst du das ernst, Herr?«

»Habe ich jemals den Eindruck erweckt, ich scherze, Brutha?«

»Nein, Herr.«

»Geh jetzt. Sammle Informationen. Und sei bis Sonnenuntergang zurück.«

»Äh«, sagte Brutha. »Soll ich mir auch die Bibliothek ansehen?«

»Wie? Ja, die Bibliothek. Die hiesige Bibliothek. Natürlich. Gefüllt mit nutzlosem, gefährlichem und unheilvollem Wissen. Ich sehe es ganz deutlich vor dem inneren Auge, Brutha. Siehst du es ebenfalls?«

»Nein, Herr.«

»Deine Unschuld ist dein Schild, Brutha. Ja. Statte auch der Bibliothek einen Besuch ab. *Dich* wird sie bestimmt nicht zur Sünde verleiten.«

»Herr?«

»Ja?«

»Der Tyrann sagte, daß Bruder Murduck hier kaum ein Leid zugestoßen ist...«

Stille senkte sich wie Blei herab.

»Er hat gelogen«, sagte Vorbis.

»Ja.« Brutha wartete. Der Exquisitor starrte weiter an die Wand, und Brutha fragte sich, was es dort zu sehen gab. Als Vorbis' Schweigen andauerte, murmelte er: »Danke.«

Dann trat er ein wenig zurück und warf rasch einen Blick unters Bett des Diakons, bevor er den Raum verließ.

Om hat bestimmt Probleme, fuhr es Brutha durch den Sinn, als er durch den Palast eilte. *Hier scheinen Schildkröten als besondere Lekkerbissen zu gelten.*

Er versuchte, nichts zu übersehen und gleichzeitig jene Friese zu ignorieren, die unbekleidete Nymphen zeigten.

Brutha wußte rein theoretisch, daß Frauen anders beschaffen waren als Männer. Immerhin hatte er sein Heimatdorf erst als Zwölfjähriger verlassen, zu einem Zeitpunkt, als einige Altersgenossen bereits verheiratet waren. Der Omnianismus befürwortete frühe Ehen als Schutz vor Sünde. Obgleich irgendwelche Aktivitäten, die bestimmte, zwischen Kehle und Knien gelegene Körperteile betrafen, ohnehin als sündig galten.

Brutha bedauerte es, nicht gelehrter zu sein. Sonst hätte er seinen Gott jetzt nach dem Grund dafür fragen können.

Anschließend dachte er daran, daß er einen intelligenteren Gott brauchte, um eine Antwort zu erwarten.

Er hat nicht nach mir gerufen, dachte der Novize. *Ich hätte ihn bestimmt gehört. Vielleicht ist er noch nicht in irgendeinem Kochtopf gelandet.*

Ein Sklave, der mehrere Statuen putzte, wies ihm den Weg zur Bibliothek. Brutha hastete durch einen von Säulen gesäumten Flur.

Als er den Platz vor der Bibliothek erreichte, sah er dort viele Philosophen, die alle den Hals reckten. Verdrießliche und mürrische Stimmen erklangen, ein sicherer Hinweis auf philosophische Diskussionen.

In diesem Fall nahm das Gespräch folgenden Verlauf:

»Meine zehn Obolusse sagen, daß sie so etwas nicht wiederholen kann!«

»Sprechendes Geld? Das haben wir hier nicht jeden Tag, Xeno.«

»Ja. Und gleich sagt es Lebewohl.«

»Ach, sei doch nicht dumm. Es ist eine Schildkröte. Wahrscheinlich zeigt sie uns nur eine Art Paarungstanz oder so.«

Angespanntes Schweigen folgte, und dann seufzten alle kollektiv.

»Na bitte!«

»Das ist nie im Leben ein rechter Winkel!«

»Ich *bitte* dich. Unter solchen Umständen könntest du es kaum besser machen!«

»Was stellt sie jetzt an?«

»Ich glaube, sie zeichnet eine Hypotenuse.«

»Das soll eine Hypotenuse sein? Ist ja ganz krumm.«

»Sie ist *nicht* krumm. Die Schildkröte malt gerade Linien, und du schaust sie dir *krumm* an!«

»Ich wette dreißig Obolusse, daß sie kein Quadrat hinkriegt!«

»Und ich wette *vierzig*, daß sie es schafft!«

Wieder war es einige Sekunden still, und dann ertönte Jubel.

»Potzblitz!«

»Das ist eher ein Parallelogramm, wenn ihr mich fragt«, nörgelte jemand.

»Hör mal, ein Quadrat erkenne ich auf den ersten Blick, und dies *ist* eins.«

»Na schön. Ich verdopple den Einsatz und wette, daß sie kein Zwölfeck darstellen kann.«

»Ha! Eben hast du geglaubt, sie sei nicht zu einem Siebeneck imstande.«

»Ich habe den Einsatz gerade verdoppelt. Entweder alles oder nichts. Jetzt also ein Zwölfeck. Wirst du plötzlich unruhig? Fühlst du ein bißchen *avis domestica*? Muffensausen?«

»Es ist eine Schande, dir einfach so das Geld abzuknöpfen…«

Wieder eine Pause.

»Zehn Seiten? *Zehn* Seiten? Ha!«

»Ich hab' gewußt, daß sie es nicht schafft! Welche Schildkröte kennt sich schon mit Geometrie aus?«

»Eine weitere dumme Idee, Didaktylos?«

»Ich hab's die ganze Zeit über gesagt. Schließlich ist es nur eine Schildkröte.«

»Sollen ausgezeichnet schmecken...«

Die Philosophen schoben sich an Brutha vorbei, ohne ihm Beachtung zu schenken. Er bemerkte feuchten Sand, darin eingeritzte Striche, die geometrische Figuren bildeten. Om hockte daneben. Hinter ihm saßen zwei schmutzige Denker und zählten Münzen.

»Nun, wie ist es gelaufen, Urn?« fragte Didaktylos.

»Wir haben zweiundfünfzig Obolusse gewonnen, Meister.«

»Na bitte. Mit jedem Tag wird's besser. Schade, daß die Schildkröte nicht den Unterschied zwischen zehn und zwölf kennt. Schneid ihr ein Bein ab; genügt sicher für eine Suppe.«

»Ich soll ihr ein Bein abschneiden?«

»Ja, so ist das mit Schildkröten – man ißt sie nicht auf einmal.«

Didaktylos wandte sich einem dicken jungen Mann mit X-Beinen und rosarotem Gesicht zu, der auf die Schildkröte hinabblickte.

»Ja?« fragte er.

»Sie *kennt* den Unterschied zwischen zehn und zwölf«, sagte der korpulente Junge.

»Durch ihre Schuld habe ich acht Obolusse verloren«, meinte Didaktylos.

»Ja, aber morgen...« Die Augen des Jungen trübten sich, und er schien etwas zu wiederholen, das ihm jemand zuflüsterte. »Morgen... könnt ihr noch bessere Wetten abschließen. Mindestens... drei zu eins.«

Didaktylos' Kinnlade klappte nach unten.

»Gebt mir die Schildkröte, Urn«, sagte er.

Der Philosophenlehrling bückte sich und hob Om vorsichtig hoch.

»Mir kam dieses Geschöpf gleich zu Anfang seltsam vor«, erklärte Didaktylos. »Ich habe zu Urn gesagt: He, da kommt das Abendessen für morgen. Und er erwiderte: Nein, sieh nur, das Reptil benutzt seinen Schwanz, um geometrische Figuren in den Sand zu malen. Nun, normalerweise sind Schildkröten nicht besonders gut in Geometrie.«

Om starrte Brutha durchbohrend an.

»Mir blieb nichts anderes übrig«, meinte der kleine Gott. »Nur auf diese Weise konnte ich seine Aufmerksamkeit erringen. Jetzt ist er neugierig geworden. Wenn Leute wie er neugierig werden, dann denken sie nach.«

»Die Schildkröte ist ein Gott«, sagte Brutha.

»Ach?« entgegnete der Philosoph. »Und wie heißt er?«

»Verrat's ihm nicht! Verrat's ihm nicht! Sonst hören die hiesigen Götter den Namen!«

»Keine Ahnung«, sagte Brutha.

Didaktylos drehte Om hin und her.

»Die Schildkröte bewegt sich«, murmelte Urn.

»Wie bitte?« fragte Brutha.

»Der Meister hat ein Buch geschrieben«, sagte Urn.

»Nun, nicht unbedingt ein Buch«, schränkte Didaktylos bescheiden ein. »Eher eine Schriftrolle. Darauf habe ich einige Gedanken und Überlegungen festgehalten.«

»Hast du behauptet, die Welt sei flach und werde auf dem Rücken einer riesigen Schildkröte durchs All getragen?« erkundigte sich Brutha atemlos.

»Kennst du den Text?« Didaktylos musterte den Jungen. »Bist du ein Sklave?«

»Nein. Ich bin...«

»Nenn bloß nicht deinen Namen! Behaupte, ein Schreiber oder was weiß ich zu sein!«

»...ein Schreiber«, beendete Brutha den begonnenen Satz.

»Ja.« Urn nickte. »Das merkt man sofort. Die Schwielen am Daumen deuten darauf ebenso hin wie die Tintenflecke an den Ärmeln.«

Brutha betrachtete seinen linken Daumen. »Ich habe gar keine...«

»Ja.« Urn lächelte. »Und du schreibst mit der linken Hand, wie?«

»Mit, äh, beiden«, sagte Brutha. »Aber nicht sehr gut, wie alle Leute sagen.«

»Oh.« Didaktylos nickte weise. »Zwei linke Hände, wie?«

»Was?«

»Er meint, du bist mit beiden Händen nicht sehr geschickt«, erläuterte Om.

»Äh, ja, da stimmt.« Brutha hüstelte höflich. »Nun, ich suche einen Philosophen. Äh. Jemanden, der sich mit Göttern auskennt.«

Er wartete.

»Ihr weist nicht darauf hin, daß Götter Relikte eines überholten Glaubenssystems sind?« fragte er nach einer Weile.

Didaktylos betastete Oms Panzer und schüttelte den Kopf.

»Nein. Ich mag keine Gewitter direkt über mir.«

»Oh. Würdest du bitte damit aufhören, ihn hin und her zu drehen? Er hat mir gerade gesagt, er mag das nicht.«

»Man kann feststellen, wie alt Schildkröten sind«, sagte Didaktylos. »Indem man sie aufschneidet und die Ringe zählt.«

»Ähm. Er hat keinen sehr ausgeprägten Sinn für Humor.«

»Du scheinst Omnianer zu sein.«

»Ja.«

»Bist du mit den anderen gekommen, um über den Frieden zu verhandeln?«

»Ich höre bei den Verhandlungen zu.«

»Und was möchtest du über Götter wissen?«

Brutha lauschte eine Zeitlang.

Schließlich sagte er: »Ich möchte wissen, wie sie entstehen. Wie sie wachsen. Und was nachher mit ihnen geschieht.«

Didaktylos legte die Schildkröte in Bruthas Hand.

»Derartiges Denken kostet Geld«, erwiderte er.

»Gib mir Bescheid, wenn die Dankbarkeit mehr als zweiundfünfzig Obolusse kostet«, sagte Brutha.

Didaktylos grinste. »Offenbar kannst du für dich selbst denken. Hast du ein gutes Gedächtnis?«

»Nein. Nein, nicht unbedingt ein ›gutes‹.«

»Nun, kommt mit zur Bibliothek. Sie hat ein geerdetes Kupferdach, das bei solchen Gelegenheiten recht praktisch ist. Weißt du, von derartigen Erörterungen halten Götter nicht viel.«

Die Bibliothek von Ephebe war – bevor sie niederbrannte – die zweitgrößte auf der Scheibenwelt.

Natürlich reichte sie nicht an die der Unsichtbaren Universität heran, denn jene Bibliothek hatte den Vorteil, magischer Natur zu sein. In ihr gab es, wie in keiner anderen, eine ganze Abteilung mit *ungeschriebenen* Büchern – mit Büchern, die der Autor geschrieben *hätte*, wenn er nicht kurz nach dem ersten Kapitel von einem Krokodil gefressen worden wäre und so. Hinzu kamen: Atlanten imaginärer Orte; Vokabularien mit illusorischen Worten; Bildbände mit Beschreibungen unsichtbarer Dinge; wilde Thesauren im Verlorenen Lesezimmer. Die Bibliothek des zentralen thaumaturgischen Bildungsinstituts in Ankh-Morpork war so groß, daß sie die Realität krümmte und Dimensionstore zu anderen Bibliotheken öffnete, zu den existierenden ebenso wie zu den früheren, zukünftigen und überhaupt möglichen.

Die Bibliothek von Ephebe mit ihren vier- bis fünfhundert Büchern zeichnete sich durch eine ganz andere Beschaffenheit aus. Zunächst einmal: Sie enthielt zum größten Teil Schriftrollen – um dem Leser die Mühe zu ersparen, jedesmal einen Sklaven rufen zu müssen, wenn umgeblättert werden sollte. Jede einzelne Rolle hatte ein Fach für sich. Zwischen Büchern sollte ein sicherer Abstand gewahrt werden, denn sonst kommt es zu seltsamen und unvorhersehbaren Interaktionen.

Sonnenstrahlen bohrten sich durch die Schatten und bildeten in der staubigen Luft helle Säulen.

Die Bibliothek enthielt für Brutha zahllose Wunder, und eins davon – es gehörte zweifellos zu den banalsten – rückte sofort ins Zentrum seiner Aufmerksamkeit. Er betrachtete eine seltsame Konstruktion, die aus hölzernen Latten bestand. Sie erstreckten sich in einer Höhe von etwa zwei Metern zwischen den steinernen Regalen und stützten eine breitere Planke, die keinem ersichtlichen Zweck diente. Ihre Unterseite war mit Schnitzereien geschmückt.

»Die Bibliothek«, verkündete Didaktylos.

Er hob die Arme, und seine Fingerkuppen tasteten über die geschnitzten Muster.

Brutha begann zu verstehen.

»Du bist blind, nicht wahr?« fragte er.

»Ja.«

»Und trotzdem trägst du eine Laterne?«

»Keine Sorge«, erwiderte Didaktylos. »Es befindet sich kein Öl darin.«

»Eine Laterne, die nicht brennt – für einen Mann, der nicht sieht?«

»Ja. Paßt gut zusammen. Und natürlich ist es sehr philosophisch.«

»Und du wohnst in einem Faß.«

»Es ist sehr modern, in einem Faß zu wohnen.« Didaktylos ging mit langen, energischen Schritten voran. Gelegentlich strich er mit den Fingerkuppen über die Schnitzereien in der Planke. »Viele Philosophen entscheiden sich für solche Unterkünfte – um ihre Geringschätzung und Verachtung weltlichen Dingen gegenüber zu zeigen. Nun, Legibus hat eine Sauna in seiner Tonne. Er meint, darin fielen ihm die tollsten Dinge ein.«

Brutha sah sich um. Schriftrollen ragten aus ihren Fächern, wie Kukkucke, die der Welt mitteilen wollten, wie spät es war.

»Es ist alles so... Ich bin noch nie einem Philosophen begegnet. Die Gruppe gestern abend...«

»Du solltest wissen, daß es hier drei philosophische Hauptrichtungen gibt«, meinte Didaktylos. »Erklär's ihm, Urn.«

»Da wären die Xenoisten«, sagte der Neffe prompt. »Sie vertreten den Standpunkt, die Welt sei sehr komplex und zum größten Teil vom Zufall bestimmt. Die Ibidianer hingegen sind der Meinung, daß die Welt im Grunde genommen sehr einfach ist und einigen fundamentalen Regeln gehorcht.«

»Und dann gibt es noch mich.« Didaktylos zog eine Schriftrolle aus dem Regal.

»Der Meister hält die Welt für komisch«, sagte Urn.

»Und er ist davon überzeugt, daß es auf ihr nicht genug zu trinken gibt«, fügte Didaktylos hinzu.

»Und er ist davon überzeugt, daß es auf ihr nicht genug zu trinken gibt«, wiederholte Urn.

»Götter«, murmelte Didaktylos mehr zu sich selbst und griff nach einer weiteren Rolle. »Du möchtest also mehr über die Götter herausfinden? Hier sind Xenos *Reflexionen*, und die *Platitüden* des alten Aristokrates, und Ibids dämliche *Diskurse*, und Legibus' *Geometrien*, und Hierarchs *Theologien*...«

Didaktylos' Finger huschten über die einzelnen Fächer. Staub wirbelte auf.

»Das alles sind Bücher?« staunte Brutha.

»Ja. Hier schreibt praktisch jeder welche. Man kann die Leute einfach nicht daran hindern.«

»Und andere Leute *lesen* sie?« fragte der Novize.

»Das Leben in Omnien basierte auf einem Buch. Und hier gab es... Hunderte...

»Nun, die Möglichkeit besteht«, sagte Urn. »Aber das geschieht eher selten. Bücher wie diese sind eigentlich gar nicht zum Lesen da. Sie werden in erster Linie geschrieben.«

»Hier lagert die Weisheit von Äonen«, meinte Didaktylos. »Weißt du, man muß ein Buch schreiben, um zu beweisen, daß man Philosoph ist. Als offizieller Philosoph bekommt man seine Schriftrolle und eine kostenlose Luffa.«

Auf einen großen steinernen Tisch in der Mitte des Raums fiel Sonnenschein. Urn entrollte ein Pergament. Im hellen Licht schienen darauf Blumen zu glühen.

»Orinjkrates' *Über die Natur von Pflanzen*«, sagte Didaktylos. »Sechshundert Pflanzen und ihr Nutzen...«

»Sie sind wunderschön«, hauchte Brutha.

»Ja, darin besteht eine der Eigenschaften von Pflanzen«, bestätigte Didaktylos. »Orinjkrates neigte dazu, sie zu übersehen. In Ordnung. Zeig ihm Philos *Bestiarium*, Urn.«

Eine andere Schriftrolle präsentierte Dutzende von Bildern, die kleine Tiere darstellten. Hinzu kamen Tausende von Worten, deren Bedeutung Brutha verborgen blieb.

»Aber... Bilder von Tieren... Es ist falsch... Es ist nicht richtig...«

»Ganz gleich, was man auch betrachten möchte – ich bin sicher, hier gibt es Bilder davon«, sagte Didaktylos.

Kunst war in Omnien nicht erlaubt.

»Und hier ist das von Didaktylos geschriebene Buch«, stellte Urn fest.

Brutha starrte auf das Bild einer Schildkröte. Er sah... *Elefanten, das sind Elefanten*, teilte ihm das Gedächtnis mit und berief sich dabei auf Erinnerungen ans Bestiarium, die sich ihm unauslöschlich eingeprägt hatten... Elefanten standen auf dem Rücken der Schildkröte, und sie trugen etwas mit Bergen und einem Ozean, der sich als Wasserfall über den Rand ergoß...

»Wie ist das möglich?« fragte Brutha. »Eine Welt auf dem Rücken einer Schildkröte? Warum behauptet man so etwas? Es kann auf keinen Fall stimmen!«

»Sag das den Seefahrern«, erwiderte Didaktylos. »Wer übers Randmeer gesegelt ist, weiß Bescheid. Warum das Offensichtliche leugnen?«

»Zweifellos ist die Welt eine Kugel, die eine kugelförmige Sonne umkreist, so wie es im Septateuch geschrieben steht«, sagte Brutha. »Das erscheint doch... logisch. So sollten die Dinge beschaffen sein.«

»*Sollten* sie das?« fragte Didaktylos. »Nun, vom *sollten* weiß ich nichts. Das ist kein philosophisches Wort.«

»Und... das hier...« Brutha deutete auf einen Kreis unter der gezeichneten Schildkröte.

»Das ist die Draufsicht«, sagte Urn.

»Eine Karte der Welt«, fügte Didaktylos hinzu.

»Eine Karte? Was hat es damit auf sich?«

»Dabei handelt es sich um eine Art Bild, das darauf hinweist, wo man sich befindet«, antwortete Didaktylos.

Brutha blinzelte verblüfft. »Und woher weiß das Bild darüber Bescheid?«

»Ha!«

»Götter«, drängte Om. »Wir sind hier, um mehr über Götter herauszufinden.«

»Und das alles entspricht der *Wahrheit*?« fragte Brutha.

Didaktylos zuckte mit den Schultern. »Vielleicht. Könnte sein. Wir sind hier, im Jetzt. Ich sehe die Sache folgendermaßen: Letztendlich läuft alles aufs Rätselraten hinaus.«

»Soll das heißen, du *weißt* nicht, ob dies alles der Wahrheit entspricht?« hakte Brutha nach.

»Ich *glaube*, daß es wahr sein könnte«, meinte Didaktylos. »Aber vielleicht irre ich mich. Nicht sicher zu sein... Das liegt in der Natur des Philosophen.«

»Frag ihn nach den Göttern«, erklang Oms mentale Stimme.

»Götter«, brachte der Novize hervor.

Sein Ich stand in Flammen. Diese Leute schrieben Bücher über dies und das, aber es fand sich keine *Sicherheit* in ihnen. Brutha war sicher gewesen, ebenso wie Bruder Nhumrod. Und Diakon Vorbis' Sicherheit war so stabil, nun, man hätte ein Hufeisen daran verbiegen können. Sicherheit kam einem unerschütterlichen Felsen gleich.

Wenn Vorbis von Ephebe sprach, so glühte Haß in seinem Gesicht, und dann ließ sich in seiner Stimme eine besondere Spannung vernehmen. Jetzt verstand Brutha den Grund dafür. Wenn es keine Wahrheit gab – was blieb dann? Diese sonderbaren Alten verbrachten ihre Zeit damit, die Pfeiler der Welt umzustoßen und sie mit Unsicherheit zu ersetzen. Und dann waren sie darauf auch noch stolz?

Urn stand auf einer kleinen Leiter und suchte etwas in den Regelfächern. Didaktylos hatte Brutha gegenüber Platz genommen und musterte ihn mit einem blinden Blick.

»Es gefällt dir nicht, oder?« fragte der Philosoph.

Brutha blieb stumm.

»Nun«, fuhr Didaktylos im Plauderton fort, »von uns Blinden behauptet man, daß wir mit den übrigen Sinnen wesentlich besser zurechtkämen. Das ist natürlich Unsinn. Mit solchen Worten erleichtern die Leute nur ihr Gewissen und wollen sich von der Verpflichtung befreien, uns Mitleid entgegenzubringen. Andererseits: Als Blinder lernt man, besser hinzuhören: die Art und Weise, wie jemand atmet, raschelnde Kleidung und so weiter...«

Urn brachte noch eine Schriftrolle.

»Ihr sollet euch nicht mit solchen Dingen befassen«, sagte Brutha mühsam. »Dies alles...« Er suchte vergeblich nach den richtigen Worten.

»Ich weiß, was Sicherheit bedeutet«, entgegnete Didaktylos. Sein Tonfall veränderte sich, brachte nun mehr Ernst zum Ausdruck. »Bevor ich blind wurde, bin ich einmal in Omnien gewesen. Damals waren die Grenzen noch geöffnet; damals durfte euer Volk noch reisen. Nun, in der Zitadelle habe ich beobachtet, wie die Menge jemanden steinigte. Hast du jemals so etwas gesehen?«

»Solche Dinge müssen vollbracht werden«, murmelte Brutha. »Für die Läuterung der Seele und...«

»Mit der Seele kenne ich mich nicht aus«, fuhr Didaktylos fort. »Bin nie *so ein* Philosoph gewesen. Ich weiß nur: Es war ein schrecklicher Anblick.«

»Der Zustand des Körpers spielt keine Rolle...«

»Oh, ich meine nicht etwa den armen Burschen in der Grube«, sagte der Philosoph. »Ich spreche von den Leuten, die am Rand standen und mit Steinen warfen. Sie waren *sicher*. Sie waren sicher, weil sie nicht selbst in der Grube standen. Man konnte es ganz deutlich von ihren

Gesichtern ablesen. Die Sicherheit stimmte sie so froh, daß sie mit ganzer Kraft warfen.«

Urn zögerte unsicher.

»Ich habe hier Abraxas *Über Religion*.«

»Ach, die alte ›Holzkohle‹ Abraxas.« Didaktylos lächelte wieder. »Ist schon fünfzehnmal vom Blitz getroffen worden und gibt noch immer nicht auf. Du kannst dir diese Schriftrolle bis morgen ausleihen. Allerdings: Ich wünsche keine gekritzelten Kommentare am Rand – es sei denn, sie sind interessant.«

»Na endlich!« entfuhr es Om. »Komm, gehen wir. Laß uns von diesem Idioten hier verschwinden.«

Brutha entrollte das Pergament. Es enthielt keine Bilder, nur viele winzige krakelige Zeichen.

»Er hat jahrelang geforscht«, sagte Didaktylos. »Zog in die Wüste, um mit den geringen Göttern zu reden. Hat auch mit einigen von unseren Göttern gesprochen. Ein tapferer und kluger Mann. Er meinte, Götter mögen es, wenn ein Atheist in der Nähe weilt – dann haben sie jemanden, den sie aufs Korn nehmen können.«

Brutha entrollte das Pergament weiter. Noch vor fünf Minuten wäre er ohne weiteres bereit gewesen zuzugeben, daß er nicht lesen konnte. Jetzt hätten ihn nicht einmal die Inquisitoren zu diesem Geständnis zwingen können. Er hielt die Schriftrolle auf eine – wie er hoffte – angemessen gelehrte Weise.

»Wo ist Abraxas jetzt?« fragte er.

»Nun, angeblich hat man vor ein oder zwei Jahren zwei qualmende Sandalen vor seiner Haustür gesehen«, antwortete Didaktylos. »Vielleicht hat er's zu weit getrieben.«

»Ich glaube, ich sollte jetzt besser gehen«, sagte Brutha. »Bitte entschuldigt, daß ich so viel von eurer Zeit beansprucht habe.«

»Bring die Rolle zurück, wenn du alles gelesen hast«, sagte Didaktylos.

»Liest man so in Omnien?« fragte Urn.

»Was?«

»Ich meine, hält man die Bücher in deiner Heimat auf dem Kopf?«

Brutha griff nach der Schildkröte, warf Urn einen finsteren Blick zu und verließ die Bibliothek hoch erhobenen Hauptes.

»Hmm«, brummte Didaktylos und trommelte mit den Fingern auf den Tisch.

»Ich habe ihn gestern abend in der Taverne gesehen«, sagte Urn.

»Die Omnianer sind doch im Palast untergebracht.«

»Das stimmt, Meister.«

»Und die Taverne befindet sich *außerhalb*.«

»Ja.«

»Dann ist er vermutlich über die Mauern geflogen, oder?«

»Ich bin absolut sicher, daß er es gewesen ist, Meister.«

»Vielleicht... vielleicht kam er später. Vielleicht gehörte er nicht zur Hauptgruppe.«

»Das ist ausgeschlossen, Meister. Die Hüter des Labyrinths kann man nicht bestechen.«

Didaktylos hob die Laterne und stieß Urn damit an den Hinterkopf.

»Dummer Kerl! Habe ich dir nicht immer erklärt, wie es um solche Bemerkungen steht.«

»Ich meine, die Hüter des Labyrinths kann man nicht *leicht* bestechen, Meister. Zum Beispiel: Selbst das ganze Gold von Omnien würde dafür kaum genügen.«

»Schon besser.«

»Glaubst du, diese Schildkröte ist tatsächlich ein Gott, Meister?«

»In dem Fall muß sie in Omnien mit erheblichen Schwierigkeiten rechnen. Mit dem dortigen Gott ist nicht zu spaßen. Hast du den alten Abraxas gelesen?«

»Nein, Meister.«

»Kannte sich mit den Göttern aus. Ein echter Götter-Experte. Roch immer nach angesengtem Haar. Hatte eine erstaunliche Widerstandskraft.«

Om kroch langsam hin und her.

»Geh nicht dauernd auf und ab«, sagte er. »Dadurch kann ich mich überhaupt nicht konzentrieren.«

»Wie ist das möglich?« fragte Brutha die leere Luft. »Weshalb verhalten sich Leute so, als seien sie *glücklich*, weil sie nichts wissen! Dauernd entdecken sie neue Dinge, die ihnen unbekannt sind! Es ist wie mit Kindern, die stolz ihr volles Töpfchen zeigen!«

Om scharrte mit einer Kralle.

»Wie dem auch sei: Philosophen finden das eine und andere heraus«, sagte er. »Eins steht fest: Dieser Abraxas war ein bemerkenswerter Bursche. Konnte wirklich gut denken. Sein Buch enthält selbst für *mich* Neues, und ich *bin* ein Gott. Setz dich!«

Brutha gehorchte.

»Na schön«, murmelte Om. »Und nun... Hör zu. Weißt du, wie Götter mächtig werden?«

»Durch Leute, die an sie glauben«, antwortete Brutha. »Millionen von Menschen glauben an dich.«

Om zögerte.

Na schön, dachte er. *Jetzt ist es soweit. Dies ist der richtige Zeitpunkt. Früher oder später findet er es ohnehin heraus...*

»Sie glauben nicht«, sagte er.

»Aber...«

»Es ist nicht das erste Mal«, fuhr Om fort. »So etwas ist schon oft passiert. Wußtest du, daß Abraxas die verlorene Stadt Iieeh gefunden hat? Entdeckte dort seltsame Schnitzereien und so. Der Glaube *verändert*, betont er hier. Die Menschen beginnen mit dem Glauben an einen Gott, und schließlich glauben sie nur noch an die Struktur.«

Brutha runzelte verwirrt die Stirn. »Das verstehe ich nicht.«

»Laß es mich anders ausdrücken«, sagte die Schildkröte. »Ich bin dein Gott, nicht wahr?«

»Ja.«

»Und du gehorchst mir.«

»Ja.«

»Gut. Nimm einen Stein und erschlag Vorbis.«

Brutha rührte sich nicht von der Stelle.

»Du hast mich doch gehört, oder?« fragte Om.

»Ja, aber... er... die Quisition würde...«

»*Jetzt* verstehst du sicher, was ich meine«, sagte die Schildkröte. »Du hast mehr Angst vor dem Exquisitor als vor mir. An dieser Stelle heißt es in Abraxas' Schriftrolle: ›Um den Gotte formet sich eine Schale aus Gebeten, Gebäuden, Priestern, Pfaffen und Getue, bisse der letzte Gotte stürbet. Und vielleicht merket es niemand.‹«

»Unmöglich!«

»Ich schätze, da irrst du dich. Abraxas schreibt von einem Schalentier, das auf ähnliche Weise lebt. Es läßt seine Schale größer und immer größer werden, bis es sich nicht mehr bewegen kann – und dann stirbt es.«

»Aber, aber... das bedeutet... die ganze Kirche...«

»Ja.«

Brutha versuchte, diese Vorstellung festzuhalten, damit er sie genauer betrachten konnte. Doch ihr enormes Bedeutungsgewicht entriß sie seinen geistigen Händen.

»Du bist nicht tot«, sagte er mühsam.

»Ich bin es *fast*«, erwiderte Om. »Und weißt du was? Kein anderer geringer Gott versucht, meinen Platz einzunehmen. Habe ich dir jemals vom alten Ur-Gilasch erzählt? Nein? Er war der Gott in Omnien, bevor ich seinen Platz einnahm. Nun, er machte nicht viel her. Ein Wetter- oder Schlangengott. Was auch immer. Es dauerte Jahre, ihn loszuwerden. Es kam zu Kriegen mit allem Drum und Dran. Ich habe darüber nachgedacht...«

Brutha schwieg.

»Om existiert nach wie vor«, sagte die Schildkröte. »Ich meine die Schale. Du mußt nur dafür sorgen, daß die Leute verstehen.«

Brutha schwieg noch immer.

»Du kannst der nächste Prophet sein«, betonte Om.

»Nein! Alle wissen, Vorbis wird der nächste Prophet sein!«

»Bei dir würde die Sache *offiziell.*«

»Nein!«

»Nein? Ich bin dein Gott!«

»Und ich bin ich. Ich bin kein Prophet. Ich kann nicht einmal schreiben oder lesen. Niemand wird auf mich hören.«

Om musterte ihn von Kopf bis Fuß.

»Ich muß zugeben, daß du nicht gerade der Auserwählte bist, den ich auserwählt hätte«, räumte er ein.

»Die großen Propheten hatten Visionen«, sagte Brutha. »Selbst wenn... wenn du nicht zu ihnen gesprochen hast: Sie hatten etwas zu sagen. Im Gegensatz zu mir. Ich habe überhaupt nichts zu sagen. Was sollte ich schon sagen?«

»Glaubt an den Großen Gott Om«, schlug die Schildkröte vor.

»Und dann?«

»Was soll das heißen, ›und dann‹?«

Brutha blickte mißmutig über den dunkler werdenden Hof.

»Glaubt an den Großen Gott Om, wenn ihr nicht von Blitzen erschlagen werden wollt«, brummte er.

»Klingt nicht schlecht.«

»Muß es nicht immer so sein?«

Das letzte Licht der Sonne glitzerte über die Statue in der Mitte des Platzes. Sie wirkte im großen und ganzen feminin. Ein Pinguin hockte auf ihrer Schulter.

»Patina, Göttin der Weisheit«, sagte Brutha. »Die mit dem Pinguin. Warum ausgerechnet ein Pinguin?«

»Ich habe keine Ahnung«, sagte Om hastig.

»Pinguine sind doch nicht besonders weise, oder?«

»Ich bezweifle es. Es sei denn, man berücksichtigt dabei den Umstand, daß sie in Omnien nicht auftreten – sehr klug von ihnen.«

»Brutha!«

»Das ist Vorbis.« Der Novize stand auf. »Soll ich dich hierlassen?«

»Ja. Es ist noch etwas von der Melone übrig. Vom Laib, meine ich.«

Brutha schritt durch die Abenddämmerung.

Vorbis saß auf einer Bank unter einem Baum, reglos wie eine Statue.

Sicherheit, dachte Brutha. *Früher bin ich sicher gewesen, aber jetzt...*

»Ah, Brutha. Begleite mich bei einem kleinen Spaziergang. Wir genießen die Abendluft.«

»Ja, Herr.«

»Der Aufenthalt in Ephebe gefällt dir.«

Vorbis stellte kaum je eine Frage; eine Feststellung genügte.

»Ich finde es hier... interessant.«

Vorbis legte dem Jungen die eine Hand auf die Schulter, schloß die andere um den Knauf des Gehstocks und zog sich hoch.

»Welche Eindrücke hast du gewonnen?« erkundigte er sich.

»Die Ephebianer haben viele Götter und schenken ihnen nur geringe Beachtung«, antwortete Brutha. »Außerdem suchen sie die Unwissenheit.«

»Die sie in Hülle und Fülle finden«, erwiderte Vorbis.

Er hob den Stock, deutete damit in die Nacht. »Laß uns umhergehen.«

Irgendwo lachte jemand in der Dunkelheit, und Töpfe klapperten. Der Duft von Blumen, die nur abends blühten, erfüllte die Luft. Das Gestein strahlte die während des Tages gespeicherte Hitze ab, und die Nacht wurde dadurch so warm und so aromatisch wie eine Suppe.

»Ephebe ist dem Meer zugewandt«, sagte Vorbis nach einer Weile. »Sieh nur, wie man die Stadt erbaut hat. Am Hang eines Berges, von dem aus man übers Meer blickt. Doch von unserer Zitadelle aus hebt sich der Blick über die Wüste. Und was sehen wir dort?«

Aus einem Reflex heraus drehte Brutha den Kopf und starrte über die Dächer hinweg. Die Wüste zeichnete sich als dunkler Schemen unter dem Himmel ab.

»Es hat geblitzt«, sagte er. »Und dann noch einmal. Am Hang.«

»Ah, das Licht der Wahrheit«, erwiderte Vorbis. »Gehen wir ihm entgegen. Bring mich zum Eingang des Labyrinths, Brutha. Du kennst den Weg.«

»Herr?«

»Ja, Brutha?«

»Ich möchte dich etwas fragen.«

»Nur zu.«

»Was ist mit Bruder Murduck geschehen?«

Vorbis' Gehstock hatte bisher in einem gleichmäßigen Rhythmus aufs Kopfsteinpflaster geklopft, doch jetzt verzögerte sich das nächste Pochen um einen Sekundenbruchteil. »Mein lieber Brutha«, sagte der Exquisitor, »die Wahrheit ist wie das Licht. Weißt du über das Licht Bescheid?«

»Es... kommt von der Sonne. Und vom Mond und von den Sternen. Und von Kerzen und Lampen.«

»Und so weiter.« Vorbis nickte. »Natürlich. Aber es gibt noch eine andere Art von Licht. Ein Licht, das selbst an den dunkelsten Orten existiert. Wie könnte es auch anders sein? Gäbe es dieses Meta-Licht nicht – wie sollten wir dann die Finsternis erkennen?«

Brutha blieb still. Dies klang zu sehr nach Philosophie.

»So ist es auch mit der Wahrheit«, fuhr Vorbis fort. »Einige Dinge scheinen wahr zu sein und weisen alle Anhaltspunkte der Wahrheit auf. Aber es handelt sich nicht um *richtige* Wahrheit. Die richtige Wahrheit muß manchmal mit einem Labyrinth aus Lügen geschützt werden.«

Er sah Brutha an. »Verstehst du?«

»Nein, Herr.«

»Was sich unseren Sinnen darbietet, ist nicht unbedingt die *fundamentale* Wahrheit. Was vom Fleisch gesehen, gehört und getan wird, entspricht nur den Schatten einer tieferen Realität. Diese Erkenntnis mußt du verinnerlichen, wenn du in der Kirche vorankommen willst.«

»Derzeit kenne ich leider nur die banale Wahrheit, Herr«, sagte Brutha. »Jene Wahrheit, die dem Äußeren zugänglich ist.« Er fühlte sich, als nähere er sich dem Rand eines tiefen Abgrunds.

»So beginnen wir alle«, entgegnete Vorbis nachsichtig.

»Sind die Ephebianer für Bruder Murducks Tod verantwortlich?« beharrte Brutha. Er wagte sich nun in die Dunkelheit jenseits des Rands vor.

»Im tiefsten Sinn der Wahrheit tragen sie tatsächlich die Verantwortung dafür. Ja, sie brachten ihn um, indem sie nicht auf ihn hörten und seine Botschaft zurückwiesen.«

»Aber im *banalen* Sinn der Wahrheit...« Brutha wählte seine Worte mit der gleichen Sorgfalt, die Inquisitoren ihren... Patienten in den Tiefen der Zitadelle angedeihen ließen. »Im *banalen* Sinn der Wahrheit starb Bruder Murduck nicht hier, sondern in Omnien, weil er nämlich *nicht* in Ephebe getötet wurde, nur verspottet, aber man fürchtete, daß andere Leute in der Kirche es vielleicht nicht verstanden, und deshalb hieß es, Bruder Murduck sei von den Ephebianern umgebracht worden, auf eine *banale* Weise, wodurch du und alle anderen, die das *wahre* Unheil von Ephebe sahen, Anlaß bekamen, Maßnahmen zu ergreifen und... gerechte Vergeltung zu planen.«

Sie gingen an einem Springbrunnen vorbei. Der mit einer stählernen Spitze versehene Stock des Diakons klickte und klackte in der Nacht.

»Ich sehe eine große Zukunft für dich in der Kirche«, sagte Vorbis schließlich. »Bald beginnt die Zeit des achten Propheten. Eine Epoche der Ausdehnung, in der es gute Gelegenheiten für jene geben wird, die den Ruhm des Großen Gottes Om mehren wollen.«

Brutha blickte in den Abgrund.

Wenn Vorbis recht hatte, wenn es tatsächlich besonderes Licht gab, das die Finsternis sichtbar machte... Dann befand sich dort unten das Gegenteil: eine Dunkelheit, die das Licht schwärzte. Er dachte an den blinden Didaktylos und seine Lampe.

Der Novize hörte sich sagen: »Und mit Leuten wie den Ephebianern kann es keinen Frieden geben. Selbst ein unterzeichneter Friedensvertrag kann nicht bindend sein, wenn er Leute wie die Ephebianer und die Jünger der tieferen Wahrheit betrifft.«

Vorbis nickte erneut. »Wenn der Große Gott bei uns ist... Wer kann uns dann widerstehen? Du beeindruckst mich, Brutha.«

Wieder erklangen lachende Stimmen in der Nacht; hier und dort klimperten Saiteninstrumente.

»Ein Festmahl!« höhnte Vorbis. »Der Tyrann hat uns zu einem Festmahl eingeladen! Natürlich habe ich einige von uns beauftragt, die Einladung anzunehmen. Selbst die ephebianischen Generäle sind zugegen! Sie fühlen sich sicher hinter ihrem Labyrinth, so wie eine Schildkröte unter ihrem Panzer – und die Schildkröte weiß nicht, daß sie unter ihrem Panzer *gefangen* ist. Vorwärts.«

Die Mauer des Labyrinths ragte vor ihnen auf. Brutha lehnte sich dagegen. Weit oben klirrte Metall – ein Wächter patrouillierte.

Das Tor stand weit offen – ganz offensichtlich hielten es die Ephebianer nicht für nötig, den Zugang des Labyrinths zu verriegeln. Ein kurzer Korridor führte zu einem kleinen Raum, in dem der erste von sechs Wegposten auf einer Bank schlief. Neben ihm brannte eine Kerze, und oben hing eine bronzene Glocke – wenn man den tödlichen Irrgarten durchqueren wollte, mußte man dort läuten. Brutha schob sich daran vorbei.

»Brutha?«

»Ja, Herr?«

»Führ mich durchs Labyrinth. Ich weiß, du bist dazu imstande.«

»Herr...«

»Ich habe dir gerade einen *Befehl* gegeben, Brutha«, fügte Vorbis wie beiläufig hinzu.

Er läßt mir keine Wahl, dachte der Novize. *Mit einem* Befehl *läßt er mir keine Wahl.*

»Dann setz den Fuß nur auf die Stellen, die auch ich betrete, Herr«, flüsterte er. »Und bleib dicht hinter mir.«

»Ja, Brutha.«

»Folge meinem Beispiel, wenn ich einem nicht sichtbaren Hindernis ausweiche.«

»Ja, Brutha.«

Dies wäre eine gute Gelegenheit, überlegte der Novize. *Ich könnte ihn in eine der Fallen führen. Nein. Ich habe ein Gelübde abgelegt und so. Man darf nicht ungehorsam sein. Das Ende der Welt ist nahe, wenn man Befehlen nicht mehr gehorcht...*

Brutha ließ sich vom Unterbewußtsein leiten. Der Weg durchs Labyrinth entrollte sich wie ein glühender Draht vor seinem inneren Auge.

...schräg nach vorn und dreieinhalb Schritte nach links, dreiundsechzig Schritte nach links, zwei Sekunden warten... – Ein stählernes *Wusch* in der Dunkelheit deutete darauf hin, daß ein Wächter etwas Neues erfunden und damit einen Preis gewonnen hatte – ...drei Stufen nach oben...

Ich könnte einfach loslaufen, dachte Brutha. *Und mich irgendwo verstecken. Vorbis käme vermutlich keine zehn Schritte weit, ohne in eine Speergrube zu fallen oder von scharfen Klingen durchbohrt zu werden. Anschließend kehre ich in meine Kammer zurück und verhalte mich so, als sei überhaupt nichts geschehen. Wer wüßte von meiner Schuld?*

Ich selbst.

...neun Schritte nach vorn und einen nach rechts, neunzehn Schritte nach vorn und zwei nach links...

Vor ihnen war Licht. Es handelte sich nicht um blassen Mondschein, der manchmal durch kleine Öffnungen in der hohen Decke herabfilterte, sondern um das gelbliche Licht einer Laterne. Es zitterte über die Wände, als sich jemand näherte.

»Es kommt jemand«, hauchte Brutha. »Vermutlich einer der Führer.«

Vorbis war verschwunden.

Brutha verharrte unsicher im Durchgang, während die Entfernung zum Mann mit der Lampe immer mehr schrumpfte.

»Bist du das, Nummer Vier?« krächzte jemand.

Das Licht kam um die Ecke. Im Schein der Laterne zeigte sich ein älterer Mann, der auf Brutha zutrat und seine Lampe so hob, daß sie dem Jungen direkt ins Gesicht leuchtete.

»Wo ist Nummer Vier?« fragte er und blickte an dem Novizen vorbei.

Hinter dem Mann glitt eine Gestalt aus einem Seitengang. Für einen Sekundenbruchteil sah Brutha Vorbis' Gesicht – es wirkte seltsam entspannt und friedlich –, als der Exquisitor den Griff des Gehstocks drehte und daran zog. Scharfes Metall glänzte im Licht der Lampe.

Unmittelbar darauf wurde es dunkel.

»Wir setzen jetzt unseren Weg fort«, sagte Vorbis.

Brutha zitterte, ging weiter und spürte kurz das weiche Fleisch eines ausgestreckten Arms unter der Sandale.

Der Abgrund, fuhr es ihm durch den Sinn. *Der Abgrund befindet sich in Vorbis' Augen. Und ich leiste ihm dort Gesellschaft.*

Ich muß an die Sache mit der fundamentalen Wahrheit denken.

Im Labyrinth waren keine weiteren Wächter unterwegs. Nach nur einer Million Jahre spürte Brutha, wie ihm kühle Nachtluft entgegenwehte. Er trat durch den Ausgang, und die Sterne am dunklen Himmel begrüßten ihn.

»Gut gemacht. Erinnerst du dich an den Weg zum Tor?«

»Ja, Herr.«

Der Diakon streifte die Kapuze über.

»Führ mich dorthin.«

An den Mauern brannten einige Fackeln, doch ihr Licht genügte nicht, um die Dunkelheit aus den Straßen und Gassen zu vertreiben. Außerdem: Die meisten Leute in Ephebe gingen früh schlafen. Brutha und Vorbis begegneten nur zwei Passanten, die nicht auf sie achteten.

»Sie bewachen den Hafen«, sagte der Exquisitor ruhig. »Aber der

Weg zur Wüste… Jeder weiß, daß niemand die Wüste durchqueren kann. Bestimmt ist das auch dir klar, Brutha.«

»Ja«, erwiderte der Novize. »Aber jetzt ahne ich, daß diese Annahme nicht der Wahrheit entspricht.«

»In der Tat. Ah, das Tor. Gestern standen hier zwei Soldaten.«

»Ich habe zwei gesehen, ja.«

»Und jetzt ist es Nacht, und man hat das Tor geschlossen. Aber vermutlich weilt doch ein Wächter in der Nähe. Warte hier.«

Vorbis verschwand im Schatten. Brutha blickte starr geradeaus, und nach einer Weile hörte er gedämpfte Stimmen.

Das leise Gespräch endete ganz plötzlich mit einem kaum hörbaren Stöhnen.

Brutha wartete weiter.

Schließlich begann er zu zählen.

Bei zehn kehre ich zurück.

Na schön, bei zwanzig.

Also gut, bei dreißig. Aber dann gehe ich wirklich…

»Ah, Brutha. Laß uns gehen.«

Das Herz schlug dem Novizen bis zum Hals, und er schluckte, als er sich langsam umdrehte.

»Ich habe dich nicht gehört, Herr«, brachte er hervor.

»Ich kann sehr leise sein.«

»Ist ein Wächter in der Nähe?«

»Jetzt nicht mehr. Hilf mir bei den Riegeln.«

In das Haupttor war eine kleinere Tür eingelassen. Haß betäubte Bruthas Gedanken, als er die Riegel mit dem Handballen beiseite schob. Mit einem leisen Knarren schwang die Tür auf.

Draußen zeigten sich die Lichter ferner Bauernhöfe – und finstere Finsternis.

Die Dunkelheit strömte herein.

Hierarchie, sagte Vorbis später. Die Ephebianer dachten nicht in hierarchischen Begriffen.

Kein Heer konnte die Wüste durchqueren. Aber einem *kleinen* Heer mochte es gelingen, ein Viertel des Weges zurückzulegen und einen Wasservorrat zurückzulassen. Wenn sich dieser Vorgang mehrmals wiederholte, bot sich einem anderen kleinen Heer die Möglichkeit, jenen Wasservorrat zu nutzen, um noch weiter vorzustoßen, vielleicht bis zur Mitte der Wüste, und dort einen weiteren Vorrat anzulegen. Und ein drittes kleines Heer...

Es hatte Monate gedauert. Viele Männer starben, fast ein Drittel. Sie verdursteten in der mörderischen Hitze, fielen wilden Tieren oder schlimmeren *Dingen* zum Opfer, den schlimmsten Gefahren in der Wüste...

Nur jemand wie Vorbis konnte so etwas planen.

Und zwar früh. Es waren bereits Menschen in der Wüste gestorben, bevor Bruder Murduck versucht hatte, die Ephebianer zu bekehren. Es wuchs schon ein Weg durch die Wüste, als die omnianische Flotte in der Bucht vor Ephebe verbrannte.

Nur jemand wie Vorbis konnte die Vergeltung vor dem Angriff planen.

In einer knappen Stunde war alles vorbei. Die fundamentale Wahrheit bestand darin, daß die wenigen ephebianischen Wächter im Palast überhaupt keine Chance hatten.

Vorbis saß mit geradem Rücken auf dem Stuhl des Tyrannen. Mitternacht rückte näher.

Mehrere Dutzend ephebianische Bürger, unter ihnen auch der Tyrann, standen vor ihm.

Er blätterte in Dokumenten, sah schließlich auf und gab sich überrascht, als merkte er erst jetzt, daß fünfzig Personen warteten. Omnianische Armbrüste zeigten auf diese.

»Ah«, sagte der Exquisitor und lächelte.

»Nun«, fuhr er fort, »es freut mich, euch mitteilen zu dürfen, daß wir jetzt auf den Friedensvertrag verzichten können. Wir brauchen ihn nicht mehr. Warum von Frieden reden, wenn es überhaupt keinen Krieg gibt? Ephebe ist nun eine Diözese von Omnien. Damit hat es sich.«

Vorbis warf ein Pergament auf den Boden.

»In einigen Tagen kommt eine Flotte. Keinen Widerstand bitte, wir halten schließlich den Palast. Der teuflische Spiegel wird abgebaut.«

Er preßte die Fingerspitzen aneinander und musterte die Ephebianer.

»Wer hat ihn gebaut?«

Der Tyrann sah auf.

»Er ist eine ephebianische Konstruktion«, antwortete er.

»Ah.« Vorbis nickte. »Demokratie. Das habe ich vergessen.« Er winkte einen Wächter herbei und ließ sich von ihm einen Sack geben. »Wer hat das hier geschrieben?« Eine Schriftrolle landete auf dem Boden. Ihr Titel lautete: *De Chelonian Mobile.*

Brutha stand neben dem Stuhl, und zwar auf das Geheiß des Exquisitors.

Er blickte in den Abgrund, und dort sah er sich selbst. Was um ihn herum geschah, spielte sich in fernem Licht ab, umgeben von Dunkelheit. Ungewohnte Gedanken krochen ihm erstaunlich schnell durch den Kopf.

Wußte der Zönobiarch davon? Wußte überhaupt jemand, daß zwei verschiedene Arten von Wahrheit existierten? Ahnte jemand, daß Vorbis bei diesem Krieg auf beiden Seiten kämpfte, wie ein Kind, das mit Soldaten spielte? Gab es daran etwas auszusetzen, wenn es wirklich zum Ruhm eines...

...eines Gottes geschah, der die Gestalt einer Schildkröte hatte? Eines Gottes, an den nur Brutha glaubte?

Zu wem sprach Vorbis, wenn er betete?

Durch diesen mentalen Orkan hörte Brutha die Stimme des Exquisitors: »Wenn sich der Philosoph, der das hier geschrieben hat, nicht meldet... Dann endet ihr alle auf dem Scheiterhaufen. Das ist mein Ernst.«

In der Menge gab es Bewegung, und Didaktylos' Stimme ertönte.

»Laßt mich durch! Ihr habt ihn doch gehört... Und überhaupt: Eine solche Chance habe ich mir immer gewünscht.«

Zwei Bedienstete stolperten beiseite, und der Philosoph wankte nach vorn und hob stolz die Lampe über den Kopf.

Brutha beobachtete, wie Didaktylos vor dem Stuhl – dem Thron – verharrte und sich ganz langsam drehte, bis der imaginäre Blick seiner blinden Augen Vorbis fixierte. Dann kam er einige Schritte näher, hielt die Laterne ausgestreckt und schien den Diakon aufmerksam zu mustern.

»Hmm«, sagte er.

»Bist du der... Übeltäter?« fragte Vorbis.

»Ich denke schon. Mein Name lautet Didaktylos.«

»Bist du blind?«

»Meine Blindheit betrifft nur die Augen, Herr.«

»Und doch trägst du eine Lampe«, stellte Vorbis fest. »Vermutlich gibt es irgendeinen philosophischen Grund dafür. Vielleicht willst du mir damit mitteilen, daß du nach einem ehrlichen Mann suchst.«

»Oh, ich weiß nicht, Herr. Könntest du mir sagen, wo ich einen finden kann?«

»Für diese Frechheit sollte ich dich streng bestrafen.«

»Gewiß, Herr.«

Vorbis deutete auf die Schriftrolle.

»Solche *Lügen*. Ein *Skandal*. Du verlockst den Geist der Menschen, damit sie den Pfad der Wahrheit verlassen.« Er stieß das Pergament mit dem Fuß an. »Du wagst es, vor mir zu stehen und zu behaupten, die Welt sei flach und werde auf dem Rücken einer gewaltigen Schildkröte durchs All getragen?«

Brutha hielt den Atem an.

Und mit ihm die Weltgeschichte.

Bekenne dich, dachte der Novize. *Steh zu deinen Überzeugungen. Wenn nur ein einziges Mal jemand Vorbis die Stirn bietet. Ich bin dazu nicht imstande. Aber jemand anders...*

Sein Blick wanderte zu Simony, der auf der anderen Seite von Vorbis' Stuhl stand. Der Feldwebel wirkte wie erstarrt und beobachtete Didaktylos fasziniert.

Der Philosoph richtete sich zu seiner vollen Größe auf, drehte den Kopf und schien Brutha anzusehen. Die Lampe hielt er noch immer auf Armeslänge ausgestreckt.

»Nein«, sagte er.

»Obgleich jeder ehrliche Mann weiß, daß die Welt eine Kugel ist und die runde Sonne umkreist, so wie der Mensch die zentrale Wahrheit von Om«, intonierte Vorbis. »Auch die Sterne...«

Brutha beugte sich mit klopfendem Herzen vor.

»Herr?« flüsterte er.

»Was ist?« fragte der Exquisitor scharf.

»Er hat ›nein‹ gesagt«, raunte der Novize.

»Ja, genau«, bestätigte Didaktylos.

Einige Sekunden lang saß Vorbis völlig reglos da. Dann bewegten sich andeutungsweise seine Lippen – er schien die letzten Worte noch einmal zu wiederholen.

»Du *leugnest* es?« fragte er.

»Soll die Welt ruhig eine Kugel sein«, sagte Didaktylos. »Habe nichts dagegen. Mit ein wenig Phantasie dürfte es möglich sein, alle Dinge daran zu befestigen, damit sie nicht herunterfallen. Und der Mond? Soll er unsere Welt oder die Sonne umkreisen? Ich schlage die Welt vor. Ist hierarchischer und bietet außerdem ein prächtiges Beispiel für uns alle.«

Brutha sah nun etwas, das er noch nie zuvor gesehen hatte: Verwirrung im Gesicht des Exquisitors.

»Aber du hast geschrieben... Du hast gesagt, die Welt ruhe auf dem Rücken einer riesigen Schildkröte! Du hast ihr sogar einen *Namen* gegeben!«

Didaktylos zuckte mit den Schultern. »Jetzt weiß ich es besser. Eine sechzehntausend Kilometer lange Schildkröte? Die durch die Leere des Alls schwimmt? Ha! Unsinn! Jetzt ist es mir eher peinlich.«

Vorbis' Mund klappte zu. Und klappte wieder auf.

»Verhält sich so ein ephebianischer Philosoph?« erkundigte er sich.

Einmal mehr zog Didaktylos die Schultern hoch und ließ sie wieder fallen. »So verhält sich jeder wahre Philosoph. Neuen Ideen gegenüber muß man immer aufgeschlossen sein, und es gilt, neue Beweise als solche zu erkennen. Findest du nicht auch? Du hast mir Grund genug gegeben, über alles nachzudenken.« Der Blinde winkte, und dabei deutete seine Hand wie durch Zufall zu den omnianischen Bogen- und Armbrustschützen. »*Schlag*kräftigen Argumenten habe ich mich noch nie entziehen können.«

»Deine Lügen haben bereits die Welt vergiftet!«

»Dann schreibe ich eben ein neues Buch«, sagte Didaktylos ruhig. »Stell dir nur vor, welchen Eindruck das machen wird: der stolze Didaktylos, von den Argumenten der Omnianer überzeugt. Ich nehme alles zurück. Einverstanden? Nun, ich möchte nicht noch mehr von deiner Zeit in Anspruch nehmen, Herr. Immerhin hast du eine Menge zu tun – ich meine das Plündern und so. Mit deiner Erlaubnis ziehe ich mich in mein Faß zurück und beginne sofort mit dem ersten Kapitel. Ein Universum voller Kugeln. Zahllose Kugeln, die durchs All gleiten. Hmm. Ja. Wenn du erlaubst, Herr, so schreibe ich von mehr Kugeln, als du dir erträumst...«

Der alte Philosoph drehte sich um und schlurfte ganz langsam dem Ausgang entgegen.

Vorbis sah ihm nach.

Brutha beobachtete, wie er halb die Hand hob, um den Wächtern ein Zeichen zu geben – und sie dann wieder sinken ließ.

Der Exquisitor wandte sich an den Tyrannen.

»Soviel zu...«, begann er.

»Über-*ra*schung!«

Die Lampe flog durchs Tor und stieß an Vorbis' Kopf.

»Und die Schildkröte bewegt sich *doch*!«

Vorbis sprang auf.

»Ich...!« schrie er, brach ab und faßte sich wieder. Wütend wies er zwei Soldaten an: »Nehmt ihn fest. So schnell wie möglich. Und... Brutha?«

Das Blut rauschte so laut in den Ohren des Novizen, daß er den Exquisitor kaum hörte. Didaktylos war ein besserer Denker, als er bisher angenommen hatte.

»Ja, Herr?«

»Du wirst mit einigen Männern aufbrechen, der Bibliothek einen Besuch abstatten und sie... niederbrennen.«

Didaktylos war blind, aber in finsterer Nacht spielte das kaum eine Rolle. Die ihn verfolgenden Omnianer konnten sehen, doch sie sahen sich plötzlich mit Dunkelheit konfrontiert. Außerdem hatten sie nicht ihr ganzes Leben damit verbracht, durch eine Stadt zu wandern, in der es Hunderte von kurvenreichen Gassen mit vielen Treppen gab.

»...acht, neun, zehn, elf«, murmelte der Philosoph, als er Stufen emporhastete und anschließend um eine Ecke lief.

»Au, das war mein *Knie*«, stöhnten mehrere Soldaten, die in halber Höhe der Treppe einen Haufen bildeten.

Einer schaffte es bis nach oben, und im Sternenlicht sah er den dürren Philosophen als eine Silhouette, die weiter vorn an den Mauern vorbeilief. Er hob die Armbrust. Der dumme Kerl versuchte nicht einmal, in Deckung zu gehen...

Ein perfektes Ziel.

Eine Sehne surrte.

Der Soldat wirkte verwirrt. Die Armbrust rutschte ihm aus den

Händen und fiel zu Boden; ihr Bolzen sauste davon, prallte irgendwo von einer Wand ab. Der Mann starrte auf einen mit Federn ausgestatteten Schaft, der ihm aus der Brust ragte. Jemand trat ihm entgegen.

»Feldwebel Simony?« flüsterte er.

»Es tut mir leid«, sagte Simony. »Und das meine ich ernst. Aber die *Wahrheit* ist wichtig.«

Der Soldat öffnete den Mund, um seine Meinung in Hinsicht auf die Wahrheit zu verkünden. Doch dazu bekam er keine Gelegenheit mehr. Er sank zu Boden.

Und öffnete die Augen.

Simony ging fort. Alles schien... heller geworden zu sein. Es war noch immer dunkel, aber jetzt konnte er in der Dunkelheit sehen. Und das Kopfsteinpflaster hatte sich irgendwie in schwarzen Sand verwandelt.

Er hob den Blick.

AUF DIE BEINE, GEFREITER ICHLOS.

Er kam der Aufforderung verlegen nach. Jetzt war er mehr als ein anonymer Soldat, der nur dazu taugte, Befehle zu empfangen und unwichtige Nebenrollen im Leben anderer Leute zu spielen. Jetzt war er Dervi Ichlos, achtunddreißig Jahre alt, vergleichsweise unschuldig, wenn man den allgemeinen Stand der Dinge berücksichtigte.

Außerdem lebte er nicht mehr.

Unsicher hob er die Hand zu den Lippen.

»Bist du der Richter?« fragte er.

NEIN.

Ichlos betrachtete den schwarzen Sand, der sich bis zum Horizont erstreckte, und instinktiv begriff er, worauf es nun ankam. Er dachte nicht in so komplexen Bahnen wie General Fri'it und erinnerte sich gut an die Lieder seiner Kindheit. Darüber hinaus hatte er einen Vorteil: Er war noch weniger religiös als der General.

DAS URTEIL WIRD AM ENDE DER WÜSTE GEFÄLLT.

Ichlos versuchte zu lächeln.

»Meine Mutter hat mir davon erzählt«, sagte er. »Wenn man tot ist, muß man eine Wüste durchqueren. Und dann sieht man alles richtig, meinte sie. Und man erinnert sich an alles.«

Tod gab durchs nichts zu erkennen, was er davon hielt.

»Vielleicht treffe ich unterwegs einige Freunde«, spekulierte der Soldat.

DAS IST DURCHAUS MÖGLICH.

Ichlos machte sich auf den Weg. *Eigentlich hätte es schlimmer kommen können*, dachte er.

Urn kletterte wie ein Affe an den Regalen entlang, zerrte Bücher – beziehungsweise Schriftrollen – aus den Fächern und warf sie zu Boden.

»Ich kann etwa zwanzig tragen«, sagte er. »Aber *welche* zwanzig?«

»Das wollte ich schon *immer.*« Didaktylos strahlte. »Der Tyrannei trotzen, die Wahrheit verfechten und so. Ha! Ein einzelner Mann, unerschrocken und...«

»Was sollen wir mitnehmen?« rief Urn. »Was nur?«

»Gridos *Mechanik* brauchen wir nicht«, sagte Didaktylos. »Schade, daß ich nicht sein Gesicht sehen konnte! Ein erstklassiger Wurf! Hoffentlich hat jemand notiert, daß ich...«

»Prinzipien der Verzahnung!« rief Urn. »Theorie der Wasserausdehnung! Auf Ibids *Staatsbürgerkunde* können wir sicher verzichten, ebenso auf Gnomons *Ektopie*...«

»Was?« entfuhr es Didaktylos. »Diese Werke gehören der ganzen Menschheit!«

»Dann soll die ganze Menschheit bitte kommen und tragen helfen«, erwiderte Urn. »Wenn nur wir beide den Kram schleppen müssen, beschränken wir uns besser auf nützliche Dinge.«

»Wie kannst du von ›nützlichen‹ Büchern sprechen, wenn sie irgend etwas Mechanisches beschreiben?«

»Weil die Mechanik den Leuten das Leben erleichtert!«

»Philosophische Werke bringen den Menschen bei, richtige Menschen zu sein«, sagte Didaktylos. »Übrigens: Besorg mir eine neue Lampe. Ohne fühle ich mich irgendwie blind...«

Die Tür der Bibliothek erzitterte unter einem wuchtigen Hieb. Wer auch immer anklopfte: Er rechnete vermutlich nicht damit, daß jemand öffnete.

»Wir könnten etwas vor die Tür stellen und...«

Die Angeln rissen aus den Wänden, und das Portal kippte nach innen und prallte mit einem donnernden Krachen auf den Boden.

Soldaten stürmten mit gezückten Schwertern herein.

»Oh, meine Herren...«, sagte Didaktylos. »Bitte stört meine Kreise nicht.«

Der Unteroffizier, der die Gruppe leitete, starrte ihn verwirrt an.

»Welche Kreise?« fragte er.

»He, wie wär's, wenn du mir zwei Kompasse gibst und in etwa einer halben Stunde zurückkehrst?«

»Laß ihn in Ruhe, Unteroffizier«, sagte Brutha.

Er schritt zur Tür.

»Du sollst ihn in Ruhe lassen.«

»Ich habe den Befehl...«

»Bist du taub? Wenn das der Fall sein sollte... Vielleicht kann dir die Quisition das Gehör zurückgeben.« Brutha lauschte erstaunt dem scharfen und festen Klang seiner Stimme.

»Du gehörst nicht zur Quisition«, entgegnete der Unteroffizier.

»Nein, aber ich kenne jemanden, der dazugehört«, stellte Brutha fest. »Ihr sollt den Palast nach Büchern durchsuchen. Überlaß diesen Mann meiner Obhut. Er ist alt und blind. Was kann er schon anrichten?«

Der unsichere Anführer musterte erst Brutha und dann die Gefangenen.

»Schon gut, Unteroffizier. Ich kümmere mich um diese Angelegenheit.«

Alle drehten sich um.

»Hast du nicht gehört?« Feldwebel Simony trat vor.

»Aber der Diakon hat mich angewiesen...«

»Unteroffizier?«

»Ja, Feldwebel?«

»Der Diakon ist weit fort. Ich bin hier.«

»Ja, Feldwebel.«

»Geh jetzt!«

»Ja, Feldwebel.«

Simony wartete, bis die Soldaten den Raum verlassen hatten. Dann stieß er sein Schwert in die Tür, wandte sich an Didaktylos, ballte die linke Hand zur Faust und legte die rechte flach darauf.

»Die Schildkröte bewegt sich«, sagte er.

»Kommt darauf an«, erwiderte der Philosoph vorsichtig.

»Ich meine, ich bin... ein Freund«, erklärte Simony.

»Warum sollten wir dir vertrauen?« fragte Urn.

»Weil euch gar nichts anderes übrigbleibt«, erwiderte der Feldwebel.

»Kannst du uns von hier fortbringen?« erkundigte sich Brutha.

Simony bedachte ihn mit einem durchdringenden Blick. »Du schließt dich mit ein? Du bist nicht Teil unserer Gruppe, sondern ein Feind, ein Inquisitor!« Er griff nach dem Schwert.

Brutha wich zurück.

»Das stimmt nicht!«

»Auf dem Schiff, als dich der Kapitän ansprach...«, sagte Simony. »Du hast geschwiegen. Und das bedeutet: Du gehörst nicht zu uns.«

»Ich glaube, ich gehöre auch nicht zu den anderen«, meinte Brutha. »Ich, äh, bilde meine eigene Gruppe.«

Er bedachte Didaktylos mit einem flehentlichen Blick – was ihm kaum etwas nützte – und richtete seine stumme Bitte dann an Urn.

»Ich weiß nicht, was es mit diesem Soldaten auf sich hat«, sagte er. »Ich weiß nur eins: Vorbis will euren Tod, und außerdem hat er befohlen, die Bibliothek niederzubrennen. Aber ich kann euch helfen. Auf dem Weg hierher habe ich mir alles überlegt.«

»Hört nicht auf ihn.« Simony ließ sich vor Didaktylos auf ein Knie sinken, wirkte wie ein Bittsteller. »Herr, es gibt Leute, die... die wissen, was dein Buch bedeutet. Sieh nur, ich habe eine Abschrift...«

Er tastete unter seinen Brustharnisch.

»Wir haben dein Werk kopiert«, fuhr er fort. »Uns stand nur eine einzige Ausgabe zur Verfügung, mehr nicht! Diejenigen von uns, die schreiben und lesen können... Sie stellten Abschriften her oder lasen anderen vor! Es ergibt alles so viel Sinn!«

»Äh...« Didaktylos zögerte. »Was?«

Simony gestikulierte aufgeregt. »Wir wissen, daß es wahr ist. Ich bin weit herumgekommen, und daher besteht für mich gar kein Zweifel: Die Große Schildkröte existiert! Sie bewegt sich *tatsächlich*! Wir *brauchen* keine Götter!«

»Urn?« fragte Didaktylos. »Es hat doch niemand das Kupfer vom Dach genommen, oder?«

»Nein, ich glaube nicht.«

»Erinnere mich daran, daß ich mit diesem Burschen nur hier drin rede.«

»Du verstehst nicht!« platzte es aus Simony heraus. »Ich kann dich retten. Du hast Freunde, von denen du bisher überhaupt nichts wußtest. Komm. Ich bringe nur schnell diesen Priester um...«

Er hob das Schwert. Brutha wich noch etwas weiter zurück.

»Nein! Ich kann ebenfalls helfen! Als du vor dem Exquisitor gestanden hast... Da wußte ich plötzlich, wozu ich imstande bin.«

»Wozu willst du schon imstande sein?« fragte Urn spöttisch.

»Ich bin in der Lage, die Bibliothek zu retten.«

»Wie denn?« höhnte Urn. »Willst du sie auf dem Rücken wegtragen?«

»Nein, so meine ich das nicht. Wie viele Schriftrollen gibt es hier drin?«

»Etwa siebenhundert«, antwortete Didaktylos.

»Und wie viele davon sind wichtig?«

»Alle!« rief Urn.

»Vielleicht zweihundert«, erwiderte Didaktylos sanft.

»Onkel!«

»Der Rest ist nur das Produkt von Autoreneitelkeit«, stellte Didaktylos fest.

»Aber es sind *Bücher*!«

»Vielleicht kann ich mehr als zweihundert in Sicherheit bringen«, sagte Brutha langsam. »Gibt es hier einen zweiten Ausgang?«

»Äh... vielleicht«, entgegnete Didaktylos.

»Verratet ihm nichts!« ereiferte sich Simony.

»In dem Fall verbrennen alle Bücher.« Brutha deutete auf den Feldwebel. »Er meinte eben, euch bliebe gar nichts anderes übrig. Das bedeutet, ihr habt nichts zu verlieren, oder?«

»Er ist ein...«, begann Simony.

»Klappe halten, und zwar alle«, sagte Didaktylos. Er starrte an Bruthas Ohr vorbei.

»Vielleicht gibt es eine Art zweiten Ausgang«, räumte er ein. »Was hast du vor?«

»Ich fasse es nicht!« ächzte Urn. »Es sind Omnianer zugegen, und du sprichst von einem zweiten Ausgang!«

»Es gibt überall Tunnel im Berg«, meinte Didaktylos.

»Ja, aber wir sollten sie nicht auch noch darauf hinweisen!«

»Ich bin geneigt, dieser Person zu vertrauen«, brummte Didaktylos. »Er hat ein ehrliches Gesicht. Philosophisch gesprochen.«

»*Warum* sollten wir ihm vertrauen?«

»Wer dumm genug ist, unter den gegebenen Umständen Vertrauen von uns zu erwarten, *muß* vertrauenswürdig sein«, erläuterte Didaktylos. »Der Betreffende wäre zu dämlich für Hinterlist und Heimtücke.«

»Ich kann einfach gehen«, sagte Brutha. »Was wird dann aus der Bibliothek?«

»Na bitte!« warf Simony ein.

»Wenn alles finster aussieht, erscheinen plötzlich überall unerwartete Freunde«, sagte Didaktylos. »Erklär uns deinen Plan, junger Mann.«

»Ich habe gar keinen«, erwiderte Brutha. »Ich erledige nur Dinge, eins nach dem anderen.«

»Und wieviel Zeit brauchst du, um alle Dinge zu erledigen?«

»Etwa zehn Minuten.«

Simony richtete einen zornigen Blick auf Brutha.

»Holt jetzt die Bücher«, sagte der Novize. »Und ich benötige Licht.«

»Du kannst doch nicht einmal lesen!« wandte Urn ein.

»Ich habe auch gar nicht vor, irgend etwas zu lesen.« Brutha starrte auf die erste Schriftrolle. Der Zufall wollte es, daß es sich um *De Chelonian Mobile* handelte.

»Oh«, sagte er. »Mein Gott.«

»Stimmt was nicht?« fragte Didaktylos.

»Wäre jemand so freundlich, meine Schildkröte zu holen?«

Simony eilte durch den Palast, und niemand beachtete ihn. Die meisten ephebianischen Soldaten befanden sich jenseits des Labyrinths. Vorbis hatte sehr deutlich gemacht, was mit den Leuten im Palast geschah, wenn Truppen versuchen sollten, den Irrgarten zu durchqueren.

Hier und dort plünderten omnianische Soldaten auf ihre disziplinierte Art und Weise.

Man schenkte dem Feldwebel auch deshalb keine Beachtung, weil er zu seinem Quartier zurückkehrte.

In Bruthas Kammer befand sich tatsächlich eine Schildkröte. Sie saß auf dem Tisch zwischen einem zusammengerollten Pergament und einer halb abgenagten Melonenschale. Sie schlief, soweit sich das feststellen ließ. Simony packte das Reptil einfach, schob es in den Rucksack und hastete in Richtung Bibliothek.

Auf dem Weg dorthin hatte er dauernd den Eindruck, daß jemand versuchte, seine Aufmerksamkeit zu erregen.

»Du erinnerst dich an sie, nachdem du nur einen kurzen Blick darauf geworfen hast?« fragte Urn.

»Ja.«

»Ganze Schriftrollen?«

»Ja.«

»Das glaube ich nicht.«

»Der erste Buchstabe des Wortes LIBRVM über dem Eingang weist oben eine angeschlagene Stelle auf«, sagte Brutha. »Xeno schrieb *Reflexionen*, und der alte Aristokrates verfaßte *Platitüden*, und Didaktylos hält Ibids *Diskurse* für dämlich. Der Thronsaal des Tyrannen ist sechshundert Schritte von der Bibliothek entfernt. Es...«

»Er hat ein gutes Gedächtnis, das muß man ihm lassen«, unterbrach Didaktylos den Jungen. »Zeig ihm noch mehr Rollen.«

»Woher sollen wir wissen, daß er sich wirklich an alles erinnert?« nörgelte Urn und entrollte ein Pergament mit geometrischen Theoremen. »Er kann nicht lesen. Und selbst wenn er dazu fähig wäre: Er kann auch nicht schreiben!«

»Wir müssen es ihm beibringen.«

Brutha betrachtete eine Schriftrolle voller *Draufsichten*. Er schloß die Augen. Zwei oder drei Sekunden lang zeigten sich gezackte Konturen an den Innenflächen der Lider, und dann spürte er, wie die Umrisse einen Platz irgendwo in seinem Selbst fanden. Sie verschwanden – und blieben doch vorhanden, jederzeit abrufbar. Urn brachte eine weitere Rolle. Bilder von Tieren. Dann Zeichnungen von Pflanzen und viel *Geschriebenes*. Dann nur Buchstaben. Dann Dreiecke und andere Symbole. Alles sank wie Staub in die Kammern der Erinnerung. Nach einer Weile bemerkte Brutha überhaupt nicht mehr, daß Pergamente entrollt wurden. Er beschränkte sich allein darauf, zu schauen und zu betrachten.

Er fragte sich, wieviel er im Gedächtnis behalten konnte. Nun, solche Überlegungen waren dumm. Brutha erinnerte sich an *alles*. Die Oberfläche eines Tischs oder eine Schriftrolle. Maserung und Farbe des Holzes enthielten ebenso viele Informationen wie Xenos *Reflexionen*.

Trotzdem spürte er eine gewisse mentale Schwere. Er hatte das Gefühl, daß ihm Erinnerungen aus den Ohren quollen, wenn er den Kopf schnell von einer Seite zur anderen drehte.

Urn griff nach einem Pergament und entrollte es nur zum Teil.

»Wie sieht ein Vieldeutiger Puzuma aus?« fragte er.

»Keine Ahnung«, antwortete Brutha und blinzelte.

»Eine tolle Leistung von unserem Herrn Supergedächtnis«, spottete Urn.

»Du bist unfair, Junge«, ließ sich Didaktylos vernehmen. »Immerhin kann er nicht *lesen*.«

»Na schön. Äh... Beschreib uns das vierte Bild der dritten Schriftrolle, die du gesehen hast.«

»Ein vierbeiniges Geschöpf, das nach links sieht«, sagte Brutha sofort. »Ein großer, katzenartiger Kopf und breite Schultern. Der Körper verjüngt sich nach hinten, weist ein Muster aus dunklen und hellen Quadraten auf. Die Augen sind sehr klein und liegen flach an. Sechs Schnurrhaare. Ein stummelförmiger Schwanz. Nur die Pfoten der Hinterbeine sind mit Krallen ausgestattet, und zwar mit jeweils drei. Die vorderen Pfoten haben die gleiche Länge wie der Kopf und sind an den Leib gepreßt. Dichte Behaarung...«

»Er hat das Bild vor fünfzig Schriftrollen gesehen«, sagte Urn. »Und nur für eine Sekunde.«

Onkel und Neffe staunten. Brutha blinzelte erneut.

»Weißt du *alles*?« fragte Urn.

»Ich weiß es nicht.«

»Du hast die halbe Bibliothek im Kopf!«

»Ich fühle mich... ein... bißchen...«

Die Bibliothek von Ephebe brannte lichterloh. An den Stellen, wo das Kupferdach schmolz und auf die Regale herabtropfte, schimmerten die Flammen blau.

Alle Bibliotheken des Multiversums sind durch Bücherwurmlöcher in den Dimensionen miteinander verbunden. Hervorgerufen werden solche Phänomene von Verzerrungen der Raum-Zeit, und *dafür* sind große Ansammlungen von Büchern verantwortlich.

Nur einige wenige Bibliothekare erfahren von diesem Geheimnis, und bei seiner Nutzung müssen sie strenge Regeln beachten. Die Sache läuft nämlich auf Zeitreise hinaus, und Zeitreisen können erhebliche Probleme verursachen.

Aber wenn eine Bibliothek brennt, und wenn in den Geschichtsbüchern geschrieben steht, daß sie gebrannt hat...

Niemand hörte den leisen Knall im allgemeinen Knistern, Knacken und Prasseln. Niemand sah die aus dem Nichts erscheinende Gestalt: Sie materialisierte mitten in der Bibliothek, an einer bisher vom Feuer verschonten Stelle.

Das Wesen wirkte wie ein Affe, doch es bewegte sich sehr zielstrebig. Lange Arme schlugen die Flammen aus, zogen Schriftrollen aus den Fächern und verstauten sie in einem Sack. Als er voll war, wankte das Geschöpf in die Mitte des Raums zurück und... verschwand mit einem zweiten Knall.

Das hat nichts mit dieser Geschichte zu tun.

Ebenso unwichtig ist folgendes: Einige Schriftrollen, die angeblich beim Feuer in der Großen Ephebianischen Bibliothek verbrannten, tauchten in bemerkenswert gutem Zustand in der Bibliothek der Unsichtbaren Universität von Ankh-Morpork auf.

Wie gesagt: Es gibt keinen Zusammenhang mit der hier zu erzählenden Geschichte. Aber interessant ist es trotzdem.

Brutha erwachte mit dem Geruch des Meeres in der Nase.

Gemeint ist jener Geruch, der für gewöhnlich mit dem Meer in Verbindung gebracht wird. Dabei handelt es sich meistens um den Gestank von altem Fisch und verfaulenden Algen.

Der Novize lag in einer Art Schuppen. Das durchs unverglaste Fenster glühende Licht war rot und flackerte. Ein Ende des Schuppens war zum Wasser hin offen, und im rötlichen Schein zeichneten sich dort einige Gestalten ab.

Brutha überprüfte behutsam den Inhalt seines Gedächtnisses. Alles schien am richtigen Platz zu sein, auch die vielen Schriftrollen. Die niedergeschriebenen Worte blieben bedeutungslos für ihn, weil er sie nicht entziffern konnte, aber die Bilder erwiesen sich als interessant. Zumindest waren sie interessanter als viele der anderen Erinnerungen, denen sie Gesellschaft leisteten.

Vorsichtig setzte er sich auf.

»Du bist also wach«, erklang die mentale Stimme des kleinen Gottes Om. »Fühlst dich voll, wie? Vielleicht kommen wir uns auch wie ein Bücherregal vor, hm? Hängen in deinem Kopf Schilder mit der Aufschrift ›SILENTIUM‹? Warum hast du dich mit solchen Sachen vollgestopft?«

»Ich... ich... es... schien vernünftig zu sein. Wo bist du?«

»Ich stecke im Rucksack deines Soldatenfreunds. Übrigens: Herzlichen Dank dafür, daß du dich so hingebungsvoll um mich kümmerst.«

Brutha stand mühsam auf. Die Welt um ihn herum drehte sich einige Sekunden lang, fügte damit jenen beiden die in den Gedanken lokaler Denker wurzelten, eine dritte astronomische Theorie hinzu.

Er blickte aus dem Fenster. Der rote Lichtschein stammte von Feuern, die überall in Ephebe brannten. Im Bereich der Bibliothek glühte es besonders hell.

»Guerillakrieg«, sagte Om. »Selbst die Sklaven kämpfen. Der Grund dafür ist mir ein Rätsel. Eigentlich sollten sie sich über die Gelegenheit freuen, das Joch der Knechtschaft abzustreifen und so.«

»Vielleicht liegt es daran, daß man als Sklave in Ephebe die Möglichkeit hat, Freiheit zu erlangen«, erwiderte Brutha.

Von der anderen Seite des Schuppens her zischte es, und dann surrte etwas. Brutha vernahm Urns Stimme: »Na bitte! Ich hab's dir ja gesagt. Ein Rohr war verstopft, weiter nichts. Jetzt brauchen wir mehr Treibstoff.«

Brutha näherte sich den drei Männern.

Sie standen an einem Boot. Mit der Form schien soweit alles in Ordnung zu sein: vorn ein spitzes Ende, hinten ein stumpfes. Aber der Mast fehlte. Dafür sah der Novize eine große, kupferrote Kugel, die am Heck des Boots in einem hölzernen Gerüst ruhte. Darunter befand sich ein eiserner Korb, in dem jemand ein Feuer entzündet hatte.

Die Kugel drehte sich in ihrem Gerüst, umgeben von einer Dampfwolke.

»Das kenne ich«, sagte Brutha. »Ich habe es in *De Chelonian Mobile* gesehen, als Zeichnung.«

»Oh, da ist unsere wandelnde Bibliothek«, erwiderte Didaktylos. »Ja, du hast recht. Eine Illustration, die das Prinzip der Reaktion veranschaulicht. Ich habe Urn nie gebeten, ein großes Modell zu bauen. Das kommt davon, wenn man mit den Händen denkt.«

»In der letzten Woche bin ich damit um den Leuchtturm gefahren«, verkündete Urn. »Es gab überhaupt keine Probleme.«

»Ankh-Morpork ist ein ganzes Stück weiter entfernt«, sagte Simony.

»Ja«, bestätigte Brutha ernst. »Die Entfernung ist fünfmal so groß wie die Distanz zwischen Ephebe und Omnien. Ich habe auch eine Schriftrolle mit Draufsichten gesehen«, fügte er hinzu.

Heißer Dampf stieg von der sich drehenden Kugel auf. Als Brutha näher kam, bemerkte er, daß hinter der Kupferkugel sechs kurze Ruder ein sternförmiges Muster bildeten. Hinzu kamen Zahnräder aus Holz und mehrere Riemen. Die Bewegungen der Kugel sorgten dafür, daß sich die Paddel-Vorrichtung drehte.

»Wie funktioniert es?« fragte der Novize.

»Es ist ganz einfach«, behauptete Urn. »Das Feuer...«

»Dafür haben wir keine Zeit«, sagte Simony.

»...*läßt* das Wasser heiß werden, und dadurch wird es wütend«, erläuterte der Philosophenlehrling. »Deshalb zischt es durch diese vier kleinen Düsen, um dem Feuer zu entkommen. Der Dampf stößt die Kugel hin und her. Zahnräder und Legibus' Schraube übertragen die Bewegung zu den Rudern, die das Boot antreiben.«

»Sehr philosophisch ausgedrückt«, kommentierte Didaktylos.

Brutha fühlte sich verpflichtet, auf den omnianischen Fortschritt hinzuweisen.

»Das Portal der Zitadelle wiegt viele Tonnen, aber man kann es allein mit der Kraft des Glaubens öffnen«, sagte er. »Man braucht nur leichten Druck mit der Hand auszuüben, und schon schwingt es auf.«

»Das würde ich gern sehen«, erwiderte Urn.

Brutha spürte einen Anflug von sündigem Stolz darauf, daß es in Omnien doch etwas gab, auf das man stolz sein konnte.

»Vermutlich gut ausbalanciert. Und sicher sind auch einige spezielle hydraulische Systeme verwendet worden.«

»Oh.«

Simony stieß den Mechanismus nachdenklich mit dem Schwert an.

»Habt ihr an alle Verwendungsmöglichkeiten gedacht?« fragte er.

Urns Hand zeichnete komplexe Muster in der Luft. »Meinst du riesige Schiffe, die durchs dunkle Meer pflügen, ohne Segel zu benö...«

»Ich dachte ans Land«, unterbrach Simony den Neffen des Philosophen. »Vielleicht... eine Art Wagen...«

»Ach, es hat doch keinen Sinn, ein Boot auf einem Wagen unterzubringen.«

Simonys Augen glänzten, als er in eine Zukunft blickte, die ihm Stahlplatten für Panzerungen zeigte.

»Hmm«, sagte er.

»Das ist ja alles ganz schön und gut, aber mit Philosophie hat's nichts zu tun«, meinte Didaktylos.

»Wo steckt der Priester?«

»Hier. Aber ich bin kein…«

»Wie fühlst du dich? Bist ganz plötzlich umgekippt, einfach so.«

»Jetzt geht es mir… besser.«

»Im einen Augenblick auf den Beinen, und im nächsten…«

»Es geht mir schon *viel* besser.«

»Passiert dir so etwas oft?«

»Manchmal.«

»Erinnerst du dich an die Schriftrollen?«

»Ich… glaube schon. Wer hat die Bibliothek in Brand gesteckt?«

Urn sah von dem Mechanismus auf.

»Er hat's getan.«

Brutha starrte Didaktylos an.

»*Du* hast die Bibliothek in Flammen aufgehen lassen?«

»Niemand brachte bessere Qualifikationen dafür mit«, entgegnete der Philosoph. »Außerdem wollte ich vermeiden, daß sich Vorbis alles unter den Nagel reißt.«

»Wie bitte?«

»Angenommen, er hätte die Rollen gelesen? Er ist so schon schlimm genug. Mit dem ganzen Wissen intus wäre er noch viel schlimmer.«

»Er hätte die Rollen nicht gelesen«, sagte Brutha.

»Da irrst du dich bestimmt«, meinte Didaktylos. »Ich kenne diesen Typ. Pietät in der Öffentlichkeit, doch im Privaten geschälte Weintrauben und Ausschweifungen aller Art.«

»Nein.« Brutha schüttelte den Kopf. »Da irrst du dich bestimmt. Mit solchen Dingen verschwendet Vorbis keine Zeit.«

»Wie dem auch sei…« Didaktylos gestikulierte vage. »Ich habe nur dem Gebot der Notwendigkeit gehorcht, als ich das Feuer legte.«

Urn wandte sich vom Bug des Bootes ab, nachdem er noch mehr Holz in den eisernen Korb unter der Kupferkugel gelegt hatte.

»Können wir jetzt an Bord gehen?« fragte er.

Brutha nahm auf einer einfachen Sitzbank mittschiffs – oder wie man das nannte – Platz. Die Luft roch nach heißem Wasser.

»In Ordnung.« Urn betätigte einen Hebel, und daraufhin gruben sich die Paddel ins Wasser. Ein Ruck – und das Boot setzte sich in Bewegung und zog einen Dampfschweif hinter sich her.

»Wie heißt das Schiff?« fragte Didaktylos.

Urn hob überrascht den Kopf.

»Wie es heißt? Es ist doch nur ein *Ding*, gewissermaßen ein *Etwas*. Es braucht keinen Namen.«

»Namen sind philosophisch.« Ein Hauch von Verdrießlichkeit ließ sich in Didaktylos' Stimme vernehmen. »Und du hättest eine Amphore mit Wein am Rumpf zerbrechen sollen.«

»Wäre echte Verschwendung gewesen.«

Das Boot tuckerte aus dem Schuppen und in den dunklen Hafen. Auf der einen Seite brannte eine ephebianische Galeere. Überall in der Stadt züngelten Flammen.

»Hast du eine Amphore an Bord?« fragte Didaktylos.

»Ja.«

»Her damit.«

Hinter dem Boot schäumte das Wasser. Die Vorrichtung mit den kurzen Paddeln drehte sich unermüdlich.

»Keine Segel, und keine normalen Ruder!« brachte Simony hervor. »Ist dir überhaupt klar, was du gebaut hast, Urn?«

»Und ob. Die Funktionsprinzipien sind ganz einfach.«

»So meinte ich das nicht. Ich meine... Hast du daran gedacht, was man mit dieser enormen Kraft anstellen könnte?«

Urn legte einen Scheit nach.

»Es geht dabei doch nur um die Verwandlung von Wärme in Arbeit«, sagte er. »Nun... Ich schätze, man könnte die Kraft verwenden, um Wasser zu pumpen. Oder um Mühlen Korn mahlen zu lassen, selbst wenn kein Wind weht. Hattest du so etwas im Sinn?«

Simony der Soldat zögerte.

»Ja«, antwortete er. »Etwas in der Art.«

»Om?« flüsterte Brutha.

»Ja?«

»Ist alles in Ordnung mit dir?«

»Hier drin riecht's wie in einem Soldatenrucksack. Hol mich raus.«

Die Kupferkugel tanzte über dem Feuer und glühte fast ebenso hell wie Simonys Augen.

Brutha klopfte ihm auf die Schulter.

»Bitte gib mir meine Schildkröte.«

Der Feldwebel lachte bitter.

»Die Biester schmecken gut«, sagte er und holte Om hervor.

»Das habe ich schon des öfteren gehört«, erwiderte Brutha, senkte die Stimme und hauchte:

»Was für ein Ort ist Ankh?«

»Eine Stadt mit einer Million Seelen«, antwortete der Gott. »Und viele von ihnen wohnen in Körpern. Außerdem gibt es dort tausend Religionen. Selbst den geringen Göttern hat man einen Tempel errichtet. Klingt nach einer Stadt, in der niemand in Schwierigkeiten gerät, nur weil er etwas glaubt oder nicht glaubt. Kein übler Ort, wenn man noch einmal von vorn beginnen will. Mit meiner Intelligenz und deinem Ver... mit meiner Intelligenz sollte es uns bald gelingen, wieder nach oben zu kommen.«

»Willst du nicht nach Omnien zurück?«

»Hat keinen Sinn«, sagte Om. »Es ist immer möglich, einen etablierten Gott zu verdrängen. Weil die Leute irgendwann die Nase voll haben und sich Veränderung wünschen. Aber man kann wohl kaum die eigene Nachfolge antreten, oder?«

»Mit wem redest du da, Priester?« fragte Simony.

»Ich, äh, habe gebetet.«

»Ha! Etwa zu Om? Ebensogut könntest du zu der Schildkröte beten.«

»Ja.«

»Ich schäme mich für Omnien«, fuhr der Feldwebel fort. »Sieh uns nur an. Wir stecken in der Vergangenheit fest. Repressiver Monotheismus hindert uns daran, am Fortschritt teilzunehmen. Unsere Nachbarn meiden uns. Und der Gott? Was hat er uns genützt? Ha! Götter!«

»Immer mit der Ruhe«, sagte Didaktylos. »Wir sind auf Meerwasser unterwegs, und du trägst einen sehr leitfähigen Brustharnisch.«

»Oh, ich klage nicht über andere Götter«, betonte Simony rasch. »Dazu habe ich kein Recht. Aber Om? Er ist nichts weiter als ein Popanz für die Quisition! Wenn er wirklich existiert, so soll er mich hier und jetzt niederstrecken!«

Der Feldwebel zog das Schwert und hob es.

Om lag friedlich in Bruthas Schoß. »Der Bursche gefällt mir. Steckt voller Glaubenskraft. Es ist wie mit Liebe und Haß, verstehst du?«

Simony schob das Schwert wieder in die Scheide.

»Ich lehne Om ab«, proklamierte er.

»Und worin besteht die Alternative?«

»In Philosophie! In praktischer Philosophie! Wie dieser von Urn geschaffene Mechanismus. Ich könnte Omnien mit lautem Geschrei ins Jahrhundert des Flughunds bringen!«

»Mit lautem Geschrei«, wiederholte Brutha.

»Der Zweck heiligt die Mittel«, sagte Simony. Er strahlte.

»Mach dir deshalb keine Sorgen«, erklang Oms mentale Stimme. »Wenn's soweit ist, sind wir weit entfernt. Je weiter, desto besser. Wenn die Ereignisse dieser Nacht bekannt werden, ist Omnien bestimmt kein sehr beliebtes Land mehr.«

»Dafür trägt einzig und allein Vorbis die Verantwortung!« entfuhr es Brutha laut. »Mit ihm hat alles angefangen. Er schickte den armen Bruder Murduck hierher, und später ließ er ihn ermorden, um behaupten zu können, er sei von den Ephebianern umgebracht worden! Er hat nie beabsichtigt, irgendeinen Frieden zu schließen! Er wollte nur in den Palast eindringen!«

»Ich frage mich, wie er das geschafft hat«, murmelte Urn. »Noch nie zuvor hat es jemand fertiggebracht, das Labyrinth ohne Führer zu durchqueren.«

»Äh...« Brutha ließ den Kopf hängen.

»Vorbis hat das alles geplant?« fragte Simony.

»Ja.«

»Du Idiot!« heulte Om. »Du dreimal verfluchter Schwachkopf!«

»Und du würdest anderen Leuten davon erzählen wollen?« vergewisserte sich der Feldwebel.

»Ich denke schon.«

»Du würdest deine Stimme gegen die Quisition erheben?«

Brutha blickte kummervoll in die Nacht. Hinter ihnen vereinten sich die Feuer in Ephebe zu einem orangeroten Fleck.

»Ich kann nur Dinge schildern, an die ich mich erinnere«, sagte er.

»Wir sind bereits so gut wie tot«, stöhnte Om. »Wirf mich einfach ins Meer. Dieser Armleuchter will uns bestimmt nach Omnien zurückbringen!«

Simony rieb sich nachdenklich das Kinn.

»Vorbis hat viele Feinde«, überlegte er laut. »Unter gewissen Umständen... Man sollte ihn töten, doch einige Leute könnten so etwas für Mord halten. Und gar einen Märtyrer aus ihm machen. Aber wenn man ihn vor Gericht stellt... Wenn es Beweise gäbe... Wenn man es auch nur für *möglich* hielte, daß solche Beweise existieren...«

»Ich sehe, wie es in seinem Kopf arbeitet!« kreischte Om. »Hättest du doch bloß geschwiegen – dann wären wir alle sicher!«

»Vorbis vor Gericht...«, sinnierte Simony.

Brutha erbleichte bei dieser Vorstellung. Für einen solchen Gedanken gab es in seinem Bewußtsein praktisch keinen Platz. Er erschien völlig sinnlos. Vorbis vor Gericht? Tribunale stießen doch nur anderen Leuten zu...

Brutha dachte an Bruder Murduck. Und an die Soldaten, die in der Wüste sterben hatten müssen. Und an die Dinge, die man Menschen angetan hatte, selbst ihm.

»Sag ihm, daß du dich nicht erinnerst!« heulte Om. »Behaupte einfach, du littest an plötzlichem Gedächtnisschwund!«

»*Wenn* es zu einer Verhandlung gegen Vorbis käme...«, sagte Simony. »Zweifellos würde ihn das Gericht schuldig sprechen. Alles andere wäre absurd.«

Die Gedanken hinter Bruthas Stirn bewegten sich immer sehr langsam, wie Eisberge. Sie kamen langsam und gingen langsam. Und während sie im Bewußtsein verweilten, beanspruchten sie eine Menge Platz, den größten Teil davon unter der Oberfläche.

Er dachte: *Die schlimmste Eigenschaft des Exquisitors besteht nicht etwa darin, daß er böse ist, sondern daß er andere Leute dazu bringt, böse zu werden. Er überträgt das Unheil in sich auf andere Menschen. Die Sache kommt einer ansteckenden Krankheit gleich.*

Es herrschte Stille, abgesehen vom Wasser, das an den Rumpf klatschte, und dem surrenden philosophischen Motor.

»Man nimmt uns bestimmt gefangen, wenn wir nach Omnien zurückkehren«, sagte Brutha langsam.

»Wir gehen fernab der Häfen an Land«, schlug Simony vor.

»Ankh-Morpork!« rief Om.

»Zuerst sollten wir Herrn Didaktylos nach Ankh-Morpork bringen«, meinte Brutha. »Anschließend... kehre ich nach Omnien zurück.«

»Mich kannst du ebenfalls in der Stadt lassen!« zischte Om. »Und keine Sorge: Es fällt mir sicher nicht schwer, in Ankh-Morpork Gläubige zu finden. Dort glaubt man an alles!«

»Bin nie in Ankh-Morpork gewesen«, sagte Didaktylos. »Wie dem auch sei: Man lernt nie aus. Das ist mein Motto.« Er wandte sich an den Soldaten. »Mit lautem Geschrei.«

»Dort leben einige Omnianer im Exil«, antwortete der Feldwebel. »In Ankh, meine ich. Du wärst nicht allein.«

»Erstaunlich!« entfuhr es Didaktylos. »Heute morgen wußte ich noch nicht einmal, daß ich in Gefahr bin.«

Er lehnte sich zurück.

»Das Leben in dieser Welt ist wie der Aufenthalt in einer Höhle«, verkündete er. »Was wissen wir schon von der Realität? Von der wahren Natur des Existierenden sehen wir nichts weiter als verwirrende und seltsame Schatten, vom unsichtbaren und doch blendend hellen Licht der absoluten Wahrheit an die Höhlenwand projiziert, und wir haben die Möglichkeit, jene Schemen zu deuten, ihnen eine Botschaft zu entnehmen, aber wir Troglodyten, die wir nach Weisheit streben, rufen doch nur voller Ignoranz: ›Und jetzt ›mißgestaltetes Kaninchen‹ – das ist meine Lieblingsfigur.‹ «

Vorbis strich mit dem Fuß durch die Asche.

»Keine Knochen«, sagte er.

Die Soldaten standen starr und stumm. Zarte graue Flocken zerbröckelten, und ein sanfter Wind wehte sie fort.

»Außerdem die falsche Art von Asche«, fügte der Exquisitor hinzu.

Der Feldwebel öffnete den Mund.

»Sei gewiß: Ich weiß genau, wovon ich spreche«, betonte Vorbis.

Er trat zur halb verkohlten Falltür und stieß sie mit dem Zeh an.

»Wir sind dem Verlauf des Tunnels gefolgt«, berichtete der Feldwebel mit der Stimme eines Mannes, der trotz gegensätzlicher Erfahrungen hofft, daß sich das Unheil mit einem zuversichtlichem Tonfall abwenden läßt. »Er endet bei den Kaianlagen.«

»Aber wenn man ihn von dort aus durchschreitet, gelangt man nicht hierher«, murmelte Vorbis. Er schien die rauchende Asche sehr faszinierend zu finden.

Der Feldwebel runzelte die Stirn.

»Verstehst du?« fragte Vorbis. »Die Ephebianer haben bestimmt keinen Weg *hierher* konstruiert. Wer ein Labyrinth mit vielen Fallen anlegt, denkt auf eine andere Weise. Vermutlich enthält der Tunnel… Klappen. Und Steine, die verborgene Mechanismen auslösen, wenn man sie berührt. Sackgassen, die in Speergruben enden. Scharfe Klingen, die plötzlich aus der Wand hervorschwingen.«

»Oh.«

»Ebenso komplexe wie teuflische Vorrichtungen.«

Der Feldwebel versuchte, sich die trockenen Lippen mit einer trokkenen Zunge zu befeuchten. Er konnte in Vorbis' Gesicht nicht lesen wie in einem Buch, denn es hatte nie ein Buch wie Vorbis' Gesicht gegeben. Aber der Exquisitor neigte zu einer ganz bestimmten Denkweise...

»Du möchtest, daß ich mit einer Gruppe aufbreche und von den Kaianlagen aus durch den Tunnel gehe«, sagte er. Jetzt klang seine Stimme nicht mehr optimistisch, sondern hohl.

»Das wollte ich gerade vorschlagen, ja«, bestätigte Vorbis.

»Wie du wünschst, Herr.«

Der Diakon klopfte dem Soldaten auf die Schulter.

»Sei unbesorgt«, sagte er munter. »Om schützt jene, die stark im Glauben sind.«

»Ja, Herr.«

»Und wer von euch überlebt, erstattet mir ausführlich Bericht. Doch zuerst... Sie sind nicht in der Stadt, oder?«

»Wir haben alles gründlich durchsucht, Herr.«

»Und sie haben auch nicht das Tor passiert? Dann bleibt nur der Ozean.«

»Es fehlen keine ephebianischen Schiffe, Herr.«

»Vielleicht sind sie mit einem kleinen Boot geflohen.«

Vorbis blickte über das Runde Meer. Es füllte die Welt von Horizont zu Horizont. Jenseits davon erstreckten sich die Ebenen von Sto, und daran schlossen sich die gewaltigen Massive der Spitzhornberge an. Sie reichten bis hin zu einem Ort, den die Ketzer »Mitte« nannten, obwohl es sich um den »Pol« handelte. Die Welt war natürlich eine Kugel und wies daher eine gekrümmte Oberfläche auf, was bedeutete: Man konnte den Pol nur deshalb sehen, weil sich auch das Licht krümmte, in der Luft, auf die gleiche Weise wie im Wasser... Der Exquisitor hielt aufmerksam Ausschau und bemerkte einen weißen Fleck in der Ferne.

Vorbis konnte sehr weit sehen, wenn er am Hang eines Berges stand.

Er nahm eine Handvoll Asche – die Reste von Dykeris *Prinzipien der Navigation* – und ließ sie durch die Finger rieseln.

»Om hat uns einen guten Wind geschickt«, sagte er. »Gehen wir zum Kai.«

Der Feldwebel entdeckte einen vagen Hoffnungsschimmer, und der befand sich tatsächlich am Horizont.

»Du möchtest nicht, daß wir den Tunnel untersuchen, Herr?« fragte er.

»Ich verstehe deine Enttäuschung. Den Tunnel könnt ihr euch vornehmen, wenn wir wieder zurück sind.«

Urn stocherte mit einem Draht in den kleinen Öffnungen der Kupferkugel, während das *Namenlose Boot* zwischen den Wellen hin und her schaukelte.

»Vielleicht solltest du einige Male auf das Ding einschlagen«, meinte Simony, der nicht versuchte, Unterschiede zwischen Maschinen und Menschen zu machen.

»Es handelt sich um einen philosophischen Motor«, erwiderte Urn. »Schläge nützen da kaum etwas.«

»Du hast gesagt, Maschinen könnten unsere Sklaven sein«, erinnerte Simony den Neffen.

»Aber das bedeutet nicht, daß man sie unbedingt schlagen muß«, entgegnete Urn. »Salz bildet Krusten in den Düsen. Wenn das heiße Wasser aus der Kugel strömt, läßt es Salz zurück.«

»Warum?«

»Keine Ahnung. Vielleicht möchte es sich nicht mit Gepäck belasten.«

»Wir kommen nicht mehr voran! Kannst du etwas dagegen unternehmen?«

»Ja. Wir warten, bis sich die Kupferkugel abgekühlt hat. Dann reinigen wir sie und füllen Wasser nach.«

Simony sah sich geistesabwesend um.

»Wir sind noch immer in Sichtweite der Küste!«

»Bei *dir* mag das der Fall sein«, sagte Didaktylos. Er saß in der Mitte des Bootes, hatte die Hände auf dem Gehstock gefaltet und wirkte wie ein Alter, der nur selten aus dem Haus kam und sich sehr über die Abwechslung freute.

»Hier draußen sieht uns bestimmt niemand.« Urn stocherte erneut mit dem Draht. »Nun, ich bin ein wenig wegen der Schraube besorgt. Sie wurde erfunden, um Wasser zu bewegen – und jetzt bewegt *sie* sich im Wasser.«

»Soll das heißen, sie ist verwirrt?« fragte Simony.

»Bei der Schraube sitzt eine Schraube locker«, kommentierte Didaktylos fröhlich.

Brutha lag in der Spitze des Bootes und blickte ins Wasser. Ein kleiner Tintenfisch schwamm vorbei, dicht unter der Oberfläche. Er fragte sich, zu welcher Spezies das Geschöpf gehörte...

Und plötzlich wußte er: Es war ein Exemplar der Gattung Cephalopoda – Phylum Mollusca, um ganz genau zu sein. Der Tintenfisch hatte kein Skelett, sondern ein inneres Stützgerüst aus Knorpeln. Hinzu kamen ein gut entwickeltes Nervensystem und Augen, die denen von Wirbeltieren ähnelten.

Das Wissen hing einige Sekunden lang im Zentrum von Bruthas Aufmerksamkeit und verblaßte dann.

»Om?« hauchte er.

»Ja?«

»Was machst du?«

»Ich versuche zu schlafen. Schildkröten brauchen viel Schlaf.«

Simony und Urn beugten sich über den philosophischen Motor. Brutha blickte zu dem Gebilde...

...und sah: eine Kugel mit dem Radius r, woraus sich ein Volumen $V = (4/3)(pi)\ r^3$ und eine Fläche $A = 4(pi)\ r^2$ ergaben...

»O mein Gott...«

»Was ist denn jetzt schon wieder?« erklang die geistige Stimme der Schildkröte.

Didaktylos wandte sich halb um, und Brutha preßte beide Hände an den Kopf.

»Was bedeutet ›pi‹?«

Der Philosoph richtete seinen blinden Blick auf den Novizen.

»Was ist mit dir?« fragte Om.

»Ich weiß nicht… Es sind mir unbekannte Worte! Ich habe keine Ahnung, was in den Büchern geschrieben steht! Ich kann nicht lesen!«

»Viel Schlaf ist wichtig«, sagte Om. »Dadurch bekommt man einen guten Panzer.«

Brutha kniete im schwankenden Boot. Er kam sich vor wie ein Hausinhaber, der unerwartet heimkehrte und überall Fremde vorfand, in jedem Zimmer – und sie nahmen dabei keine drohende Haltung ein, sondern beanspruchten einfach nur Platz.

»Wissen leckt aus den Büchern!«

»Wie sollte das möglich sein?« fragte Didaktylos. »Du hast sie nur angesehen, ohne sie zu lesen. Also weißt du gar nicht, was es mit dem Text auf sich hat.«

»Aber die Bücher wissen, worum es in ihnen geht!«

»Jetzt hör mal… Es sind Bücher, beschriebenes Pergament, weiter nichts«, sagte Didaktylos. »Sie zeichnen sich keineswegs durch eine magische Natur aus. Wenn man mit einem kurzen Blick feststellen könnte, was Bücher beinhalten, so wäre mein Neffe längst ein Genie.«

»Was ist los mit ihm?« fragte Simony.

»Er glaubt, zuviel zu wissen.«

»Nein!« widersprach Brutha. »Ich weiß überhaupt nichts! Zumindest nicht *wirklich*. Ich habe mich nur gerade daran erinnert, daß Tintenfische ein inneres Stützgerüst aus Knorpeln haben!«

»O ja, ich kann mir vorstellen, daß dich so etwas beunruhigt«, meinte Simony. »Priester«, schnaufte er. »Sind alle verrückt.«

»Aber ich weiß doch gar nicht, was Knorpel *sind*!«

»Hartes Bindegewebe«, erklärte Didaktylos. »Gleichzeitig knöchern und ledrig.«

»Tja, du hast recht: Man lernt nicht aus«, brummte Simony.

»Bei einigen von uns ist es umgekehrt«, sagte Didaktylos.

»Wie bitte?«

»Philosophie.« Didaktylos winkte ab. »Setz dich Junge. Sonst schwankt das Boot noch heftiger. Wir sind überladen, und daher ist besondere Vorsicht angebracht.«

»Der Auftrieb des Bootes ist gleich dem Gewicht des verdrängten Wassers«, sagte Brutha und nahm Platz.

»Hmm?«

»Aber ich weiß nicht, was ›Auftrieb‹ bedeutet.«

Urn hob den Kopf. »Alles klar.« Und zum Feldwebel: »Nimm deinen Helm und füll Wasser in die Kugel.«

»Setzen wir die Reise fort?«

»Nun, zunächst müssen wir wieder Dampf bekommen.« Urn wischte sich die Hände an der Toga ab.

»Es gibt verschiedene Methoden des Lernens«, ließ sich Didaktylos vernehmen. »In diesem Zusammenhang fällt mir Fürst Lasgere von Tsort ein. Er fragte mich damals, wie er zu einem Gelehrten werden könnte, ohne daß er Zeit mit Lesen und so vergeuden müßte. Ich antwortete: ›Es gibt keine fürstliche Straße zur Weisheit, Herr.‹ Woraufhin er erwiderte: ›Dann bau mir eine, wenn du nicht möchtest, daß dir die Beine abgehackt werden.‹ Immer offen und direkt, der Fürst. Nahm nie ein Blatt vor den Mund. Wissen und Weisheit waren ihm wichtig – zumindest wichtiger als das Leben seiner Untertanen.«

»Warum hat er dir nicht die Beine abgehackt?« fragte Urn.

»Ich habe ihm die Straße gebaut. Mehr oder weniger.«

»Wie? Ich dachte, das sei nur eine Metapher gewesen.«

»Du lernst dazu, Urn. Ich besorgte mir zehn Sklaven, die lesen konnten, beauftragte sie damit, abends am Bett des Fürsten zu sitzen und dem Schlafenden vorzulesen.«

»Hat es funktioniert?«

»Keine Ahnung. Der dritte Sklave rammte Lasgere einen fünfzehn Zentimeter langen Dolch ins Ohr. Nach der Revolution entließ mich der neue Herrscher aus der Haft und erlaubte mir, das Land zu verlassen. Allerdings mußte ich ihm versprechen, daß ich bis zur Grenze nicht denken würde. Wie dem auch sei: Ich bin nach wie vor davon überzeugt, daß jene Idee im großen und ganzen nicht schlecht war.«

Urn blies ins Feuer.

»Es dauert eine Weile, bis das Wasser heiß ist«, sagte er.

Der im Bug sitzende Brutha streckte sich wieder aus. Wenn er sich konzentrierte, konnte er die Flut des Wissens eindämmen. Es kam darauf an, nichts zu betrachten. Selbst eine Wolke...

...von natürlicher Philosophie geschaffen, um hier und dort Schatten auf die Welt zu werfen und zu verhindern, daß sie zu heiß wurde...

...mochte Ventile für neue Erkenntnisse öffnen.

Om schlief tief und fest.

Wissen, ohne zu lernen, dachte Brutha. *Nein. Umgekehrt. Lernen, ohne zu wissen...*

Neun Zehntel von Om schlummerten unter dem Panzer. Der Rest trieb wie Nebel durch den Kosmos der Götter, der viel weniger interessant ist als jene dreidimensionale Welt, in der die meisten Menschen wohnen.

Er dachte: *Wir sitzen in einem kleinen Boot. Wahrscheinlich bemerkt sie uns überhaupt nicht. Das Meer ist riesig, und sie kann nicht überall zugleich sein.*

Natürlich hat sie viele Gläubige. Aber dies ist ein kleines *Boot...*

Om spürte die Selbstsphären neugieriger Fische an der Schraube. Eigentlich seltsam: Normalerweise neigten Fische nicht dazu, neugierig zu...

»Ich grüße dich«, sagte die Königin des Meeres.

»Äh.«

»Wie ich sehe, gelingt es dir noch immer, an deiner Existenz festzuhalten, kleine Schildkröte.«

»Ja, ich kann nicht klagen«, entgegnete Om. »Zumindest nicht sehr.«

Es folgte eine kurze Stille. Wenn die Begegnung zwischen zwei Personen in der menschlichen Welt stattgefunden hätte, so wäre diese Pause mit verlegenem Hüsteln gefüllt gewesen. Aber Götter sind nie verlegen.

»Vermutlich bist du gekommen, um den Preis zu verlangen«, sagte Om vorsichtig.

»Das Boot und alle Insassen«, erwiderte die Königin. »Dein Gläubiger mag gerettet werden, wie es die Tradition gebietet.«

»Was nützen dir die Leute? Einer von ihnen ist Atheist.«

»Ha! Wenn es mit ihnen zu Ende geht, glauben *alle*!«

»Das scheint nicht...« Om zögerte. »Es scheint nicht *fair* zu sein.«

Die Königin des Meeres schwieg zunächst.

»Fair? Was bedeutet das?«

»Damit meine ich so etwas wie Gerechtigkeit«, erklärte Om und fragte sich, was ihn zu einer solchen Bemerkung veranlaßte.

»Klingt nach einem menschlichen Konzept.«

»Oh, sie sind sehr einfallsreich, das muß man ihnen lassen. Nun, ich wollte auf folgendes hinaus: Die Leute in diesem Boot haben nichts getan, womit sie ein solches Schicksal verdienen.«

»*Verdienen?* Es sind *Menschen*. Was hat ›verdienen‹ damit zu tun?«

Dem konnte Om kaum widersprechen. Er dachte nicht wie ein Gott, und das beunruhigte ihn. »Ich meine nur...«

»Du hast dich zu lange auf einen Menschen verlassen, kleiner Gott.«

»Ich weiß, ich weiß.« Om seufzte. Von jedem Bewußtsein ging mentale Strahlung aus, die die anderen Selbstsphären in der Nähe beeinflußte. Er sah die Dinge zu sehr aus dem Blickwinkel seines Menschen. »Na schön, nimm das Boot, wenn es unbedingt sein muß. Ich wünschte nur...«

»Wünschst du dir mehr Fairneß?« fragte die Königin des Meeres. Sie schob sich vor, und Om spürte ihre Anwesenheit auf allen Seiten.

»So etwas gibt es nicht«, fügte sie hinzu. »Das Leben ist wie ein Strand. Und dann stirbt man.«

Sie verschwand.

Om kehrte unter seinen Panzer zurück.

»Brutha?«

»Ja?«

»Kannst du schwimmen?«

Die Kupferkugel drehte sich langsam.

»Na bitte«, sagte Urn. »Gleich geht's weiter.«

»Wird auch Zeit.« Simonys Stimme. »Da nähert sich ein Schiff.«

»Dieses Boot ist schneller als alles, was von Segeln oder Rudern angetrieben wird.«

Brutha blickte über die Bucht. Ein schnittiges omnianisches Schiff glitt am Leuchtturm vorbei. Es war noch weit entfernt, aber das Entsetzen des Novizen wirkte wie ein leistungsfähiges Teleskop.

»Die Geschwindigkeit des Schiffes ist ziemlich hoch«, sagte Simony. »Obwohl gar kein Wind weht. Seltsam.«

Urn betrachtete das Meer in der Nähe. Es war flach und unbewegt.

»Wie ist es möglich, daß dort drüben Wind weht und hier nicht?« fragte er.

»Kannst du schwimmen?« wiederholte Om mit etwas mehr Nachdruck.

»Ich weiß es nicht«, antwortete Brutha.

»Ich schlage vor, du findest es schnell heraus.«

Urn sah nach oben.

»Oh«, sagte er.

Wolken ballten sich über dem *Namenlosen Boot* zusammen. Und sie drehten sich im Kreis.

»Du *mußt* doch wissen, ob du schwimmen kannst!« rief Om. »Immerhin hast du ein perfektes Gedächtnis!«

»Als Kinder haben wir in der großen Zisterne unseres Dorfes geplanscht«, hauchte Brutha. »Zählt das?«

Dunstschwaden lösten sich von der Oberfläche des Meers. In Bruthas Ohren knackte es. Das omnianische Schiff jagte auch weiterhin durch die Wellen.

»Wie nennt man eine ruhige Zone, die von Wind umgeben ist?« erkundigte sich Urn.

»Meinst du das Auge des Hurrikans?« erwiderte Didaktylos.

Blitze zuckten vom dunkler werdenden Himmel herab. Urn zerrte an dem Hebel, der die Schraube ins Wasser hinabließ. Seine Augen leuchteten fast so hell wie die Blitze.

»*Das* ist wahre Kraft!« brachte er hervor. »Die Blitze zu bändigen – davon träumt der Mensch.«

Das *Namenlose Boot* sauste los.

»Tatsächlich? *Ich* träume nicht davon«, meinte Didaktylos. »Im Traum erscheint mir häufig eine riesige Karotte und jagt mich durch ein Hummerfeld.«

»Ich spreche von *metaphorischen* Träumen, Meister«, erklärte Urn.

»Was ist eine Metapher?« fragte Simony.

»Was ist ein Traum?« erkundigte sich Brutha.

Eine Säule aus Licht durchstieß den Nebel. Kleinere Blitze knisterten über der sich drehenden Kupferkugel.

»Das gibt es auch bei Katzen.« Urn schien sich in einer philosophischen Welt zu verlieren, während das *Boot* weißes Kielwasser hinter sich zurückließ. »Wenn man mit einem Stab aus Bernstein über ihr Fell streicht, kann man kleine Blitze beobachten. Wenn es gelänge, dieses Phänomen millionenfach zu verstärken... Dann wären die Menschen keine Sklaven mehr. Dann könnten wir die Blitze in Krügen und Gläsern aufbewahren und mit ihnen für immer die Nacht besiegen...«

Wieder gleißte es, diesmal nur wenige Meter entfernt.

»Wir sitzen hier in einem Boot mit einer Kupferkugel, und wir sind von Salzwasser umgeben«, sagte Didaktylos. »Danke, Urn.«

»Und wir würden dafür sorgen, daß die Tempel der Götter immer in ruhmvolles Licht gehüllt wären«, betonte der Neffe hastig.

Didaktylos klopfte mit dem Gehstock an den Rumpf. »Keine schlechte Idee. Aber du bringst nie genug Katzen zusammen.«

Die Wellen wuchsen höher und höher.

»Spring ins Wasser!« rief Om.

»Warum denn?« erwiderte Brutha.

Eine Woge brachte das Boot fast zum Kentern. Regen zischte an der Kugel und formte Schwaden aus heißem Dampf.

»Die Zeit genügt nicht, um dir jetzt die Hintergründe zu schildern! Spring über Bord! Es ist zu deinem eigenen Besten! *Vertrau* mir!«

Brutha stand auf und hielt sich am Gerüst des Mechanismus fest.

»Setz dich!« donnerte Urn.

»Ich mache einen kleinen Ausflug«, sagte Brutha. »Vielleicht bleibe ich für längere Zeit fort.«

Das Boot erzitterte und schaukelte unter ihm, als er sich mit einer Mischung aus Sprung und Fall dem brodelnden Meer anvertraute.

Ein Blitz traf die Kupferkugel.

Brutha kam wieder an die Wasseroberfläche und sah, wie die Kugel weiß glühte. Das *Namenlose Boot* raste wie ein Komet davon, verschwand in Wolkenfetzen und Regen. Einige Sekunden später übertönte ein dumpfes »Bumm!« das Heulen des Sturms.

Brutha hob die Hand. Om tauchte auf und stieß durch die kleinen Nüstern Meerwasser aus.

»Du hast gesagt, es sei zu meinem Besten!« rief Brutha.

»Und das stimmt auch – *wir* sind noch am Leben! Halt mich über Wasser! Schildkröten können nicht schwimmen!«

»Vielleicht sind die anderen tot!«

»Möchtest du ihnen lieber Gesellschaft leisten?«

Eine Welle schlug über Brutha zusammen und versteckte die Welt hinter einem nassen, grünen Vorhang.

»Mit einer Hand kann ich nicht schwimmen!« prustete er.

»Irgendwie kommen wir mit dem Leben davon! Sie wird es nicht wagen, uns auch zu holen!«

»Was soll das heißen?«

Eine weitere Welle zerrte an Brutha, und seine Kutte wurde langsam schwer wie Blei.

»Om?«

»Ja?«

»Ich glaube, ich kann gar nicht schwimmen...«

Götter sind nicht besonders introspektiv. Eine derartige Eigenschaft spielt beim göttlichen Überleben keine wichtige Rolle. Es genügt, beschwatzen, bedrohen und erschrecken zu können. Wenn man einfach nur mit den Fingern schnippen muß, damit ganze Städte in Schutt und Asche liegen, so braucht man nur selten in sich zu gehen und zu versuchen, die Dinge aus einer anderen Perspektive zu sehen.

Woraus sich ergab: Überall im Multiversum geschah es, daß mit hoher Intelligenz und jeder Menge Mitgefühl ausgestattete Männer und Frauen ihr ganzes Leben Göttern widmeten, die ihnen selbst bei einem *einfachen* Dominospiel unterlegen gewesen wären. Nehmen wir zum Beispiel Schwester Sestina von Quirm. Sie trotzte dem Zorn eines Königs, wanderte über glühende Kohlen, ohne sich dabei zu verletzen, und verkündete eine Philosophie, die aus vernünftigen ethischen Grundsätzen bestand – im Namen einer Göttin, die sich nur für Frisuren interessierte. Oder Bruder Zephilit aus Klatsch. Er gab sein gewaltiges Vermögen und die Familie auf, verbrachte den Rest des Lebens damit, sich um Kranke und Notleidende zu kümmern. Auf diese Weise diente er dem unsichtbaren Gott F'rum, der in der astralen Sphäre als inkompetent galt. Man sagte ihm nach, er sei nicht einmal dann imstande, den eigenen Rücken zu finden, wenn er mit beiden Händen danach suchte – vorausgesetzt natürlich, daß er überhaupt einen Rükken und Hände hatte. Götter müssen nicht intelligent sein, solange das die Menschen für sie übernehmen.

Die Königin des Meeres galt selbst bei den übrigen Göttern als ziemlich dumm. Aber ihren Gedanken haftete eine gewisse Logik an, als sie tief unter den sturmgepeitschten Wellen dahinglitt. Das kleine Boot war ein verlockendes Ziel gewesen, doch jetzt gab es ein viel größeres, ein Schiff voller Menschen, das geradewegs in den Orkan segelte.

Sie hielt es für fair, alle Opfer zu beanspruchen, die sie bekommen konnte. Die Meereskönigin vergaß das Boot und wandte sich dem Schiff zu, das sie mit Quantität lockte.

Die *Gottesflosse* sprang von Wellenkamm zu Wellenkamm, während heftige Böen an den Segeln zerrten. Der Kapitän stapfte durch fast hüfthohes Wasser zum Bug, wo Vorbis stand, sich an der Reling festklammerte und überhaupt nicht zu merken schien, daß sich ein immer größerer Teil des Seglers *unter* dem Meeresspiegel befand.

»Herr! Wir *müssen* die Segel reffen! Der Wind ist viel zu stark!«

Grünes Feuer flackerte an den Mastspitzen, und das Licht spiegelte sich in Vorbis' dunklen Augen wider, als er sich umdrehte.

»Wir setzen die Fahrt wie bisher fort, zum Ruhme Oms«, sagte er. »Der Glaube ist unser Segel, Glorie unser Ziel.«

Dem Kapitän reichte es. Von Religion wußte er nicht sehr viel, aber er war davon überzeugt, daß er sich nach dreißig Jahren immerhin mit dem Meer auskannte.

»Der Grund des Ozeans ist unser Ziel!« rief er.

Vorbis zuckte mit den Schultern. »Der eine oder andere Umweg ist nicht ausgeschlossen«, erwiderte er.

Der Kapitän starrte ihn groß an und stapfte dann übers schwankende Deck zurück. Er wußte eins: Zu solchen Stürmen kam es nicht einfach so. Man segelte nicht im einen Augenblick über eine ruhige See, um im nächsten in einen Orkan zu geraten. Dies war nicht das Meer, sondern etwas Persönliches.

Ein Blitz traf den Großmast. In der Dunkelheit ertönte ein Schrei, als ein Segel riß und Takelage herabfiel.

Der Kapitän schwamm und kletterte die Treppe zum Steuerrad hoch. Oben zeigte sich der Steuermann als Schemen im gespenstischen Glühen des Sturms, von sprühender, zischender Gischt umgeben.

»Wir sind erledigt!«

JA.

»Wir müssen das Schiff verlassen!«

NEIN. WIR NEHMEN ES MIT. ES IST EIN HÜBSCHES SCHIFF.

Der Kapitän spähte in die Finsternis.

»Bist du das, Bootsmann Coplei?«

MÖCHTEST DU NOCH EINMAL RATEN?

Der Rumpf stieß an einen dicht unter den Wellen verborgenen Felsen und brach auf. Ein Blitz traf den zweiten Mast, und daraufhin fiel die *Gottesflosse* auseinander, wie ein Papierschiffchen, das zu lange im Wasser gewesen ist. Balken und Planken splitterten, warfen sich dem heulenden Himmel entgegen...

Und dann herrschte plötzlich samtene Stille.

Der Kapitän prüfte seine jüngsten Erinnerungen, die Wasser, lautes Rauschen in den Ohren und kaltes Feuer in den Lungen miteinschlossen. Diese Eindrücke verflüchtigten sich rasch. Er ging zur Reling – in der Stille klangen seine Schritte lauter als sonst – und sah darüber hinweg. Sein Gedächtnis behauptete, daß die *Gottesflosse* auseinandergebrochen war, aber erstaunlicherweise bot sie sich ihm heil dar. Zumindest in einer gewissen Weise.

»Äh«, sagte er. »Das Meer scheint verschwunden zu sein.«

JA.

»Und das Land auch.«

Der Kapitän klopfte auf die Reling. Sie war grau und halb durchsichtig.

»Äh. Ist das Holz?«

ES HANDELT SICH UM EINE MORPHISCHE ERINNERUNG.

»Wie bitte?«

DU BIST SEEMANN GEWESEN. SICHER HAST DU IRGENDWANN EINMAL

GEHÖRT, DASS MAN VON EINEM SCHIFF SO SPRACH, ALS SEI ES LEBENDIG.

»Ja. Man kann keine Nacht an Bord eines Schiffes verbringen, ohne den Eindruck zu gewinnen, es hätte eine Seele...«

GENAU.

Die Erinnerung der *Gottesflosse* segelte durch Stille. In der Ferne seufzte leise der Wind oder eine Erinnerung daran. Die Überbleibsel heftiger Böen...

»Äh«, wiederholte der Kapitän. »Hast du eben ›bist... gewesen‹ gesagt?«

JA.

»Dann habe ich also richtig gehört.«

Der Kapitän blickte zum Hauptdeck. Dort versammelte sich die Besatzung und sah erwartungsvoll zu ihm auf.

Daneben bewegte sich etwas anderes: Die Ratten des Schiffes hatten Aufstellung bezogen, und vor ihnen zeigte sich eine kleine, in einen Kapuzenumhang gehüllte Gestalt.

QUIEK, sagte sie.

Selbst Ratten haben einen Tod, dachte der Kapitän.

Des Menschen Tod trat beiseite und winkte.

DU KANNST DEN KURS BESTIMMEN.

»Aber... Wohin sollen wir segeln?«

WAS WEISS ICH?

Der Kapitän tastete hilflos nach dem großen Steuerrad.

»Hier gibt es keine mir vertrauten Sterne! Und wir haben keine Karten. Welche Winde wehen an diesem Ort? Wie sind die Strömungen beschaffen?«

Tod zuckte mit den Schultern.

Der Kapitän verharrte in Unschlüssigkeit, während das Schiff ziellos durch das Phantom eines Meeres glitt.

Nach einer Weile erhellte sich seine Miene. Das Schlimmste hatte er bereits hinter sich. Erstaunlich, welche Erleichterung diese Erkenntnis brachte. Und wenn er das Schlimmste bereits hinter sich hatte...

»Wo ist Vorbis?« knurrte er.

ER HAT ÜBERLEBT.

»Tatsächlich? Es gibt keine Gerechtigkeit!«

ES GIBT NUR MICH.

Tod verschwand.

Der Kapitän drehte das Steuerrad, damit alles *richtig* aussah. Immerhin: Er war noch immer der Kapitän und hatte noch immer das Kommando über das Schiff.

»Maat?«

Der Maat salutierte.

»Zu Befehl!«

»Äh, wohin sollen wir jetzt segeln?«

Der Maat kratzte sich am Kopf.

»Nun, Käpt'n, im heidnischen Klatsch soll es einen paradiesischen Ort geben. Dort singt man, und es herrscht kein Mangel an Wein und Frauen, die Glöckchen tragen und... unbekümmert sind.«

Der Maat zögerte hoffnungsvoll.

»Unbekümmert, wie?« vergewisserte sich der Kapitän.

»Das habe ich gehört.«

Der Kapitän gelangte zu dem Schluß, daß er ein wenig Unbekümmertheit vertragen konnte.

»Hast du irgendeine Ahnung, wie wir jenen Ort erreichen können?«

»Ich glaube, man bekommt die entsprechenden Anweisungen während des Lebens«, erwiderte der Maat.

»Oh.«

»Und dann gibt es da noch Barbaren, in Richtung Mitte«, sagte der Maat. Er genoß das letzte Wort. »Sie sind davon überzeugt, daß sie nach dem Tod einen großen Saal betreten, wo sie nach Herzenslust essen und trinken können.«

»Warten dort auch Frauen auf sie?«

»Das nehme ich an.«

Der Kapitän runzelte die Stirn. »Komisch«, murmelte er. »Ich frage mich, wieso Heiden und Barbaren im Jenseits die besten Plätze bekommen?«

»Ein rätselhafte Angelegenheit«, kommentierte der Maat. »Vielleicht soll auf diese Weise ein Ausgleich geschaffen werden, weil sie im Leben die ganze Zeit über Spaß hatten...« Er unterbrach sich verwirrt. Im Tode funktionierte sein Verstand besser; deutlich hörte er den falschen Klang dieser Worte.

»Kennst du den Weg zu jenem Paradies?« fragte der Kapitän.

»Leider nicht.«

»Wie dem auch sei: Es kann sicher nicht schaden, wenn wir danach suchen.«

Der Kapitän blickte erneut über die Reling. *Wenn man lange genug segelt, erreicht man eine Küste*, dachte er. *Und es kann tatsächlich nicht schaden zu suchen.*

Eine Bewegung weckte seine Aufmerksamkeit, und er lächelte. Gut. Ein Zeichen. Vielleicht wendete sich doch alles zum Guten...

Der Geist des Schiffes segelte weiter, begleitet von geisterhaften Delphinen...

In diesen Bereich der Küste wagten sich keine Möwen. Ihren Platz beanspruchte hier die sogenannte Skalbi, ein Mitglied der Krähenfamilie – obwohl Krähen solche Verwandtschaft geleugnet und es überhaupt abgelehnt hätten, in der Öffentlichkeit davon zu reden. Skalbis flogen nur selten; sie nutzten eine Fortbewegungsmethode, die aus einer Mischung von Hüpfen und Torkeln zu bestehen schien. Ihre Schreie erinnerten Zuhörer an die Geräusche eines nicht richtig funktionierenden Verdauungssystems. Sie sahen so aus wie andere Vögel nach einem Aufenthalt in einer Öllache. Skalbis fraßen Dinge, bei denen selbst Geiern übel wurde – zum Beispiel das Erbrochene von Geiern. Skalbis fraßen *alles*.

Ein Exemplar dieser Spezies watschelte und sprang an diesem Morgen über den Strand und pickte nach diversen Dingen, nur für den Fall, daß sich Kieselsteine und Holz über Nacht in Nahrung verwandelt hatten – nach den Erfahrungen von Skalbis wurde praktisch alles eßbar, wenn es nur lange genug liegenblieb. Nach einer Weile erreichte der Vogel einen kleinen Hügel und stieß ihn versuchsweise mit dem Schnabel an.

Der Hügel stöhnte.

Die Skalbi wich hastig zurück und wandte ihre Aufmerksamkeit einem runden, gewölbten Stein neben dem Hügel zu. Sie war ziemlich sicher, daß er gestern an dieser Stelle noch nicht existiert hatte. Der Vogel beschloß, ein Experiment zu wagen – er pickte kurz.

Dem vermeintlichen Stein wuchs ein Kopf. »Verschwinde, du Mistvieh«, sagte er.

Die Skalbi sprang zurück und floh mit weiten Sätzen – ihre Art des Fliegens – zu einer Ansammlung von Treibholz, das sich im heißen Sonnenschein in eine grauweiße, knochentrockene Masse verwandelte. Optimismus prägte das Empfinden des Vogels: Wenn der Stein lebte, dann mußte er auch irgendwann sterben.

Der Große Gott Om wankte zu Brutha und rammte ihm mehrmals den Panzer an den Kopf, bis der Novize schließlich stöhnte.

»Wach auf, Junge. Raus aus den Federn. Wer rastet, der rostet.«

Brutha öffnete ein Auge.

»Was ist passiert?« fragte er.

»Du lebst – *das* ist passiert«, erwiderte Om und erinnerte sich: *Das Leben ist wie ein Strand. Und dann stirbt man.*

Brutha richtete sich auf und kniete sich hin.

Es gibt Strände, die von der majestätischen Pracht des Meeres künden.

Das galt nicht für diesen Strand. *Dieser* Strand bildete nur einen öden Saum dort, wo sich Wasser und Land trafen. Treibholz hatte sich an der Flutgrenze gesammelt, und der Wind scheuerte darüber hinweg.

Das leise Summen in der Luft ließ auf unangenehme kleine Insekten schließen. Ein gewisser Geruch deutete darauf hin, daß vor langer Zeit etwas verfault war, an einer Stelle, wo es die Skalbis nicht gefunden hatten. Es handelte sich also nicht um einen guten Strand.

»O Gott.«

»Ist immer noch besser als zu ertrinken«, meinte Om aufmunternd.

»Ich weiß nicht.« Brutha sah sich um. »Gibt es hier etwas zu trinken?«

»Das bezweifle ich«, sagte Om.

»Im dritten Vers des fünften Kapitels wies Ossory darauf hin, daß du in der trockenen Wüste Wasser fließen lassen kannst«, stellte Brutha fest.

»Ich schätze, da hat er sich eine gewisse künstlerische Freiheit erlaubt.«

»Du kannst es also nicht?«

»Nein.«

Brutha starrte in die Wüste. Hinter dem Treibholz und einigen Grasbüscheln, die noch im Wachstum verdorrten, reichten Dünen bis zum sandigen Horizont.

»Welche Richtung müssen wir einschlagen, um nach Omnien zu gelangen?«

»Wir wollen nicht nach Omnien«, sagte Om.

Brutha sah auf die Schildkröte hinab. Nach einigen Sekunden hob er sie hoch.

»Ich glaube, es geht dort entlang.«

Om trat verzweifelt mit den Beinen.

»Warum willst du nach Omnien?« fragte er.

»Ich will gar nicht dorthin«, antwortete Brutha. »Aber ich gehe trotzdem.«

Die Sonne hing hoch über dem Strand.

Oder vielleicht auch nicht.

Brutha wußte jetzt einige Dinge über die Sonne. Aus den Erinnerungen an die Schriftrollen sickerte einiges in sein Bewußtsein. Die Ephebianer waren sehr an Astronomie interessiert gewesen. Expletius hatte herausgefunden, daß die Scheibenwelt etwa sechzehntausend Kilometer durchmaß. Sein Forschungskollege Febrius verwendete Sklaven mit gutem Reaktionsvermögen und lauten Stimmen, ließ sie des Morgens an verschiedenen Stellen in der Landschaft Aufstellung beziehen und erbrachte mit ihrer Hilfe den Beweis dafür, daß sich Licht etwa mit der gleichen Geschwindigkeit bewegte wie der Schall. Didaktylos gelangte in diesem Zusammenhang zu folgendem Schluß: Um zwischen den Elefanten hindurchzufliegen, mußte die Sonne in ihrer Umlaufbahn an jedem Tag mehr als sechsundfünfzigtausend Kilometer zurücklegen – womit sie doppelt so schnell war wie ihr eigenes Licht. Woraus folgte: Die meiste Zeit über sah man die Sonne gar nicht dort, wo sie sich befand, sondern dort, wo sie sich befunden *hatte*. Aber es gab auch Ausnahmen. Zweimal am Tag holte die Sonne ihr vorher ausgestrahltes Licht ein, und dann befand sie sich genau dort, wo sie sich zu befinden *schien*, was bedeutete, daß die Sonne einem überlichtschnellen Partikel gleichkam, gewissermaßen eine Art Tachyon darstellte. Didaktylos prägte eine andere Bezeichnung. Er nannte die Sonne schlicht und einfach »unberechenbares Mistding«.

In der Hitze schien das nahe Meer zu kochen.

Brutha stampfte vor sich hin, unter sich den einzigen Schatten im Umkreis von mehreren hundert Kilometern. Om klagte nicht mehr – selbst dafür war es zu heiß.

Hier und dort schwamm Holz in der trüben Brühe am Ufer.

Irgendwo vor Brutha flimmerte die Luft über dem Sand, und in der Mitte davon zeigte sich ein dunkler Fleck.

Der Novize betrachtete ihn teilnahmslos, während er sich näherte, nahm ihn jedoch nicht bewußt wahr. Der Fleck bot nur einen Bezugspunkt in einer Welt aus orangefarbener Hitze, dehnte sich im vibrierenden Dunst aus und schrumpfte wieder.

Er stellte sich als Vorbis heraus.

Es dauerte ziemlich lange, bis sich dieser Gedanke einen Weg durch Bruthas mentalen Nebel bahnte.

Vorbis.

Er trug keine Kutte mehr – einige Fetzen erinnerten noch daran –, sondern im wesentlichen ein ärmelloses Unterhemd.

Brutha starrte darauf hinab.

Die Fingernägel. Gerissen. Blut. Am Bein. Von scharfen Felsen stammende Fleischwunden. Vorbis.

Vorbis.

Brutha sank auf die Knie. An der Flutgrenze krächzte eine Skalbi.

»Er... lebt noch«, brachte Brutha hervor.

»Schade«, sagte Om.

»Wir sollten ihm... helfen.«

»Du könntest ihm helfen, ins Jenseits zu gelangen«, schlug die Schildkröte vor. »Nimm einen Stein und zertrümmere ihm den Schädel.«

»Wir dürfen ihn nicht einfach so liegenlassen.«

»Wer sollte es uns verbieten?« fragte Om.

Brutha schob die Hand unter den Diakon und versuchte, ihn hochzuheben. Überraschenderweise war es ganz einfach – Vorbis wog fast nichts. Unter der Kutte des Exquisitors hatte sich ein Körper verborgen, der fast nur aus Haut und Knochen bestand. Brutha fürchtete, ihm etwas zu brechen, wenn er ihn zu hart anfaßte.

»Und was ist mit mir?« jammerte Om.

Brutha legte sich Vorbis über die Schulter.

»Du hast vier Beine«, sagte er.

»Ich bin dein Gott!«

»Ja, ich weiß.« Der Novize ging wieder über den Strand.

»Was hast du mit ihm *vor*?«

»Ich bringe ihn nach Omnien«, brummte Brutha. »Die Leute sollen Bescheid wissen. Sie sollen erfahren, was er getan hat.«

»Du bist verrückt! Vollkommen verrückt! Willst du ihn etwa bis nach Omnien *tragen*?«

»Keine Ahnung. Ich werd's versuchen.«

»Du, du...« Om stampfte mit mehreren Füßen auf. »Es gibt Millionen von Menschen auf der Welt, und ich mußte ausgerechnet an dich geraten! Warum bist du nur so *dumm*!«

Die Hitze verwandelte Brutha allmählich in einen zitternden Schemen.

»Mir *reicht's*!« rief Om. »Ich brauche dich nicht! Glaubst du etwa, daß ich dich brauche? Da irrst du dich gewaltig! Ich finde auch einen anderen Gläubigen! Das ist überhaupt kein Problem!«

Brutha verschwand.

»Und ich laufe dir nicht nach!« fügte Om hinzu.

Brutha beobachtete, wie er einen Fuß vor den anderen setzte.

Inzwischen dachte er nicht mehr. Sein bratendes Selbst bestand nur noch aus zusammenhanglosen Bildern und Erinnerungsfetzen.

Träume. Sie formten Szenen im Kopf des Novizen. Coaxes, auch Schmeichelgut genannt, hatte eine ganze Schriftrolle darüber geschrieben. Abergläubische Menschen hielten Träume für göttliche Botschaften, aber in Wirklichkeit wurden sie vom Gehirn geschaffen, wenn es nachts die Ereignisse des Tages analysierte und klassifizierte. Brutha träumte nie. Er erlebte nur... Dunkelheit, während sein Ich Erinnerungen sortierte und verstaute. Es hatte die Bücher archiviert, und nun wußte er, ohne zu lernen...

Träume.

Gott. Götter brauchten Menschen. Deren Glaube gab ihnen Kraft. Aber sie benötigten auch eine Gestalt. Götter wurden so, wie sie nach Meinung der Menschen beschaffen sein sollten. Nun, die Göttin der Weisheit trug einen Pinguin. Das hätte jedem Gott passieren können. Eine Eule wäre weitaus angemessener gewesen. Alle wußten, daß Eulen Weisheit symbolisierten. Aber ein unbegabter Bildhauer, der

Eulen nur aus vagen Beschreibungen kannte, verpfuscht eine Statue, und der *Glaube* erledigt den Rest: Plötzlich muß sich die Göttin der Weisheit mit einem Vogel abfinden, der dauernd Abendkleidung trägt und nach Fisch riecht.

Der Glaube verleiht den Göttern auf die gleiche Weise Gestalt wie eine gallertartige Masse Gußformen füllt.

Götter sind oft wie Väter, schrieb der Agnostiker Abraxas. Götter werden zu einem großen Bart am Himmel, weil der Vater für Dreijährige ein großer Bart am Himmel *ist*.

Abraxas überlebte... Dieser Gedanke schoß klar und scharf durch jenen Teil von Bruthas Bewußtsein, der noch immer ganz allein ihm gehörte. Götter hatten nichts gegen Atheisten, wenn es sich um vollkommen überzeugte und sehr leidenschaftliche Atheisten handelte – so wie Simony –, die ihr ganzes Leben nicht glaubten und dazu noch die Götter haßten, weil sie nicht existierten. Ein derartiger Atheismus war wie ein Fels in der Brandung und kam fast dem Glauben gleich...

Sand. Daran mangelte es nicht in Wüsten. Winzige Felssplitter, zu Myriaden in Form von Dünen angehäuft. Gordo von Tsort definierte Sand als glattgeschliffene Berge, aber Irexes hatte Sandstein als Stein aus Sand identifiziert und daraus den Schluß gezogen, daß Sandkörner die *Väter* der Berge darstellten...

Jedes einzelne von ihnen ein winziger Kristall. Und sie wuchsen zusammen, wurden größer...

Viel größer...

Irgendwann hörte Brutha auf, ständig nach vorn zu fallen, und blieb still liegen.

»Hau *ab*!«

Die Skalbi reagierte nicht. Sie fand alles *interessant*. Sie sah ganz neue Dinge in der Wüste, und außerdem gab es die Möglichkeit – sogar die Gewißheit –, daß sie schließlich eine Mahlzeit bekam.

Der Vogel hockte auf Oms Panzer.

Die Schildkröte schob sich durch den Sand, hielt nur gelegentlich inne und verfluchte ihren Passagier.

Brutha hatte diesen Weg genommen.

Hier und dort ragten Felsen wie Inseln aus der Wüste, und hier reichten sie bis zum Meer. Brutha war nicht in der Lage gewesen, über das Hindernis hinwegzuklettern: Die Fußspuren führten vom Strand fort, tiefer hinein in die Wüste.

»Idiot!«

Om kletterte am Hang einer Düne empor und stemmte die Füße tief in den Sand, damit er nicht zurückrutschte.

Auf der anderen Seite zeigte sich eine lange Furche, deutlicher Hinweis darauf, daß der Junge hingefallen war. Om zog die Beine ein und rodelte hinab.

Unten machten die Fußspuren einen weiten Bogen. Vermutlich hatte Brutha der nächsten Düne ausweichen wollen – um sich den Felsen von der anderen Seite her zu nähern. Om kannte sich mit Wüsten aus und wußte daher: Diese Logik hatten schon Tausende von anderen Menschen angewendet, bevor sie sich zu Skeletten entwickelt hatten.

Die Schildkröte folgte den Spuren und genoß den Schatten einer Düne, hinter der sich die Sonne dem Horizont entgegenneigte.

Jenseits des Berges aus Sand... Ja, dort führten die Fußspuren im Zickzack über einen Hang und wichen dabei im rechten Winkel von der eigentlich eingeschlagenen Richtung ab. Typisch. So war das eben mit Wüsten: Sie verfügten über eine eigene, ganz besondere Gravitation, mit dem sie Wanderer in ihr Zentrum saugten.

Brutha torkelte weiter und hielt Vorbis mit einem Arm. Er wagte es nicht stehenzubleiben. Bestimmt schlug ihn dann seine Großmutter. Auch Bruder Nhumrod weilte in der Nähe und zeigte sich ab und zu vor ihm.

»Ich bin sehr von dir enttäuscht, Brutha. Ähm?«

»Habe... Durst...«

»…Durst«, sagte Nhumrod. »Hab Vertrauen zum Großen Gott.«

Brutha konzentrierte sich, woraufhin Nhumrod verschwand.

»Großer Gott?« fragte er.

Irgendwo mußte es Schatten geben. Die Wüste konnte unmöglich endlos sein.

Die Sonne ging schnell unter. Om wußte, daß der Sand noch eine Zeitlang Wärme ausstrahlte, die von seinem Panzer gespeichert wurde. Aber im Anschluß daran kam die Kälte einer Wüstennacht.

Am Himmel leuchteten bereits Sterne, als er Brutha fand. Vorbis lag einige Meter daneben.

Om verharrte am Ohr des Jungen.

»He!«

Alles blieb still, und nichts rührte sich. Om stieß behutsam an Bruthas Kopf und sah dann die spröden, an einigen Stellen aufgeplatzten Lippen.

Etwas pickte.

Die Skalbi untersuchte Bruthas Zehen, mußte diese Aktivität jedoch unterbrechen, als sich das Maul einer Schildkröte um ihr Bein schloß.

»*Ab*hauen 'ollst 'u!« schimpfte Om undeutlich.

Der Vogel rülpste erschrocken und wollte davonfliegen, aber Om hielt entschlossen fest. Die Skalbi sprang und hüpfte und zog Om zwei oder drei Meter weit mit sich, bevor der schließlich losließ.

Der Gott wollte spucken, doch dazu eignete sich ein Schildkrötenmund nicht besonders gut.

»Ich hasse alle Vögel«, verkündete er.

Die Skalbi hockte auf der Kuppe eines Sandhügels und bedachte Om mit einem vorwurfsvollen Blick. Sie plusterte sich auf und schien bereit zu sein, die ganze Nacht – und auch noch länger – zu warten.

Om kroch zu Brutha zurück. Wenigstens atmete der Junge noch…

Wasser.

Der Gott dachte darüber nach. Mit göttlichem Willen härtesten Fels zu zerquetschen, um das darin gefangene Wasser freizusetzen. Kein Problem, wenn man über die dazu notwendige Macht verfügte. Und Wasser fließen zu lassen... Ganz einfach. Eine Frage von Molekülen und Vektoren. Wasser neigte ohnehin zum Fließen, und diese natürliche Tendenz galt es auszunutzen. Man mußte nur dafür sorgen, daß es *hier* und nicht *dort* floß. Ein Kinderspiel für einen Gott, der in Form war.

Für eine Schildkröte sah die Sache etwas anders aus.

Om begab sich zum Fuß der Düne, und dort wanderte er einige Minuten lang auf und ab. Schließlich wählte er eine Stelle und begann zu graben.

Es war nicht richtig. Vorher war es unerträglich heiß gewesen, und jetzt wurde es eiskalt.

Brutha öffnete die Augen. Über ihm leuchteten helle Wüstensterne am Himmel. Seine Zunge schien den ganzen Mund zu füllen und sehnte sich nach...

Wasser.

Der Novize rollte sich auf die Seite. Es hatte eine Stimme im Kopf gehört, und jetzt vernahm er eine außerhalb davon. Sie mochte leise sein, aber sie existierte und hallte dumpf über den vom Mondschein erhellten Sand.

Mühsam kroch Brutha zur nächsten Düne. Davor sah er erst einen Haufen Sand, dann noch einige andere. Von dort her ertönte eine dumpfe Stimme.

Der Junge schob sich etwas näher.

Neben dem nächsten Buckel fand er ein Loch, und tief unten fluchte jemand. Die Worte blieben undeutlich, wurden von Echos in einem Tunnel verzerrt, doch an ihrem Sinn konnte kein Zweifel bestehen.

Brutha sank ganz auf den Boden und starrte in das Loch.

Nach einer Weile bewegte sich etwas in der Öffnung, und Om kam zum Vorschein. An seinem Panzer klebte etwas, das der Novize

»Schlamm« genannt hätte, wenn sie nicht in einer Wüste gewesen wären.

»Oh, du bist's«, sagte die Schildkröte. »Reiß ein Stück von deiner Kutte ab und gib mir den Fetzen.«

Brutha kam der Aufforderung verwirrt nach.

»Da unten zu graben ...«, brummte Om. »Es ist kein Zuckerschlekken, das versichere ich dir.«

Er schnappte nach dem Stoffstreifen, drehte sich vorsichtig und kehrte ins Loch zurück. Nach etwa einer Minute kam er wieder in Sicht.

Der Fetzen war naß. Brutha ließ sich die Feuchtigkeit in den Mund tropfen. Sie schmeckte nach Schlamm, Sand, billigem braunen Farbstoff und auch nach Schildkröte, aber derzeit hätte der Junge nicht gezögert, das Zeug literweise zu trinken. Er wünschte sich, darin zu *schwimmen*.

Er riß noch einen Streifen von seiner Kutte und reichte ihn dem Reptil.

Als Om damit zurückkehrte, kniete Brutha neben Vorbis.

»Fünf Meter tief ist der verdammte Tunnel!« rief der Gott. »Fünf Meter! Verschwende das Wasser nicht an ihn! Lebt er noch immer?«

»Er hat Fieber.«

»Befrei ihn von seinem Leid.«

»Wir bringen ihn nach Omnien.«

»Glaubst du tatsächlich, daß wir heimkehren können? Ohne Nahrung und ohne Wasser?«

»Du hast Wasser gefunden. In der Wüste.«

»Mit einem Wunder hat das nichts zu tun«, erwiderte Om. »Im Küstenbereich regnet es zu gewissen Zeiten. Manchmal kommt es zu flutartigen Überschwemmungen. Es gibt Wadis, ausgetrocknete Flußbetten und wasserführende Schichten im Boden.«

»Für mich klingt es nach einem Wunder«, krächzte Brutha. »Es wird nicht weniger wundervoll, weil du es erklären kannst.«

»Nun, eins steht fest: Da unten im Loch muß eine Suche nach Nahrung erfolglos bleiben. Nichts zu essen, Teuerster. Und selbst wenn es uns gelänge, das Meer wiederzufinden: Wie sollten wir dort Fische fangen? Aber ein solches Problem stellt sich gar nicht für uns. Ich *kenne* die Wüste. Dauernd muß man irgendwelchen Felsen oder Dünen ausweichen, und plötzlich findet man sich dort wieder, wo die Reise begonnen hat. Hinzu kommen Löwen und... andere Dinge...«

...*Götter.*

»Was schlägst du vor?« fragte Brutha. »Dir liegt viel am Überleben, nicht wahr? Möchtest du nach Ephebe zurück? Glaubst du, daß uns die Ephebianer mit offenen Armen empfangen werden?«

Om schwieg.

Brutha nickte.

»Das wäre also geklärt. Hol mehr Wasser.«

Es war besser, nachts zu wandern, mit Vorbis über der Schulter und Om unter dem Arm.

Um diese Zeit des Jahres...

...geht der Glanz am Himmel *dort drüben* von der Aurora Corealis aus, den Mittlichtern. Dort entlud sich das magische Feld der Scheibenwelt mit thaumaturgischen Blitzen an den Gipfeln des Zentralmassivs Cori Celesti. Um diese Zeit des Jahres glitt die Sonne über die Wüste von Ephebe und das Meer jenseits von Omnien hinweg, passierte die Mittlichter auf der rechten Seite und ließ den Glanz des Sonnenuntergangs hinter sich zurück...

»Hast du jemals Cori Celesti aus der Nähe gesehen?« fragte Brutha.

Om war in der Kühle eingedöst, und nun erwachte er jäh.

»Wie?«

»Dort leben die Götter.«

»Ha!« knurrte Om. »Da könnte ich dir Geschichten erzählen...«

»Geschichten?«

»Halten sich für die Elite, die Götter von Cori Celesti.«

»Du hast dort also nicht gewohnt?«

»Nein. Dazu muß man ein Donnergott oder so sein. Wer einen Platz auf dem Schickeriahügel beansprucht, braucht haufenweise Gläubige. Dazu muß man zu einer anthropomorphen Personifizierung oder so werden.«

»Es genügt nicht, ein Großer Gott zu sein.«

Nun, sie befanden sich in der Wüste. Und eine hohe Wahrscheinlichkeit sprach für Bruthas baldigen Tod.

»Eigentlich kann ich es dir ruhig sagen«, brummte Om. »Schließlich überleben wir bestimmt nicht... Weißt du, *jeder* Gott ist für irgend jemanden ein Großer Gott. Ich wollte nie in dem Sinne *groß* werden. Einige Stämme, die eine oder andere Stadt. Das ist doch nicht zuviel verlangt, oder?«

»Es gibt zwei Millionen Menschen im omnianischen Reich«, warf Brutha ein.

»Ja. Nicht übel, was? Es begann mit einem Schafhirten, der eine Stimme hörte. Und schließlich wurden daraus zwei Millionen Seelen.«

»Aber du hast nie etwas für sie *getan*«, sagte Brutha.

»Wie meinst du das?«

»Zum Beispiel hast du den Menschen nicht verboten, sich gegenseitig umzubringen...«

»Darüber habe ich nie nachgedacht. Warum sollte ich ihnen so etwas verbieten?«

Brutha suchte nach einem Argument, das die besonderen Aspekte göttlicher Psychologie berücksichtigte.

»Nun, wenn sich die Menschen nicht mehr töten... Dann gibt es mehr Leute, die an dich glauben.«

»Guter Hinweis«, räumte Om ein. »Wirklich interessant. Eine völlig neue und faszinierende Perspektive.«

Eine Zeitlang schwieg Brutha, während er ging. Rauhreif glitzerte auf den Dünen.

»Hast du jemals etwas von Ethik gehört?« fragte er.

»Ein Ort in Wiewunderland, nicht wahr?«

»Im Leben der Ephebianer spielte die Ethik eine große Rolle.«

»Vermutlich dachten sie daran, den Ort irgendwann anzugreifen und zu erobern.«

»Oh, sie dachten daran, ja, sogar sehr oft.«

»Sicher wollten sie eine langfristige Strategie planen.«

»Ich glaube nicht, daß es sich um einen Ort handelt. Es geht um das Zusammenleben von Menschen.«

»Vermutlich haben sich die Ephebianer Gedanken darüber gemacht, während Sklaven für sie schufteten. Glaub mir, wenn du einige Burschen siehst, die über Wahrheit, Schönheit und die besten Möglichkeiten für einen Angriff auf Ethik sprechen, so kannst du deine Sandalen auf folgendes verwetten: Sie können sich nur deshalb die Zeit mit solchen Diskussionen vertreiben, weil andere Leute arbeiten, während sie wie... wie...«

»Wie Götter leben?« beendete Brutha den Satz.

Betroffenes Schweigen folgte.

Schließlich räusperte sich Om. »Wie Könige. Das wollte ich sagen. Wie Könige.«

»›Götter‹ paßt noch besser.«

»Wie *Könige*«, beharrte die Schildkröte.

»Warum brauchen Menschen Götter?« fragte der Novize.

»Oh, Götter gehören einfach dazu«, antwortete Om mit ernstem Nachdruck.

»Aber die *Götter* brauchen *Menschen*, nicht umgekehrt«, überlegte Brutha laut. »Sie benötigen die Kraft des Glaubens. Das hast du selbst gesagt.«

Om zögerte. »Nun, äh, die Menschen müssen an *etwas* glauben, oder? Ich meine, warum sollte es denn sonst donnern?«

»Donner.« Bruthas Augen trübten sich ein wenig. »Ich weiß nicht, was es mit dem Donnern...

...wird von zusammenstoßenden Wolken verursacht. Der Blitz hinterläßt ein Loch in der Luft, und die Geräusche stammen von Wolken, die jenes Loch füllen wollen und dabei kollidieren. Diesem Vorgang liegen leicht zu erklärende kumulodynamische Prinzipien zugrunde.«

»Deine Stimme klingt seltsam, wenn du aus den Erinnerungen zitierst«, bemerkte Om. »Was bedeutet ›kumulodynamisch‹?«

»Keine Ahnung. Niemand hat mir ein Wörterbuch gezeigt.«

»Wie dem auch sei: Es ist nur eine Erklärung und kein *Grund*.«

»Meine Großmutter meinte, der Donner wird vom Großen Gott Om verursacht, wenn Er Seine Sandalen abnimmt«, sagte Brutha. »An jenem Tag war sie in einer seltsamen Stimmung und lächelte fast.«

»In *metaphorischer* Hinsicht hatte sie recht«, erwiderte Om. »Aber ich hab's nie donnern lassen. Wegen der Zuständigkeit. Der eingebildete Blinde Io mit seinem großen Hammer hat das Donnern für sich gepachtet. Gehört natürlich zu diesen Typen auf dem Schickeriahügel.«

»Du hast doch gesagt, es gäbe Hunderte von Donnergöttern«, meinte Brutha.

»Ja. Und er ist sie alle. So was nennt man Rationalisierung. Einige Stämme schließen sich zusammen, und sie haben beide Donnergötter. Was geschieht? Die beiden göttlichen Entitäten gehen ineinander auf. Weißt du, wie sich Amöben teilen?«

»Nein.«

»Nun, es funktioniert so ähnlich, nur umgekehrt.«

»Ich verstehe noch immer nicht, wie ein Gott Hunderte von Donnergöttern sein kann. Sie sehen doch alle anders aus…«

»Pappnasen.«

»Wie bitte?«

»Und verstellte Stimmen. Zufälligerweise weiß ich, daß Io siebzig verschiedene Hämmer hat. Das ist natürlich ein Geheimnis. Ähnlich verhält es sich mit Muttergöttinnen. Es gibt nur eine. Sie hat natürlich viele Perücken, und außerdem ist es erstaunlich, was man mit einem wattierten Büstenhalter anstellen kann.«

Dann war nur noch die absolute Stille der Wüste zu hören. Die Sterne leuchteten hinter einem hohen Vorhang aus Luftfeuchtigkeit und wirkten wie winzige Rosetten.

Über jenem Ort, den die omnianische Kirche als obersten Pol bezeichnete – etwas in Brutha zog die Bezeichnung »Mitte« vor –, flakkerte der Himmel.

Brutha setzte Om ab und legte Vorbis in den Sand.

Stille.

Überall Leere und Ödnis. Hier gab es nur das, was man selbst mitbrachte. Seltsame Gefühle regten sich in dem Novizen. Auf diese Weise mußten die Propheten empfinden, wenn sie in die Wüste zogen, um... irgend etwas zu finden und mit... irgend jemandem zu sprechen.

»Menschen müssen an *etwas* glauben«, sagte Om gereizt. »Warum nicht an Götter? Was gibt es denn sonst noch?«

Brutha lachte.

»Ich glaube, inzwischen glaube ich an nichts mehr«, entgegnete er.

»Wobei ich natürlich eine Ausnahme bin!«

»Oh, ich *weiß*, daß du existierst.« Brutha spürte, wie sich Om ein wenig entspannte. »Schildkröten haben etwas an sich. An Schildkröten kann ich glauben. Offenbar verfügen sie über eine Menge Existenz. Aber mit den Göttern im großen und ganzen habe ich Schwierigkeiten.«

»Wenn sich die Menschen von den Göttern abwenden – dann könnten sie praktisch an *alles* glauben«, sagte Om. »Zum Beispiel an die Dampfkugel des jungen Urn. *Alles* käme in Frage.«

»Hmm.«

Ein grünes Glühen am Himmel vermittelte folgende Botschaft: Das Licht der Morgendämmerung jagte der Sonne hinterher.

Vorbis stöhnte.

»Es ist mir ein Rätsel, warum er nicht aufwacht«, brummte Brutha. »Ich habe keine Knochenbrüche festgestellt.«

»Kennst du dich mit solchen Dingen aus?«

»In einer der ephebianischen Schriftrollen ging es um Knochen und so. Kannst du ihm nicht irgendwie helfen?«

»Warum sollte ich das?«

»Du bist ein Gott.«

»Ja. Und wenn ich stark genug wäre, könnte ich ihn vermutlich mit einem Blitz erschlagen.«

»Ich dachte, Io sei für die Blitze zuständig.«

»Nein, nur für den Donner. Man kann es so oft blitzen lassen, wie man will, aber für den Donner muß man Vereinbarungen mit Io treffen.«

Der Horizont zeigte sich nun als goldenes Band.

»Und Regen?« fragte Brutha. »Wie wär's mit etwas *Nützlichem*?«

Eine silberne Linie tauchte am unteren Rand des goldenen Glanzes auf. Das Sonnenlicht flutete Brutha entgegen.

»Das war gemein«, sagte die Schildkröte. »Und das mit Absicht. Mit der letzten Bemerkung *wolltest* du verletzen.«

Es wurde rasch heller, und Brutha sah eine nicht allzu weit entfernte Felsinsel. Die vom Sand abgeschliffenen Säulen boten Schatten. In der Zitadelle gab es einen großen Vorrat an Schatten, aber hier in der Wüste war er echte Mangelware.

»Höhlen?« fragte Brutha.

»Schlangen.«

»Aber es sind trotzdem Höhlen?«

»Mit Schlangen drin.«

»Giftschlangen?«

»Dreimal darfst du raten.«

Das *Namenlose Boot* glitt ruhig darin, angetrieben vom Wind. Urns Kutte hing als improvisiertes Segel an einem Mast, der aus den Holzlatten des Gerüstes bestand. Zusammengebunden waren sie mit den Riemen von Simonys Sandalen.

»Ich glaube, ich weiß jetzt, was schiefgegangen ist«, sagte Urn. »Wir waren zu schnell.«

»Zu schnell?« wiederholte Simony. »Wir sind *geflogen*! Und zwar *über* dem Wasser!«

»Dem Mechanismus muß eine Art Kontrollvorrichtung hinzugefügt werden.« Urn kratzte die ersten Linien einer Konstruktionszeichnung in die Seite des Bootes. »Ein Ventil, das sich öffnet, wenn zuviel Dampf entsteht. Vielleicht zwei Kugeln, die sich drehen...«

»Komisch, daß du ausgerechnet so etwas vorschlägst«, erwiderte Didaktylos. »Als wir vom Wasser abhoben und über die Wellen hinwegrasten, hatte ich das Gefühl...«

»Die Explosion hätte uns fast umgebracht!« unterbrach Simony den Philosophen.

»Das nächste Antriebssystem wird besser«, meinte Urn zuversichtlich und beobachtete den fernen Saum der Küste.

»Warum gehen wir nicht irgendwo an Land?« fragte er.

»An der Wüstenküste?« entgegnete Simony. »Weshalb? Dort gibt's nichts zu essen und nichts zu trinken. Außerdem kann man sich leicht verirren. Nein, wir sollten uns von diesem Wind nach Omnien bringen lassen. Vor der Stadt kehren wir an Land zurück. Ich kenne Leute, die kennen Leute. Überall in Omnien haben wir Freunde. Damit meine ich Personen, die an die Schildkröte glauben.«

»Ich wollte nie jemanden dazu bringen, an die Schildkröte zu *glauben*«, sagte Didaktylos kummervoll. »Es handelt sich um eine ziemlich große Schildkröte. Sie existiert. Die Dinge passieren, und ich nehme an, der Schildkröte ist das völlig gleich. Ich hielt es nur für eine gute Idee, alles niederzuschreiben und, äh, zu erklären und so.«

Simony schenkte ihm keine Beachtung. »Manche Leute blieben die ganze Nacht auf, um Wache zu halten, während andere den Text kopierten. Unter großer Gefahr wurden die Abschriften verteilt! Jeder stellte eine her und gab sie weiter. Es war wie ein Feuer, das sich am Boden ausbreitete!«

»Meinst du, es waren so viele Abschriften?« fragte Didaktylos vorsichtig.

»Ich meine, es waren Hunderte! Tausende!«

»Äh, jetzt dürfte es wohl zu spät sein, um fünf Prozent Tantiemen zu verlangen, wie?« In Didaktylos keimte die Hoffnung nur für wenige Sekunden. »Oh, ja, natürlich, ein dummes Anliegen. Entschuldigt die Frage.«

Ein fliegender Fisch sauste, von einem Delphin verfolgt, aus dem Wasser.

»Der junge Brutha tut mir leid«, sagte Didaktylos nach einer Weile.

»Priester sind entbehrlich«, brummte Simony. »Es gibt ohnehin zu viele von ihnen.«

»Er hatte unsere Bücher im Kopf«, gab Urn zu bedenken.

»Vielleicht gibt ihm das Wissen genug Auftrieb zum Schwimmen«, spekulierte Didaktylos.

»Der Bursche hatte sie ohnehin nicht alle«, meinte Simony. »Ich habe mitbekommen, wie er der Schildkröte etwas zugeflüstert hat.«

»Ich wünschte, sie wäre noch bei uns.« Didaktylos seufzte. »Schmecken gut, Schildkröten.«

Eigentlich war es keine Höhle, nur ein tiefer Hohlraum, geschaffen vom geduldigen Wüstenwind und – vor langer Zeit – von fließendem Wasser. Doch er genügte.

Brutha kniete auf dem Boden und hob den Stein.

In seinen Ohren summte es, und seine Augen schienen in Sand zu ruhen. Seit dem Sonnenuntergang kein Tropfen Wasser. Und seit hundert Jahren nichts zu essen. *Mir bleibt keine Wahl*, dachte der Novize.

»Es tut mir leid«, sagte er und schlug zu.

Die Schlange hatte ihn die ganze Zeit über beobachtet, aber die Lethargie des frühen Morgens hinderte sie daran, rechtzeitig auszuweichen. Es knirschte leise, und Brutha ahnte: Sein Gewissen würde dieses Geräusch noch viele Jahre lang für ihn wiederholen.

Falls er überlebte.

»Gut«, sagte Om neben dem Jungen. »Häute das Biest jetzt und verschwende dabei keine Flüssigkeit. Wirf die Haut nicht weg.«

»Ich wollte die Schlange nicht töten«, ächzte Brutha.

Om schnaufte leise. »Sieh die Sache mal so. Wenn du die Höhle ohne eine Warnung von mir betreten hättest, dann lägst du nun auf dem Boden, mit einem Fuß so groß wie ein Kleiderschrank. Tu den anderen das an, was sie dir nicht antun sollen.«

»Es ist nicht einmal eine sehr große Schlange«, meinte Brutha.

»Stell dir vor, wie du nach dem Biß von unerträglichen Schmerzen heimgesucht wirst«, fuhr Om fort. »Dann denkst du daran, was du mit der Schlange gemacht hättest, wenn du imstande gewesen wärst, ihr zuvorzukommen. Nun, dein Wunsch ist in Erfüllung gegangen. Gib Vorbis keinen einzigen Bissen ab«, fügte der Gott hinzu.

»Er hat noch immer Fieber und redet vor sich hin.«

»Du hoffst immer noch, daß es dir gelingt, den Exquisitor zur Zitadelle zurückzubringen – und daß man dir dort glaubt?« fragte Om.

»Bruder Nhumrod hat mehrmals gesagt, ich sei überhaupt nicht fähig zu lügen«, erwiderte Brutha. Er zerbrach den Stein an der Höhlenwand, und mit einer scharfen Kante schnitt er die Schlange auf. »Außerdem bleibt mir nichts anderes übrig. Ich kann ihn doch nicht hier zurücklassen.«

»Doch, das kannst du«, widersprach Om.

»Damit er in der Wüste stirbt?«

»Ja. Es ist ganz einfach. Es ist viel einfacher, als ihn *nicht* in der Wüste sterben zu lassen.«

»Nein.«

»Es liegt an der Ethik, wie?« erkundigte sich Om sarkastisch.

»Es liegt vor allem an meinen eigenen Grundsätzen.«

Das *Namenlose Boot* schaukelte auf den Wellen eines kleinen, von Felsen gesäumten Kanals. Jenseits des Strands ragte eine halbhohe Klippe auf. Simony hatte sie erklettert, und nun kehrte er zu den Philosophen zurück, die im Windschatten eines Felsvorsprungs hockten.

»Ich kenne diese Gegend«, sagte der Soldat. »Wir sind hier nur wenige Kilometer von einem Dorf entfernt, in dem ein Freund von mir wohnt. Wir brauchen nur bis heute abend zu warten.«

»Warum machst du das alles?« fragte Urn. »Ich meine, was hat's für einen Sinn?«

»Hast du jemals von einem Land namens Istanzia gehört?« erwiderte Simony. »Es war nicht sehr groß. Und es besaß keine Reichtümer irgendeiner Art. Es diente nur einem kleinen, zufriedenen Volk als Heimat.«

»Omnien hat jenes Land vor fünfzehn Jahren erobert«, sagte Didaktylos.

»Ja«, bestätigte Simony. »Ich bin dort geboren. Damals war ich noch ein Knabe, aber ich erinnere mich genau daran. Ich werde nicht vergessen, was vor fünfzehn Jahren geschah. Und andere erinnern sich ebenfalls. Viele Leute haben Grund, die Kirche zu hassen.«

»Du hast dich immer in der Nähe von Vorbis aufgehalten«, sagte Urn. »Ich dachte, du wolltest ihn beschützen.«

»Oh, das stimmt auch«, entgegnete Simony. »Ich möchte nicht, daß ihn jemand umbringt. Weil ich ihn selbst töten will.«

Didaktylos zog sich die Toga enger um die Schultern und schauderte.

Die Sonne war am kupfernen Himmelsgewölbe festgenagelt. Brutha döste in der Höhle. Vorbis lag in einer Ecke, wälzte sich immer wieder von einer Seite auf die andere.

Om saß im Eingang und wartete.

Wartete gespannt.

Und besorgt.

Schließlich kamen *sie*.

Unter kleinen Steinen schoben sie sich hervor, krochen aus Ritzen und Spalten. Aus dem Sand sprangen sie empor und fielen vom heißen Firmament herab. Ihre Stimmen erklangen nun, so leise wie das Flüstern von Mücken.

Oms Anspannung wuchs.

Er hörte etwas, doch es war nicht die Sprache der hohen Götter. Eigentlich handelte es sich gar nicht um eine Sprache in dem Sinne. Die geringen Götter brachten nur Wünsche und Begehren zum Ausdruck, ohne Substantive und mit einigen wenigen Verben.

...Wollen...

Gehört mir, antwortete Om.

Es waren Tausende. Er hatte mehr Kraft – die Kraft eines Gläubigen –, doch die Geringen kamen wie ein Heuschreckenschwarm. Ihr Verlangen brach wie heißes Blei über Om herein. Sein *einziger* Vorteil bestand darin, daß die geringen Götter nichts von Zusammenarbeit wußten. Solche Konzepte wurden erst mit höheren Evolutionsstufen möglich.

...Wollen...

Gehört mir!

Aus dem Zirpen wurde pfeifendes Jammern.

Aber ihr könnt den anderen haben, sagte Om.

...Stumpf, hart, geschlossen, unzugänglich...

Ich weiß, erwiderte Om. Aber dieser *gehört mir*!

Mentale Schreie hallten über die Wüste. Die geringen Götter flehten.

Mit einer Ausnahme.

Om merkte, daß eine sakrale Wesenheit abseits des allgemeinen Schwarms weilte und über einem von der Sonne gebleichten Knochen schwebte. Bisher hatte sie geschwiegen.

Die Schildkröte wandte sich ihr zu.

Du. *Gehört mir.*

Ich weiß, erwiderte der kleine Gott. Er kannte die wahre göttliche Sprache, obgleich jedes Wort so klang, als müßte es mühsam aus staubigen Ecken im Gedächtnis hervorgekramt werden.

Wer bist du? fragte Om.

Der geringe Gott bewegte sich.

Einst gab es eine Stadt, antwortete er. Nicht nur eine Stadt. Ein Reich mit vielen Städten. Ich, ich, ich erinnere mich an Kanäle und Parkanlagen. An einen See. Mit schwimmenden Gärten. Ich, ich. Und Tempel. Tempel, wie man sie sich besser nicht erträumen kann. Pyramiden, so groß, daß sie bis zum Himmel emporreichten. Tausende wurden geopfert. Um des Ruhmes willen.

Unbehagen erfaßte Om. Dies war nicht nur *irgendein* geringer Gott, sondern ein geringer Gott, der einst große Macht genossen hatte...

Wer bist du?

Und Tempel. Ich, ich, mir, mich. Tempel, wie man sie sich besser nicht erträumen kann. Pyramiden, so groß, daß sie bis zum Himmel emporreichten. Um des Ruhmes willen. Tausende wurden geopfert. Mir. Um des Ruhmes willen.

Und Tempel. Mir, mich, mir. Um des Ruhmes willen. Ruhmvolle Tempel, wie man sie sich besser nicht erträumen kann. Große Pyramiden, Traumtempel bis zum Himmel empor. Mir, mich. Opfer. Traum. Tausende wurden geopfert. Mir des Ruhmes willen Himmel Ruhm.

Du warst der Gott jenes Reiches? brachte Om mühsam hervor.

Tausende wurden geopfert. Um des Ruhmes willen.

Hörst du mich?

Tausende von Opfern, großer Ruhm. Ich, ich, mir, mich.

Wie lautete dein Name? fragte Om.

Name?

Heißer Wind wehte über die Wüste; einzelne Sandkörner rollten hin und her. Das Echo des einst großen Gottes wurde von der Brise erfaßt und segelte davon, drehte sich dabei mehrmals hilflos um die eigene Achse und verschwand schließlich zwischen den Felsen.

Wer warst du?

Keine Antwort.

So geschieht es, dachte Om. Es war schon schlimm genug, ein geringer Gott zu sein – obgleich die einzelnen geringen Götter kaum wußten, in welcher entsetzlichen Situation sie sich befanden, weil es ihnen an der Möglichkeit mangelte, die eigene Lage zu *verstehen*. Sie spürten nur *etwas*, vielleicht den Keim der Hoffnung, eines Tages Wissen erlangen und erneut Glaubenskraft bekommen zu können, so daß sie mehr wurden, als sie jetzt waren.

Aber ein Großer Gott gewesen zu sein und sich daran zu erinnern, das gegenwärtige Elend mit der einstigen Macht vergleichen zu können, während man im Wind über jenen Sand hinwegtrieb, der von den Tempeln übriggeblieben war…

Om drehte sich um und wanderte mit stummelartigen Beinen durch die Höhle, bis er zu Bruthas Kopf kam. Mit dem Panzer stieß er mehr oder weniger behutsam dagegen.

»Wasn?«

»Wollte nur feststellen, ob du noch lebst.«

»Fgfl.«

»Alles klar.«

Om kehrte zum Höhleneingang zurück, um dort weiter Wache zu halten.

Angeblich gab es Oasen in der Wüste, aber nie befanden sie sich zweimal am gleichen Ort. Von einer solchen Wüste konnte man keine Karten anfertigen – sie tötete die Kartenzeichner.

Und dann die Löwen. Om erinnerte sich an sie. Dürr und hungrig, nicht so stolz und majestätisch wie die Exemplare in der Steppe von Wiewunderland. Mehr Wolf als Löwe, mehr Hyäne als Wolf. Nicht besonders mutig. Eine hartnäckige, entschlossene Feigheit, die sehr gefährlich werden konnte…

Löwen.

Lieber Himmel…

Om begriff, daß er Löwen finden mußte.

Weil sie tranken.

Brutha erwachte, als das Licht des Nachmittags durch die Wüste kroch. Schlangengeschmack klebte ihm am Gaumen.

Om rammte ihm seinen Schildkrötenpanzer an den Fuß.

»Na los, na los, du verpaßt den besten Teil des Tages.«

»Gibt es hier irgendwo Wasser?« murmelte der Novize mühsam.

»Ja. Die Entfernung beträgt nur acht Kilometer – wir haben enorm viel Glück.«

Brutha richtete sich. Jeder Muskel schmerzte.

»Woher willst du das wissen?'«

»Ich spüre es. Immerhin bin ich ein Gott.«

»Du hast gesagt, zu solchen Dingen seiest du nicht imstande. Du hast gesagt, daß du nur Absichten und Gefühle von Personen spürst.«

Om fluchte lautlos. Brutha vergaß einfach nichts.

»Die Sache ist etwas komplizierter«, log er. »Vertrau mir. Komm jetzt, wir müssen das letzte Licht des Tages ausnutzen. Und vergiß den lieben, hilfsbedürftigen Vorbis nicht.«

Der Diakon lag zusammengerollt auf dem Boden, und der Blick seiner trüben, leeren Augen schweifte in die Ferne. Als der Novize ihm half, stand er wie jemand auf, der noch immer schlief.

»Vielleicht kam er irgendwie mit Gift oder so in Berührung«, vermutete Brutha. »Im Meer gibt's Tiere mit Stacheln und Dornen. Und giftige Korallen. Er bewegt immer wieder die Lippen, aber es kommt nichts heraus. Ich weiß nicht, was er zu sagen versucht.«

»Nimmt ihn mit«, erwiderte Om. »O ja, nimm ihn nur mit.«

»Gestern abend hast du mich aufgefordert, ihn im Stich zu lassen«, entsann sich Brutha.

»Tatsächlich?« Om gab sich völlig unschuldig. »Nun, vielleicht bin ich in Ethik gewesen und habe dort meine Meinung geändert. Jetzt weiß ich, daß Vorbis nicht ohne Grund bei uns weilt. Der gute alte Exquisitor. Nimm ihn mit.«

Simony und die beiden Philosophen standen auf der Klippe, blickten übers staubige Ackerland von Omnien und betrachteten die ferne Zitadelle. Nun, wenigstens zwei von ihnen betrachteten sie.

»Man gebe *mir* einen Hebel und festen Halt – dann würde ich das Ding wie eine Nußschale knacken«, sagte Simony und führte Didaktylos über den schmalen Pfad.

»Sieht riesig aus«, bemerkte Urn.

»Und der Glanz... Er stammt vom Portal.«

»Scheint recht groß zu sein.«

»Ich habe über das Boot nachgedacht«, verkündete Simony. »Über die dabei verwendete Fortbewegungsmethode. Mit so etwas kann man selbst große Türen zerschmettern, nicht wahr?«

»Vorher müßtest du das Tal fluten«, gab Urn zu bedenken.

»Aber wenn das Boot Räder hätte...«

»Ha, ja«, entgegnete Urn voller Sarkasmus. Hinter ihnen lag ein langer Tag. »Ja, mit einem Schmelzofen, sechs Schmieden und einigen Helfern ließe sich bestimmt etwas bewerkstelligen. Räder? Kein Problem. Aber...«

»Mal sehen«, brummte Simony. »Vielleicht läßt sich etwas arrangieren.«

Die Sonne hing am Horizont, als Brutha – den Arm um Vorbis' Schultern geschlungen – die nächste Felseninsel erreichte. Sie war ein wenig größer als die mit der Schlange. Der Wind hatte den Gesteinsformationen seltsame Formen gegeben: Einige sahen aus wie dürre, nach oben ragende Finger. Hier und dort in Spalten und Fugen wuchsen Pflanzen.

»Hier gibt es irgendwo Wasser«, sagte Brutha.

»Es gibt immer Wasser, selbst in den schlimmsten Wüsten«, erwiderte Om. »Ein paar Zentimeter Regen pro Jahr fallen in jedem Fall.«

»Ich rieche was.« Der Sand unter Bruthas Sandalen wich Kalksteingeröll. »Etwas... Fauliges.«

»Heb mich möglichst weit hoch.«

Oms Blick glitt über die Felsen.

»Gut. Jetzt kannst du mich wieder runterlassen. Und geh zu dem Felsen, der aussieht wie… der eine erstaunliche Form hat.«

Brutha sah in die entsprechende Richtung. »Erstaunlich, ja«, pflichtete er der Schildkröte bei. »Kaum zu glauben, daß der Wind für die Form verantwortlich ist.«

»Der Gott des Winds hat Sinn für Humor«, erklärte Om. »Wenn auch keinen besonders ausgefeilten.«

Am Fuß der Felsen bildeten herabgestürzte Steinplatten einen wirren, zerklüfteten Haufen, in dem sich hier und dort dunkle Öffnungen zeigten.

»Der Geruch…«, begann Brutha.

»Vermutlich geht er auf Tiere zurück, die zum Trinken hierherkommen«, sagte Om.

Bruthas Fuß stieß gegen einen gelbweißen Gegenstand, der forthüpfte und dabei mehrmals gegen die Felsen stieß. Es klang nach einem Sack voller Kokosnüsse. Die Echos klangen dumpf durch heiße Stille.

»Was war das?«

»Ganz bestimmt kein Schädel«, log der Gott. »Sei unbesorgt…«

»Hier liegen überall Knochen!«

»Was hast du denn erwartet? Wir sind hier in einer Wüste! Hier *sterben* Leute! Darin besteht eine der wichtigsten Beschäftigungen in dieser Gegend!«

Brutha hob einen Knochen auf. Er wußte, wie dumm er war, aber er wußte auch: Menschen nagten ihr Skelett nicht ab, nachdem sie gestorben waren.

»Om…«

»Hier gibt es Wasser!« rief die Schildkröte. »Wir brauchen es! Allerdings… Vielleicht hat die Sache den einen oder anderen Haken!«

»Haken?« wiederholte der Novize. »Was meinst du damit?«

»Nun, Gefahren.«

»Zum Beispiel?«

»Äh, hast du schon einmal etwas von Löwen gehört?« erwiderte Om verzweifelt.

»Hier treiben sich Löwen herum?«

»Nun, wie man's nimmt.«

»Was soll *das* denn heißen?«

»Hier treibt sich nur *ein* Löwe herum.«

»Nur ein...

...handelt es sich meistens um Einzelgänger. Besonders gefährlich sind alte Männchen, die von ihren jüngeren Rivalen in unwirtliche Regionen verdrängt werden. Sie sind unberechenbar und schlau und haben außerdem die Angst vor dem Menschen verloren...«

Die Erinnerung verblaßte und gab Bruthas Stimmbänder frei.

»Meinst du einen *solchen* Löwen?« fragte er.

»Wenn er gefressen hat, schenkt er uns keine Beachtung mehr«, sagte Om.

»Tatsächlich?«

»Wenn sich Löwen den Bauch vollgeschlagen haben, legen sie sich schlafen.«

»Und was soll dieser Löwe fressen?« erkundigte sich Brutha.

Er sah dorthin, wo Vorbis an einem Felsen kauerte.

»Etwa...?«

»Es wäre barmherzig«, meinte Om.

»Ja, eine Barmherzigkeit dem Löwen gegenüber! Du willst Vorbis als *Köder* verwenden?«

»Er wird die Reise ohnehin nicht überleben. Außerdem hat er Tausende von Menschen einem schlimmeren Schicksal ausgeliefert. Er stirbt für eine gute Sache.«

»Für eine gute Sache?«

»Für *unser* Überleben.«

Irgendwo zwischen den Felsblöcken ertönte ein Knurren. Es war nicht laut, aber es klang ausgesprochen verlangend. Brutha wich zurück.

»Es ist falsch, Menschen Löwen zum Fraß vorzuwerfen!«

»*Er* hat so etwas des öfteren getan.«

»Ja. Aber *ich* lehne es ab.«

»Na schön. Wir klettern auf eine Klippe, und wenn der Löwe zu fressen beginnt, erledigst du ihn mit einem gut gezielten Stein. Wahrscheinlich verliert Vorbis nur einen Arm oder ein Bein, das er kaum vermissen wird.«

»Nein! So darf man nicht mit Menschen umspringen, wenn sie hilflos sind.«

»Ich kann mir keinen besseren Zeitpunkt dafür vorstellen.«

Erneut ertönte das Knurren. Die Entfernung schien geringer geworden zu sein.

Brutha blickte auf die verstreuten Knochen hinab. Zwischen ihnen, halb im Geröll verborgen, lag ein Schwert. Es war alt, schlicht und vom Sand zerkratzt – aber es war eine Waffe. Der Novize griff danach.

»Das andere Ende«, sagte Om.

»Ich weiß!«

»Kannst du mit so einem Ding umgehen?«

»Keine Ahnung!«

»Ich hoffe, du lernst schnell.«

Der Löwe kam zum Vorschein.

Es wurde bereits darauf hingewiesen: Wüstenlöwen sind anders als die in der Steppe. Früher haben sie sich geähnelt, damals, als die Wüste noch grünes Waldland war*. Zu jener Zeit lagen die Löwen die meiste Zeit über im Schatten, um zwischen den Mahlzeiten** majestätisch und erhaben auszusehen. Der Wald wich schließlich Büschen und Sträuchern, und die Büsche und Sträucher verwandelten sich bald in armseliges Gestrüpp. Ziegen und Menschen verließen die Region, und selbst ihre Städte verschwanden.

* Bevor die Bewohner überall Ziegen grasen ließen. Nichts schafft schneller eine Wüste als die gewöhnliche Ziege.

** Gemeint sind Mahlzeiten, die hauptsächlich aus Ziegenfleisch bestanden. Leider fraßen die Löwen nicht häufig genug.

Die Löwen blieben. Es gibt immer etwas zu essen, wenn man hungrig genug ist. Manchmal beschlossen Leute, die Wüste zu durchqueren. Hinzu kamen Eidechsen und Schlangen. Von einer ökologischen Nische konnte in diesem Zusammenhang kaum die Rede sein, aber die Wüstenlöwen hielten sich verbissen daran fest – im wahrsten Sinne des Wortes.

Dieses Exemplar bekam es nicht zum erstenmal mit Menschen zu tun.

Seine Mähne war verfilzt, und im Fell bildeten alte Narben ein Zakkenmuster. Das Tier schleppte sich Brutha entgegen, wobei es die Hinterbeine über den Boden nachzog.

»Er ist verletzt«, sagte Brutha.

»Gut«, erwiderte Om. »Solche Geschöpfe liefern eine Menge Fleisch. Es ist sehnig, aber...«

Der Löwe brach zusammen und röchelte. Ein Speer ragte aus seiner Seite. Dutzende von Fliegen summten hin und her – solche Insekten finden immer etwas Eßbares, ganz gleich in welcher Wüste.

Brutha ließ das Schwert sinken. Om zog den Kopf ein.

»O nein«, murmelte er. »Zwanzig *Millionen* Menschen gibt es auf dieser Welt, und der einzige von ihnen, der an mich glaubt, neigt zum Selbstmord...«

»Wir können den verletzten Löwen nicht einfach sich selbst überlassen«, sagte Brutha.

»Und ob wir das können. Es ist sogar vernünftig. Löwen läßt man am besten *in Ruhe*.«

Brutha sank auf die Knie. Der Löwe öffnete ein verkrustetes gelbes Auge und war zu schwach, als daß er auch nur hätte versuchen können ihn zu beißen.

Bruthas Kenntnisse in Hinsicht auf die Anatomie von Tieren war bestenfalls rudimentär. Einige Inquisitoren verfügten über ein beneidenswertes Wissen bezüglich der inneren Struktur des menschlichen Körpers – es war für all jene verboten, die einen Leib nicht öffnen durften, während noch Leben in ihm steckte –, aber von »Medizin« in dem Sinne hielt man in Omnien nicht viel. Trotzdem gab es in jedem Dorf jemanden, der offiziell *keine* Knochen richtete, *nichts* von der Heilwirkung gewisser Pflanzen wußte und vor allem deshalb der Quisition entging, weil ihm dankbare Patienten Schutz gewährten. Außerdem: Jeder Bauer kannte das eine oder andere Familienrezept. Heftige Zahnschmerzen erschüttern selbst den stärksten Glauben.

Brutha griff nach dem Schaft, und der Löwe stöhnte.

»Kannst du zu ihm sprechen?« fragte der Novize.

»Es ist ein *Tier*«, entgegnete Om.

»Das gilt für dich auch. Du solltest versuchen, den Löwen zu beruhigen. Wenn er nervös wird...«

Om konzentrierte sich.

Das Selbst des Löwen enthielt nur Schmerz, einen dichten Nebel aus Pein, der den fast immer vorhandenen Hunger in eine ferne Ecke des Empfindens verdrängte. Om trachtete danach, den Schmerz einzukapseln, ihn aus der Erfahrungswelt des Tiers zu lösen. Gleichzeitig bemühte er sich, nicht an die möglichen Konsequenzen zu denken: Der Magen des Geschöpfs schien bereits seit Tagen leer zu sein...

Der Löwe grollte, als Brutha den Speer aus der Wunde zog.

»Omnianisch«, stellte der Novize fest. »Mit anderen Worten: Das Tier ist erst vor relativ kurzer Zeit verletzt worden – und zwar von einem der Soldaten, die nach Ephebe zogen. Sie müssen in der Nähe dieser Felsen vorbeigekommen sein.« Er riß einen Streifen von seiner Kutte ab und versuchte, die Wunde zu reinigen.

»Wir wollen den Löwen nicht heilen, sondern *essen*!« rief Om. »Was soll das? Glaubst du etwa, daß er dir dafür dankbar sein wird?«

»Er wünschte sich Hilfe.«

»Und bald wünscht er sich eine Mahlzeit. Hast du daran gedacht?«

»Sein Blick weckte Mitleid in mir.«

»Vermutlich hat er nie zuvor für eine ganze Woche genug Futter auf zwei Beinen gesehen«, erwiderte Om.

Nun, das stimmte nicht ganz. Hier in der Wüste verlor Brutha ebenso schnell an Gewicht wie ein Eiswürfel. Das erhielt ihn am Leben! Der Junge kam einem menschlichen Kamel gleich.

Brutha stapfte zu den Felsen, und unter seinen Sandalen knirschte eine Mischung aus Knochen und kleinen Steinen. Die Felsblöcke formten ein Labyrinth aus halb offenen Tunneln und Höhlen. Dem Geruch nach lebte der Löwe hier schon seit einer ganzen Weile, und offenbar war ihm oft übel gewesen.

Eine Zeitlang beobachtete Brutha den nächsten Höhleneingang.

»Was ist so interessant an der Höhle eines Löwen?« fragte Om.

»Der Umstand, daß dort Treppenstufen nach unten führen«, antwortete Brutha.

Didaktylos *fühlte* die Menge. Sie füllte die ganze Scheune.

»Wie viele sind hier versammelt?« erkundigte er sich.

»Hunderte!« erwiderte Urn. »Die Leute sitzen sogar auf den Dachsparren! Und... Meister?«

»Ja?«

»Es sind sogar einige Priester hier! Und Dutzende von Soldaten!«

»Keine Sorge«, sagte Simony. Er gesellte sich zu den Philosophen, welche auf einer Plattform standen, die aus fünf Fässern bestand. »Die hier versammelten Personen glauben an die Schildkröte, ebenso wie Didaktylos. Wir haben mehr Freunde, als wir dachten!«

»Aber ich...«, begann Didaktylos hilflos.

»Alle Anwesenden hassen die Kirche von ganzem Herzen«, fügte Simony hinzu.

»Aber es lag mir fern...«

»Sie brauchen jemanden, der sie führt.«

»Aber ich wollte nie...«

»Ich weiß, daß du uns nicht enttäuschen wirst. Du bist ein Mann der Vernunft. Urn, komm hierher. Ich möchte dir einen Schmied vorstellen...«

Didaktylos wandte sich der Menge zu und fühlte das heiße, stumme Schweigen ihrer Blicke.

Jeder Tropfen wuchs minutenlang.

Es wirkte fast hypnotisch. Brutha beobachtete die einzelnen Tropfen fasziniert. Fast unmerklich schwollen sie an, um schließlich zu fallen – seit Jahrtausenden.

»Wie ist das möglich?« fragte Om.

»Nach dem Regen sickert Wasser in den Boden«, antwortete Brutha. »Es sammelt sich im Felsgestein. Wissen Götter über solche Dinge nicht Bescheid?«

»Das ist nicht nötig.« Om sah sich um. »Laß uns gehen. Dieser Ort gefällt mir nicht.«

»Es ist doch nur ein alter Tempel. Hier ist nichts.«

»Genau das meine ich.«

An einigen Stellen bildeten Sand und Schutt große Haufen. Licht glänzte durch die Löcher im Dach, das sich hoch oben am Hang befand. Brutha erinnerte sich an die Kletterpartie und überlegte, wie viele der seltsam geformten Felsen in der Wüste einst Gebäude gewesen sein mochten. Dies hier war gewaltig gewesen: vielleicht ein riesiger Turm. Und dann kam die Wüste.

Hier gab es keine flüsternden Stimmen. Selbst die geringen Götter hielten sich von den verlassenen Tempeln fern, aus dem gleichen Grund, der Menschen veranlaßt, Friedhöfe zu meiden. Man hörte nur das gelegentliche *Pling* der herabfallenden Wassertropfen.

Sie fielen in einen seichten Tümpel vor den Resten eines Altars. Von dort aus hatten sie im Verlauf von Äonen eine Furche in den harten Stein gewaschen, bis hin zu einer runden Grube, die bodenlos zu sein schien. An einigen Stellen lagen umgestürzte Statuen. Ihre Proportionen waren übertrieben; sie sahen aus wie Tonfiguren, die Kinder in Granit gemeißelt hatten. Die gegenüberliegende Wand schien irgendwann einmal ganz von einem Basrelief bedeckt gewesen zu sein, doch an vielen Stellen hatte es sich gelöst. Der Rest zeigte seltsame Muster, die hauptsächlich aus Tentakeln bestanden.

»Wer hat diesen Tempel erbaut?« fragte Brutha.

»Ich weiß es nicht.«

»Welcher Gott wurde hier verehrt?«

»Keine Ahnung.«

»Die Statuen bestehen aus Granit – obwohl es hier überhaupt keinen Granit gibt.«

»Jene Leute müssen sehr fromm gewesen sein, wenn sie sich die Mühe machten, die Steine bis hierher zu schleppen.«

»Und der Altar weist Rillen auf.«

»Ja, ich schätze, die hiesigen Gläubigen waren *sehr* fromm. In den Rillen floß vermutlich Blut ab.«

»Hat man hier Menschen geopfert?« fragte Brutha.

»Ich weiß es nicht! Ich will fort von hier!«

»Warum? Hier gibt es Wasser, und es ist angenehm kühl...!«

»Hier hat einmal ein Gott gelebt. Ein mächtiger Gott. Tausende verehrten ihn. Ich spüre es ganz deutlich. Ein Schatten seiner Gegenwart haftet noch immer an den Wänden. Ein Großer Gott. Prachtvoll waren seine Domänen, großartig sein Wort. In seinem Namen brachen Heere auf, um zu erobern und zu töten. Etwas in der Art. Und jetzt weiß niemand – weder du noch ich noch sonst jemand –, wie jener Gott hieß oder wie er aussah. Löwen trinken an heiligen Orten, und Krabbelbiester mit acht Beinen – eins ist gerade auf deinen rechten Fuß gekrochen, wie heißen sie noch, haben Fühler und so – krabbeln unter dem Altar. Verstehst du?«

»Nein«, erwiderte Brutha.

»Hast du keine Angst vor dem Tod? Immerhin bist du ein Mensch!«

Brutha überlegte. Knapp zwei Meter entfernt starrte Vorbis zu einem Stück Himmel hinauf, das hinter einer Öffnung im geborstenen Dach leuchtete.

»Er ist wach. Er spricht nur nicht.«

»Und wenn schon. Ich habe dich etwas gefragt.«

»Nun, manchmal, beim Dienst in den Katakomben... Dort kann es unheimlich werden... Ich meine, all die Totenschädel und Knochen und so... Und im Buch heißt es...«

»Na bitte.« Bitterer Triumph klang aus Oms Stimme. »Du *weißt* es nicht. Das hindert alle dran, einfach überzuschnappen: die Ungewißheit, das Gefühl, daß vielleicht alles gut wird. Aber für Götter sieht die Sache anders aus. Für Götter gibt es keinen Zweifel. Wir *wissen*. Kennst du die Geschichte vom Spatz, der durch ein Zimmer fliegt?«

»Nein.«

»Die kennt doch jeder.«

»Ich nicht.«

»Das Leben wird dabei mit einem Spatz verglichen, der durch ein Zimmer fliegt. Draußen ist alles dunkel. Und während der Spatz hin und her flattert, kommt es kurz zu Wärme und Licht.«

»Stehen irgendwelche Fenster offen?« fragte Brutha.

»Stell dir vor, der Spatz zu sein und von der Dunkelheit zu *wissen*. Stell dir vor, daß es nachher nichts gibt, an das man sich erinnern kann, abgesehen von jenen wenigen Sekunden der Wärme und des Lichts.«

»Es fällt mir schwer.«

»Oh, natürlich fällt es dir schwer. Weil so Götter empfinden. Deshalb erscheint mir der Tempel wie ein... Leichenhaus.«

Brutha sah sich in der uralten Ruine um.

»Nun... weißt du auch, wie es ist, ein Mensch zu sein?«

Oms Kopf wich ein oder zwei Zentimeter weit unter den Panzer zurück – das Äquivalent eines Schulterzuckens.

»Im Vergleich mit der Existenz als Gott? Ganz einfach. Man wird geboren. Man hält sich an einige Regeln. Man gehorcht. Man stirbt. Man gerät in Vergessenheit.«

Brutha starrte ihn an.

»Stimmt was nicht?«

Der Novize schüttelte den Kopf, stand auf und ging zu Vorbis.

Der Diakon hatte Wasser aus Bruthas gewölbten Händen getrunken. Doch er wirkte nach wie vor geistesabwesend, so als befände sich sein Selbst an einem ganz anderen Ort. Er bewegte sich, er trank, er atmete, aber diese Aktivitäten betrafen allein den Körper. Die dunklen Augen öffneten sich nun und schienen etwas zu betrachten, das für alle anderen verborgen blieb. Nichts deutete darauf hin, daß die Pupillen wirklich etwas sahen. Brutha zweifelte kaum daran: Wenn er fortgegangen wäre, hätte Vorbis auf dem Boden gesessen, bis er schließlich ganz langsam umkippte und starb. Der Leib des Exquisitors weilte im Hier und Jetzt, doch der Aufenthaltsort des Bewußtseins ließ sich nicht mit Hilfe eines normalen Atlasses bestimmen.

Derzeit fühlte sich Brutha so allein, daß er sogar Vorbis' Nähe als angenehme Gesellschaft empfand.

»Warum vergeudest du deine Zeit mit ihm?« fragte die Schildkröte. »Er hat Tausende von Menschen umgebracht!«

»Ja, aber vielleicht glaubte er, damit deinen Wünschen zu genügen.«

»Ich habe nie einen entsprechenden Wunsch geäußert.«

»Du bist immer gleichgültig gewesen«, sagte Brutha.

»Aber ich...«

»Sei still!«

Om blinzelte verblüfft.

»Du hättest den Menschen helfen können«, fuhr Brutha fort. »Aber statt dessen hast du nur mit den Hufen gestampft und gebrüllt und versucht, den Leuten Angst einzujagen. Wie... wie ein Mann, der den Stock hebt, um einen Esel zu schlagen. Aber Leute wie Vorbis lassen den Stock so gut werden, daß der Esel schließlich dran glaubt.«

»Diese Parabel könnte die eine oder andere Verbesserung vertragen«, kommentierte Om.

»Ich spreche vom wirklichen Leben!«

»Es ist nicht meine Schuld, wenn die Menschen...«

»Doch! Du beeinflußt ihr Denken und Fühlen, damit sie an dich glauben. Du bist also auch für die Konsequenzen verantwortlich.«

Brutha starrte auf die Schildkröte hinab, drehte sich dann um und ging zu dem großen Schutthaufen im rückwärtigen Bereich des ehemaligen Tempels. Dort kramte er eine Zeitlang.

»Wonach suchst du?«

»Nach einem Behälter, damit wir Wasser mitnehmen können.«

»Du wirst nichts finden«, sagte Om. »Das Land verwandelte sich in eine Wüste, und deshalb zogen die Bewohner fort. Sie nahmen alles mit. Es ist sinnlos, nach irgendwelchen Behältern zu suchen.«

Brutha zog an einer gewölbten Tonscherbe, und schließlich löste sie sich aus dem Durcheinander. Es handelte sich um das Überbleibsel einer großen Schüssel, die ziemlich genau in der Mitte durchgebrochen war. Das Bruchstück maß fast einen Meter in der Länge, und es befand sich nur deshalb noch an diesem Ort, weil sich damit nichts mehr anfangen ließ. Doch irgendwann einmal hatte es einen Zweck erfüllt. Am Rand zeigte sich ein dekoratives Relief mit Figuren. Brutha betrachtete sie, um sich von Oms Stimme abzulenken, die noch immer hinter seiner Stirn summte.

Die Figuren schienen Menschen darzustellen, die etwas Religiöses anstellten. Darauf wiesen die Messer hin – man kann nicht von Mord sprechen, wenn man für einen Gott tötet. Mitten auf der Scherbe sah Brutha eine größere Gestalt, die den Eindruck erweckte, wichtig zu sein. Vielleicht der Gott...

»Was?« murmelte er.

»Ich habe gesagt: In hundert Jahren sind wir alle tot.«

Bruthas Blick galt auch weiterhin den Figuren. Niemand wußte, wer ihr Gott gewesen war und wohin sie gezogen sein mochten. Nun schliefen Löwen an den heiligen Orten, und...

...*Chilopoda aridius*, ein Tausendfüßler, der die Wüste als Lebensraum bevorzugte, teilte Bruthas memoriale Bibliothek mit...

...krabbelten unter dem Altar.

»Ja«, sagte der Novize. »Das stimmt.« Er hob die große Tonscherbe auf und drehte sich um.

Om zog sicherheitshalber den Kopf ein.

»Aber hier...« Brutha taumelte unter dem Gewicht. »Und heute...«

Er warf den großen und schweren Rest einer einst sehr großen und schweren Schüssel. Es krachte am Altar. Tonsplitter stoben empor und fielen wieder herab. Echos hallten durch die Ruine.

»...leben wir!«

Brutha griff nach Om, der sich ganz unter den Panzer zurückgezogen hatte.

»Und wir kehren heim«, fügte der Junge hinzu. »Wir schaffen es. Wir alle. Ich weiß es.«

»Es steht geschrieben, wie?« fragte Om dumpf.

»Es ward *gesprochen*. Und wenn ich Widerworte von dir höre... Der Panzer einer Schildkröte soll sich gut eignen, um Wasser zu transportieren, habe ich gehört.«

»Du würdest es nicht wagen.«

»Wer weiß? Vielleicht doch. In hundert Jahren sind wir alle tot – das hast du selbst betont.«

»Ja! Ja!« stieß Om besorgt hervor. »Aber hier und heute...«

»Genau.«

Didaktylos lächelte. Und das geschah nicht sehr häufig. Er war keineswegs ein sehr ernster Mann, aber er sah nicht, wenn andere Leute lächelten. Einige Dutzend Muskeln müssen arbeiten, um ein Schmunzeln zu erzeugen, und die diesbezüglichen Investitionen des Philosophen blieben ohne jeden Ertrag.

In Ephebe hatte er oft vor vielen Menschen gesprochen, aber immer bestand das Publikum zum größten Teil aus anderen Philosophen. Ihre Zwischenrufe – in der Art von »Das ist doch bekloppt!« und »Du saugst dir alles aus den Fingern!« – sorgten jedesmal für eine gemütliche Atmosphäre. In solchen Fällen spürte Didaktylos nicht die geringste Anspannung. Weil er wußte, daß die Zuhörer gar nicht zuhörten: Während er sprach, legten sie sich ihre eigenen Worte zurecht.

Doch dieses Publikum erinnerte ihn an Brutha. Es lauschte wie ein gewaltiges Loch, die darauf wartete, gefüllt zu werden. Das Problem bestand darin, daß Didaktylos die Sprache der Philosophie benutzte, während die Leute Unsinn hören wollten.

»Ihr *könnt* nicht an Groß-A'Tuin glauben«, sagte er. »Groß-A'Tuin *existiert*. Es hat keinen Sinn, an etwas Existierendes zu glauben.«

»Jemand hebt die Hand«, sagte Urn.

»Ja?«

»Herr, sicher hat es nur Sinn, an etwas zu glauben, das tatsächlich existiert«, meinte ein Mann, der die Uniform der Sakralen Garde trug.

»Wenn die Dinge existieren, so ist es gar nicht nötig, daß man an sie glaubt«, erwiderte Didaktylos. »Sie sind einfach da.« Er seufzte. »Was soll ich euch sagen? Was wollt ihr hören? Ich habe nur das niedergeschrieben, was wir bereits wissen. Berge wachsen und schrumpfen, und unter ihnen schwimmt die große Schildkröte durchs All. Menschen leben und sterben, und die Schildkröte bewegt sich auch weiterhin. Götter erreichen den Höhepunkt ihrer Macht, um Äonen später in Vergessenheit zu geraten, und nach wie vor bewegt sich die Schildkröte. Sie *bewegt* sich.«

Eine Stimme ertönte aus der Dunkelheit. »Und ist das wirklich wahr?«

Didaktylos zuckte mit den Schultern. »Die Schildkröte *existiert*. Die Welt ist flach, eine Scheibe. Die Sonne umkreist sie einmal pro Tag und zieht ihr Licht hinter sich her. Und das geschieht auch weiterhin, ob ihr es für wahr haltet oder nicht. Es ist die Realität. Von der Wahrheit weiß ich nichts. Die Wahrheit ist ein ganzes Stück komplizierter. Um ganz offen zu sein: Ich schätze, der Schildkröte ist es völlig schnurz, ob sie zur Wahrheit gehört oder nicht.«

Simony zog Urn zur Seite, während der Philosoph seine Ausführungen fortsetzte.

»Diese Personen sind nicht gekommen, um sich so etwas anzuhören! Du solltest etwas unternehmen.«

»Wie bitte?« erwiderte Urn.

»Hier will sich niemand über Philosophie belehren lassen! Die Leute brauchen jemanden, der sie in den Kampf gegen die Kirche führt! Jetzt sofort! Vorbis ist tot, der Zönobiarch plemplem. Und die Aufmerksamkeit der Priester gilt in erster Linie ihren Intrigen. Die Zitadelle ist reif wie eine große verfaulte Pflaume.«

»Aber sie enthält noch einige Wespen«, entgegnete Urn. »Du hast gesagt, daß ein Zehntel des Heeres hinter dir steht.«

»Dabei handelt es sich um freie Männer. Frei in ihren Köpfen, meine ich. Sie kämpfen für mehr als nur ein paar Münzen pro Tag.«

Urn betrachtete seine Hände. Das machte er oft, wenn er sich unsicher fühlte – dann schienen seine Hände die einzigen Dinge auf der ganzen Welt zu sein, die ihm Gewißheit gaben.

»Sie werden das Kräfteverhältnis von neun zu eins auf drei zu eins verbessern, bevor der Gegner überhaupt merkt, wie ihm geschieht«, fügte Simony grimmig hinzu. »Hast du mit dem Schmied gesprochen?«

»Ja.«

»Ist es möglich?«

»Ich... glaube schon. Obwohl ich einen anderen Verwendungszweck...«

»Die Inquisitoren haben seinen Vater gefoltert. Nur weil er an die Wand seiner Werkstatt ein Hufeisen gehängt hat. Jeder weiß, daß Schmiede ihre kleinen Rituale brauchen. Und man zwang seinen Sohn, Soldat zu werden. Wie dem auch sei: Er hat viele Helfer. Sie werden die ganze Nacht arbeiten. Du brauchst ihnen nur zu sagen, worauf es ankommt.«

»Ich habe einige Skizzen gezeichnet...«

»Gut«, brummte Simony. »Jetzt *hör* mal, Urn. Die Kirche wird von Leuten wie Vorbis geleitet. So funktioniert das alles. Millionen von Menschen sind für... für Lügen gestorben. Es muß endlich ein Schlußstrich gezogen werden...«

Didaktylos hatte aufgehört zu sprechen.

»Er hat die Sache verpatzt«, sagte Simony. »Sie lagen ihm zu Füßen, aber er erzählte ihnen nur von *Fakten*. Damit kann man Menschen nicht inspirieren. Sie brauchen eine Sache. Sie brauchen ein Symbol.«

Sie verließen den Tempel kurz vor Sonnenuntergang. Der Löwe war in den Schatten einiger Felsen gekrochen, stand nun mühsam auf und sah ihnen nach.

»Bestimmt folgt er uns«, stöhnte Om. »Das machen Löwen für gewöhnlich. Folgen ihren Opfern über viele Kilometer hinweg.«

»Wir überleben.«

»Ich wünschte, ich hätte deinen Optimismus.«

»Oh, ich kann einem Gott vertrauen.«

»Vermutlich erwarten uns weitere Tempelruinen.«

»Und noch andere Dinge.«

»Wahrscheinlich bekommen wir nicht einmal die Möglichkeit, Schlangen zu essen.«

»Mein Gott ist bei mir.«

»Aber nicht als eine Art Imbiß. Da fällt mir ein: Du gehst noch immer in die falsche Richtung.«

»Nein. Die Küste befindet sich hinter uns.«

»Eben.«

»Wie weit kommt ein Löwe mit einer solchen Speerwunde?«

»Was spielt das denn für eine Rolle?«

»Eine große.«

Eine halbe Stunde später fanden sie Spuren in der Wüste: dunkle, schattenhafte Linien im silbrigen Schein des Mondes.

»Hier sind die Soldaten entlanggekommen. Wir brauchen nur den Spuren zu folgen. Wenn wir die Richtung einschlagen, aus der sie gekommen sind, so gelangen wir früher oder später ans Ziel.«

»Wir schaffen es nie!«

»Wir reisen mit wenig Gepäck.«

»O ja«, erwiderte Om bitter. »Die Soldaten hingegen mußten Proviant und Wasser schleppen. Welch ein Glück, daß wir von derartigen Lasten verschont bleiben.«

Brutha sah zu Vorbis. Er ging jetzt von ganz allein, vorausgesetzt natürlich, man drehte ihn immer dann, wenn ein Richtungswechsel erforderlich wurde.

Nun, selbst Om mußte zugeben, daß die Spuren einen gewissen Trost spendeten. Sie waren ein Zeichen von Leben, so ähnlich wie ein Echo. Hier war jemand unterwegs gewesen, vor nicht allzu langer Zeit. Und das bedeutete: Es gab noch andere Menschen auf der Welt. Irgendwo lebte jemand.

Oder auch nicht. Nach etwa einer Stunde gelangten sie zu einem kleinen Hügel. Ein Helm lag darauf, und daneben steckte ein Schwert im Sand.

»Viele Soldaten starben, weil sie die Wüste möglichst schnell durchqueren wollten«, sagte Brutha.

Wer auch immer bereit gewesen war, den toten Kameraden zu bestatten: Er hatte sich auch die Zeit genommen, um ein Symbol in den Boden zu kratzen. Brutha rechnete fast mit einer Schildkröte, aber statt dessen sah er die halb vom Wind verwischten Konturen zweier Hörner.

»Ich verstehe das nicht«, ließ sich Om vernehmen. »Die Leute glauben nicht wirklich an meine Existenz, aber trotzdem hinterlassen sie solche Darstellungen an Gräbern.«

»Es ist schwer zu erklären«, erwiderte Brutha. »Es liegt daran, daß die Leute an *ihre eigene* Existenz glauben. Sie sind Menschen, und der Tote gehörte zu ihnen.«

Er zog das Schwert aus dem Sand.

»Warum nimmst du das Schwert?« erkundigte sich die Schildkröte.

»Es könnte sich als nützlich erweisen.«

»Gegen wen?«

»Es könnte sich als nützlich erweisen«, wiederholte Brutha nur.

Eine halbe Stunde später erreichte auch der hinkende Löwe das Grab. Seit sechzehn Jahren lebte er in der Wüste, und der Grund für sein langes Überleben lautete schlicht: Er war nicht gestorben. Und er war nicht gestorben, weil er kein Protein vergeudete. Er grub.

Menschen verschwendeten nützliches Protein, seit sie sich fragten, wessen Seele darin gelebt hatte.

Nun, im großen und ganzen gesehen kann man an schlimmeren Orten begraben sein als im Innern eines Löwen.

Die Felsinseln wurden von Schlangen und Eidechsen bewohnt. Vermutlich waren sie sehr nahrhaft, und jedes Geschöpf dieser Art konfrontierte den Gaumen mit neuen Reizen.

Wasser fehlte.

Dafür gab es Pflanzen. Wenn man in diesem Zusammenhang von Pflanzen sprechen konnte. Sie sahen aus wie Ansammlungen von Steinen, abgesehen von jenen Stellen, an denen zentrale Blütendolden wuchsen, die rosafarben und purpurn leuchteten.

»Woher bekommen sie Wasser?« fragte Brutha.

»Aus fossilen Seen.«

»Meinst du Wasser, das sich in Stein verwandelt hat?«

»Nein«, antwortete Om. »Ich meine Wasser, das vor Jahrtausenden durchs Grundgestein sickerte.«

»Kannst du ein Loch graben, das tief genug ist?«

»Soll das ein Witz sein?«

Brutha sah von den Blüten zur nächsten Felseninsel.

»Honig«, sagte er.

»Was?«

Die Bienen hatten ihr Nest hoch oben an der Seite einer Felsnadel gebaut – das laute Summen bot einen deutlichen Hinweis. Allerdings: Es gab keinen Weg nach oben.

»Das war wohl nichts«, sagte Om.

Die Sonne ging auf. Die Felsen fühlten sich bereits warm an. »Ruh dich aus«, sagte der Gott sanft. »Ich passe auf.«

»Auf was?«

»Das wird sich herausstellen.«

Brutha führte Vorbis in den Schatten eines großen Felsblocks und drückte ihn dort behutsam auf den Boden. Anschließend legte er sich selbst hin.

Der Durst war noch nicht sehr schlimm. Er hatte aus dem Tümpel in der Tempelruine getrunken, bis es bei jedem Schritt gluckste und quatschte. Vielleicht fanden sie bald eine Schlange. Wenn man daran dachte, wie andere Leute zurechtkommen mußten... Im Vergleich dazu ging es ihnen gar nicht schlecht.

Vorbis lag auf der Seite und starrte aus dunklen Augen ins Nichts.

Brutha versuchte zu schlafen.

Er hatte nie geträumt. Didaktylos hatte das fasziniert. Jemand, der sich an alles erinnerte und nicht träumte, mußte langsam denken, meinte er. Der Philosoph fügte hinzu: Man stelle sich ein Herz* vor, das fast ganz mit Erinnerungen gefüllt war und kaum mehr Schläge für normales, alltägliches Denken erübrigen konnte... Das erklärte vermutlich, warum Brutha beim Denken die Lippen bewegte.

Dies konnte also kein Traum sein. Vermutlich lag's an der Sonne.

Er vernahm Oms Stimme im Kopf. Es klang so, als unterhielte sich die Schildkröte mit Leuten, die Brutha nicht hören konnte.

Für mich!

Verschwinde!

Nein.

Für mich!

Beide!

Gehört mir!

Brutha drehte den Kopf. Die Schildkröte lag in einer Lücke zwi-

* Wie viele frühe Denker glaubten die Ephebianer, daß die Gedanken im Herz entstanden. Das Gehirn hielten sie nur für eine Vorrichtung, um das Blut zu kühlen.

schen zwei Felsen und hatte den Hals ganz ausgestreckt – ihr Kopf neigte sich von einer Seite zur anderen. Seltsame Geräusche erklangen, ein Sirren wie von Mücken, das mal leiser und mal lauter wurde. Es brachte... Verheißungen.

Bilder formten sich und verschwanden nach einem Sekundenbruchteil: Gesichter, die zu Brutha sprachen; Visionen von Größe und Macht; gute Gelegenheiten. Etwas schien ihn hochzuheben, um ihm die ganze Welt zu zeigen und zu sagen: Das alles kann dir gehören. Und um die Welt zu bekommen, um sich alle Wünsche erfüllen zu können... Du brauchst nur zu glauben, an *mich*, an *mich*, an *mich*...

Ein weiteres Bild gewann Konturen. Auf dem breiten, flachen Stein neben Brutha lag ein gebratenes Ferkel, von Früchten umgeben. Daneben stand ein kaltes Bier, an dessen Krug sich glänzender Rauhreif niedergeschlagen hatte.

Für mich!

Brutha blinzelte. Die Stimmen verklangen. Ferkel, Obst und Bier verschwanden.

Er blinzelte erneut.

Es kam zu seltsamen Nachbildern, die der Novize nicht sah, sondern *fühlte*. Sein Gedächtnis mochte perfekt sein, aber er erinnerte sich nicht daran, was die Stimmen gesagt und welche Bilder sie ihm gezeigt hatten. Es blieb nur die Sehnsucht nach knusprig gebratenem Schweinefleisch und kaltem Bier.

»Sie wissen nicht, was sie dir anbieten sollen«, sagte Om leise. »Deshalb versuchen sie, dich mit *allem* zu locken. Für gewöhnlich beginnen sie mit Visionen von Essen und fleischlichen Freuden.«

»Bei mir sind sie nur bis zum Essen gekommen«, erwiderte Brutha.

»Dann habe ich sie gerade noch rechtzeitig vertrieben«, meinte Om. »Wer weiß, was sie sonst bei einem jungen Mann wie dir erreicht hätten.«

Brutha stemmte sich auf den Ellenbogen hoch.

Vorbis hatte sich nicht von der Stelle gerührt.

»Wollten sie auch ihn in Versuchung führen?«

»Das nehme ich an. Aber bei ihm *müssen* solche Bemühungen erfolglos bleiben. Sein Selbst ist in sich geschlossen: Nichts gelangt hinein, nichts kommt heraus. Das Bewußtsein des Exquisitors bildet einen in sich geschlossenen mentalen Kosmos.«

»Kommen sie wieder?«

»O ja. Sie haben jede Menge Zeit, und hier gibt es nichts anderes, das ihre Aufmerksamkeit auf sich zieht.«

»Nun, wenn sie wiederkommen...« Brutha spürte ein seltsames Prickeln. »Vielleicht könntest du erst eingreifen, nachdem sie mir die fleischlichen Freuden gezeigt haben.«

»Das wäre schlimm für dich.«

»Bruder Nhumrod warnte häufig davor. Aber ich glaube, man sollte seine Feinde wenigstens kennen, nicht wahr?«

Bei den letzten Worten krächzte Brutha nur noch.

»Ich könnte jetzt wirklich ein kühles Bier vertragen«, murmelte er.

Der Novize stellte überrascht fest, wie lang die Schatten geworden waren.

»Wie lange haben sie es versucht?«

»Den ganzen Tag über. Sind verdammt hartnäckige Mistkerle. Und hier wimmelt's von ihnen.«

Den Grund dafür erfuhr Brutha bei Sonnenuntergang.

Da begegnete er dem Anachoreten St. Ungulant, der mit den geringen Göttern befreundet war. Mit ihnen allen.

»Na so was«, sagte St. Ungulant. »Hier oben bekommen wir nur selten Besuch, nicht wahr, Angus?«

Er sprach zu leerer Luft.

Brutha versuchte, das Gleichgewicht zu halten – das Wagenrad schwankte mehr oder weniger heftig, wenn er sich bewegte. Vorbis saß sechs Meter weiter unten im Sand der Wüste, hatte die Arme um die Knie geschlungen und starrte ins Leere.

Das Rad war auf einem relativ dünnen Pfahl festgenagelt, und für eine Person bot es genug Platz, damit sie bequem darauf liegen konnte. Allerdings: St. Ungulant schien in jedem Fall dazu bestimmt zu sein, unbequem zu liegen. Selbst Skelette hätten nicht gezögert, ihn als dünn und dürr zu bezeichnen. Die Bekleidung bestand aus einem recht knappen Lendenschurz – soweit sich das angesichts des wilden Wucherns von Bart und Haar feststellen ließ.

Man konnte St. Ungulant unmöglich übersehen, so, wie er auf dem Rad hin und her sprang und dabei so geistreiche Bemerkungen rief wie: »Hu-ieh!« und »*Hier* bin ich!« Ein zweiter Pfahl in der Nähe trug einen kleinen Schuppen, dessen Tür ein Loch in Form eines Mondes aufwies. Wer sich als Anachoret seine Würde bewahrte, verzichtete nicht auf ein Klo, meinte St. Ungulant.

Brutha hatte von solchen Leuten gehört und sie bisher für Ein-Weg-Propheten gehalten. Sie zogen in die Wüste und kehrten nie zurück, entschieden sich für ein Leben, das zum größten Teil von folgenden Dingen bestimmt wurde: Schmutz, Mühe, Schmutz, heilige Meditation und Schmutz. Viele von ihnen verbannten auch den letzten Rest von Komfort aus ihrem Leben, indem sie in zellenartigen Kammern oder auf einem Pfahl hausten. Die omnianische Kirche förderte derartige Bestrebungen, weil sie es für angemessen erachtete, wenn Verrückte möglichst weit entfernte Orte aufsuchten, wo sie keine Probleme verursachten und wo sich die Gemeinschaft um sie kümmern konnte – wobei die »Gemeinschaft« vor allem aus Löwen, Bussarden und Schmutz bestand.

»Ich habe daran gedacht, noch einen Pfahl aufzustellen«, sagte St. Ungulant. »Dort drüben. Um die Morgensonne zu genießen.«

Brutha sah sich um. Überall erstreckte sich eine Landschaft, die aus flachen Felsen und Sand bestand.

»Scheint hier nicht überall gleichzeitig die Sonne?« fragte er.

»Am Morgen ist sie besonders wichtig«, meinte St. Ungulant. »Außerdem wünscht sich Angus eine Terrasse.«

»Vielleicht will er Grillpartys oder so veranstalten«, erklang Oms Stimme hinter Bruthas Stirn.

»Äh«, sagte der Novize. »Von welcher Religion bist du ein ›Sankt‹?«

In dem kleinen Teil des Gesichts, das zwischen Augenbrauen und Bart sichtbar war, machte sich Verlegenheit breit.

»Nun, das ist eigentlich ein Mißverständnis«, antwortete er. »Meine Eltern nannten mich Sevrian Thaddäus Ungulant. Eines Tages – haha, wie lustig – hatte jemand die Idee mit den Initialen. Der Rest kam dann von selbst.«

Das Rad wackelte. Die Wüstensonne hatte St. Ungulants Haut nicht gebräunt, sondern fast geschwärzt.

»In Hinblick auf das Leben als Einsiedler mußte ich häufig improvisieren. Ich bin durch und durch Autodidakt. Man kann keinen Eremiten finden, der einem beibringt, ein Eremit zu sein. Das würde einem auch den Spaß an der ganzen Sache verderben.«

»Äh… aber du bist nicht allein, oder? Angus leistet dir Gesellschaft.« Brutha blickte dorthin, wo er Angus vermutete. Besser gesagt: Er blickte dorthin, wo sich die imaginäre Person nach der Ansicht des Einsiedlers befinden mochte.

»Er ist da drüben«, sagte Ungulant scharf und deutete zu einer anderen Stelle des Rads. »Nun, er nimmt nicht am Eremitendasein teil. Damit kennt er sich nicht aus, weißt du. Er begnügt sich damit, einfach nur hier zu sein. Ach, wenn mich der gute alte Angus nicht immer wieder aufmuntern würde… Dann hätte ich bestimmt längst den Verstand verloren.«

»Ja, das, äh, kann ich mir vorstellen«, entgegnete Brutha. Er schenkte der leeren Luft ein Lächeln, um guten Willen zu demonstrieren.

»Das Leben hier ist gar nicht so schlecht. Die Stunden können recht lang sein, aber dafür gibt es an den Speisen und Getränken nichts auszusetzen.«

Brutha ahnte, was nun kam.

»Das Bier ist kalt genug?« fragte er.

»Fast gefroren«, erwiderte St. Ungulant und strahlte.

»Und die gebratenen Ferkel?«

St. Ungulant lächelte verträumt.

»Knusprig und saftig«, sagte er. »Und der Geschmack... Einfach herrlich.«

»Aber ich vermute, ab und zu genehmigst du dir auch, äh, Eidechsen oder Schlangen?«

»Komisch, daß du mich darauf ansprichst. Ja. Du hast recht. Der Abwechselung wegen, weißt du.«

»Und Pilze?« fragte Om.

»Gibt es hier Pilze?« erkundigte sich Brutha wie beiläufig.

St. Ungulant nickte glücklich.

»Nach dem einmal im Jahr fallenden Regen. Rote mit gelben Punkten. Wenn die Pilze reif sind, ist die Wüste noch viel interessanter als sonst.«

»Purpurne und singende Riesenschnecken?« spekulierte Brutha. »Sprechende Flammensäulen? Explodierende Giraffen? Meinst du so etwas?«

»Lieber Himmel, ja«, bestätigte der Eremit. »Nach dem Regen wimmelt's hier von den Biestern. Werden wohl von den Pilzen angelockt.«

Brutha nickte.

»Jetzt verstehst du, Junge«, sagte Om.

»Und manchmal trinkst du auch... Wasser, stimmt's?« hakte der Novize nach.

»Eine seltsame Sache«, entgegnete Ungulant. »Hier gibt es herrlich kühles Bier, aber dann und wann *sehne* ich mich danach, einen Schluck Wasser zu trinken. Hast du eine Erklärung dafür?«

»Bestimmt fällt es dir schwer, dir... einen solchen Wunsch zu erfüllen«, sagte Brutha langsam. Er ließ die gleiche Vorsicht walten wie ein Angler, der einen fünfzig Pfund schweren Fisch am Haken hat und weiß: Die Schnur reißt bei einundfünfzig Pfund.

»Sonderbar, sonderbar«, murmelte St. Ungulant. »Dabei stehen hier doch *köstliche* Getränke zur Auswahl.«

»Wo besorgst du es dir?« fragte Brutha. »Das Wasser, meine ich.«

»Kennst du die Pflanzen, die wie Steine aussehen?«

»Die mit den großen Blüten?«

»Ich schneide den fleischigen Teil der Blätter auf«, sagte der Einsiedler. »Enthält etwa einen halben Liter Wasser. Schmeckt wie Pisse, das Zeug.«

»Ich glaube, ich probiere es trotzdem«, brachte Brutha zwischen trockenen Lippen hervor. Er wich zur Strickleiter zurück, die Ungulants Domizil mit dem Boden verband.

»Willst du nicht noch etwas bleiben?« fragte der Eremit. »Heute ist Mittwoch, und das bedeutet: Wir bekommen Spanferkel mit einer besonderen Auswahl von frischem Obst und Gemüse.«

»Leider, äh, haben wir viel zu tun«, sagte Brutha und war bereits auf halbem Wege nach unten.

»Erdbeertorte mit Sahne?«

»Vielleicht ein anderes Mal...«

St. Ungulant beobachtete traurig, wie Brutha Vorbis fortführte.

»Und dann gibt's auch noch Pfefferminztee!« rief der Einsiedler, der die Hände trichterförmig an den Mund gelegt hatte. »Na?«

Bald waren die beiden Gestalten nur noch Punkte in der Wüste.

»Hinzu kommen Visionen von fleischlichen Freu...« Ungulant unterbrach sich. »Nein«, murmelte er. »Das wäre gelogen. Solche Erlebnisse sind für den Freitag reserviert.«

Die Besucher waren fort, und daraufhin kehrte das Summen, Surren und Raunen der geringen Götter zurück. Milliarden von ihnen umschwirrten den Einsiedler.

St. Ungulant lächelte.

Er war natürlich übergeschnappt, und gelegentlich regte sich ein entsprechender Verdacht in ihm. Aber er vertrat auch den Standpunkt, daß man den Wahnsinn nicht vergeuden durfte. Täglich genoß er die

Speisen der Götter, trank die erlesensten Weine und aß Obst, das nicht nur frisch und schmackhaft war, sondern auch absolut irreal. Ab und zu ekliges Wasser zu schlucken und am Bein einer alten Eidechse zu knabbern, aus rein medizinischen Gründen, versteht sich... Das war ein geringer Preis.

St. Ungulant wandte sich wieder dem vor ihm schimmernden Tisch zu. Solche Köstlichkeiten... Und die geringen Götter wollten nur, daß jemand von ihnen erfuhr, vielleicht sogar an sie glaubte.

Heute gab es auch Wackelpeter und Eis.

»Eigentlich ganz gut, daß die beiden Besucher gegangen sind«, sagte der Eremit. »Um so mehr bleibt für uns, nicht wahr, Angus?«

Ja, lautete die Antwort.

In Ephebe ging der Kampf zu Ende. Er hatte nicht lange gedauert, was insbesondere den Sklaven zu verdanken war. Es gab zu viele schmale Gassen, zu viele Möglichkeiten, jemandem aufzulauern, und vor allem zuviel Entschlossenheit. Es heißt immer, daß freie Menschen letztendlich über Sklaven triumphieren werden, aber vielleicht hängt alles von der Perspektive ab.

In diesem Zusammenhang unterlief dem Kommandeur der omnianischen Truppen ein fataler Fehler: Er erklärte die Abschaffung der Sklaverei, was den Zorn der Sklaven weckte. Welchen Sinn hatte es, auf die Freiheit hinzuarbeiten, wenn man sich anschließend keine Sklaven halten durfte? Und außerdem: Wer sollte ihre Mahlzeiten garantieren?

Die Omnianer verstanden es nicht, und unsichere Soldaten kämpfen schlecht. Außerdem: Vorbis war fort. Gewißheiten erschienen weniger gewiß, wenn die dunklen Augen des Exquisitors nicht in der Nähe weilten.

Der Tyrann wurde aus der Haft entlassen. Den ersten Tag der wiedergewonnenen Freiheit verbrachte er damit, Mitteilungen an die anderen Küstenländer zu schreiben.

Es wurde Zeit, in Hinsicht auf Omnien etwas zu unternehmen.

Brutha sang. Seine Stimme hallte von den Felsen wider. Skalbis wankten nicht mehr träge umher, sondern erinnerten sich plötzlich daran, daß sie auch Flügel hatten. Entsetzt flatterten sie davon und ließen bei ihrer wilden Flucht Dutzende von Federn zurück. Schlangen krochen so weit wie möglich in tiefe Felsspalten.

Man konnte in der Wüste leben. Oder zumindest überleben...

Jetzt war die Rückkehr nach Omnien allein eine Frage der Zeit. Noch ein Tag...

Vorbis stapfte einige Meter hinter dem Novizen. Nach wie vor schwieg er, selbst, wenn man ihn direkt ansprach: Er gab durch nichts zu erkennen, daß er verstand, was ihm die Ohren mitteilten.

Om schaukelte in Bruthas Rucksack hin und hier. Der Gott fühlte sich von jenem Kummer heimgesucht, der jeden Realisten ergreift, wenn er in die Nähe eines unerschütterlichen Optimisten gerät.

Die schrillen Töne von *Klauen aus Eisen sollen den Ungläubigen zerfetzen* verklangen. Irgendwo in der Ferne polterten Steine.

»Wir leben«, stellte Brutha fest.

»Noch.«

»Und bald sind wir zu Hause.«

»Ja?«

»Ich habe eine wilde Ziege zwischen den Felsen dort drüben gesehen.«

»Sie sind noch immer in der Nähe.«

»Ziegen?«

»Götter. Und sei gewarnt: Bisher sind wir nur den Schwachen begegnet.«

»Wie meinst du das?«

Om seufzte. »Es ist doch ganz klar, oder? Denk mal darüber nach. Die stärkeren geringeren Götter lauern am Rand der Wüste, wo eine bessere Aussicht dafür besteht, Opfer – Menschen – zu finden. Die Schwachen werden ins Innere der Wüste verdrängt, wo sie kaum jemals hoffen dürfen, eine zum Glauben bereite Seele zu entdecken...«

»Die starken Götter«, sagte Brutha nachdenklich. »Götter, die von ihrer Kraft wissen.«

»Ja.«

»Keine Götter, die sich ihrer Schwäche bewußt sind...«

»Wie bitte? Solche Götter würden den hiesigen Existenzkampf nicht einmal fünf Minuten lang überstehen. Hier heißt es fressen oder gefressen werden – und keineswegs nur im übertragenen Sinne.«

»Das erklärt vielleicht einige Aspekte der Natur von Göttern. Kraft und Stärke sind erblich. Ebenso wie Sünde.«

Bruthas Stirn umwölkte sich.

»Oder auch nicht. Die Sünde, meine ich. Wenn wir zurückgekehrt sind, sollte ich vielleicht mit einigen Leuten reden.«

»Oh, und man wird dir bestimmt zuhören, nicht wahr?«

»Es heißt, die Weisheit kommt aus der Wüste.«

»Nur jene Weisheit, die gewisse Leute wollen. Vielleicht auch die Weisheit von Pilzen.«

Als die Sonne aufging, melkte Brutha eine Ziege. Sie stand ruhig und geduldig da, während Om ihr Selbst beruhigte. Der Novize stellte fest, daß sein Gott nicht vorschlug, das Tier zu töten.

Anschließend fanden sie wieder Schatten. In dieser Gegend gab es Büsche: Sie duckten sich an die Dünen, und jedes einzelne Blatt blieb hinter Dornen verbarrikadiert, aber sie schirmten einen wenigstens teilweise vor dem heißen Sonnenschein ab.

Om hielt eine Zeitlang Ausschau, doch die geringen Götter am Rande der Wüste waren schlauer und hatten Geduld. Vermutlich kamen sie gegen Mittag, wenn die Hitze schier unerträglich wurde. Nun, er hörte sie sicher, wenn sie ihre Verstecke verließen, in der Hoffnung, einen Gläubigen zu rekrutieren. In der Zwischenzeit konnte er sich eine Mahlzeit genehmigen.

Der Gott kroch durchs Gebüsch, und Dornen kratzten über seinen Panzer. Er begegnete einer anderen Schildkröte, bei der es sich nicht um die Inkarnation eines heiligen Wesens handelte. Sie sah ihn auf die

Art und Weise einer Schildkröte an, die überlegt, ob sie etwas verspeisen oder sich mit etwas paaren soll – mit diesen beiden Dingen beschäftigt sich ein normales Schildkröten-Ich. Om wich ihr aus und fand einige Blätter, die sie übersehen hatte.

In unregelmäßigen Abständen kehrte er zu den Schlafenden zurück, um dort nach dem Rechten zu sehen.

Und dann geschah etwas.

Vorbis setzte sich auf, ließ einen wachen, aufmerksamen Blick über die Landschaft schweifen, nahm einen Stein, betrachtete ihn… Und rammte ihn Brutha an den Kopf.

Der Junge stöhnte nicht einmal.

Vorbis erhob sich und ging zu den Büschen, unter denen Om sich verbarg. Er achtete nicht auf die Dornen, zerrte Zweige beiseite und griff nach jener Schildkröte, der Om vor einer Weile begegnet war.

Eine Zeitlang beobachtete der Exquisitor, wie das Reptil mit den Beinen zappelte. Schließlich holte er aus und warf es fort.

Nicht ohne Mühe hob er Brutha hoch, warf ihn sich über die Schulter und stapfte in Richtung Omnien davon.

Das alles passierte innerhalb von wenigen Sekunden.

Om mußte sich zwingen, nicht Kopf und Beine einzuziehen – die typische Panikreaktion einer Schildkröte.

Vorbis verschwand hinter einigen Felsen.

Om setzte sich in Bewegung – und verharrte abrupt, als ein Schatten über den Boden huschte. Es war ein vertrauter Schemen, von allen Schildkröten gefürchtet.

Der Adler sauste dorthin, wo ein ziemlich verwirrtes Reptil lag. Er schien überhaupt nicht langsamer zu werden, als er die Schildkröte packte, wie träge mit den Flügeln schlug und wieder gen Himmel flog.

Om beobachtete, wie der Vogel zu einem kleinen Punkt am Firmament wurde. Und dann sah er, wie sich davon ein noch kleinerer Punkt löste, sich um die eigene Achse drehte und den Felsen tief unten entgegenstürzte.

Kurz darauf kam der Adler herab, um zu fressen.

Ein Windstoß ließ die Dornbüsche rascheln und seufzte über den Sand. Om glaubte, die spöttischen und verhöhnenden Stimmen der geringen Götter zu hören.

St. Ungulant kniete und schlug das angeschwollene Blatt einer Steinpflanze auf.

Netter Bursche, dachte er. Führt viele Selbstgespräche, aber das ist kaum anders zu erwarten. So wirkt sich die Wüste auf manche Leute aus, nicht wahr?

Ja, erwiderte Angus.

Er lehnte das bittere Wasser ab und meinte, davon bekäme er Blähungen.

»Wie du willst«, sagte St. Ungulant. »He, das ist ein echter Glücksfall!«

In diesem Teil der Wüste gab es nicht viele *Chilopoda aridius*, und hier krabbelten gleich drei, unter diesem Stein!

Seltsam, daß man selbst nach einer guten Mahlzeit noch Appetit haben konnte. St. Ungulant hatte ein regelrechtes Festmahl hinter sich: *Petit porc rôti avec pommes des terre nouvelles et légumes du jour et bière glacée avec figment de l'imagination.*

Er zog sich gerade die Beine des zweiten Exemplars aus einer Zahnlücke, als der Löwe die nächste Düne hinter ihm erreichte.

In dem Löwen regten sich seltsame Empfindungen, allen voran Dankbarkeit. Er spürte das Verlangen, zu der freundlichen Nahrung aufzuschließen, die ihm geholfen hatte – um dann in einer symbolischen Weise darauf zu verzichten, sie zu fressen. Hier befand sich noch mehr Nahrung und schenkte ihm keine Beachtung. Nun, *ihr* verdankte er nichts...

Der Löwe tapste weiter und begann zu laufen.

Der ahnungslose St. Ungulant verspeiste unterdessen den dritten Tausendfüßler.

Der Löwe sprang…

St. Ungulant wäre sicher in große Schwierigkeiten geraten, wenn Angus den Angreifer nicht mit einem Stein dicht hinterm Ohr getroffen hätte.

Brutha stand in der Wüste, aber der Sand war ebenso schwarz wie der Himmel. Es schien keine Sonne, und doch mangelte es nicht an Licht.

Oh, dachte er. *So ist das also, wenn man träumt.*

Tausende von Menschen zogen durch die Wüste und achteten nicht auf ihn. Sie gingen so, als wüßten sie gar nicht, daß sie zu einer großen Menge gehörten. Der Novize wollte winken, aber irgend etwas hinderte ihn daran, sich zu bewegen. Er versuchte zu sprechen, doch die Worte verdunsteten noch in seinem Mund.

Und dann erwachte er.

Zuerst sah er Licht, das durch ein Fenster fiel. Davor schwebten die Silhouetten von zwei Händen, die das Zeichen der heiligen Hörner vollführten.

Schmerz erfüllte Bruthas Kopf, als sein Blick sich von den Händen abwandte, über die Arme glitt und schließlich ein geneigtes Haupt erreichte…

»Bruder Nhumrod?«

Der Novizenmeister hob den Kopf.

»Brutha?«

»Ja?«

»Om sei gepriesen!«

Brutha reckte den Hals und sah sich um.

»Ist er hier?«

»…hier? Wie fühlst du dich?«

»Ich…«

Hinter der Stirn des Jungen pochte der Schmerz. Sein Rücken schien in Flammen zu stehen, und in den Knien brannte es.

»Du hast einen schlimmen Sonnenbrand erlitten«, sagte Nhumrod. »Und du bist hingefallen und hast dir den Kopf an etwas gestoßen.«

»Ich bin gefallen?«

»... gefallen.

Zwischen den Felsen in der Wüste. Dort hast du dem *Propheten* Gesellschaft geleistet«, betonte Nhumrod. »Ja, du bist mit dem Propheten gewandert. Einer von *meinen* Novizen.«

»Ich erinnere mich... an die Wüste«, erwiderte Brutha und tastete behutsam nach seinem Kopf. »Aber... der... Prophet...«

»... Prophet. Es heißt, daß du bald zum Bischof wirst, vielleicht sogar zum Iam«, meinte Nhumrod. »So etwas ist schon einmal geschehen, weißt du. Der Höchstheilige St. Bobby wurde zum Bischof ernannt, weil er den Propheten Ossory in die Wüste begleitete, und er war ein *Esel.*«

»Aber ich... erinnere mich nicht... an einen Propheten. Außer mir gab es nur...«

Brutha unterbrach sich. Nhumrod strahlte.

»Vorbis?«

»Er war so gnädig, mir alles zu erzählen«, sagte Nhumrod. »Ich hatte die Ehre, auf dem Platz der Klage zu sein, als er eintraf. Kurz nach den Sestine-Gebeten. Der Zönobiarch wollte sich gerade in seine Gemächer zurückziehen... Du kennst die Zeremonie. Und dann kam Vorbis mit einem Esel, auf dem du lagst.«

»Ich erinnere mich nicht an einen Esel«, ächzte Brutha.

»... Esel. Er bekam ihn von einem Bauern. Viele Leute begleiteten ihn!«

Nhumrods Wangen waren vor Aufregung rot gefleckt.

»Er hat einen Jhaddra-Monat erklärt, und doppelte Buße, und das Konzil hat ihm Stab und Halfter gegeben, und der Zönobiarch ist zur Klause in Skant aufgebrochen!«

»Vorbis... Der achte Prophet?«

»... Prophet. Natürlich.«

»Und… Gab es irgendwo eine Schildkröte? Hat Vorbis eine Schildkröte erwähnt?«

»…erwähnt. Was haben denn Schildkröten damit zu tun?« Die Strenge wich aus Nhumrods Zügen. »Nun, der Prophet wies darauf hin, daß die Hitze nicht ohne Folgen für dich bleiben würde. Er meinte, du hättest von den verschiedensten Dingen gefaselt und so.«

»Tatsächlich?«

»Drei Tage lang wich er nicht von deiner Seite. Es war sehr… inspirierend.«

»Wann sind wir zurückgekehrt?«

»…gekehrt. Vor einer knappen Woche.«

»Vor einer *Woche*?«

»Der Prophet erwähnte mehrmals deine tiefe Erschöpfung. Aufgrund der langen Reise.«

Brutha starrte die Wand an.

»Und du sollst sofort nach dem Erwachen zu ihm geführt werden«, fügte Nhumrod hinzu. »In dieser Hinsicht hinterließ er unmißverständliche Anweisungen.« Der Tonfall des Novizenmeisters vermittelte folgende Botschaft: Er wußte nicht genau, ob Bruthas gegenwärtiger Zustand die Bezeichnung »wach« verdiente. »Kannst du gehen? Oder soll ich einigen Novizen Bescheid geben, auf daß sie dich tragen?«

»Muß ich jetzt zu ihm?«

»…ihm. Ja. Auf der Stelle. Bestimmt möchtest du ihm danken.«

Diesen Teil der Zitadelle kannte Brutha nur vom Hörensagen. Bruder Nhumrod erging es ebenso. Zwar hatte Vorbis in seinen Anweisungen nur Bruthas Namen genannt, aber der Novizenmeister fühlte sich verpflichtet, den Jungen zu begleiten. Er tat wichtig, während zwei kräftig gebaute junge Männer Brutha in einer Sänfte trugen, die normalerweise von den älteren der alten Kleriker benutzt wurde.

Im Zentrum der Zitadelle, hinter dem Tempel, erstreckte sich ein von hohen Mauern umgebener Garten, der die Aufmerksamkeit des Experten in Brutha weckte. Auf dem Felsgestein ruhte nicht ein einziges Gramm natürlicher Boden. Alle schattenspendenden Bäume wuchsen in Erde, die fleißige Hände hierhergebracht hatten.

Hier hielt sich Vorbis auf, von Bischöfen und Iams umgeben. Er wandte ihm den Kopf zu, als Brutha näher kam.

»Ah, mein Wüstengefährte«, sagte er freundlich. »Und Bruder Nhumrod, wenn ich mich nicht irre. Brüder, ich verkünde hiermit meine Absicht, Brutha zum Erzbischof zu ernennen.«

Die anwesenden Kleriker murmelten erstaunt, und jemand räusperte sich. Vorbis' Blick wanderte zu Bischof Treem, Archivar der Zitadelle.

»Nun, er hat noch nicht einmal die Priesterweihe hinter sich«, sagte Bischof Treem skeptisch. »Aber wir wissen natürlich, daß es einen Präzedenzfall gibt.«

»Ossorys Esel«, warf Bruder Nhumrod ein. Sein Mund klappte sofort wieder zu, und er sah verlegen zu Boden.

Vorbis lächelte.

»Der gute Bruder Nhumrod hat recht«, sagte er. »Auch dem Esel fehlte die Priesterweihe, obgleich man damals bei den Voraussetzungen keine sehr strengen Maßstäbe anlegte.«

Diese Worte bewirkten mehrstimmiges nervöses Lachen, typisch für Personen, die ihren Job und vermutlich auch ihr Leben jenem Mann verdanken, der gerade einen nicht sehr lustigen Witz gerissen hat.

»Allerdings wurde der Esel nur zum Bischof ernannt«, meinte Bischof »Todeswunsch« Treem.

»Wofür er bestens qualifiziert war«, sagte Vorbis scharf. »Geht jetzt, ihr alle. Das gilt auch für Subdiakon Nhumrod«, fügte er hinzu. Angesichts der unerwarteten Beförderung wich die Verlegenheitsröte in Nhumrods Gesicht plötzlicher Blässe. »Erzbischof Brutha bleibt hier. Wir wünschen ein Gespräch.«

Der versammelte Klerus eilte fort.

Vorbis nahm auf einem steinernen Stuhl unter einem Holunderbaum Platz. Es war ein großer Baum, viel älter als seine kurzlebigen Artgenossen außerhalb des Gartens, und seine Beeren reiften.

Der Prophet stützte die Ellenbogen auf die Armlehnen aus Stein, faltete die Hände und bedachte Brutha mit einem langen, durchdringenden Blick.

»Hast du dich... erholt?« fragte er schließlich.

»Ja, Herr«, erwiderte der Junge. »Aber ich kann kein Bischof sein, Herr. Ich...«

»Das Amt des Bischofs oder Erzbischofs erfordert kaum Intelligenz, wie ich dir versichern darf«, sagte Vorbis. »Andernfalls müßten hier viele Leute damit rechnen, ihren Posten zu verlieren.«

Wieder folgte Stille.

Die nächsten Worte des Propheten klangen so, als hallten sie aus einer bodenlosen Tiefe empor.

»Wir haben schon einmal über die Natur der Realität gesprochen, nicht wahr?«

»Ja.«

»Und auch darüber, daß Beobachtetes manchmal nicht mit der *fundamentalen* Wahrheit gleichzusetzen ist, oder?«

»Ja.«

Eine neuerliche Pause. Weit oben am Himmel kreiste ein Adler und hielt nach Schildkröten Ausschau.

»Bestimmt verbindest du wirre Erinnerungen mit unserer Wanderung durch die Wüste.«

»Nein.«

»Kein Wunder. Die Sonne, Durst und Hunger...«

»Nein, Herr. Wirre Erinnerungen sind bei mir praktisch ausgeschlossen.«

»Oh, ja. Du hast ein gutes Gedächtnis, stimmt's?«

»Es ist perfekt.«

Vorbis neigte den Kopf ein wenig zur Seite und erweckte den Eindruck, dem maskenhaft starren Gesicht eine zusätzliche Maske überzustreifen.

»In der Wüste sprach der Große Gott Om zu mir.«

»Ja, Herr. Das stimmt. Und zwar jeden Tag.«

»Du hast einen starken, wenn auch sehr einfach gestalteten Glauben, Brutha. Mit Menschen kenne ich mich gut aus.«

»Ja, Herr. Herr?«

»Ja, Brutha?«

»Nhumrod meinte, *du* hättest *mich* durch die Wüste geführt, Herr.«

»Erinnerst du dich an meine Ausführungen über die fundamentale Wahrheit, Brutha? Natürlich erinnerst du dich daran. Es existierte eine Wüste außerhalb unserer Körper, aber es gibt auch eine in unseren Seelen. Gott führte mich, und dadurch konnte ich dich führen.«

»Oh. Ja. Ich verstehe.«

Weit oben schien der Adler am Himmel zu verharren. Wenige Sekunden später legte er die Flügel an und stürzte herab...

»In der Wüste habe ich viel geschenkt bekommen, Brutha. Und ich habe viel gelernt. Davon muß ich der Welt berichten. Das ist die Pflicht eines Propheten: dorthin zu gehen, wo noch niemand vor ihm gewesen ist, und die Wahrheit jenes Ortes zurückzubringen.«

...schneller als der Wind, während Hirn und Leib nur als ein Dunst existierten, der zielstrebige Entschlossenheit umhüllte...

»Ich habe nicht damit gerechnet, daß es schon jetzt geschieht. Wie dem auch sei: Om lenkte meine Schritte. Die Leitung der Kirche steht nun mir zu, und als neuer Zönobiarch werde ich... Maßnahmen ergreifen.«

Der Adler sauste dem Boden entgegen, und irgendwo zwischen den Hügeln packte er etwas. Dann schlug er mit den Flügeln, stieg wieder auf...

»Ich bin nur ein Novize, Herr. Ich bin kein Bischof, auch wenn man mich so nennt...«

»Du wirst dich daran gewöhnen.«

Manchmal dauerte es ziemlich lange, bis sich eine Erkenntnis in Brutha formte. Jetzt gewann eine Konturen. Hinweise boten Vorbis' Haltung und ein seltsamer Unterton in seiner Stimme.

Der ehemalige Exquisitor fürchtete sich vor dem ehemaligen Novizen.

Wegen Ephebe? *Wer würde mir schon zuhören?* dachte Brutha. *Wer würde mir glauben? Er ist der Prophet und Zönobiarch. Er könnte mich einfach hinrichten lassen. Ganz gleich, was er auch anstellt – es ist immer richtig. Ganz gleich, was er auch gesagt – es ist immer wahr.*

Er spricht die fundamentale *Wahrheit.*

»Ich möchte dir etwas zeigen, das dich vielleicht interessiert und amüsiert«, sagte Vorbis und stand auf. »Kannst du gehen?«

»Ja. Nhumrod war sehr zuvorkommend. Eigentlich ist es nur ein Sonnenbrand.«

Als sie davongingen, bemerkte Brutha etwas, das ihm bisher nicht aufgefallen war. Im Garten befanden sich mit Bögen bewaffnete Angehörige der Sakralen Garde. Sie standen im Schatten der Bäume oder zwischen den Büschen – sie versteckten sich nicht, blieben nur im Hintergrund.

Vom Garten aus führte eine Treppe zum Labyrinth aus Tunneln und Kammern, das sich unter dem Tempel – unter der ganzen Zitadelle – erstreckte. Zwei Wächter folgten Vorbis und Brutha in respektvollem Abstand.

Der Prophet führte seinen jungen Begleiter zum Bereich der Handwerker, wo sich Schmieden und Werkstätten an einem breiten Lichtschacht zusammendrängten. Dampf und Rauchschwaden zogen über den nackten Fels.

Vorbis betrat einen großen Raum, in dem mehrere Feuer brannten. Arbeiter hantierten an einem langen, gewölbten Etwas.

»Na, was hältst du davon?« fragte der neue Zönobiarch.

Es handelte sich um eine Schildkröte.

Die Eisengießer hatten Großartiges geleistet, bis hin zur Struktur des Panzers und der Schuppen an den Beinen. Das Gebilde war etwa zweieinhalb Meter lang.

In Bruthas Ohren rauschte es, während Vorbis sprach.

»Die Gottlosen verbreiten gefährlichen Unsinn über Schildkröten, nicht wahr? Sie glauben, auf dem Rücken einer Großen Schildkröte zu leben. Nun, sollen sie darauf sterben.«

Brutha sah die Ketten und Fesseln an den Beinen der eisernen Schildkröte. Er stellte sich Männer und Frauen vor, die – unbequem – auf dem metallenen Panzer lagen, alle viere von sich gestreckt.

Er senkte den Kopf ein wenig. Unter der Konstruktion entdeckte er einen Feuerkasten – einige Aspekte der Quisition veränderten sich nie.

Sicher dauerte es eine halbe Ewigkeit, bis so viel Eisen heiß genug wurde, um Schmerzen zu bereiten. Eine Menge Zeit, um über gewisse Dinge nachzudenken...

»Was hältst du davon?« wiederholte Vorbis.

Vor Bruthas innerem Auge formte sich ein Bild, das ihm die Zukunft zeigte.

»Genial«, sagte er.

»Eine nützliche Lektion für alle anderen, die in Versuchung geraten, den Pfad der Wahrheit zu verlassen«, kommentierte Vorbis.

»Wann willst du hier, äh, den ersten Sünder läutern lassen?«

»Ich weiß es noch nicht«, antwortete Vorbis. »Es ergibt sich bestimmt eine Gelegenheit.«

Brutha spürte einen Blick, der sich ihm wie ein Messer durch die Stirn bohrte und seine Gedanken von der Innenseite des Hinterkopfs kratzte.

»Und jetzt...«, fügte Vorbis hinzu. »Geh bitte. Und ruh dich aus... mein Sohn.«

Brutha schritt langsam über den Platz der Klage und war tief in für ihn ungewohnte Gedanken versunken.

»Guten Tag, Hochwürden.«

»Du weißt schon davon?«

Das-ist-praktisch-geschenkt Schnappler lächelte hinter seinem Stand, hinter dem er lauwarmen eiskalten Sorbett anbot.

»Es ist mir zu Ohren gekommen«, sagte er. »Hier. Klatschianische Zuckerwatte. Am Stiel. Und gratis.«

Auf dem Platz der Klage hatten sich noch mehr Bittsteller eingefunden als sonst. Schnapplers warmes Gebäck verkaufte sich wie warme Semmeln.

»Heute ist hier ziemlich viel los«, murmelte Brutha.

»Wegen der Zeit des Propheten und so«, meinte Schnappler. »Eine gute Gelegenheit für den Großen Gott, sich in der Welt zu zeigen. Und wenn du glaubst, daß jetzt schon viel los wäre... Wart's nur ab. In ein paar Tagen gibt's hier nicht mehr genug Platz, um tief Luft zu holen.«

»Was passiert dann?«

»Ist alles mit dir in Ordnung? Bist ein wenig blaß.«

»Was passiert in ein paar Tagen?«

»Die neuen Regeln und Gesetze. Das Buch von Vorbis? Äh...« Schnappler schob sich ein wenig näher an Brutha heran. »Kannst du mir vielleicht einen Tip geben? Hat der Große Gott zufälligerweise davon gesprochen, welche Zukunft die hiesige Lebensmittelindustrie erwartet?«

»Keine Ahnung. Vielleicht würde er den Anbau von mehr Kopfsalat begrüßen.«

»Ach?«

»Ist nur eine Vermutung.«

Schnappler grinste vom einen Ohr bis zum anderen. »Oh, ja, natürlich. Aber die Vermutung kommt von *dir*. Wie heißt es so schön: Bei einem tauben Kamel ist ein Nicken ebensoviel wert wie ein Schlag mit dem Knüppel. Tja, ich weiß, wo ich mir einige Morgen gut bewässertes Land besorgen kann. Sollte ich jetzt kaufen, bevor die Nachfrage steigt?«

»Kann sicher nicht schaden.«

Schnappler schob sich noch etwas näher heran, und zwar von der Seite her. Das war typisch für ihn. Schnappler ging nie geradeaus, sondern bewegte sich immer von einer Seite zur anderen. In dieser Hinsicht hätte er es mit jeder Krabbe aufnehmen können.

»Komische Sache«, sagte er leise. »Ich meine... Vorbis?«

»Komisch?« erwiderte Brutha.

»Gibt einem zu denken. Selbst Ossory muß ein ganz gewöhnlicher Mensch gewesen sein, der wie du und ich umherging. Er hatte Schmalz in den Ohren, wie alle anderen Leute. Tja, komische Sache.«

»Was?«

»Alles.«

Schnappler bedachte Brutha mit einem verschwörerischen Lächeln, wandte sich dann einem fußmüden Pilger zu und verkaufte ihm ein Stück Kuchen. Der arme Kerl biß hinein und hatte Mühe, die Zähne wieder daraus zu lösen.

Brutha kehrte zum Schlafsaal zurück. Um diese Zeit des Tages hielt sich dort niemand auf. Der Grund: Man riet den Novizen davon ab, tagsüber im Schlafsaal zu weilen – einige Novizenmeister befürchteten, daß die steinharten Matratzen sündige Gedanken stimulieren mochten.

Die wenigen Besitztümer Bruthas waren aus dem Regal neben dem Bett verschwunden. Wahrscheinlich stand ihm als Erzbischof irgendwo ein eigenes Zimmer zur Verfügung, obwohl ihn niemand darauf hingewiesen hatte.

Brutha fühlte sich einsam und verwirrt.

Er streckte sich auf dem Bett aus und betete zu Om. Eine Antwort blieb aus. Nun, er hatte praktisch nie Antwort bekommen und das nicht als enttäuschend empfunden, weil er gar keine Reaktion erwartete. Bisher war er imstande gewesen, sich mit dem Gedanken zu trösten, daß Om zwar zuhörte, es jedoch für unter Seiner Würde hielt, einem gewöhnlichen Sterblichen zu antworten.

Jetzt konnte er sich nicht einmal einer derartigen Hoffnung hingeben.

Alles blieb still, auch hinter seiner Stirn. Ebensogut hätte er zu sich selbst sprechen und der Antwort des eigenen Ichs lauschen können.

Wie Vorbis.

Om hatte dessen Bewußtsein als einen in sich geschlossenen mentalen Kosmos bezeichnet. Nichts gelangte hinein oder heraus. Vorbis vernahm nur die fernen Echos seiner Seele. Und daraus würde er die Worte für das Buch Vorbis formen. Brutha glaubte, den Inhalt bereits zu kennen. Vermutlich sprach der neue Prophet in seinen Schriften von heiligen Kriegen, Blut, Kreuzzügen, Blut, Frömmigkeit und noch einmal Blut.

Brutha stand auf und kam sich wie ein Narr vor. Trotzdem: Diese Gedanken ließen ihn nicht in Ruhe.

Er war jetzt Bischof – sogar *Erz*bischof –, aber er wußte nicht, womit sich Bischöfe die Zeit vertrieben. Bisher hatte er nur gesehen, wie sie in der Ferne dahinschwebten und dabei an den Boden gebundenen Wolken glichen. Nun, es gab eine Sache, mit der er sich auskannte.

Ein pickliger Junge hackte im Gemüsegarten. Verblüfft sah er auf, als Brutha nach der Hacke griff, und er war dumm genug, sie festzuhalten.

»Ich bin *Bischof*«, sagte Brutha. »Außerdem: Du stellst es völlig falsch an. Geh und beschäftige dich mit etwas anderem.«

Brutha hackte entschlossen auf das bei den Sämlingen wachsende Unkraut ein. Er war nur einige wenige Wochen fort gewesen, und schon kam es überall durch.

Du bist ein Bischof. Zur Belohnung. Und hier ist die eiserne Schildkröte. Um dich zu bestrafen, wenn du nicht spurst. Weil...

...zwei Personen wanderten durch die Wüste, und Om sprach zu einer von ihnen.

Brutha sah die Sache zum erstenmal aus diesem Blickwinkel.

Om hat zu mir gesprochen, dachte er. Zugegeben, der Gott hatte nicht jene Weisheiten verkündet, von denen Propheten in ihren Büchern berichteten. Aber vielleicht stammten jene Bemerkungen überhaupt nicht von Om...

Brutha hackte bis zum Ende des Beetes und nahm sich anschließend die Bohnen vor.

Lu-Tze saß bei seinem kleinen Schuppen neben den Humushaufen und beobachtete den Jungen aufmerksam.

Noch eine Scheune. In letzter Zeit hielt sich Urn häufig in Scheunen auf.

Sie hatten mit einem Karren begonnen und viel Zeit damit verbracht, sein Gewicht zu verringern. Die Kraftübertragung erwies sich als Problem, und Urn dachte in diesem Zusammenhang oft über Zahnräder nach. Die Kugel wollte sich viel schneller drehen als die Räder – dahinter verbarg sich vielleicht eine Metapher oder so.

»Und ich kann nicht dafür sorgen, daß sich das Ding rückwärts bewegt«, sagte er.

»Keine Sorge«, erwiderte Simony. »Es braucht gar nicht nach hinten zu rollen. Wie steht's mit der Panzerung?«

Urn machte eine Geste, die seiner Werkstatt im großen und ganzen galt.

»Dies ist eine Dorfschmiede!« entfuhr es ihm. »Und die Konstruktion ist sechs Meter lang! Zacharos kann keine Platten herstellen, die größer sind als einen Meter. Ich habe versucht, sie am Gerüst zu befestigen, aber unter dem großen Gewicht bricht alles zusammen.«

Simony blickte zu dem teilweise fertiggestellten Dampfwagen und den daneben liegenden Metallplatten.

»Bist du jemals in der Schlacht gewesen, Urn?« fragte er.

»Nein. Ich habe Plattfüße. Und ich bin nicht sehr kräftig.«

»Weißt du, was eine Schildkröte ist?«

Urn kratzte sich am Kopf. »Na schön. Die Antwort lautet *nicht*: ein kleines Reptil mit Panzer. Du *weißt* ja, daß ich das weiß.«

»Du hast recht – ich meine eine andere Art von Schildkröte. Wenn man eine Festung oder einen Turm angreift, wenn der Feind mit allem wirft, was er hat... Dann hebt jeder Soldat den Schild. Wenn dann die Dinge darauf herabfallen, verteilt sich gewissermaßen ihr Gewicht.«

»Überlappung«, kommentierte Urn.

»Wie bei Schuppen«, fügte Simony hinzu.

Urn betrachtete den Wagen nachdenklich.

»Eine Schildkröte«, murmelte er.

»Und der Rammbock?« fragte Simony.

»Oh, kein Problem«, sagte Urn und achtete kaum mehr auf seinen Gesprächspartner. »Ein am Rahmen befestigter Baumstamm. Mit einem großen Eisenkopf. Das Portal besteht doch nur aus Bronze, oder?«

»Ja. Und es ist sehr groß.«

»Vermutlich sind die beiden Türhälften hohl. Oder es handelt sich um relativ dünne Bronzeplatten auf einer Unterlage aus Holz.«

»Es heißt, das Portal besteht aus *massiver* Bronze.«

»Ja, das würde ich auch behaupten.«

»Entschuldigt bitte.«

Ein untersetzter Mann näherte sich. Er trug die Uniform der Palastwache.

»Das ist Feldwebel Fergmen«, sagte Simony. »Ja, Feldwebel?«

»Das Portal ist mit klatschianischem Stahl verstärkt. Dazu entschied man sich nach all den Kämpfen zur Zeit des Falschen Propheten Zog. Und es öffnet sich nur nach außen. Wie ein Schleusentor, versteht ihr? Wenn man Druck auf die beiden Türhälften ausübt, so preßt man sie nur noch fester zusammen.«

»Und wie wird das Portal geöffnet?« erkundigte sich Urn.

»Der Zönobiarch hebt die Hand, und Gottes Atem läßt die Tür aufschwingen«, antwortete der Feldwebel.

»Ich habe eine *logische* Antwort erwartet.«

»Oh. Nun, einer der Diakone verschwindet hinter einem Vorhang und betätigt einen Hebel. Und... beim Wachdienst in den Krypten... Mir ist ein spezieller Raum aufgefallen, mit Rohrleitungen und Zahnrädern drin. Irgendwo rauschte Wasser...«

»Ein hydraulisches System«, sagte Urn. »Dachte ich mir.«

»Kannst du dir Zugang verschaffen?« fragte Simony.

»Zu dem Raum? Warum nicht? Niemand kümmert sich darum.«

»Wäre er imstande, von dort aus das Portal zu öffnen?« wandte sich Simony an Didaktylos' Neffen.

»Hm?«

Urn rieb sich mit einem Hammer nachdenklich am Kinn. Er schien in einer ganz anderen Welt zu weilen.

»Käme Fergmen mit dem hydraulischen System zurecht?«

»Hm?« murmelte Urn. »Oh, das bezweifle ich.«

»Und du?«

»Wie?«

»Könntest du es bedienen?«

»Das nehme ich an. Immerhin geht's dabei nur um Rohrleitungen und Druck und so. Hm.«

Urns nachdenklicher Blick galt noch immer dem Dampfwagen. Simony nickte dem Feldwebel zu und bedeutete ihm, die Scheune zu verlassen. Dann begann er mit einer mentalen interplanetaren Reise, um den Ort zu erreichen, an dem sich Urn befand.

Er sah ebenfalls zum Wagen.

»Wann ist er fertig?«

»Hmm?«

»Ich habe gefragt, wann...«

»Morgen abend. Wenn wir die ganze Nacht durcharbeiten.«

»Aber wir brauchen ihn übermorgen früh! Und vor dem Einsatz müssen wir ihn testen.«

»Er funktioniert bestimmt«, sagte Urn.

»Glaubst du?«

»Ich habe ihn gebaut. Ich weiß darüber Bescheid. Du kennst dich mit Schwertern, Speeren und so weiter aus. Mein Fachgebiet sind Vorrichtungen, die sich bewegen. Der Wagen funktioniert, keine Sorge.«

»Gut. Nun, ich muß mich noch um andere Dinge kümmern...«

»In Ordnung.«

Urn blieb allein in der Scheune zurück. Er starrte auf den Hammer, blickte dann wieder zum Wagen.

Die hiesigen Schmiede wußten nicht, wie man richtige Bronze goß. Und ihr Eisen... Eine Katastrophe. Vom Kupfer ganz zu schweigen – es war regelrecht entsetzlich. In Omnien schien man auf die Herstellung von Stahl spezialisiert zu sein, der beim ersten Schlag splitterte. Im Lauf der Jahre hatte die Quisition alle guten Schmiede... geläutert.

Urn wußte, daß er nicht mehr zu leisten vermochte, aber...

»Der Dampfwagen funktioniert beim ersten Einsatz«, brummte er. »Doch was den zweiten oder dritten betrifft, kann ich nichts garantieren.«

Vorbis saß wieder auf dem sternernen Stuhl im Garten, und um ihn herum lagen Papiere auf dem Boden.

»Nun?«

Die kniende Gestalt sah nicht auf. Zwei Wächter standen mit gezückten Schwertern in der Nähe.

»Die Leute von der Schildkröte...«, brachte der Mann hervor. Die Angst verlieh seiner Stimme einen schrillen Klang. »Sie planen etwas.«

»Natürlich, das überrascht mich nicht«, erwiderte Vorbis. »Die Frage lautet: *Was* planen sie?«

»Bei der Zeremonie... wenn du als Zönobiarch bestätigt wirst... Dann kommt eine Maschine, die sich von ganz allein bewegt. Sie... sie wird die Tempeltür zerschmettern...«

Die Stimme verklang.

»Und wo ist die Maschine jetzt?« fragte Vorbis.

»Ich weiß es nicht. Ich weiß nur eins: Die Schildkröten-Leute haben Eisen von mir gekauft.«

»Ein eiserner Apparat.«

»Ja.« Der Mann holte tief Luft und schien nach den richtigen Worten zu suchen. »Die Leute sagen... Es heißt... Die Wächter meinten... du hast meinen Vater einkerkern lassen, und ich... ich wollte dich bitten...«

Vorbis blickte auf den Knienden hinab.

»Du *fürchtest*, daß ich dich ebenfalls in den Kerker werfen lasse. Du glaubst, daß ich dazu fähig bin. Du fürchtest, daß ich folgendes denke: Dieser Mann hat sich mit Häretikern und Ketzern eingelassen...«

Der Bittsteller starrte weiter zu Boden. Vorbis wölbte sanft die Hand um sein Kinn und zog den Kopf hoch, bis ein Blickkontakt erfolgte.

»Es war *richtig* von dir, zu mir zu kommen und Bericht zu erstatten«, sagte er und wandte sich an einen Inquisitor. »Lebt der Vater dieses Mannes noch?«

»Ja, Herr.«

»Kann er noch gehen? Aus eigener Kraft, meine ich?«

Der Inquisitor zuckte mit den Schultern. »Ja, Herr.«

»Laß ihn sofort frei, auf daß Vater und Sohn gemeinsam heimkehren können.«

In den Augen des Informanten kämpften die Heere der Hoffnung und der Furcht gegeneinander.

»Danke, Herr«, sagte er.

»Gehe in Frieden.«

Vorbis beobachtete, wie einer der Wächter den Mann aus dem Garten eskortierte, winkte dann einen Inquisitor zu sich.

»Wissen wir, wo er wohnt?«

»Ja, Herr.«

»Gut.«

Der Inquisitor zögerte.

»Und der... Apparat, Herr?«

»Om hat zu mir gesprochen. Eine Maschine, die sich von ganz allein bewegt? So etwas widerspricht aller Vernunft. Wo sind ihre Muskeln? Wo ist ihr Geist?«

»Ja, Herr.«

Der Inquisitor – Diakon Stichfest – wußte nicht, was er von den gegenwärtigen Umständen halten sollte. Er mochte es, anderen Leuten Schmerzen zuzufügen, und diese Neigung hatte ihm dabei geholfen, das zu werden, was er heute war. Es handelte sich um einen einfachen Wunsch, und die Quisition gab ihm Gelegenheit, ihn sich jeden Tag zu erfüllen. Stichfest gehörte zu den Leuten, die von Vorbis auf eine ganz besondere Weise entsetzt waren. Menschen leiden zu lassen, weil man daran Freude fand – das konnte man verstehen. Vorbis hingegen bescherte anderen Leuten Leid, weil er die Ansicht vertrat, daß sie Leid verdienten. Dabei war kein Sadismus im Spiel, sondern eher eine Art frostige Liebe.

Stichfest wußte aus Erfahrung, daß es kaum jemanden gab, der in Anwesenheit eines Exquisitors zu lügen wagte. Natürlich konnte es keine Maschinen geben, die sich von ganz allein bewegten, aber er beschloß trotzdem, die Wachen zu verdoppeln...

»Wie dem auch sei...«, fuhr Vorbis fort. »Morgen während der Zeremonie müssen wir mit Zwischenfällen rechnen.«

»Herr?«

»Ich verfüge in dieser Hinsicht über... spezielle Kenntnisse«, erklärte Vorbis.

»Ja, Herr.«

»Du weißt, wann Sehnen und Muskeln nachgeben, Diakon.«

Stichfest ahnte, daß Vorbis irgendwo auf der anderen Seite des Wahnsinns weilte. Mit normaler Verrücktheit konnte er fertig werden. Er wußte, daß an Irren kein Mangel herrschte, und bei vielen von ihnen verstärkte sich der Irrsinn in den Tunneln und Kammern der Quisition. Doch Vorbis hatte jene rote Barriere durchdrungen und auf der anderen Seite eine Art logische Struktur konstruiert. Rationale Gedanken, die aus Komponenten des Wahnsinns bestanden...

»Ja, Herr«, sagte der Diakon.

»Ich weiß, wie und wann Menschen den kritischen Punkt erreichen.«

Es war Nacht und recht kühl für die Jahreszeit.

Lu-Tze schlurfte durch die halbdunkle Scheune und fegte hingebungsvoll. Manchmal zog er einen Lappen aus irgendeiner Tasche seiner Kutte und putzte.

Er polierte die Eisenplatten der Beweglichen Schildkröte – der Dampfwagen ragte wie ein Ungeheuer aus dem Schatten auf.

Er fegte sich einen Weg zum Ofen und verharrte dort eine Zeitlang.

Um guten Stahl herzustellen, ist eine hohe Konzentration erforderlich. Deshalb finden sich Götter häufig bei abgelegenen Schmieden ein. Es gibt so viele Dinge, die schiefgehen können. Wenn man die Ingredienzien nicht genau im richtigen Verhältnis mischt, wenn man auch nur für eine Sekunde unaufmerksam ist...

Urn schlief im Stehen und brummte, als ihn jemand anstieß und ihm etwas in die Hand drückte.

Eine Tasse Tee. Er blickte in das kleine, runde Gesicht von Lu-Tze.

»Oh«, sagte er. »Danke. Vielen Dank.«

Nicken, lächeln.

»Fast fertig«, sagte Urn mehr oder weniger zu sich selbst. »Jetzt muß es nur noch abkühlen. Und zwar *langsam*. Sonst kristallisiert es, weißt du.«

Nicken, lächeln, nicken.

Der Tee schmeckte *gut*.

»Eigentlich ist dieser Guß gar nicht mehr so wichtig«, fuhr Urn fort und schwankte. »Es sind nur Hebel für die Kontrollen...«

Lu-Tze stützte den praktischen Philosophen und führte ihn zu einem sesselartigen Stuhl neben einem Holzkohlehaufen. Dann kehrte er zum Feuer zurück und betrachtete das in der Gußform glühende Eisen.

Er leerte einen Eimer Wasser darüber, woraufhin es zischte und prasselte, legte sich den Besen über die Schulter und lief davon.

Leute, die Lu-Tze nur als vage Gestalt hinter einem recht langsam fegenden Besen kannten, wären von seiner hohen Geschwindigkeit erstaunt gewesen. Es hätte sie noch viel mehr überrascht zu erfahren, daß Lu-Tze sechstausend Jahre alt war, sich in erster Linie von braunem Reis ernährte und nur grünen Tee mit etwas ranziger Butter drin trank.

Als ihn noch einige hundert Meter vom Haupttor der Zitadelle trennten, hielt er inne und begann wieder zu fegen. Er fegte sich in Richtung Tor und passierte es, nickte dem Wächter zu, der ihn zunächst argwöhnisch musterte und dann leise seufzte – von einem dummen alten Mann ging sicher keine Gefahr aus. Er putzte einen Torknauf, fegte dann durch Korridore und Kreuzgänge in Richtung von Bruthas Gemüsegarten.

Zwischen den Melonen hockte jemand.

Lu-Tze besorgte eine Decke und kehrte zum Garten zurück. Brutha saß dort, die Hacke quer auf den Knien.

Der Alte hatte viele von Kummer geprägte Mienen gesehen – sechs Jahrtausende geben dem Kummer ziemlich oft Gelegenheit, in Menschen Wurzeln zu schlagen. In Bruthas Gesicht fand er jedoch mehr als die durchschnittliche Niedergeschlagenheit.

Lu-Tze legte dem Bischof die Decke um die Schultern.

»Ich höre ihn nicht«, brachte Brutha heiser hervor. »Es bedeutet vielleicht, daß er zu weit entfernt ist. Daran muß ich dauernd denken. Möglicherweise befindet er sich irgendwo dort draußen, viele Kilometer entfernt!«

Lu-Tze lächelte und nickte.

»Bestimmt wiederholt sich jetzt alles. Das mit den Propheten, meine ich. Er hat nie irgendwelche heiligen Botschaften verkündet. Er hat nie irgend etwas *getan*. Wir Menschen sind ihm völlig gleichgültig gewesen!«

Lu-Tze nickte und lächelte erneut. Seine Zähne glänzten gelb. Zweihundertmal waren sie ihm ausgefallen und neu gewachsen.

»Er hätte Anteil nehmen, sich um uns kümmern sollen.«

Lu-Tze verschwand in seinem Schuppen und kam kurze Zeit später mit einer flachen Schale, die Tee enthielt, wieder zum Vorschein. Er nickte, lächelte und stieß Brutha sanft an, bis er schließlich einen Schluck trank. Die Flüssigkeit schmeckte nach heißem Wasser mit Lavendel.

»Du verstehst kein Wort von dem, was ich sage, oder?« fragte Brutha.

»Nicht viel«, erwiderte Lu-Tze.

»Du *kannst* sprechen?«

Der Alte hob einen faltigen Zeigefinger zum Mund.

»Großes Geheimnis«, sagte er.

Brutha musterte den kleinen Mann. Was wußte er von Lu-Tze? Gab es jemanden, der überhaupt etwas von ihm wußte?

»Du mit Gott sprechen«, sagte Lu-Tze.

»Wie kommst du darauf?«

»Gewisse Anzeichen. Wer spricht mit Gott rechnen muß mit schwierigem Leben.«

»Da hast du recht!« Brutha starrte über die flache Schale – eine Art Tasse – hinweg. »Was hat dich hierhergebracht? Du bist weder Omnianer noch Ephebianer.«

»Bin aufgewachsen in der Nähe von Mitte. Vor langer Zeit. Jetzt Lu-Tze ist ein Fremder überall. Besser so. Habe Religion gelernt in einem Tempel meiner Heimat. Jetzt dorthin gehen, wo Pflicht erfüllen muß.«

»Meinst du damit Misthaufen und das Zurechtschneiden von Pflanzen?«

»Ja. Bin nie gewesen Bischof oder wichtiger Mann. Gefährliches Leben. Bin immer gewesen jemand, der Kirchenbänke säubert und fegt hinter Altar. Niemand belästigt nützlichen Mann. Niemand belästigt kleinen Mann. Niemand erinnert sich an Namen.«

»So ein Leben wollte ich ja auch führen! Aber bei mir klappt's einfach nicht!«

»Dann finde anderen Weg. Ich gelernt in Tempel. Von altem Meister. Wenn in Schwierigkeiten ich mich immer erinnern an weise Worte von altem und ehrwürdigem Meister.«

»Wie lauten sie?«

»Alter Meister sagen: ›Der Junge dort! Was du essen? Hoffentlich genug mitgebracht für alle.‹ Alter Meister sagen: ›Du ungezogener Junge! Warum nicht gemacht Hausaufgaben?‹ Alter Meister sagen: ›Warum Junge lacht? Wenn nicht sagen, warum Junge lacht, ganze Klasse muß nachsitzen!‹ Wenn sich erinnern an diese weisen Worte, nichts erscheinen mehr so schlimm.«

»Was soll ich unternehmen? Ich höre ihn nicht mehr!«

»Du tun müssen, was getan werden muß. Dir nichts anderes übrigbleiben als zu folgen eigenem Weg.«

Brutha schlang die Arme um die Knie.

»Er hat mir überhaupt keinen Rat gegeben! Wo verbirgt sich die ganze Weisheit? Die anderen Propheten kamen mit Geboten zurück!«

»Wo sie bekamen Gebote?«

»Ich... ich vermute, sie erfanden alles.«

»Du dir nehmen ein Beispiel an ihnen.«

»Das nennst du Philosophie?« donnerte Didaktylos und winkte mit dem Gehstock.

Urn strich den Sand der Gußform beiseite.

»Nun, es ist... *natürliche* Philosophie«, sagte er.

Der Stock klapperte über die Flanke der Beweglichen Schildkröte.

»So etwas habe ich dich nie gelehrt!« rief Didaktylos. »Philosophie soll das Leben *verbessern*!«

»Das ist der Zweck dieser Vorrichtung«, erwiderte Urn ruhig. »Sie soll dabei helfen, einen Tyrannen zu stürzen. Damit alle Leute besser leben.«

»Und dann?« fragte der Philosoph.

»Und dann was?«

»Anschließend nimmst du die Maschine auseinander, nicht wahr?« meinte Didaktylos. »Du demontierst sie, wirfst Räder und Spitzen fort, verbrennst die Konstruktionspläne... Das stimmt doch, oder? Es bleibt nichts von ihr übrig, nachdem sie ihren Zweck erfüllt hat...«

»Nun...«, begann Urn.

»Aha!«

»Aha was? Wir behalten den Apparat. Was ist schon dabei? Er kann uns als... zur Abschreckung von anderen Tyrannen dienen.«

»Glaubst du vielleicht, Tyrannen seien nicht imstande, ebenfalls so etwas zu bauen?«

»Wir sind jederzeit in der Lage, noch größere Maschinen zu konstruieren!« rief Urn.

Didaktylos ließ die Schultern hängen. »Ja«, sagte er. »Daran zweifle ich nicht. Dann ist ja alles in bester Ordnung. Hätte mir überhaupt keine Sorgen zu machen brauchen. Tja, ich gehe jetzt und lege mich irgendwo hin, um ein wenig auszuruhen.«

Der Philosoph wirkte in sich zusammengesunken und sehr alt.

»Meister?« fragte Urn.

»Komm mir bloß nicht mit ›Meister‹.« Didaktylos tastete sich an der Scheunenwand entlang in Richtung Tür. »Ich habe gerade festgestellt, daß du dich bestens mit dem menschlichen Wesen auskennst. Ha!«

Der Große Gott Om rutschte an der Seite eines Bewässerungsgrabens hinunter, kippte um und blieb auf dem Rücken zwischen einigen Pflanzen liegen. Er richtete sich auf, indem er nach einer Wurzel schnappte und den eigenen Hals als Hebel benutzte.

In seinem Ich flackerten dann und wann Bruthas Gedanken. Worte konnte er nicht verstehen, aber das war auch gar nicht notwendig. Ebensowenig mußte man die kleinen Wellen beobachten, um festzustellen, in welche Richtung das Wasser floß.

Manchmal, wenn er die Zitadelle als glänzenden Fleck im Zwielicht sah, ließ er seine mentale Stimme so laut wie möglich erklingen und rief:

»Warte! Warte! Sei vernünftig! Wir sollten nach Ankh-Morpork reisen! Die Stadt der unbegrenzten Möglichkeiten! Mit meiner Intelligenz und deinem Ver... und mit dir ist die Welt eine Knetmasse, die wir nach Belieben formen können! Laß eine solche Chance nicht einfach so verstreichen...«

Und dann rutschte Om in die nächste Furche. Ab und zu sah er den Adler, der weit oben am Himmel kreiste.

»Warum gibst du dir überhaupt Mühe? Warum möchtest du etwas ändern? Dieser Ort *verdient* Vorbis! Schafe *verdienen* es, geführt zu werden!«

So ähnlich hatte er bei der Steinigung des ersten Gläubigen empfunden. Zu jenem Zeitpunkt glaubten natürlich schon Dutzende von anderen Menschen an ihn. Aber es handelte sich trotzdem um einen sehr schmerzlichen Verlust. Den ersten Gläubigen vergaß man nie. Durch ihn bekam man Form und Struktur.

Schildkröten eignen sich nicht besonders gut für lange Querfeldeinwanderungen. Sie brauchen längere Beine und weniger tiefe Gräben.

Om schätzte seine durchschnittliche Geschwindigkeit auf etwas mehr als dreihundert Meter pro Stunde. Die Entfernung zur Zitadelle betrug mindestens dreißig Kilometer. Gelegentlich kam er schneller voran, zum Beispiel zwischen den Bäumen eines Olivenhains. Doch viel zu oft folgten dann wieder Felsen und Steinwälle am Rand von Feldern.

Während seine Beine ständig in Bewegung waren, summten Bruthas Gedanken wie Bienen.

Erneut rief Om ihn mit der Stimme des Geistes.

»Was hast du schon? Er hat ein Heer! Hast du vielleicht ein Heer? Aus wie vielen Divisionen besteht es, hm?«

Doch solche Gedanken erforderten Energie, und die Kraft einer einzelnen Schildkröte war begrenzt. Om fand einige Weintrauben und aß so gierig, daß ihm der Saft über den Kopf floß. Jetzt hatte er zwar einen gefüllten Magen, aber schneller kam er dadurch auch nicht voran.

Und dann ging der Tag zu Ende. Hier waren die Nächte nicht so kalt wie in der Wüste, aber die Temperatur sank doch erheblich. Für Om bedeutete das: Er wurde langsamer, wenn sein Blut abkühlte. Dann konnte er kaum mehr denken oder gehen.

Er verlor bereits Wärme. Und Wärme kam Geschwindigkeit gleich.

Der Gott erklomm einen Ameisenhügel...

»Du wirst sterben! Der Tod droht dir!«

...und glitt auf der anderen Seite wieder nach unten.

Stunden vor dem Sonnenaufgang begannen die Vorbereitungen für die Amtseinführung des Zönobiarchen und Propheten. Ihr Anfang entsprach nicht ganz dem traditionellen Muster: Diakon Stichfest und einige seiner Kollegen durchsuchten den Tempel. Sie hielten dort nach Stolperdrähten Ausschau, stocherten mit langen Stöcken in dunklen Ecken, auf der Suche nach verborgenen Bogenschützen. Natürlich genoß der zukünftige Zönobiarch als Prophet den Schutz Gottes, aber Stichfest hielt es trotzdem für besser, kein Risiko einzugehen. Er schickte einige Einsatzgruppen in die Stadt, um die üblichen Verdächtigen zu verhaften. Es hatte sich für die Quisition als nützlich erwiesen, immer einige Verdächtige auf Vorrat zu halten – dann brauchte man nicht lange zu suchen, wenn man welche benötigte.

Im Anschluß an die Suche nach Fallen und versteckten Attentätern kamen mehrere einfache Priester, um mit speziellen Gebeten alle Dämonen, Teufel und Unheilsgeister aus dem Tempel zu vertreiben. Diakon Stichfest beobachtete sie stumm. Er hatte nie mit irgendwelchen übernatürlichen Wesenheiten zu tun gehabt, wußte aber, was ein gut gezielter Pfeil mit einem ahnungslosen Bauch anzustellen vermochte.

Jemand berührte ihn an der Seite. Er schnappte erschrocken nach

Luft, als sich die Realität einen Weg in seine Überlegungen bahnte. Aus einem Reflex heraus griff er nach dem Dolch.

»Oh«, sagte er.

Lu-Tze nickte, lächelte, hob den Besen und gab dadurch zu verstehen, daß Diakon Stichfest auf einer Stelle des Bodens stand, die er, Lu-Tze, zu fegen wünschte.

»Hallo, du gräßlicher gelber Narr«, sagte der Diakon.

Nicken, lächeln.

»Sprichst nie, oder?« fragte Stichfest.

Lächeln, lächeln.

»Idiot.«

Lächeln, Lächeln. Beobachten.

Urn trat zurück.

»Bist du ganz sicher, daß du alles verstanden hast?« erkundigte er sich.

»Ja.« Simony saß im Sattel der Schildkröte.

»Wiederhol's noch einmal«, forderte ihn Urn auf.

»Wir-schüren-das-Feuer-im-Kasten«, sagte Simony. »Dann-warten-wir-bis-die-rote-Nadel-auf-XXVI-zeigt. Dann-öffnen-wir-den-Messinghahn. Und-wenn-die-Bronzepfeife-pfeift-ziehen-wir-den-großen-Hebel. Und-wir-steuern,-indem-wir-an-den-Seilen-ziehen.«

»Ja.« Urn nickte, obwohl noch ein Rest Skepsis auf seinem Gesicht lag. »Dies ist ein Präzisionsinstrument«, betonte er.

»Und ich bin Berufssoldat«, erwiderte Simony. »Kein abergläubischer Bauer.«

»Gut, gut. Nun, wenn du ganz sicher bist...«

Sie hatten Zeit gefunden, um die Bewegliche Schildkröte noch mit dem einen oder anderen auszustatten. Der Panzer wies gezackte Kanten auf, und an den Rädern hatten sie lange Stahldornen angebracht. Hinzu kam das Rohr für den Dampf... In dieser Hinsicht regte sich vages Unbehagen in Urn.

»Es ist nichts weiter als ein Apparat«, meinte Simony. »Er stellt überhaupt kein Problem dar.«

»Na schön. Gib uns eine Stunde Zeit. Du solltest den Tempel genau dann erreichen, wenn wir das Portal öffnen.«

»Alles klar. Also los. Brich jetzt auf. Feldwebel Fergmen kennt den Weg.«

Urn sah noch einmal zum Dampfrohr. Er wußte nicht, wie es auf den Feind wirken würde, aber ihm jagte es einen gehörigen Schrecken ein.

Brutha erwachte. Besser gesagt: Er versuchte nicht mehr zu schlafen. Lu-Tze war fort. Vermutlich fegte er irgendwo.

Er wanderte durch die leeren Korridore des Novizenbereichs. Es dauerte noch Stunden bis zur Krönung des Zönobiarchen – vorher fanden Dutzende von Zeremonien statt. Alle wichtigen Personen (beziehungsweise jene Leute, die sich für wichtig hielten) würden sich auf den verschiedenen Plätzen am Tempel versammeln. Zu ihnen gesellte sich die anonyme Masse der Unwichtigen und Bedeutungslosen.

Brutha kam an leeren Kapellen vorbei, in denen nun keine Gebete gesprochen oder gesungen wurden. Man hätte den Eindruck gewinnen können, daß sich niemand mehr in der Zitadelle befand – wenn nicht eine Art stummes Dröhnen im Hintergrund gewesen wäre, verursacht von mehreren zehntausend schweigenden Menschen. Sonnenschein fiel durch lange Lichtschächte.

Nie zuvor hatte sich Brutha so allein gefühlt. Im Vergleich mit seinen derzeitigen Empfindungen schien er in der Wüste an einem Fest teilgenommen zu haben. Gestern abend... Gestern abend in der Gesellschaft von Lu-Tze... Dabei schien alles völlig klar gewesen zu sein. Gestern abend hätte er nicht gezögert, Vorbis gegenüberzutreten und ihn herauszufordern. Gestern abend hatte er geglaubt, daß es tatsächlich eine Chance gab. Gestern abend existierten keine Beschränkungen oder Hindernisse irgendeiner Art...

Das Problem mit einem solchen Abend bestand darin, daß ihm ein Morgen der Ernüchterung folgte.

Der ehemalige Novize erreichte den Küchentrakt, und kurz darauf trat er nach draußen. Einige Köche waren zugegen und bereiteten das traditionelle Essen zu – die entsprechende Mahlzeit bestand aus Fleisch, Brot und Salz –, aber sie schenkten Brutha überhaupt keine Beachtung.

Vor einem Schlachthaus nahm er Platz. Er wußte, daß es irgendwo eine Art Hintertür gab. Sicher hinderte ihn niemand daran, die Zitadelle durch ein kleines Nebentor zu verlassen. Die Wächter hielten in erster Linie nach unerwünschten *Ein*dringlingen Ausschau.

Ja, er konnte einfach fortgehen. Die Wüste erschien Brutha recht attraktiv, wenn man einmal von Durst und Hunger absah. St. Ungulant schien mit Wahnsinn und Pilzen ganz gut zu leben. Es spielte keine Rolle, wenn man sich selbst etwas vormachte, vorausgesetzt, man ging dabei so geschickt vor, daß man fest an die Scheinrealität glaubte. In der Wüste konnte das Leben viel einfacher sein...

Erstaunlicherweise standen zehn oder mehr Wächter am Tor, und ihre Mienen wiesen deutlich darauf hin, daß sie gerade an diesem Tag keinen Spaß verstanden. Brutha kehrte zurück, setzte sich in eine Ecke und starrte trübsinnig zu Boden.

Wenn Om noch lebte... Warum schickte er ihm kein Zeichen?

Ein Gitter neben den Sandalen des Jungen hob sich einige Zentimeter weit nach oben und glitt dann zur Seite. Brutha blickte in das Loch hinein.

Ein Kopf erschien, halb verborgen unter einer Kapuze. Jemand erwiderte den neugierigen Blick des Erzbischofs und zögerte kurz, bevor er wieder in der Dunkelheit verschwand. In einer Tiefe von ein oder zwei Metern flüsterte jemand. Kurz darauf erschien der Kopf erneut, diesmal gefolgt von einem Körper. Ein Mann kletterte aus dem Loch, strich die Kapuze zurück und lächelte verschwörerisch. Er stand auf, hob den Zeigefinger an die Lippen – und sprang vor.

Brutha rollte übers Kopfsteinpflaster und hob verzweifelt die Arme, als er glänzendes Metall sah. Eine schmutzige Hand preßte sich ihm auf den Mund, und vor dem Licht zeichneten sich in aller Deutlichkeit die Konturen einer Klinge ab...

»Nein!«

»Warum nicht? Wir haben doch beschlossen, alle Priester zu töten!«

»Dieser hier bildet eine Ausnahme!«

Brutha wagte es, zur Seite zu sehen. Eine zweite Gestalt kletterte aus dem Loch und trug ebenfalls einen langen Kapuzenmantel, aber er konnte sie trotzdem erkennen, nicht zuletzt aufgrund des auffälligen Haarschnitts.

»Urn?« brachte er hervor.

»Sei still«, knurrte der andere Mann und hielt ihm das Messer an die Kehle.

»Brutha?« erwiderte Urn. »Du lebst?«

Der Blick des Jungen wanderte zum Messer und wies darauf hin, daß er es unter den gegebenen Umständen vermeiden wollte, sich festzulegen.

»Er ist in Ordnung«, sagte Urn.

»In Ordnung? Er ist ein Priester!«

»Aber er befindet sich auf unserer Seite. Nicht wahr, Brutha?«

Der ehemalige Novize versuchte zu nicken und dachte: *Ich stehe immer auf der Seite von anderen Leuten. Es wäre zur Abwechselung einmal ganz nett, wenn jemand auf* meiner *Seite stehen würde.*

Die Hand löste sich von seinem Mund, doch das Messer blieb an der Kehle. Bruthas normalerweise recht trägen Gedanken bewiesen jetzt, daß sie unter bestimmten Umständen ziemlich flink sein konnten.

»Die Schildkröte bewegt sich?« fragte er versuchsweise.

Das Messer wich mit offensichtlichem Widerstreben zurück.

»Ich traue ihm nicht«, sagte der Mann. »Wir sollten ihn wenigstens ins Loch werfen.«

»Brutha gehört zu uns«, entgegnete Urn.

»Das stimmt«, bestätigte Brutha rasch. »Ja, das stimmt. Äh, wer seid ihr?«

Urn beugte sich etwas näher.

»Wie steht's mit deinem Gedächtnis?«

»Unglücklicherweise ist es noch immer so gut wie vorher.«

»Ausgezeichnet. Hm. Nun, vielleicht solltest du dich von Schwierigkeiten fernhalten. Ich meine, wenn etwas passiert oder so. Erinnere dich an die Schildkröte. Oh. *Natürlich* erinnerst du dich daran.«

»Was soll denn passieren?«

Urn klopfte ihm auf die Schulter, und dadurch dachte Brutha an Vorbis. Der angebliche Prophet ließ kaum eine Gelegenheit ungenutzt, andere Menschen zu berühren, aber solche Kontakte blieben auf die Hand beschränkt, sparten Gedanken und Gefühle aus.

»Es ist besser für dich, wenn du nichts davon weißt«, sagte Urn.

»Aber ich weiß doch gar nichts davon«, klagte Brutha.

»Um so besser.«

Der andere Mann deutete mit dem Messer auf den nächsten Tunnel.

»Gehen wir nun?« drängte er.

Urn folgte ihm, doch nach einigen Schritten blieb er noch einmal stehen und drehte sich um.

»Sei vorsichtig«, sagte er. »Wir brauchen den Inhalt deines Kopfes!«

Brutha sah ihm nach.

»Ich brauche ihn ebenfalls«, murmelte er.

Und dann war er wieder allein.

Und er dachte: *He, warte mal. Niemand zwingt mich, allein zu sein. Immerhin bin ich Bischof. Ich kann zumindest zusehen. Om ist fort, und der Weltuntergang rückt immer näher. Warum sollte ich nicht beobachten, wie es geschieht?*

Bruthas Sandalen klatschten über Kopfsteine hinweg, als er zum Platz der Klage eilte.

Zumindest dieser Bischof lief. Und Läufer erscheinen oft dort, wo der König nicht mit ihnen gerechnet hat.

»Du verdammter Idiot! Lauf nicht ausgerechnet *dorthin*!«

Die Sonne hing bereits ein ganzes Stück über dem Horizont. Vielleicht ging sie unter, wenn Didaktylos' Theorien in Hinsicht auf die Lichtgeschwindigkeit zutrafen. Wie dem auch sei: Bei der Relativität kommt es in erster Linie auf die Perspektive des Beobachters an, und aus Oms Blickwinkel gesehen war die Sonne ein goldener Ball an einem orangefarben glühenden Himmel.

Er erklomm einen weiteren Hügel und starrte besorgt zur fernen Zitadelle. Tief in seinem Innern hörte er die spöttischen Stimmen vieler geringer Götter. Sie mochten keinen Gott, der versagt hatte. Nein, so einen mochten sie ganz und gar nicht. Es erinnerte sie zu sehr an Sterblichkeit. Om ahnte ihre Absicht: Sie würden ihn in die entlegensten Regionen der Wüste verbannen, wo er *nie* hoffen durfte, einem Menschen zu begegnen. Dort bliebe er in einem Schattendasein gefangen, bis zum Ende der Welt.

Om schauderte unterm Panzer.

Urn und Fergmen schlenderten unschuldig durch die Tunnel der Zitadelle. Es handelte sich um jene Art von unschuldigem Schlendern, das innerhalb weniger Sekunden Aufmerksamkeit erregt und dafür gesorgt hätte, daß sich Armbrüste und Pfeilspitzen auf sie richteten. Aber jetzt waren nur noch solche Leute unterwegs, denen aufgrund dringender Pflichten keine andere Wahl blieb. Die meisten von ihnen gingen mit gesenktem Kopf – um die Blicke von Inquisitoren zu meiden, denen sie womöglich unterwegs begegneten.

Simony hatte Urn mitgeteilt, daß er mit dem Plan einverstanden sei – obgleich sich Urn überhaupt nicht daran erinnern konnte, einen Plan vorgeschlagen zu haben. Fergmen wußte, wie man in die Zitadelle gelangte. Und Didaktylos' Neffe kannte sich mit Hydraulik aus. Gut. Jetzt wanderte Urn mit einem klirrenden Werkzeuggürtel durch trokkene Korridore. Irgendwo gab es eine logische Verbindung, aber sie mußte von jemand anders hergestellt worden sein.

Fergmen bog um eine Ecke und blieb vor einem großen Gitter stehen, das vom Boden bis zur Decke reichte. Es schien nur aus Rost zu bestehen. Einst war es vielleicht eine Tür gewesen – an den Wänden zeigten sich die rotbraunen Andeutungen von Angeln. Urn spähte durch die Lücken zwischen den Gitterstäben, und im Halbdunkel dahinter bemerkte er Rohrleitungen.

»Heureka«, sagte er.

»Willst du jetzt ein Bad nehmen?« fragte Fergmen.

»Halt du hier Wache.«

Urn zog eine kurze Brechstange hinter dem Gürtel hervor, schob sie zwischen Gitter und Mauer. *Man gebe mir eine stabile Stange und eine Wand, an der ich mich abstützen kann*... Das Gitter neigte sich nach vorn, protestierte mit einem dumpfen Knirschen – und sprang aus dem Gestein.

...dann könnte ich die Welt aus den Angeln heben.

Der praktische Philosoph trat in einen langen, dunklen und feuchten Raum. Einige Sekunden lang sah er sich um und pfiff dann leise durch die Zähne.

Hier waren keine Wartungsarbeiten mehr durchgeführt worden seit... Nun, die Zeit hatte ausgereicht, um Eisenangeln in zerbröckelnden Rost zu verwandeln. Und trotzdem funktioniert es noch?

Er betrachtete aus Eisen und Blei bestehende Eimer, die größer waren als er selbst. Sein Blick glitt zu Rohrleitungen, die einen halben Meter durchmaßen.

Dies war der Atem Gottes.

Der letzte Mensch, der sich mit der Funktionsweise dieser komplexen Anlage auskannte, mochte vor vielen Jahren der Folter zum Opfer gefallen sein. *Oder er ist unmittelbar nach der Installation gestorben*, dachte Urn. Die Ermordung des Erfinders stellte vielerorts eine gebräuchliche Methode des Patentschutzes dar.

Hier waren die Hebel, und *dort*, über Öffnungen im Boden, hingen die Gegengewichte. Vermutlich genügten tausend Liter Wasser oder so, um den Mechanismus in Gang zu setzen. Nun, das Wasser mußte natürlich hierhergepumpt werden...

»Feldwebel?«

Fergmen blickte zur Tür herein und wirkte so nervös wie ein Atheist beim Gewitter.

»Ja?«

Urn streckte den Arm aus.

»Durch die Wand führt ein großer Schacht, siehst du? Am Ende der Transmissionsvorrichtung?«

»Der was?«

»Die großen Holzräder mit den Zacken dran.«

»Oh, ja.«

»Wohin führt der Schacht?«

»Keine Ahnung. Irgendwo da drüben dreht sich die große Tretmühle der Buße.«

Aha.

Der Atem Gottes stellte sich letztendlich als der Schweiß von Menschen heraus. *Didaktylos hätte Gefallen daran gefunden*, dachte Urn.

Er wurde sich eines Geräusches bewußt, das er zwar schon seit einer ganzen Weile hörte, jedoch erst jetzt einen Weg ins Zentrum seiner Aufmerksamkeit fand. Es klang blechern und hohl: Stimmen in den Rohren.

Fergmen hörte sie ebenfalls – sein Gesichtsausdruck wies deutlich darauf hin.

Urn hielt das Ohr ans Metall. Er verstand keine einzelnen Worte, aber es hörte sich nach kollektiven Gebeten oder dergleichen an.

»Der Gottesdienst im Tempel«, sagte er. »Ein vom Portal ausgelöster Resonanzeffekt. Und die Geräusche werden durchs Rohrleitungssystem weitergeleitet.«

Fergmen wirkte nach wie vor beunruhigt.

»Die Götter haben damit nichts zu tun«, übersetzte Urn und wandte sich wieder dem großen Mechanismus zu.

»Ein einfaches Funktionsprinzip«, sagte er zu sich selbst. »Wasser fließt in die Reservoire auf den Gewichten und beeinträchtigt dadurch ihre Balance. Ein Gewicht sinkt nach unten, und das andere steigt durch den Schacht auf. Das Gewicht des Portals ist nebensächlich. Während das eine Gewicht sinkt, kippen diese Eimer *hier*, und das Wasser fließt aus ihnen heraus. Ein glatter Bewegungsablauf, nehme ich an. Gut durchdacht.«

Er sah die Verwirrung auf Fergmens Gesicht.

»Wasser fließt in die Behälter und wieder heraus, wodurch sich das Portal öffnet«, erklärte er knapp. »Wir brauchen also nur zu warten, bis... Welches Zeichen haben wir vereinbart?«

»Eine Fanfare soll erklingen, wenn die anderen das Haupttor passiert haben«, sagte Fergmen. Es erleichterte ihn offenbar, daß er die Antwort auf diese Frage wußte.

»Gut.« Urn sah noch einmal zu den Gewichten und Reservoiren. Hier und dort tropfte Wasser aus den korrodierten Bronzerohren.

»Aber vielleicht sollten wir besser einen Test durchführen, damit uns später keine Fehler unterlaufen«, sagte er. »Wahrscheinlich dauert's ein oder zwei Minuten, bis sich das Portal öffnet.« Urn griff unter seine Kutte, und als die Hand wieder zum Vorschein kam, hielt sie etwas, das für Fergmen wie ein Folterinstrument aussah. Wieder prägten Befürchtungen die Miene des Feldwebels. Didaktylos' Neffe bemerkte sie. »Das ist ein ver-stell-barer Schrauben-schlüssel«, sagte er langsam und freundlich.

»Ja?«

»Damit kann man Bolzen lösen.«

»Und vielleicht auch... Dinge... zerquetschen?« fragte Fergmen.

»Dieses Fläschchen enthält Kriechöl.«

»Oh, gut.«

»Bitte hilf mir hoch. Es wird eine Weile dauern, die Verbindung zum Ventil zu lösen. Am besten fangen wir sofort damit an.« Urn hantierte in dem uralten Mechanismus, während oben die Zeremonie andauerte.

Das-ist-praktisch-geschenkt-Schnappler war für neue Propheten und auch für den Weltuntergang, wenn er dabei religiöse Statuen, billige Ikonen, klebriges Konfekt, fermentierende Datteln und verfaulte Oliven am Stiel ans Publikum verkaufen konnte.

Darin bestand schließlich auch sein Testament. Es gab nie ein Buch des Propheten Brutha, aber ein ebenso unternehmungslustiger wie einfallsreicher Schreiber sammelte während der sogenannten *Erneuerung* die Berichte von Augenzeugen, und er brachte Schnapplers Bericht auf diese Weise zu Papier:

»I. Ich stand direkt neben der Statue von Ossory, ja, und da merkte ich, daß Brutha mir Gesellschaft leistete. Alle wahrten einen respektvollen Abstand, wegen der Beförderung zum Bischof und so, ich meine, wer einen Bischof anrempelt, der riskiert die Quisition.

II. Ich sagte zu ihm: Hallo, Hochwürden. Und ich bot ihm einen Joghurt an, praktisch geschenkt.

III. Er lehnte ab.

IV. Woraufhin ich sagte: Joghurt ist gesund. Enthält Protein.

V. Er antwortete: Ja, und ein großer Teil des Proteins lebt noch.

VI. Er starrte zum Portal. Es war etwa die Zeit des dritten Gongs; wir wußten also, daß es noch Stunden zu warten galt. Es schien Brutha nicht besonders gutzugehen, und am Joghurt kann's kaum gelegen haben, ich meine, er aß ja gar nichts davon. Nun, ich muß zugeben, das Zeug hätte frischer sein können. Es lag an der Hitze. Manchmal mußte ich mit dem Löffel zuschlagen, um zu verhindern, daß der Joghurt den Behälter verließ... Ja, ja, schon gut. Wollte nur die Sache mit dem Joghurt erklären. Damit die Geschichte bunter wird. Die Leute mögen bunte Geschichten. Der Joghurt war grün.

VII. Tja, Brutha stand einfach nur da und starrte. Hast du ein Problem, Hochwürden? fragte ich. Woraufhin er zu erwidern geruhte: Ich kann ihn nicht hören. So erlaubte ich mir denn eine weitere Frage, und sie lautete: Wen meinest du denn? Und er antwortete: Wenn er hier wäre, gäbe er mir bestimmt ein Zeichen.

VIII. Es ist nichts dran an den Gerüchten, die behaupten, an dieser Stelle sei ich weggelaufen. Die Menge schob mich fort. Ich bin nie ein Freund der Quisition gewesen. Sicher, ich habe den Inquisitoren den einen oder anderen Leckerbissen verkauft, aber sie bekamen nie einen Preisnachlaß.

IX. Ja, ja, ich komme zur Sache. Nun, er trat durch die Reihe der Soldaten, die das Publikum zurückhielten, und sie wußten nicht, was sie davon halten sollten, schließlich war er Bischof, und dann hörte ich seine Stimme, und er sprach: Ich habe dich in der Wüste getragen und mein ganzes Leben lang an dich geglaubt. Nun, gib mir ein Zeichen.

X. Ja, etwas in der Art. Wie wär's mit einer Portion Joghurt? Heute preiswerter denn je. Und am Stiel.«

Om bewältigte das Hindernis einer von Schlingpflanzen überwucherten Mauer, indem er nach einigen Ranken schnappte und den Rest des Körpers allein mit Hilfe der Halsmuskeln nach oben drückte. Kurze Zeit später fiel er auf der anderen Seite herab. Der Zitadelle war er noch keinen Deut näher gekommen.

Bruthas Selbst brannte einem Fanal gleich in Oms Wahrnehmung. Wer Umgang mit Göttern pflegt, entwickelt früher oder später eine gewisse Neigung zum Wahnsinn. Das geschah nun bei dem Jungen: Er schnappte über.

»Es ist zu früh!« rief Om. »Du brauchst Anhänger! Du *allein* genügst nicht! Du *allein* kannst nichts ausrichten! Du benötigst Jünger!«

Simony drehte den Kopf und blickte durch die Schildkröte. Dreißig Soldaten duckten sich unter dem Panzer, und es mangelte ihnen an Begeisterung.

Ein Unteroffizier salutierte.

»Die Nadel hat das Ziel erreicht, Feldwebel.«

Die Pfeife pfiff.

Simony griff nach den Steuerungsseilen. *So sollte der Krieg sein*, dachte er. Ohne Ungewißheiten. Ein paar mehr Schildkröten von dieser Art – dann kämpfte niemand mehr.

»Achtung«, sagte er.

Er zog kräftig an dem großen Hebel.

Das spröde Metall zerbrach.

Wenn ein Hebel lang genug ist, kann man damit durchaus die Welt aus den Angeln hebeln. Das Problem liegt bei unzuverlässigen Hebeln.

In den unergründlichen Tiefen des Rohrleitungssystems unterm Tempel setzte Urn entschlossen den Schraubenschlüssel an und zog. Der Bolzen leistete hartnäckigen Widerstand, was Urn zum Anlaß nahm, tief Luft zu holen und erneut zu ziehen, diesmal mit mehr Kraft.

Das betreffende Rohr drehte sich, knirschte leise und brach...

Wasser strömte heraus und klatschte Urn ins Gesicht. Er ließ den Schraubenschlüssel fallen und versuchte, das Loch mit beiden Händen zu schließen, doch das Wasser spritzte ihm durch die Finger und plätscherte in die breite Rinne, die an einem der Gewichte endete.

»Halt's auf!« rief Urn. »Halt's auf!«

»Was denn?« fragte Fergmen.

»Das Wasser! Halt es auf!«

»Wie denn?«

»Das Rohr ist gebrochen!«

»Das wollten wir doch, oder?«

»Jetzt noch nicht!«

»Schrei nicht so! Es sind Wächter in der Nähe!«

Urn ließ das Wasser aus dem Rohr strömen, streifte so rasch wie möglich die Kutte ab und stopfte sie in die Öffnung. Einige Sekunden lang verharrte sie dort – um dann wie ein Pfropfen herauszuschießen. Das Bündel fiel in die Rinne, rutschte dort bis zum Gewicht und verharrte kurz davor. Das Wasser staute sich dahinter und floß schließlich darüber hinweg.

Urn sah auf das Gewicht – es blieb unbewegt. Er entspannte sich ein wenig. Nun, wenn es noch genug Wasser gab, um…

»Ihr beide – rührt euch nicht von der Stelle!«

Langsam drehte Urn den Kopf.

In der Tür mit den Resten des Gitters stand eine untersetzte Gestalt, die eine schwarze Kutte trug. Ein Wächter begleitete sie und hielt das Schwert bereit.

»Wer seid ihr? Was macht ihr hier?«

Urn zögerte nur einen Sekundenbruchteil.

Er winkte mit dem Schraubenschlüssel.

»Tja, an der Dichtung liegt's, nichwahr«, sagte er. »Leckt, das dumme Ding. Is' ein Wunder, dasses überhaupt noch hält.«

Der Mann betrat den Raum, blickte zum Rohr, aus dem nach wie vor Wasser rauschte, sah dann wieder Urn an.

»Aber du bist doch gar nicht…«, begann er.

Er drehte sich um, als Fergmen mit einem kurzen Rohr zuschlug. Und als er sich erneut Urn zuwandte, traf ihn der Schraubenschlüssel in der Magengrube. Urn mochte nicht sehr kräftig sein, aber es handelte sich um einen langen Schraubenschlüssel, und das bekannte Hebelprinzip erledigte den Rest. Der Mann krümmte sich zusammen und taumelte nach hinten, zu einem der Gewichte.

Die folgenden Ereignisse spielten sich wie in Zeitlupe ab. Diakon Stichfest griff nach dem Gewicht, um sich abzustützen. Seine Masse gesellte sich der des Wassers hinzu, woraufhin das Ding in Bewegung geriet und sank. Stichfest tastete instinktiv nach oben, wodurch das Gewicht noch tiefer sank, unter das Niveau des Bodens. Beim dritten Versuch, sich irgendwo festzuhalten, griffen die Hände des Diakons nur in die leere Luft. Er fiel, und zwar auf das Gewicht.

Urn sah noch, wie eine entsetzte Miene zu ihm emporblickte – dann verschwand der Diakon mitsamt dem Gewicht in dem Schacht.

Mit einem Hebel konnte man die Welt verändern. Nun, Stichfests Welt *hatte* sich verändert – sie existierte nicht mehr.

Fergmen stand mit hoch erhobenem Rohr beim Wächter.

»Ich kenne ihn«, sagte er. »Und ich freue mich über diese gute Gelegenheit, dem verdammten Kerl den Schädel ein...«

»Laß ihn!«

»Aber...«

Über ihnen knackte und rumpelte es. In der Ferne knirschte Bronze über Bronze.

»Ich schlage vor, wir verschwinden hier jetzt«, sagte Urn. »Allein die Götter wissen, was dort oben nun geschieht.«

Fausthiebe trafen den Panzer der Beweglichen Schildkröte.

»Verdammt! Verdammt! Verdammt!« donnerte Simony und schlug erneut zu. »Beweg dich endlich! Ich befehle dir, dich zu bewegen! Du verstehst doch mein Ephebianisch, oder? Beweg dich!«

Die unbewegliche Schildkröte hockte einfach nur da und dampfte vor sich hin.

Om kletterte über den Hang eines kleinen Hügels. Darauf lief es also hinaus. Jetzt gab es nur noch eine Möglichkeit für ihn, rechtzeitig die Zitadelle zu erreichen.

Es war eine Chance von eins zu einer Million, mit etwas Glück.

Brutha zögerte vor dem großen Portal und schenkte dem großen Publikum ebensowenig Beachtung wie den miteinander flüsternden Wächtern. Die Quisition konnte jeden verhaften, doch die Gardisten stellten sich nun folgende Frage: Welche Konsequenzen mochten sich für den Soldaten ergeben, der einen Erzbischof in Ketten legte, noch dazu jemanden, der das Wohlwollen des Propheten genoß?

Nur ein Zeichen, dachte Brutha in der Einsamkeit seines Kopfes.

Die beiden Türhälften erzitterten und schwangen langsam auf.

Brutha trat vor. Er war nicht völlig er selbst, zumindest nicht auf eine »normale« Weise. Nur ein Teil von ihm konnte noch immer den

Zustand des eigenen Selbst beurteilen und dachte nun: *Fühlten sich die Großen Propheten die ganze Zeit über so?*

Tausende von Menschen im Tempel sahen sich verwirrt um. Die Chöre der einfachen Iams verstummten. Brutha wandelte durch den Mittelgang, und in dem allgemeinen Durcheinander zeichnete nur er allein sich durch Zielstrebigkeit aus.

Vorbis stand in der Mitte des Tempels, unter der kuppelförmig gewölbten Decke. Wächter eilten Brutha entgegen, aber Vorbis hob gleichzeitig freundlich und energisch die Hand.

Der ehemalige Novize nahm sich einige Sekunden Zeit, um die Szene in sich aufzunehmen. Sein Blick fiel auf Ossorys Stab, Abbys Umhang und Cenas Sandalen. Die gewaltigen Statuen der ersten vier Propheten stützten die Decke. Er sah sie jetzt zum erstenmal, obwohl er während seiner Kindheit praktisch jeden Tag von ihnen gehört hatte.

Und was bedeuteten sie nun? Nichts. Nichts bedeutete mehr etwas, wenn Vorbis der neue Prophet war. Nichts bedeutete etwas, wenn der Zönobiarch in den Gewölben seines Schädels nur die Echos der eigenen Gedanken hörte.

Er merkte, daß Vorbis' Geste nicht nur die Wächter zurückhielt – obgleich sie in der Nähe blieben –, sondern auch Stille im Tempel schuf. Schließlich erklang die Stimme des früheren Exquisitors.

»Ah, Brutha. Vergeblich haben wir nach dir gesucht. Und jetzt bist du hier...«

Der Junge blieb kaum einen Meter entfernt stehen. Jenes seltsame Etwas, das ihn bisher angetrieben, ihn bis zu diesem Ort geführt hatte... Es verflüchtigte sich nun.

Jetzt gab es nur noch Vorbis.

Einen lächelnden Vorbis.

Der Teil von Brutha, der noch immer denken konnte, raunte nun: *Niemand wird auf dich hören. Den anderen ist es völlig gleich. Es spielt keine Rolle, was du den Leuten über Ephebe, Bruder Murduck und die Wüste erzählst, denn es entspricht nicht der* fundamentalen *Wahrheit.*

Die Welt wurde fundamental wahr, wenn Vorbis in ihr weilte.

»Stimmt was nicht?« fragte der angebliche Prophet. »Möchtest du etwas sagen?«

Die schwarzen Augen schienen anzuschwellen und sich in zwei tiefe Gruben zu verwandeln.

Bruthas Geist gab auf, und der Körper übernahm die Kontrolle. Er hob die Hand und holte aus, ignorierte die vorspringenden Wächter.

Vorbis drehte den Kopf, präsentierte ihm die Wange und lächelte erneut.

Langsam ließ Brutha die Hand sinken.

»Nein«, sagte er. »Einen solchen Gefallen erweise ich dir nicht.«

Zum ersten und letzten Mal sah Brutha Zorn in Vorbis' Gesicht. Der Diakon war des öfteren wütend gewesen, aber immer nur dann, wenn er wütend sein *wollte*. Die entsprechenden Gefühle kamen aus dem zentralen Bereich des Selbst, ließen sich gewissermaßen ein- und ausschalten. Diesmal aber unterlag die Wut nicht der Kontrolle des Bewußtseins. Wie ein Schatten huschte sie über seine Züge.

Als die Wächter Brutha festhielten, trat Vorbis vor und klopfte ihm auf die Schulter. Er sah dem Jungen tief in die Augen und sagte leise:

»Verprügelt ihn so gründlich, daß er gerade noch am Leben ist. Und dann verbrennt ihn.«

Ein Iam wollte etwas erwidern, überlegte es sich jedoch anders, als er Vorbis' Gesichtsausdruck bemerkte.

Eine Welt der Stille. Hier oben gab es nur ein Geräusch, das des Windes, der durch Federn flüsterte.

Von hier oben aus gesehen ist die Welt rund, umgeben von einem kreisförmigen Meer. Der Blick reicht von Horizont zu Horizont. Und die Sonne scheint nicht mehr so weit fort zu sein.

Trotzdem kann man ganz deutlich erkennen, was sich unten bewegt. Wenn er aufmerksam Ausschau hält und das Ackerland am Rand der Wüste beobachtet…

…insbesondere einen kleinen Hügel…

Etwas Kleines bewegt sich dort, ohne die Möglichkeit, sich zu verstecken…

Es rauscht nur der Wind im Gefieder, wenn der Adler die Flügel anlegt und wie ein Pfeil fällt. Die Welt dreht sich um jenes kleine Etwas, das sich unten bewegt und dem nun das Interesse des Adlers gilt.

Näher und…

…die Krallen ausstrecken…

…*greifen*…

…und wieder aufsteigen…

Brutha öffnete die Augen.

Sein Rücken schien nur noch aus Schmerzen zu bestehen, aber er hatte sich schon vor Jahren daran gewöhnt, solche Dinge einfach zu ignorieren.

Er lag, alle viere von sich gestreckt, Arme und Beine an etwas festgebunden, das er nicht sehen konnte. Oben wölbte sich der Himmel, und auf der einen Seite ragte die Front des Tempels auf.

Er drehte den Kopf ein wenig zur Seite und bemerkte eine stille Menge. Und das braune Metall der eisernen Schildkröte. Der Geruch von Rauch stieg ihm in die Nase.

Jemand zog die Ketten an der einen Hand fest. Brutha sah zum Inquisitor. Wie hieß es doch noch? Oh, ja…

»Die Schildkröte bewegt sich?« murmelte er.

Der Mann seufzte.

»Diese nicht, mein Freund«, erwiderte er.

Die Welt drehte sich unter Om, als der Adler aufstieg – er wollte eine Höhe erreichen, die genügte, den Panzer einer Schildkröte zu brechen. Der Gott rang mit instinktiver Furcht. Gleichzeitig vernahm er Bruthas Gedanken: So kurz vor dem Tod waren sie hell und klar…

Ich liege auf dem Rücken, und es wird immer heißer, und ich sterbe *jetzt...*

Langsam, vorsichtig. Konzentration. *Paß jetzt auf*, forderte sich Om selbst auf. *Gleich läßt das Biest los...*

Er streckte den langen, dürren Hals so weit wie möglich aus, starrte zum Körper empor, der sich direkt über ihm befand, suchte nach einer bestimmten Stelle, fand sie, schob den Kopf zwischen den Krallen durchs Gefieder und *biß* zu...

Der Adler blinzelte. Es geschah zum erstenmal in der Geschichte der Evolution, daß eine Schildkröte dieses Verhalten einem Adler gegenüber an den Tag legte.

Oms Gedanken manifestierten sich in der kleinen mentalen Welt des Greifvogels.

»Wir wollen doch nicht, daß jemand von uns leiden muß, oder?«

Der Adler blinzelte erneut.

Adler haben nie mehr Intelligenz und Einfallsreichtum entwickelt, als nötig ist, um zu folgender Erkenntnis zu gelangen: Eine Schildkröte platzt auf, wenn sie aus einer bestimmten Höhe auf Felsen fällt. *Dieser* Adler stellte sich nun vor, was passieren mochte, wenn man eine schwere Schildkröte losließ, die sich an einem ganz bestimmten Körperteil festhielt.

Seine Augen tränten.

Ein anderer Gedanke kroch durch sein rudimentäres Ich.

»Nun... Eine Hand, äh, Klaue wäscht die andere. Verstehst du? Du brauchst nicht um deinen... um dein edles Teil zu fürchten, wenn du mir meine Wünsche erfüllst. Hör jetzt genau zu. Es geht um folgendes...«

Der Adler wurde vom warmen Aufwind über heiße Felsen nach oben getragen und segelte der fernen Zitadelle entgegen.

Auf diese Weise hatte sich eine Schildkröte noch nie verhalten. Im ganzen Multiversum gab es keinen einzigen Präzedenzfall. Andererseits... Noch nie zuvor war eine Schildkröte ein Gott gewesen, der das ungeschriebene Motto der Quisition kannte: *Cuius testiculos habes, habeas cardia et cerebellum.*

Wenn man ihre Aufmerksamkeit fest im Griff hat, so sind Herz und Verstand ebenfalls bei der Sache.

Urn bahnte sich, gefolgt von Fergmen, einen Weg durch die Menge. Dies war der schlimmste Aspekt des Bürgerkriegs, zumindest am Anfang – alle trugen die gleiche Uniform. Es verursachte weitaus weniger Probleme, wenn man Feinde wählte, die eine andere Hautfarbe hatten oder sich mit irgendeiner komischen Sprache verständigten. Dann konnte man ihnen einen häßlich klingenden Namen geben oder so. Dann war alles einfacher.

He, dachte Urn. *Das ist fast Philosophie. Schade, daß ich wahrscheinlich nicht überlebe, um jemandem davon zu erzählen.*

Das große Portal stand offen. Die Menge schwieg auf eine sehr aufmerksame Weise. Urn beugte sich vor, um genauer hinzusehen – und wandte langsam den Kopf zur Seite, als er einen Soldaten an seiner Seite bemerkte.

Simony.

»Ich dachte...«

»Es hat nicht geklappt«, sagte Simony bitter.

»Habt ihr...«

»Wir haben alles richtig gemacht! Aber irgend etwas zerbrach!«

»Liegt wahrscheinlich am hiesigen Stahl«, erwiderte Urn. »Taugt nichts, das Zeug. Weil...«

»Der Grund dafür spielt jetzt keine Rolle mehr«, meinte Simony. Sein düsterer Tonfall veranlaßte Urn, den Blicken der vielen Zuschauer zu folgen.

Er sah eine andere Schildkröte aus Eisen – ein eindrucksvolles Modell, montiert auf einem Gerüst aus Metallstangen, in dem zwei Inquisitoren gerade ein Feuer anzündeten. Auf dem Rücken der Schildkröte...

»Wer ist das?«

»Brutha.«

»Was?«

»Ich weiß nicht, was passiert ist. Er hat Vorbis geschlagen – oder *nicht* geschlagen. Wie dem auch sei: Irgendwie erregte er Vorbis' Zorn, und der unterbrach daraufhin die Zeremonie. Einfach so.«

Urn starrte zum Diakon. Noch war er ungekrönt; noch trug er nicht den Titel des Zönobiarchen. Sein kahler Schädel glänzte im Licht der Morgensonne. Einige unschlüssige Iams und Bischöfe standen in der Nähe.

»Komm«, sagte Urn.

»Was hast du vor?«

»Wir stürmen die Treppe hoch und retten den Jungen!«

»Der Gegner ist uns zahlenmäßig überlegen«, sagte Simony.

»Das war er doch von Anfang an, oder? Glaubst du vielleicht, wir hätten es jetzt mit mehr Feinden zu tun, weil Brutha dort drüben liegt?«

Simony griff nach Urns Arm.

»Denk logisch. Du bist Philosoph, nicht wahr? Sieh dir die Menge an!«

Urn sah sich die Menge an. »Ja, und?«

»Dem Publikum gefällt die Sache nicht.« Simony drehte sich um. »Brutha wird ohnehin sterben, aber auf diese Weise hat sein Tod wenigstens einen Sinn. Die Leute verstehen überhaupt nicht, was es mit der Struktur des Universums und so weiter auf sich hat, doch sie werden sich daran erinnern, daß Vorbis hier und jetzt niemanden umbrachte. Das bedeutet: Wir können Bruthas Tod als eine Art Symbol verwenden.«

Urn blickte zu der metallenen Schildkröte hinüber. Abgesehen von einem Lendenschurz war der darauf gefesselte Brutha nackt.

»Symbol?« wiederholte der praktische Philosoph mit trockener Kehle.

»Ja. Es ist eine ausgezeichnete Gelegenheit für uns.«

Urn dachte daran, daß Didaktylos die Welt als einen komischen Ort bezeichnet hatte. *Das stimmt,* fuhr es ihm nun durch den Sinn. *Hier schicken sich die Inquisitoren an, jemanden langsam zu Tode zu rösten, aber sie sorgen dafür, daß er einen Lendenschurz trägt. Damit er sich nicht zu schämen braucht oder so.* Entweder lachte man darüber – oder man verlor den Verstand.

»Die ganze Zeit über war mir klar, daß Vorbis böse und gefährlich ist«, sagte Urn zu Simony. »Er ließ meine Heimatstadt niederbrennen. Nun, die Tsortaner haben sie auch ab und zu verwüstet, und wir nehmen uns dafür zum Ausgleich ihre Städte vor. Das ist eben Krieg. Gehört zur Geschichte. Außerdem: Vorbis versucht alles, um Macht zu sammeln, um immer mächtiger zu werden, und es gibt andere Menschen mit ähnlichen Bestrebungen. In seinem Wesen verbirgt sich jedoch ein einzigartiges Element. Weißt du, worin es besteht?«

»Natürlich«, erwiderte der Soldat. »Du meinst seine Wirkung auf andere...«

»Ich meine seine Wirkung auf *dich*.«

»Wie bitte?«

»Vorbis verwandelt andere Menschen in Abbilder von sich selbst.«

Simonys Hand schloß sich so fest wie ein Schraubstock um Urns Arm. »Soll das heißen, ich bin wie *er*?«

»Du wolltest dafür sorgen, daß er nie wieder Unheil anrichten kann«, sagte Didaktylos' Neffe. »Jetzt denkst du wie er.«

»Deiner Meinung nach sollten wir einfach angreifen, wie?« fragte Simony. »Nun, uns stehen vielleicht... vierhundert Kämpfer zur Verfügung. Wenn ich das Signal gebe... Dann greifen wir einen Feind an, dessen Streitmacht aus Tausenden besteht. Dann stirbt nicht nur Brutha – dann folgen wir ihm alle in den Tod. Was macht das für einen Unterschied?«

In Urns Gesicht zeigte sich Entsetzen.

»Das *weißt* du nicht?« entgegnete er.

Einige Omnianer warfen ihm neugierige Blicke zu.

»Das weißt du *wirklich* nicht?« fragte er noch einmal.

Der Himmel war blau. Das Firmament über Omnien würde sich erst später, wenn die Sonne höher kletterte, in eine Kupferschüssel verwandeln.

Brutha drehte erneut den Kopf und sah zur Sonne. Sie hing etwa eine Handbreit über dem Horizont. Aber wenn Didaktylos mit seinen Theorien hinsichtlich der Lichtgeschwindigkeit recht hatte... Dann ging die Sonne unter, und zwar mehrere tausend Jahre in der Zukunft.

Vorbis' Kopf schob sich vor die leuchtende Scheibe.

»Hübsch heiß, Brutha?« fragte er.

»Es ist... warm.«

»Bald wird es noch wärmer.«

Es kam zu Unruhe in der Menge. Jemand rief etwas. Der Diakon achtete nicht darauf.

»Möchtest du überhaupt nichts mehr sagen?« spottete er. »Wir wär's mit einem letzten Fluch?«

»Du hast Om nie gehört«, stellte Brutha fest. »Du hast nie geglaubt. Nie erklang Gottes Stimme in deiner Seele. Wenn du etwas gehört hast, so waren es nur die Echos deiner eigenen Gedanken.«

»Ach? Aber ich werde bald der Zönobiarch sein, und dich verbrennt man gerade wegen Verrat und Ketzerei. Warum hilft dir Om nicht?«

»Es wird Gerechtigkeit geben«, sagte Brutha. »Ohne Gerechtigkeit gibt es überhaupt nichts.«

Eine leise Stimme flüsterte zwischen seinen Schläfen. Sie schien in weiter Ferne zu erklingen, und einzelne Worte verstand der Junge nicht.

»Gerechtigkeit?« erwiderte Vorbis. Ärger blitzte in seinen dunklen Augen, und er wandte sich zu den Bischöfen um. »Habt ihr gehört? Von Gerechtigkeit spricht er! Om hat bereits geurteilt! Durch mich! Dies *ist* Gerechtigkeit!«

Ein kleiner Fleck zeigte sich im hellen Sonnenschein und sauste der Zitadelle entgegen. Die leise Stimme raunte nun: *links links links nach oben nach oben links ein bißchen nach rechts nach oben links…*

Das Metall unter Brutha wurde unangenehm warm.

»Er kommt jetzt«, sagte der ehemalige Novize.

Die Leute sahen besorgt nach oben. Und dann geschah etwas Seltsames: Die ganze Welt hielt den Atem an und wartete entgegen aller Erfahrung auf ein Wunder…

…nach oben und ein wenig nach links, wenn ich drei sage, eins, zwei, DREI…

»Vorbis?« krächzte Brutha.

»Was ist?« fragte der Diakon scharf.

»Du wirst sterben.«

Es war kaum mehr als ein Hauch, aber die Worte prallten am großen Bronzeportal ab und hallten über den ganzen Platz…

Unerklärliches Unbehagen erfaßte die Menge.

Der Adler raste heran, so dicht über dem Boden, daß sich die Leute ducken mußten. Er sauste übers Tempeldach hinweg und drehte ab, setzte den Flug in Richtung Berge fort. Die Zuschauer entspannten sich. Es war nur ein Adler. Ein oder zwei Sekunden lang hatten sie vermutet…

Niemand von ihnen sah den winzigen Punkt, der vom Himmel herabfiel.

Man vertraue den Göttern nicht. Aber Schildkröten verdienen es, daß man an sie glaubt.

In seiner geistigen Welt spürte Brutha rauschenden Wind, und in dem Zischen erklang eine Stimme…

…oMistMistMistHilfeAahhneinNeinAaahMistNEINNEINAAAHH…

Sogar Vorbis war kurz zusammengezuckt. Als der Adler kam, hatte er fast befürchtet… Nein, Unsinn. Unmöglich.

Er streckte die Arme dem Himmel entgegen und lächelte glückselig.

»Es tut mir leid«, sagte Brutha.

Einige Personen, die Vorbis aufmerksam beobachteten, meinten später, daß sich der Gesichtsausdruck des Diakons auf eine subtile Weise verändert hatte, bevor zwei Pfund Schildkröte mit einer Geschwindigkeit von drei Metern pro Sekunde gegen seine Stirn prallten. Der Vorgang kam einer Offenbarung gleich.

Und solche Offenbarungen bleiben nicht ohne Wirkung auf die Zuschauer. Sie sorgen dafür, daß menschliche Seelen von einer Sekunde zur anderen mit aller Kraft glauben.

Brutha hörte, wie jemand die Treppe hochlief und versuchte, ihn von den Fesseln zu befreien.

Dann erklang eine Stimme.

I. Er Gehört Mir.

Der Große Gott wuchs über den Tempel hinaus, dehnte sich aus und veränderte die Gestalt, als er die Glaubenskraft von Tausenden aufnahm. In der riesigen Wolke erschienen Adlerköpfe, Stiere, goldene Hörner, gingen praktisch sofort ineinander über und formten ein wirres Durcheinander.

Vier Blitze zuckten herab und zerfetzten Bruthas Ketten.

II. Er Ist Zönobiarch Und Prophet Der Propheten.

Die Stimme der Theophanie donnerte bis hin zu den Bergen.

III. Gibt Es Irgendwelche Einwände? Nein. Gut.

Die Wolke verdichtete sich zu einer schimmernden goldenen Gestalt, so groß wie der Tempel. Sie bückte sich, bis ihr Gesicht dicht über Brutha schwebte. Mit einem Flüstern, das die Mauern am Ende des Platzes erzittern ließ, teilte sie mit:

IV. Keine Sorge. Dies Ist Nur Der Anfang. Du Und Ich, Junge! Die Leute Werden Bald Herausfinden, Was Es Mit Dem Jammern Und Zähneknirschen Wirklich *Auf Sich Hat.*

Wieder gleißte ein Blitz und traf das Portal des Tempels. Es schloß sich, und unmittelbar im Anschluß daran schmolz die Bronze. Die im Metall festgehaltenen jahrhundertealten Gebote verschwanden.

V. Wie Lautet Deine Botschaft, Prophet?

Brutha erhob sich unsicher. Urn stützte ihn auf der einen Seite, Simony auf der anderen.

»Was?« fragte er benommen.

VI. Deine Gebote.

»Die sollten eigentlich von dir kommen«, sagte Brutha. »Ich weiß doch gar nicht, wie richtige Gebote beschaffen sein müssen...«

Die Welt wartete.

»Wie wär's mit ›Denk für dich selbst‹?« schlug Urn vor. Mit einer Mischung aus Schrecken und Faszination blickte er zum Gott auf.

»Nein«, widersprach Simony. »›Soziale Kohäsion ist der Schlüssel zum Fortschritt.‹ Das hätte weitaus mehr Sinn.«

»Es geht einem nicht besonders glatt über die Zunge«, meinte Urn.

»Wenn ich helfen kann...«, ließ sich Das-ist-praktisch-geschenkt Schnappler aus der Menge vernehmen. »Vielleicht solltet ihr in diesem Zusammenhang auch an das Wohl der hiesigen Lebensmittelindustrie denken.«

»Man bringe niemanden um«, sagte jemand anders. »Ein solches Gebot könnten wir hier gebrauchen.«

Urn nickte. »Es wäre ein guter Anfang.«

Sie sahen zum Auserwählten. Brutha trat fort von Simony und Urn, blieb nach einigen Schritten stehen und taumelte ein wenig.

»Nein«, sagte er langsam. »Nein. Auch ich habe einmal auf diese Weise gedacht. Aber so funktioniert es nicht.«

Jetzt, dachte er. *Jetzt. An diesem* Punkt *in der Geschichte. Nicht morgen oder im nächsten Monat. Es muß jetzt sein; sonst ist es zu spät.*

Alle Blicke waren auf ihn gerichtet.

»Ich *bitte* dich«, drängte Simony. »Finde dich damit ab: Du bist der neue Prophet und mußt Gebote erlassen, äh, verkünden.«

Brutha schüttelte den Kopf. »Es ist schwer zu erklären. Ich glaube, es hat etwas damit zu tun, wie sich Menschen verhalten sollten. Ich... ich halte es für angebracht, wenn sie dabei in erster Linie an das denken, was *richtig* ist. Göttlicher Wille darf dabei nicht die entscheidende Rolle spielen. Götter könnten ihre Meinung ändern.«

Oben donnerte Oms Stimme.

VII. »Du Sollst Niemanden Umbringen.« Es Klingt Doch Nicht Schlecht, Oder?

Und:

VIII. Ja, Klingt Wirklich Gut. Beeil Dich. Ich Muß Die Eine Oder Andere Stadt Zerstören, Um Mir Respekt Zu Verschaffen.

»Habt ihr gehört?« wandte sich Brutha an die anderen. »Nein. Es wird nichts mehr zerstört, nur damit man dich respektiert. Und es gibt nur dann Gebote, wenn du sie ebenfalls achtest.«

Om schlug aufs Dach des Tempels.

IX. Du Wagst Es, Mir Befehle Zu Erteilen? Hier? JETZT? MIR?

»Nein. Ich bitte dich darum.«

X. Bitten Sind Noch Schlimmer Als Befehle!

»Richtige Gebote müssen für alle gelten.«

Erneut schlug Om aufs Dach. Eine Wand stürzte ein. Jener Teil des Publikums, dem es bisher noch nicht gelungen war, vom Platz zu fliehen, verdoppelte nun seine Anstrengungen.

XI. Strafe Ist Unverzichtbar! Andernfalls Kann Keine Ordnung Existieren!

»Nein.«

XII. Ich Brauche Dich Nicht! Jetzt Habe Ich Genug Gläubige!

»Aber du hast sie durch mich bekommen. Und vielleicht behältst du sie nicht lange. Vielleicht wiederholt sich das, was schon einmal geschehen ist. Es wiederholt sich immer wieder. Deshalb sterben Götter. Weil sie nicht an die Menschen glauben. Aber du hast jetzt eine zweite Chance. Du brauchst nur… zu glauben.«

XIII. Was? Dummen Gebeten Soll Ich Zuhören? Kleine Kinder Schützen Und So? Es Regnen Lassen?

»Manchmal. Nicht immer. Wir könnten eine Vereinbarung treffen.«

XIV. Ich Treffe Keine Vereinbarungen! Nicht Mit Menschen!

»Du solltest die gute Gelegenheit nutzen«, sagte Brutha. »Solange du sie hast. Sonst mußt du eines Tages mit Simony oder jemandem wie ihm verhandeln. Oder mit einem ›praktischen Philosophen‹ wie Urn.«

XV. Ich Könnte Dich Einfach Auslöschen.

»Ja. Ich bin dir ganz und gar ausgeliefert.«

XVI. Ich Könnte Dich Ebenso Mühelos Zerquetschen Wie Ein Ei.

»Ja.«

Om zögerte.

Nach einigen Sekunden sagte er:

XVII. Es Ist Nicht Richtig, Daß Du Deine Schwäche Als Waffe Benutzt.

»Ich habe keine andere.«

XVIII. Warum Sollte Ich Nachgeben?

»Du sollst nicht nachgeben, sondern mit mir verhandeln, obgleich ich schwach bin. Sonst bist du eines Tages gezwungen, dich mit jemandem zu einigen, der wesentlich stärker ist als ich. Die Welt verändert sich.«

XIX. Ha! Willst Du Vielleicht Eine Konstitutionelle Religion?

»Warum nicht? Die andere hat schließlich nicht funktioniert.«

Om lehnte sich auf den Tempel, und sein Ärger verflüchtigte sich.

Kap. 2,I. Na Schön. Aber Nur Für Eine Gewisse Zeit. In dem riesigen Rauch-Gesicht erschien ein Lächeln. *Ich Denke Dabei An Einen Zeitraum Von Hundert Jahren. Nun?*

»Und danach?«

II. Danach Sehen Wir Weiter.

»Einverstanden.«

Ein baumlanger Finger streckte sich, kam herab und berührte Brutha.

III. Es Mangelt Dir Nicht An Überredungskunst. Und Diese Fähigkeit Brauchst Du Dringend. Eine Flotte Nähert Sich.

»Ephebianer?« fragte Brutha.

IV. Und Tsortaner. Und Djelibebyaner. Und Klatschianer. Leute

Aus Allen Freien Ländern An Der Küste. Sie Wollen Die Omnianische Gefahr Beseitigen. Ein Für Allemal.

»Ihr habt nicht viele Freunde, wie?« erkundigte sich Urn.

»Selbst ich verabscheue die Omnianer, und ich *bin* einer«, antwortete Simony. Er sah zu Gott auf.

»Hilfst du uns?«

V. Du Glaubst Nicht Einmal An Mich!

»Ja. Weil ich vor allem praktisch denke.«

VI. Und Du Bist Mutig Genug, In Der Gegenwart Deines Gottes Am Atheismus Festzuhalten.

»Glaub bloß nicht, daß du mich von deiner Existenz überzeugen kannst, nur weil du existierst!« erwiderte Simony.

»Wir verzichten auf göttliche Hilfe«, sagte Brutha fest.

»Was?« entfuhr es Simony. »Wir brauchen ein großes Heer, um den Feind abzuwehren!«

»Ja. Und da wir keins haben, müssen wir das Problem auf eine andere Weise lösen.«

»Du bist verrückt!«

Bruthas Ruhe war wie eine Wüste.

»Vielleicht bin ich das.«

»Wir müssen kämpfen!«

»Noch nicht.«

Simony ballte wütend die Fäuste.

»Jetzt *hör* mal... Über *Jahrhunderte* hinweg sind wir für Lügen gestorben.« Der Soldat vollführte eine vage Geste, die dem Gott galt. »Jetzt können wir endlich für die Wahrheit sterben!«

»Nein. Es gibt nichts daran auszusetzen, daß Menschen für Lügen sterben. Aber die Wahrheit ist viel zu kostbar, um den Tod zu rechtfertigen.«

Simony öffnete den Mund, klappte ihn wieder zu und schien nach den passenden Worten zu suchen. Schließlich fand er welche in irgendeiner verstaubten Ecke seines Gedächtnisses.

»Man hat mir immer wieder gesagt, es sei erstrebenswert, für Gott zu sterben«, murmelte er.

»Diese angebliche Weisheit stammt von Vorbis. Und er war nicht weise, sondern... dumm. Man kann für die Heimat sterben, für sein Volk oder die eigene Familie. Aber für einen Gott sollte man so intensiv wie möglich leben, jeden Tag, ein ganzes Leben lang.«

»Wie lang kann unser Leben unter den gegenwärtigen Umständen sein?«

»Das wird sich herausstellen.«

Brutha blickte zu Om empor.

»Du zeigst dich nicht noch einmal in dieser Gestalt?«

Kap. 3, I. Nein. Einmal Ist Genug.

»Denk an die Wüste.«

II. Ich Vergesse Sie Bestimmt Nicht.

»Begleite mich.«

Brutha ging zur Leiche des Diakons und hob sie hoch.

»Vermutlich gehen die Truppen im Küstenbereich der alten Festungsanlagen an Land«, sagte er. »Der Felsenstrand eignet sich nicht dafür, ebensowenig die Klippen. Nun, ich empfange die Besucher dort.« Er sah auf Vorbis hinab. »Jemand sollte sie begrüßen.«

»Besucher? Begrüßen? Es sind Feinde. Und du willst ihnen ganz allein gegenübertreten?«

»Zehntausend Verteidiger könnten sie nicht aufhalten. Vielleicht genügt eine einzige Person.«

Brutha ging die Treppe hinunter.

Urn und Simony starrten ihm hinterher.

»Er geht in den Tod«, sagte Simony. »Auf dem Strand bleibt sicher nicht einmal ein Fettfleck von ihm übrig.« Er drehte sich zu Om um. »Kannst du ihn aufhalten?«

III. Möglicherweise Bin Ich Dazu Nicht Imstande.

Brutha hatte bereits den halben Platz der Klage hinter sich gebracht.

»Nun, wir lassen ihn nicht im Stich«, meinte Simony.

IV. Gut.

Om beobachtete, wie Simony und Urn dem Jungen folgten. Er blieb allein zurück, wobei »allein« eine relative Bedeutung hatte. Am Rande des Platzes drängten sich Tausende und sahen zu ihm auf. Leider wußte er nicht, was er ihnen sagen sollte. Deshalb brauchte er jemanden wie Brutha. Deshalb benötigten alle Götter Leute wie Brutha.

»Entschuldige bitte...«

Der Gott senkte den Blick.

V. Ja?

»Äh... Ich kann dir nicht zufällig etwas verkaufen, oder?«

VI. Wie Heißt Du?

»Schnappler, Gott.«

VII.Ah, Ja. Und Was Wünschst Du?

Der Mann trat unruhig vom einen Bein aufs andere.

»Wie wär's mit einem klitzekleinen Gebot? Das vielleicht dazu aufforderte, am Mittwoch Joghurt zu essen? Weißt du, mittwochs geht das Geschäft immer sehr schlecht.«

VIII. Du Stehst Vor Deinem Gott Und Denkst Dabei Nur Ans Geschäft?

»Nu-uhn...«, sagte Schnappler und dehnte das Wort. »Sicher ließe sich etwas... arrangieren. Stich zu, solange das Eisen heiß ist, wie die Inquisitoren sagen. Haha. Zwanzig Prozent? Was hältst du davon? Natürlich nach Abzug der Kosten...«

Der Große Gott Om lächelte.

IX. Ich glaube, Du Kannst Ein Kleiner Prophet Sein, Schnappler, sagte er.

»Ja. Gut. Ausgezeichnet. So etwas habe ich mir erhofft. Ich versuche nur, alle Leute zufriedenzustellen.«

X. Schildkröten Dürfen Nicht Belästigt Werden.

Schnappler legte den Kopf schief.

»Klingt nicht nach viel Umsatz, oder?« erwiderte er. »Aber Halsketten aus Schildkrötenpanzer... Hm... Oder auch Broschen und...«

XI. NEIN!

»Schon gut, schon gut. Ich verstehe. Na schön. Schildkrötenstatuen. Jaaa... Habe bereits darüber nachgedacht. Die Form eignet sich. Übrigens: Könntest du nicht eine dieser Statuen wackeln lassen? Sind sehr gut fürs Geschäft, wackelnde Statuen. Die Statue von Ossory bewegt sich zu Beginn eines jeden Fastentages – man kann sich absolut darauf verlassen. Es heißt, dafür sorgt eine kolbenartige Vorrichtung im Sokkel. Ist nicht nur gut fürs Geschäft, sondern dient auch dem Wohle der Propheten.«

XII. Du Amüsierst Mich, Kleiner Prophet. Verkauf Ruhig Deine Schildkröten.

»Um ganz offen zu sein...«, sagte Schnappler. »Ich habe schon einige Zeichnungen angefertigt...«

Om verschwand mit einem kurzen Donnern. Das-ist-praktisch-geschenkt-Schnappler betrachtete nachdenklich die Skizzen.

»...aber ich schätze, die kleine Gestalt hat nichts auf ihnen zu suchen«, murmelte er mehr oder weniger zu sich selbst.

Der tote Vorbis sah sich um.

»Ah, die Wüste«, sagte er. Vollkommen unbewegt erstreckte sich schwarzer Sand unter einem Himmel, an dem Sterne leuchteten. Alles wirkte kalt.

Er hatte nicht geplant, so früh zu sterben. Seltsam... Er konnte sich nicht einmal daran erinnern, *wie* er gestorben war...

»Die Wüste«, wiederholte er, und diesmal erklang so etwas wie Ungewißheit in seiner Stimme. Auch das erschien ihm sonderbar: Es hatte nie Unsicherheit für ihn gegeben – zumindest nicht zu... Lebzeiten. Es handelte sich um ein unvertrautes, erschreckendes Gefühl. Empfanden normale Menschen ständig auf diese Weise?

Vorbis faßte sich wieder.

Womit er Tod beeindruckte. Nur wenigen Leuten gelang es, auch im Jenseits in den gewohnten Bahnen zu denken.

Tod fand keinen Gefallen an seinem Job. Mit derartigen Emotionen konnte er kaum etwas anfangen. Allerdings... Er wußte Zufriedenheit zu schätzen.

»Na schön, die Wüste«, brummte Vorbis. »Und an ihrem Ende...?«

DAS URTEIL.

»Ja. Ja, natürlich.«

Vorbis versuchte, sich zu konzentrieren. Es bereitete ihm enorme Mühe. Er spürte, wie ihn die Gewißheit verließ... Er war *immer* sicher gewesen.

Er zögerte wie jemand, der die Tür eines bekannten Zimmers öffnet und dahinter einen bodenlosen Abgrund sieht. Die Erinnerungen existierten nach wie vor, das wußte er. Auch an ihrer Struktur gab es nichts auszusetzen. Er wußte nur nicht mehr, was sie *bedeuteten*. Eine Stimme hatte existiert... Oder? Plötzlich entsann er sich nur noch an seine eigenen Gedanken, die im Kopf hin und her zuckten und zahllose Echos hervorriefen.

Er mußte nur die Wüste durchqueren. Sicher kein Grund, sich zu für...

Die Wüste präsentierte jene Dinge, an die man glaubte.

Vorbis sah tief in sich hinein.

Und sah noch genauer hin.

Er sank auf die Knie.

OFFENBAR BIST DU BESCHÄFTIGT, sagte Tod.

»Verlaß mich nicht! Es ist alles so *leer*!«

Tods Blick strich über die endlose Wüste. Er schnippte mit den Fingern, und ein großes weißes Pferd näherte sich.

ICH SEHE HUNDERTTAUSEND MENSCHEN, sagte er und schwang sich in den Sattel.

»Wo denn? Wo?«

HIER. BEI DIR.

»Ich sehe sie nicht!«

Tod griff nach den Zügeln.

SIE SIND TROTZDEM HIER, sagte er. Das Pferd tänzelte.

»Ich verstehe nicht!« kreischte Vorbis.

Tod zögerte. HAST DU SCHON EINMAL GEHÖRT, DASS DIE HÖLLE AUS ANDEREN LEUTEN BESTEHEN SOLL?

»Ja. Ich kenne diese Redensart.«

Tod nickte. DU WIRST BALD FESTSTELLEN, DASS SIE NICHT DER WAHRHEIT ENTSPRICHT.

Die ersten Landungsboote liefen auf den Strand, und Soldaten sprangen ins noch hüfthohe Wasser.

Niemand wußte genau, wer die Flotte kommandierte. Die meisten Nationen an der Küste haßten sich gegenseitig – da steckte nichts Persönliches dahinter, nur historische Tradition. Außerdem: Brauchte man überhaupt einen Oberbefehlshaber? Jeder kannte den Weg nach Omnien, und in der Flotte gab es niemanden, der die Omnianer nicht mehr verabscheute als alle anderen. Ein Wunsch vereinte die Besatzungen der vielen Schiffe: Ihnen allen ging es darum, Omniens Existenz zu beenden.

General Argavisti von Ephebe hielt sich für den Oberbefehlshaber: Zwar hatte er nicht die meisten Schiffe, aber er rächte den Angriff auf seine Heimat. Imperiator Borvorius von Tsort wußte hingegen, daß *er* der Oberbefehlshaber war, denn die tsortanischen Schiffe bildeten das Gros der Flotte. Für Admiral Rham-ap-Efan von Djelibeby konnte nicht der geringste Zweifel daran bestehen, daß ihm die Ehre gebührte, die Truppen zu befehligen – er gehörte zu den Leuten, die *immer* davon ausgehen, für *alles* zuständig zu sein. Der einzige Kapitän, der nicht glaubte, die Flotte zu kommandieren, hieß Fasta Benj, war Fischer und stammte von einem kleinen Volk von Nomaden, die abgelegene Sümpfe als Lebensraum bevorzugten. Die anderen Länder wußte nicht einmal, daß diese Nation existierte. Fasta Benjs aus Schilf und Ried bestehendes Boot befand sich nur deshalb bei der Flotte, weil es ihm nicht gelungen war, den Schiffen rechtzeitig auszuweichen. Sein

Stamm glaubte, daß die Weltbevölkerung aus insgesamt einundfünfzig Personen bestand, und als Gott verehrte er eine Art Riesenmolch. Benj und seine Landsleute sprachen eine Sprache, die sonst niemand verstand, und sie kannten weder Metall noch Feuer. Aus diesem Grund verbrachte Fasta nun die meiste Zeit damit, verwirrt zu lächeln.

Sie erreichten einen Strand, der nicht etwa wie im Rest der Welt aus Schilf und dergleichen bestand, sondern aus kleinen und harten *Dingen*. Fasta Benj zog sein kleines Riedboot auf den Strand und beobachtete interessiert die Männer, die Hüte mit Federn und glänzende Jacken aus Fischschuppen trugen. Er fragte sich, was ihre seltsamen Aktivitäten bedeuten mochten.

General Argavisti blickte über den Strand.

»Die Omnianer haben uns bestimmt gesehen«, sagte er. »Warum lassen sie es zu, daß wir hier einen Brückenkopf bilden?«

Hitze flirrte über den Dünen. Ein Fleck erschien, schrumpfte und wuchs in der flimmernden Luft.

Weitere Soldaten kamen an Land.

General Argavisti hob die Hand und beschattete sich damit die Augen.

»Da drüben steht jemand«, brummte er. »Rührt sich nicht von der Stelle.«

»Vielleicht ein Spion«, spekulierte Borvorius.

»Er kann wohl kaum ein Spion in seinem eigenen Land sein«, erwiderte Argavisti. »Außerdem schleicht er nicht herum. Daran erkennt man Spione – am Herumschleichen.«

Die Gestalt verharrte am Fuß der Dünen. Irgend etwas an ihr zog die Aufmerksamkeit auf sich. Argavisti war daran gewöhnt, einer feindlichen Streitmacht gegenüberzustehen; das hielt er für normal. Aber ein einzelner Mann, der geduldig wartete... Das verunsicherte den General. Sein Blick kehrte immer wieder zu dem Fremden zurück.

»Er trägt etwas«, sagte er schließlich. »Feldwebel? Geh zu ihm und bring den Burschen hierher.«

Einige Minuten später kehrte der Feldwebel zurück.

»Er ist bereit, sich mit dir mitten auf dem Strand zu treffen, Herr«, berichtete er.

»Ich habe dir doch befohlen, ihn hierherzubringen, oder?«

»Er wollte nicht mitkommen.«

»Du hast ein Schwert, stimmt's?«

»Ja, Herr. Ich hab's auch benutzt, um ein wenig zu drohen, aber der Kerl blieb trotzdem stehen. Und er trägt eine Leiche, Herr.«

»Auf einem Schlachtfeld? Wir können nicht zulassen, daß jeder seinen eigenen Toten mitbringt.«

»Und... Herr?«

»Ja?«

»Er meint, er sei wahrscheinlich der Zönobiarch, Herr. Möchte mit Friedensverhandlungen beginnen.«

»Ach, verhandeln möchte er? Über den Frieden? Wir wissen, was Friedensverhandlungen mit Omnien wert sind. Geh und sag ihm... Nein. Nimm dir zwei Soldaten und bring ihn her.«

Brutha schritt zwischen den beiden Soldaten durchs organisierte Chaos des Feldlagers. *Eigentlich sollte ich mich jetzt fürchten,* dachte er. *In der Zitadelle habe ich mich immer gefürchtet. Aber jetzt... Inzwischen habe ich die andere Seite der Furcht erreicht.*

Gelegentlich gab ihm einer der Soldaten einen Stoß, hauptsächlich deswegen, weil es sich für den Feind nicht gehörte, in aller Seelenruhe durchs Heereslager zu marschieren.

Man führte ihn zu einem wackligen Tisch, hinter dem sechs kräftig gebaute Männer saßen, die mehr oder weniger phantasievolle militärische Kleidung trugen. Ihnen leistete ein kleinerer Mann mit dunkler Haut Gesellschaft: Er nahm gerade einen Fisch aus und lächelte immer wieder auf hoffnungsvolle Weise.

»Nun«, begann Argavisti, »du bist also der Zönobiarch von Omnien, wie?«

Brutha ließ Vorbis' Leiche in den Sand fallen.

»Ich kenne ihn ...«, sagte Borvorius. »Vorbis! Jemand hat ihn umgebracht, wie? Und hör endlich mit dem Versuch auf, mir Fische zu verkaufen? Weiß jemand, wer das hier ist?« Er deutete auf Fasta Benj.

»Eine Schildkröte kostete ihn das Leben«, sagte Brutha.

»Tatsächlich? Überrascht mich kaum. Habe den Biestern nie getraut. Kriechen dauernd umher und so. Jetzt *hör* mal... Ich will keinen Fisch, klar? Zu meinen Leuten gehört er nicht. Vielleicht zu euren?«

Argavisti winkte ungeduldig ab. »Wer hat dich geschickt, Junge?«

»Niemand. Ich bin von selbst gekommen. Wie dem auch sei: In gewisser Weise könnte man mich als Gesandten der Zukunft bezeichnen.«

»Bist du ein Philosoph? Wo ist dein Schwamm?«

»Ihr seid hier, um gegen Omnien Krieg zu führen. Das ist keine gute Idee.«

»Da hast du recht – wenn man die Sache aus omnianischer Perspektive sieht.«

»Der Blickwinkel spielt dabei keine Rolle. Mit ziemlicher Sicherheit würde es euch gelingen, uns zu besiegen. Aber nicht uns *alle*. Und anschließend? Was macht ihr nach dem Sieg? Laßt ihr eine Garnison zurück? Für immer? Schließlich wächst eine neue Generation heran, um Vergeltung zu üben. Für sie ist es völlig unwichtig, was euch zur Unterwerfung von Omnien veranlaßte. Ihr seid die Unterdrücker – nur darauf kommt es an. Die jungen Leute werden entschlossen kämpfen und vielleicht sogar gewinnen. Ein neuer Krieg... Möglicherweise fragen sich die Leute eines Tages: Warum hat man damals nicht alles geregelt, am Strand, bevor so viele Menschen starben. Eine solche Chance bietet sich uns jetzt. Wir haben Glück, nicht wahr?«

Argavisti starrte Brutha groß an. Dann gab er Borvorius einen Stoß.

»Was hat er gesagt?«

Borvorius dachte etwas schneller als seine Kollegen und fragte: »Sprichst du vielleicht von Kapitulation?«

»Ja. Ich glaube, so lautet der Ausdruck.«

»Das ist unerhört!« ereiferte sich Argavisti.

»Wenn es nicht zu einem Kampf kommen soll, muß jemand kapitulieren. Bitte hör mich an. Vorbis ist tot. Damit besteht kein Grund mehr, Groll gegen Omnien zu hegen.«

»Und was ist mit euren Soldaten? Sie haben versucht, unsere Stadt zu plündern!«

»Gehorchen deine Soldaten den Befehlen, die du ihnen gibst?«

»Natürlich!«

»Sie würden mich auf der Stelle töten, wenn du es ihnen befiehlst?«

»Und ob!«

»Obgleich ich unbewaffnet bin«, sagte Brutha.

Heiße Sonnenstrahlen fielen auf verlegenes Schweigen.

»Nun, als ich eben meinte, sie würden mir gehorchen ...«, brummte Argavisti.

»Wir sind nicht gekommen, um zu verhandeln«, warf Borvorius ein. »Vorbis' Tod ändert kaum etwas. Unsere Aufgabe besteht darin, dafür zu sorgen, daß Omnien nie wieder eine Gefahr darstellt.«

»Omnien ist keine Gefahr mehr. Wir sind bereit, Material und Arbeiter zu schicken, um Ephebe beim Wiederaufbau zu helfen. Ihr erhaltet auch Gold, wenn ihr darauf besteht. Wir verringern die Größe unseres Heers. Und so weiter. Geht einfach davon aus, daß ihr uns schon besiegt hättet. Darüber hinaus öffnen wir Omnien für andere Religionen. Ihr könnt heilige Stätten errichten.«

In Bruthas Kopf erklang eine Stimme. Dem Jungen erging es nun so wie einem konzentrierten Spieler, der die ganze Zeit über geglaubt hat, jeden Zug selbst geplant zu haben – um dann zu hören, wie jemand hinter ihm sagt: »Na bitte. Und jetzt die rote Königin zum schwarzen König.«

I. Was?

»Dadurch wird... gesunde Konkurrenz geschaffen«, fügte Brutha hinzu.

II. Andere Götter? Hier?

»An der Küste findet von jetzt an freier Handel statt. Omnien soll einen Platz in der hiesigen Völkergemeinschaft einnehmen.«

III. Ich Habe Gehört, Daß Du Andere Götter Erwähnt Hast.

»Omniens Platz ist ganz unten«, knurrte Borvorius.

»Nein. Das hat keinen Sinn.«

IV. Könnten Wir Bitte Zum Thema »Götter« Zurückkehren?

»Bitte entschuldigt mich«, sagte Brutha. »Ich muß beten.«

Nicht einmal Argavisti protestierte, als Brutha sich ein Stück zurückzog. St. Ungulant hatte deutlich gemacht: Als Verrückter genoß man gewisse Privilegien. Zum Beispiel zögerten andere Leute, einen an bestimmten Dingen zu hindern – weil sie fürchteten, dadurch alles noch schlimmer zu machen.

»Ja?« hauchte Brutha, als er sich weit genug entfernt glaubte.

V. Erinnerst Du Dich Zufällig An Eine Diskussion Über Andere Götter, Die Hier In Omnien Verehrt Werden Sollen?

»Dadurch ergeben sich nur Vorteile für dich«, erwiderte Brutha. »Die Menschen werden schon bald feststellen, daß es die anderen Götter nicht mit dir aufnehmen können, oder?« Er kreuzte die Finger hinterm Rücken.

VI. Dies Ist Religion, Kein Vergleichstest. Du Sollst Deinen Gott Nicht Den Gesetzen Des Freien Marktes Aussetzen!

»Tut mir leid. Den Grund für deine Besorgnis verstehe ich natürlich…«

VII. Besorgnis? Ich Soll Besorgt Sein? Glaubst Du Etwa, Daß Ich Den Wettbewerb Von Aufgedonnerten Frauen Und Muskelprotzen Mit Gezwirbelten Bärten Fürchte?«

»Na schön. Dann ist ja alles klar, oder?«

VIII. Sie Würden Hier Nicht Einmal Fünf Minuten Lang Durchhalten… Was?«

»Jetzt sollte ich besser zurückkehren und noch einmal mit jenen Männern reden.«

Aus den Augenwinkeln bemerkte er eine Bewegung zwischen den Dünen.

»O nein...«, ächzte er. »Diese Narren...«

Brutha drehte sich um, und Verzweiflung überkam ihn, als er über den Strand zu den Kommandeuren lief.

»Nein! Es ist nicht so, wie ihr glaubt! Hört mir zu! *Hört mir zu!*«

Doch Argavisti und seine Kollegen hatten die Streitmacht ebenfalls gesehen.

Sie sah beeindruckend aus – vielleicht beeindruckender, als sie es in Wirklichkeit war. Wenn bekannt wird, daß ein großes feindliches Heer mit der Absicht eingetroffen ist, nach Herzenslust zu plündern und zu verheeren, außerdem – da die Soldaten ja aus zivilisierten Ländern stammen – den Frauen hinterherzupfeifen, ihnen mit blöden hübschen Uniformen zu imponieren und sie mit blöden hübschen Konsumwaren zu umwerben, ich weiß nicht, man zeige ihnen einen auf Hochglanz polierten Bronzeschild, und schon verlieren sie den Kopf, man könnte glauben, mit den einheimischen Jungs sei irgend etwas nicht in Ordnung... Nun, in einem solchen Fall fliehen die Leute entweder in die nächstgelegenen Berge, *oder* sie schnappen sich scharfkantige, gut zu schwingende Gegenstände und fordern Oma auf, alle Familienschätze in den Schubladen zu verstauen, während sie in den Kampf ziehen.

Ganz vorn schnaufte der eiserne Wagen. Dampf quoll aus dem Schornstein. Ganz offensichtlich war es Urn irgendwie gelungen, das Ding in einen funktionstüchtigen Zustand zu versetzen.

»Wie dumm, wie dumm!« rief Brutha, während er auch weiterhin lief. Sein Vorwurf galt den Welt im großen und ganzen.

Das internationale Heer bezog Aufstellung, und der Oberbefehlshaber – wer auch immer es sein mochte – nahm erstaunt zur Kenntnis, daß eine einzelne Gestalt anzugreifen schien.

Borvorius hielt Brutha fest, als er zu einer langen Reihe aus Speeren stürmte.

»Ich *verstehe*«, sagte er. »Du hast uns hier mit deinem dummen Gerede abgelenkt, während die omnianischen Truppen ihre Stellung eingenommen haben, wie?«

»Nein! Darum ging es mir nicht!«

Borvorius kniff die Augen zusammen. Er hatte mehrere Kriege überlebt, und zwar nicht aufgrund von Dummheit.

»Nein, vielleicht nicht«, räumte er ein. »Aber das spielt jetzt auch gar keine Rolle mehr. Hör mal, du unschuldiger kleiner Priester. Manchmal wird ein Krieg unvermeidlich. Wenn Worte allein nichts mehr ausrichten. Dann... werden andere Kräfte frei. Und nun... Kehr zu deinem Volk zurück. Vielleicht sind wir nach dieser Sache noch am Leben, und *dann* können wir reden. Zuerst kämpfen, nachher reden. Das ist der Lauf der Welt. So will es die *Geschichte*. Geh jetzt.«

Brutha drehte sich um.

I. Soll Ich Sie Alle Zermalmen?

»Nein!«

II. Ich Könnte Sie In Staub Verwandeln. Ein Wort Von Dir Genügt.

»Nein. Das wäre schlimmer als Krieg.«

III. Aber Du Hast Gesagt, Es Sei Pflicht Eines Gottes, Seine Gläubigen Zu Schützen...

»Wo kämen wir hin, wenn ich dich auffordern würde, aufrechte Menschen zu töten?«

IV. Vielleicht Müßtest Du Dann Mit Weniger Pfeilen Rechnen.

»Nein.«

Die Omnianer warteten zwischen den Dünen. Viele von ihnen drängten sich am eisernen Wagen zusammen. Brutha beobachtete sie mit bitterer Enttäuschung.

»Habe ich nicht deutlich genug darauf hingewiesen, daß ich diese Leute allein in Empfang nehmen wollte?« fragte er.

Simony lehnte an der Beweglichen Schildkröte und lächelte grimmig.

»Hat's geklappt?«

»Äh... Nein, ich glaube nicht.«

»Das wußte ich. Tut mir leid, daß du es auf diese Weise erfahren mußtest. Die Dinge neigen dazu, ihr eigenes Bewegungsmoment zu entwickeln. Manchmal – sogar ziemlich häufig – ignorieren Menschen die Stimme der Vernunft.«

»Wenn sie doch nur...«

»Ja. *Das* wäre ein geeignetes Gebot.«

Laute Stille folgte, und dann öffnete sich eine Klappe in der eisernen Schildkröte. Urn erschien mit einem Schraubenschlüssel in der Hand.

»Was hat es mit diesem Apparat auf sich?« fragte Brutha.

»Es handelt sich um eine Kampfmaschine«, antwortete Simony. »Die Schildkröte bewegt sich...«

»Soll sie gegen Ephebianer kämpfen?« erkundigte sich der ehemalige Novize.

Urn drehte den Kopf und sah zum Strand.

»Was?« erwiderte er.

»Hast du diese... diese Vorrichtung gebaut, um gegen Ephebianer zu kämpfen?«

»Äh, nein... nein«, entgegnete Urn verwirrt. »Wir kämpfen gegen Ephebianer?«

»Gegen alle«, sagte Simony.

»Aber ich habe nie... Ich *bin*... Ich meine, es lag mir fern...«

Brutha betrachtete mit Stahldornen ausgestattete Räder und die scharfen, gezackten Ränder der Panzerplatten.

»Es ist eine Maschine, die sich von allein bewegt«, erklärte Urn. »Wir verwenden sie, um... Es war nie meine Absicht...«

»Wir brauchen sie jetzt«, sagte Simony.

»Wofür?«

»Was kommt da vorn aus der schnabelartigen Öffnung?« fragte Brutha.

»Dampf«, antwortete Urn leise. »Das Rohr ist mit dem Sicherheitsventil verbunden.«

»Oh.«

»Der Dampf ist ziemlich heiß.« Urn ließ die Schultern hängen.

»Ach?«

»*Siedend* heiß, sozusagen.«

Bruthas Blick wanderte von dem Rohr zu den Klingen und Spitzen an den Rädern.

»Sehr philosophisch«, kommentierte er.

»Damit wollten wir Vorbis das Handwerk legen«, sagte Urn kleinlaut.

»Und jetzt setzt ihr die Maschine gegen Ephebianer ein. Und ich habe *mich* für dumm gehalten, als ich zum erstenmal Philosophen begegnet bin.«

Sie schwiegen eine Zeitlang.

Schließlich klopfte Simony dem Propheten auf die Schulter.

»Es wird alles gut, keine Sorge«, sagte er. »Wir verlieren bestimmt nicht.« Er lächelte aufmunternd. »Immerhin ist Gott auf unserer Seite.«

Brutha wandte sich um und schlug zu. Es war kein besonders gekonnter Schlag, doch er sorgte dafür, daß sich Simony einmal um die eigene Achse drehte.

Er betastete sein Kinn. »Was soll das denn bedeuten? Freust du dich nicht darüber, daß wir mit Gottes Hilfe rechnen dürfen?«

»Jedes Volk bekommt den Gott, den es verdient«, erwiderte Brutha. »Und meiner Ansicht nach verdienen wir keinen. Wie dumm, wie dumm. Der vernünftigste Mensch, dem ich seit langer Zeit begegnet bin, wohnt auf einem Pfahl in der Wüste. Wie dumm... Vielleicht sollte ich ihm Gesellschaft leisten.«

I. Warum?

»Götter und Menschen, Menschen und Götter«, fuhr Brutha fort. »Alles geschieht, weil es schon einmal geschehen ist. Wie dumm.«

II. Du Bist Der Auserwählte.

»Such dir jemand anders.«

Brutha stapfte durch die bunt zusammengewürfelte Streitmacht, und niemand versuchte, ihn aufzuhalten. Nach kurzer Zeit erreichte er den Pfad, der zu den Klippen führte. Er blickte nicht zurück.

»Willst du nicht dem Kampf zusehen? Ich brauche jemanden, der den Kampf für mich beobachtet.«

Didaktylos saß auf einem Felsen, die Hände am Knauf des Gehstocks gefaltet.

»Oh, hallo«, sagte Brutha bitter. »Willkommen in Omnien.«

»Vielleicht hilft es dir, wenn du dir einen philosophischen Standpunkt zu eigen machst.«

»Glaubst du? Ich dachte, Philosophen sollten logisch denken.«

Didaktylos zuckte mit den Schultern.

»Nu, wie ich die Sache sehe... Logik dient vor allem dazu, die eigene Unwissenheit zu überdenken.«

»Ich dachte, mit Vorbis' Tod sei die Sache erledigt.«

Didaktylos blickte in seine Innenwelt.

»Bei Leuten wie Vorbis geht das Sterben nicht so schnell. Sie hallen sehr lange in der Geschichte nach.«

»Ich weiß, was du meinst.«

»Wie steht's mit Urn und der Dampfmaschine?« fragte Didaktylos.

»Ich schätze, er ist gerade in einen erheblichen Gewissenskonflikt geraten.«

Didaktylos lachte und pochte mit dem Gehstock auf den felsigen Boden.

»Ha! Er lernt! Er findet heraus, daß alles zwei Seiten hat!«

»Ist das nicht selbstverständlich?« entgegnete Brutha.

Eine Art goldener Komet raste über die Scheibenwelt. Om segelte mit der Erhabenheit eines Adlers dahin, getragen von der herrlich frischen Kraft des Glaubens. Er genoß sie mit jeder Faser seiner Existenz, denn er wußte: Ein so heißer, leidenschaftlicher Glaube konnte nicht lange von Bestand sein. Das menschliche Bewußtsein war einfach nicht imstande, auf Dauer daran festzuhalten. Aber solange er da war, verfügte Om über *Macht*.

Das zentrale Massiv von Cori Celesti ragte aus dem Gebirge in der Mitte: eine gewaltige Felsnadel, sechzehn Kilometer hoch, von Schnee und Eis verkrustet. Und ganz oben zeigten sich die Türme und Kuppeln von Würdentracht.

Dort wohnten die Götter der Scheibenwelt.

Zumindest die Götter, auf die es ankam. Seltsam: Für einen Gott sind viele Jahre anstrengender, mühevoller Intrigen notwendig, um nach Cori Celesti zu gelangen, und wenn das Ziel erreicht ist... Dann wird nur ein wenig der Verdorbenheit gefrönt. Viele menschliche Regierungssysteme unterscheiden sich wenig davon.

Die Götter vertreiben sich die Zeit mit Spielen. Es handelt sich dabei um recht einfache Spiele, denn an komplizierten Dingen verlieren sakrale Entitäten schon nach kurzer Zeit das Interesse. Auch dies ist ein seltsamer Aspekt: Geringe Götter sind fähig, über Jahrmillionen hinweg ein Ziel anzustreben – sie *sind* das Ziel –, doch die Aufmerksamkeit von mächtigen Göttern ist so ausdauernd wie die einer durchschnittlichen Mücke.

Was den Stil betrifft... Wenn die Götter der Scheibenwelt Menschen gewesen wären, hätten sie drei Gipsschwäne für avantgardistisch gehalten.

Am Ende des zentralen Saals gab es eine große Doppeltür.

Dort pochte es laut.

Die Götter sahen von ihren verschiedenen Beschäftigungen auf, zuckten gleichgültig mit den Schultern und wandten sich wieder ab.

Mit jähem Krachen wurde die Tür aufgebrochen.

Om schritt über die Trümmer hinweg und sah sich wie jemand um, der etwas suchen muß und nur wenig Zeit dafür hat.

»Also gut«, sagte er.

Io, Gott des Donners, saß auf dem Thron und winkte drohend mit dem Hammer.

»Wer bist du?«

Om trat auf ihn zu, packte Io an der Toga und zuckte ruckartig mit dem Kopf nach vorn.

Es glaubt ohnehin kaum jemand mehr an Donnergötter…

»Au!«

»Sperr die Lauscher auf, Freundchen. Ich habe keine Lust, mit 'nem Schwächling zu quatschen, der 'n Bettlaken für angemessene Kleidung hält. Wo sind die Götter von Ephebe und Tsort?«

Io legte die eine Hand auf die blutende Nase, und mit der anderen deutete er in die Mitte des Saals.

»Das war ni' nöti'«, sagte er vorwurfsvoll.

Om marschierte durch den Saal.

In der Mitte des großen Raums stand ein runder Tisch, und dort zeigte sich etwas, das zunächst wie ein Modell der Scheibenwelt wirkte, mit Schildkröte und Elefanten. Doch wenn man genauer hinsah… Dann gewann man den Eindruck, daß es sich um die *echte* Scheibenwelt handelte, aus großer Höhe betrachtet und doch nahe. Mit den Entfernungen schien irgend etwas nicht zu stimmen: Man spürte etwas Großes, das irgendwie zusammengepreßt worden war. Andererseits… Die echte Scheibenwelt wies sicher kein Netzwerk aus glühenden Linien auf, die dicht über der Oberfläche schwebten. Oder vielleicht viele Kilometer darüber?

Om sah das Gebilde jetzt zum erstenmal, doch er erkannte es sofort. Es war sowohl Welle als auch Partikel, sowohl eine Karte als auch der dargestellte Ort. Wenn er sich auf die winzige glitzernde Kuppel am Gipfel von Cori Celesti konzentriert hätte… Dann wäre er vermutlich imstande gewesen, sich selbst dabei zu beobachten, wie er auf ein noch kleineres Modell hinabstarrte… Und so weiter, bis hin zu einem Punkt, an dem sich das Universum zusammenrollte wie der Schwanz eines Ammoniten – eines Geschöpfes, das vor vielen Millionen Jahren gelebt und nie an irgendwelche Götter geglaubt hatte.

Die Götter der Scheibenwelt hielten Ausschau.

Mit dem Ellenbogen schob Om eine unwichtige Göttin des Überflusses beiseite.

Würfel schwebten über der Welt, außerdem kleine Tonfiguren und Spielmarken. Man brauchte nicht viel Allmächtigkeit, um zu verstehen, was hier vor sich ging.

»Er hat mir die Na' blutig geschla'en!«

Om drehte sich um.

»Ich vergesse nie ein Gesicht, Freundchen. Schaff deins fort, solange du noch Gelegenheit dazu hast.«

Er wandte sich wieder dem Spiel zu.

»'tschuldige bitte«, erklang eine Stimme in Hüfthöhe. Om senkte den Blick und bemerkte einen recht großen Molch.

»Ja?«

»So was gehört sich hier nicht. Schlagen und so, meine ich. Die Regeln verbieten es. Wenn du kämpfen willst, so läßt du deine Menschen gegen seine antreten.«

»Wer bist du?«

»Heiße P'Tang-P'Tang.«

»Und *du* bist ein Gott?«

»Klar bin ich das.«

»Ach? Wie viele Gläubige hast du denn?«

»Einundfünfzig!«

Der Molch musterte ihn hoffnungsvoll und fügte hinzu: »Das sind viele, nicht wahr? Kann nicht zählen.«

Er deutete auf eine eher ungeschickt modellierte Gestalt am Strand von Omnien. »Mein Einsatz!«

Om sah zu dem winzigen Fischer.

»Wenn er stirbt, hast du fünfzig Gläubige«, sagte er.

»Sind das mehr oder weniger?«

»Es sind *viel* weniger.«

»Im Ernst?«

»Ja.«

»Hat mir niemand gesagt.«

Einige Dutzend Götter beobachteten den Strand. Om erinnerte sich vage an die ephebianischen Statuen. Dort drüben stand die Göttin mit dem Pinguin, der eigentlich eine Eule sein sollte...

Er rieb sich die Stirn. Solche Gedanken hatten im Selbst eines Gottes nichts zu suchen. Hier oben schien alles viel einfacher zu sein. Hier oben präsentierte sich alles in Form eines Spiels, und man vergaß, daß es dort unten kein Spiel war. Menschen starben. Oder verloren Teile ihres Körpers. *Wir sind hier wie Adler,* dachte Om. *Manchmal gestatten wir Schildkröten, mit uns zu fliegen.*

Und dann lassen wir los.

»Dort unten droht Menschen der Tod«, sagte er zur okkulten Welt.

Ein tsortanischer Sonnengott hielt es nicht einmal für nötig, sich zu ihm umzudrehen.

»Dazu sind die Sterblichen da – um zu sterben«, erwiderte er. In der einen Hand hielt er einen Würfelbecher, der wie ein Totenschädel mit Rubinen in den Augenhöhlen aussah.

»Oh, ja«, brummte Om. »Das habe ich ganz vergessen.« Er warf einen Blick auf den Schädel, bevor er die Göttin des Überflusses ansprach.

»Was ist das, Teuerste? Vielleicht ein Füllhorn? Darf ich es mir einmal ansehen? Danke.«

Om kippte es, so daß ein Teil des Obstes herausrutschte. Anschließend gab er dem Molch einen sanften Stoß.

»An deiner Stelle würde ich mir etwas besorgen, mit dem man gut zuschlagen kann«, sagte er.

»Ist eins weniger als einundfünfzig?« fragte P'Tang-P'Tang.

»Es läuft praktisch aufs gleiche hinaus«, erwiderte Om und sah zum Hinterkopf des tsortanischen Gottes.

»Aber du hast Tausende von Gläubigen«, meinte der Molch. »Du kämpfst für Tausende.«

Om rieb sich erneut die Stirn. *Ich habe zuviel Zeit dort unten ver-*

bracht, fuhr es ihm durch den Sinn. *Ich denke noch immer in Bodenhöhe.*

»Ich glaube...«, begann er. »Ich glaube... Wenn man Tausende möchte, muß man für einen kämpfen.« Er berührte den Sonnengott an der Schulter. »He, Strahli?«

Als sich der Gott umdrehte, rammte ihm Om das Füllhorn aufs heilige Haupt.

Es war kein normales Donnern. Es klang wie ein scheues Stottern von Supernovae. Der Himmel wurde aufgerissen. Sand wirbelte empor und über die mit dem Gesicht nach unten am Strand liegenden Gestalten hinweg. Blitze zuckten vom Firmament herab; Funken knisterten von Speer- und Schwertspitzen.

Simony blickte zu der sich verdichtenden Dunkelheit.

»Meine Güte, was passiert jetzt?« Er stieß den neben ihm liegenden Mann an.

Argavisti drehte den Kopf und begegnete Simonys Blick.

Wieder donnerte es. Wellen wuchsen und kletterten übereinander hinweg, um die Schiffe zu erreichen und sie zu zerfetzen. Rumpf stieß mit unheilvoller Eleganz an Rumpf, und dem Krachen am Himmel gesellte sich das Knirschen von berstendem Holz hinzu.

Eine gebrochene Spiere bohrte sich dicht neben Simony in den Sand.

»Wir sind so gut wie tot, wenn wir hierbleiben«, sagte er. »Komm.«

Sie taumelten durch sprühendes Wasser und wehenden Sand, vorbei an fluchenden und betenden Soldaten. Schließlich ragte vor ihnen ein langer und stabiler Schatten auf.

Erleichtert krochen sie in den Schutz der Beweglichen Schildkröte.

Vor ihnen hatten sich schon andere Leute hier in Sicherheit gebracht: Schemen hockten in der Dunkelheit. Urn saß deprimiert beim Werkzeugkasten. Es roch nach frisch ausgenommenem Fisch.

»Die Götter sind zornig«, sagte Borvorius.

»Scheinen verdammt sauer zu sein«, fügte Argavisti hinzu.

»Auch ich bin nicht gerade in bester Stimmung«, murmelte Simony. »Götter? Ha!«

»Dies dürfte wohl kaum der geeignete Zeitpunkt für Ungläubigkeit und dergleichen sein«, warnte Rham-ap-Efan.

Draußen regnete es Weintrauben.

»Kann mir keinen besseren vorstellen«, erwiderte Simony.

Von einem Füllhorn stammende Splitter trafen den Rücken der eisernen Schildkröte und prallten davon ab. Der Dampfwagen wakkelte auf den mit Klingen und Stahldornen ausgerüsteten Rädern.

»Aber warum sind sie wütend auf uns?« fragte Argavisti. »Wir haben uns doch genauso verhalten, wie sie es wünschten.«

Borvorius versuchte zu lächeln. »Tja, die Götter... Man kommt nur schwer mit ihnen zurecht – und ohne sie überhaupt nicht.«

Jemand – ein tsortanischer Soldat – gab Simony einen sanften Stoß und reichte ihm eine feuchte Zigarette. Er griff danach und nahm einen Zug.

»Guter Tabak«, lobte er. »Das bei uns wachsende Zeug schmeckt wie Kamelkacke.«

Er reichte den Glimmstengel der nächsten Gestalt.

DANKE.

Borvorius hielt plötzlich eine Flasche in der Hand.

»Kommt man in die Hölle, wenn man zuviel trinkt?« fragte er.

»Wenn man vergißt, ab und zu Luft zu holen...«, erwiderte Simony geistesabwesend. Dann sah er die Flasche. »Oh, du meinst Alkohol? Ja, wahrscheinlich. Aber wen kümmert's, wenn man dabei was zu lachen hat? Danke.«

»Gib sie weiter.«

DANKE.

Es krachte, und die Schildkröte erbebte.

»G'n y'himbe bo?«

Sie sahen einzelne Stücke rohen Fisch und Fasta Benjs hoffnungsvolles Gesicht.

»Ich könnte die glühenden Kohlen aus dem Feuerkasten holen«, schlug Urn vor.

Jemand klopfte Simony auf die Schulter und verursachte ein seltsames Prickeln.

DANKE. ICH MUSS JETZT GEHEN.

Der Soldat nahm die Flasche entgegen und spürte einen jähen Luftzug, dem Atem des Universums gleich. Er drehte den Kopf und beobachtete, wie eine Welle ein Schiff anhob und an die Dünen schmetterte.

Ein ferner Schrei durchdrang das Heulen des Winds.

Die Soldaten wechselten betroffene Blicke.

»Da waren Menschen an Bord«, sagte Argavisti.

Simony ließ die Flasche sinken.

»Kommt«, brummte er.

Sie zogen mit Latten und Planken los. Urn benützte sein ganzes Wissen über Hebel, während seine Begleiter mit ihren Helmen unter dem Wrack schaufelten. Niemand fragte, für wen sie gruben oder welche Uniformen jene Leute trugen.

Die Böen trieben seltsame Nebelschwaden über den Strand, heiße Dunstwolken, in denen es flirrte und flackerte. Das Meer schien auch weiterhin zu kochen.

Simony zerrte an einer Spiere, und ihr Gewicht verringerte sich, als jemand auf der anderen Seite mit anpackte. Er blickte auf und erkannte Brutha.

»Sag nichts«, kam es von den Lippen des Jungen.

»Haben wir dies den Göttern zu verdanken?«

»Sei still!«

»Ich muß es wissen!«

»Wäre es dir lieber, wenn *wir* uns so etwas antäten?«

»Es befinden sich noch immer viele Leute an Bord der Schiffe.«

»Niemand hat ihnen ein gemütliches Picknick in Aussicht gestellt, oder?«

Simony zerrte einige gesplitterte Bretter beiseite. Darunter lag ein

Mann mit großen Blutflecken auf Brustharnisch und Kleidung. Aber er lebte noch.

»Ich gebe nicht nach!« rief Simony, während der Wind an ihm zerrte. »Du hast nicht gewonnen! Hüte dich davor, mein gegenwärtiges Verhalten falsch zu verstehen – irgendwelche existierenden oder imaginären Götter spielen dabei überhaupt keine Rolle! Es geht mir allein um Menschen! *Und hör endlich auf zu grinsen!*«

Zwei Würfel fielen in den Sand. Sie funkelten und knisterten einige Sekunden lang und lösten sich dann auf.

Die hohen Wogen des Meeres schrumpften, und der Nebel lichtete sich. Ein Rest von Dunst blieb zurück, aber jetzt konnte man wenigstens wieder die Sonne sehen, wenn auch nur als eine etwas hellere Stelle am Himmel.

Erneut spürte man, wie der Kosmos Luft holte.

Die Götter erschienen und schimmerten transparent. Sonnenlicht spiegelte sich an goldenen Locken, Flügeln und Leiern wider.

Sie redeten alle gleichzeitig, doch ihre Worte waren keineswegs synchron. Manche sprachen etwas schneller und langsamer – wie Menschen, die einen ganz bestimmten Text wiederholten.

Om stand direkt hinter dem tsortanischen Donnergott und schnitt eine betont unschuldige Miene. Nur Brutha bemerkte folgendes: Der rechte Arm des Donnergotts war auf den Rücken gedreht, und zwar auf eine Weise, die Schmerz vermuten ließ.

Alle Kämpfer und Soldaten hörten die Mitteilung der Götter in ihrer jeweiligen Sprache, und vertraute Begriffe vermittelten diese Botschaft:

I. Dies Ist Kein Spiel.

II. Ihr Lebt, Hier Und Heute.

Und dann war es vorbei.

»Du wärst ein guter Bischof«, sagte Brutha.

»Ich?« erwiderte Didaktylos. »Ich bin Philosoph!«

»Um so besser. Wird Zeit, daß wir einen bekommen.«

»Und außerdem Ephebianer!«

»Ausgezeichnet. Dann weißt du vielleicht, was es zu beachten gilt, wenn man in diesem Land regieren will. Priester sollten nicht an der Macht sein. Sie gehen falsch damit um. Ebenso wie Soldaten.«

»Danke«, brummte Simony.

Sie saßen im Garten des Zönobiarchen. Weit oben kreiste ein Adler und suchte nach etwas, das ganz bestimmt keine Schildkröte war.

»Mir gefällt die Demokratie«, fuhr Brutha fort. »Man braucht jemanden, dem alle mißtrauen. Weil... Dann sind alle zufrieden. Denk mal darüber nach. Simony?«

»Ja?«

»Ich ernenne dich zum Oberhaupt der Quisition.«

»Was?«

»Ich möchte, daß sie aufhört. Und zwar auf die schwierige Art.«

»Du willst, daß ich die Inquisitoren ins Jenseits schicke? Kein Problem!«

»Nein. Das wäre der *leichte* Weg. Ich möchte, daß so wenige Personen wie möglich sterben. Vielleicht jene, die Gefallen daran fanden, anderen Personen Leid zuzufügen... Aber keine anderen. Und nun... Wo ist Urn?«

Die Bewegliche Schildkröte ruhte noch immer am Strand – die Räder steckten tief im Sand fest. Urn war viel zu verlegen gewesen, um den Dampfwagen auszugraben.

»Als ich ihn das letzte Mal sah, bastelte er am Mechanismus der Tür«, meinte Didaktylos. »Er ist immer glücklich, wenn er an irgend etwas herumbasteln kann.«

»Ja. Wir müssen uns etwas einfallen lassen, um ihn zu beschäftigen. Bewässerung. Architektur. So etwas.«

»Was hast du selbst vor?« erkundigte sich Simony.

»Ich muß Abschriften der vielen Bücher in meinem Gedächtnis herstellen«, antwortete Brutha.

»Aber du kannst doch gar nicht lesen und schreiben«, wandte Didaktylos ein.

»Nein. Aber ich kann zeichnen. Nun, ich dachte an jeweils zwei Kopien. Eine bleibt hier.«

»Es mangelt bestimmt nicht an Platz, wenn wir erst das Septateuch verbrannt haben«, sagte Simony.

»Nein, nichts wird verbrannt«, widersprach Brutha. »Eins kommt nach dem anderen.« Er starrte auf die Wüste, dachte an Hitze und Ödnis. Sonderbar: In jenem kargen Land hatte er die Freude kennengelernt.

»Und dann…«, begann er.

»Ja.«

Bruthas Blick glitt zum Ackerland, zu den kleineren Orten am Rand der Zitadelle. Er seufzte.

»Und dann nehmen wir die Dinge in die Hand«, sagte er. »Jeden Tag aufs neue.«

Fasta Benj ruderte nachdenklich heim.

Hinter ihm lagen einige interessante Tage. Er hatte viele neue Leute kennengelernt und eine Menge Fisch verkauft. P'Tang-P'Tang und seine Diener waren gekommen, um einige weise Worte an ihn zu richten und ihm das Versprechen abzunehmen, nie Krieg gegen einen Ort zu führen, von dem er gar nichts wußte. Fasta erklärte sich einverstanden.*

Einige der anderen Personen hatten ihm die Sache mit den Blitzen gezeigt. Man schlug mit einem harten Etwas auf den Stein, und dann fielen kleine Bruchstücke von Blitzen auf trockenes Etwas, das so rot

* Fasta Benjs Volk kannte kein Wort für Krieg, da es keine Feinde hatte und das Leben auch so schon schwer genug war. P'Tang-P'Tangs Botschaft lautete folgendermaßen: »Erinnert ihr euch daran, als Pacha Moj seinen Onkel mit einem großen Stein schlug? So ähnlich ist der Krieg, nur schlimmer.«

und heiß wurde wie die Sonne. Wenn man mehr Holz hinzugab, wurde alles größer, und wenn man dann Fische darauf legte, so wurden sie schwarz. Aber wenn man sie vorher aus dem heißen Etwas zog, so wurden sie braun und schmeckten besser als alles, was Fasta jemals gekostet hatte. Obgleich es nicht schwer war, seine bisherigen Geschmackserfahrungen zu übertreffen… Außerdem bekam er Messer, die nicht aus Stein bestanden, und Kleidung, zu deren Herstellung man kein Schilf verwendet hatte. Im großen und ganzen gesehen schien Fasta Benj und seinen Stamm ein besseres Leben zu erwarten.

Er wußte nicht, warum *viele* Leute beabsichtigten, Pacha Mojs Onkel mit einem großen Stein zu schlagen, aber dadurch erfuhr der technische Fortschritt eine enorme Beschleunigung.

Niemand – nicht einmal Brutha – bemerkte das Fehlen des alten Lu-Tze. Es gehört praktisch zum Handwerkszeug eines Geschichtsmönchs, nicht bemerkt zu werden, ganz gleich, ob er zugegen oder verschwunden ist.

Nun, Lu-Tze hatte Besen und Bonsai-Berge eingepackt, um anschließend durch geheime Tunnel und unter Verwendung noch geheimerer Hilfsmittel das verborgene Tal zu erreichen. Dort wartete der Abt auf ihn und spielte Schach auf jenem langen Balkon, von dem aus man durchs ganze Tal sehen konnte. Springbrunnen plätscherten im Garten; Schwalben flogen durch die Fenster.

»Alles gutgegangen?« fragte der Abt, ohne aufzusehen.

»Ja, Herr«, erwiderte Lu-Tze. »Allerdings… Ich mußte ein wenig *nachhelfen.*«

»Mir wäre es lieber, wenn du auf solche Maßnahmen verzichten könntest«, sagte der Abt. Er drehte einen Bauern hin und her. »Eines Tages übertreibst du es noch damit.«

»Es liegt an der heutigen Geschichte«, meinte Lu-Tze. »Sie taugt nicht viel, Herr. Armselige Qualität. Ich muß sie immer wieder zusammenflicken.«

»Ja, ja...«

»Früher war die Geschichte viel besser.«

»Früher war *alles* besser. Das liegt in der Natur der Dinge.«

»Ja, Herr. Herr?«

Der Abt sah ein wenig verärgert auf.

»Äh... Du weißt ja, was in den Büchern geschrieben steht: Brutha starb, und hundert Jahre lang fanden schreckliche Kriege statt.«

»Meine Augen sind nicht mehr so gut wie damals, Lu-Tze.«

»Nun, die aktuelle Situation unterscheidet sich etwas von der geschilderten.«

»Und wenn schon«, brummte der Abt. »Wichtig ist nur, daß zum Schluß alles in Ordnung kommt.«

»Ja, Herr«, sagte der Geschichtsmönch.

»Bis zu deinem nächsten Einsatz bleiben dir noch einige Wochen. Warum nutzt du sie nicht, um ein wenig auszuspannen?«

»Danke, Herr. Vielleicht gehe ich in den Wald und beobachte, wie einige Bäume umstürzen.«

»Eine gute Übung. Ja, eine gute Übung. Die Pflicht kommt immer zuerst, wie?«

Lu-Tze ging, und der Abt sah zu der Person, die auf der anderen Seite des Tisches saß.

»Ein guter Mann«, sagte er. »Du bist am Zug.«

Die Gestalt sah eine Zeitlang aufs Spielbrett hinab.

Der Abt hielt nach irgendwelchen Hinweisen auf langfristige und gut durchdachte Strategien Ausschau. Schließlich klopfte ein weißer Finger auf eine bestimmte Figur.

ICH HABE VERGESSEN, AUF WELCHE WEISE SICH DIESE KLEINEN PFERDE BEWEGEN, sagte das Gegenüber des Abtes. BITTE ERKLÄR ES MIR NOCH EINMAL.

Schließlich starb Brutha, und zwar unter ungewöhnlichen Umständen.

Er erreichte ein hohes Alter, aber zumindest das war nicht ungewöhnlich in der Kirche. Um sehr alt zu werden, mußte man jeden Tag genug zu tun haben – diesen Standpunkt vertrat Brutha.

Er stand auf, als der Morgen dämmerte, ging dann zum Fenster, um zu sehen, wie die Sonne aufging.

Das Portal des Tempels war nicht ersetzt worden, und dafür gab es verschiedene Gründe, unter anderem diesen: Urn hatte keine Möglichkeit gefunden, den seltsam geformten Metallhaufen am Eingang zu entfernen. Man baute einfach eine Treppe, die darüber hinwegführte. Im Lauf einiger Jahre gewöhnten sich die Omnianer daran und sahen darin eine Art Symbol. Niemand wußte, was es bedeutete, aber es konnte sich trotzdem nur um ein Symbol handeln.

Das Licht der Sonne glitzerte übers Kupferdach der Bibliothek. Brutha nahm sich vor zu fragen, welche Fortschritte beim neuen Flügel erzielt worden waren. In letzter Zeit häuften sich die Klagen in Hinsicht auf Überfüllung.

Viele Menschen unternahmen weite Reisen, um die Bibliothek zu besuchen. Es war die größte nichtmagische Büchersammlung auf der Scheibenwelt. Die Hälfte der ephebianischen Philosophen schien nun dort zu leben, und Omnien brachte sogar den einen oder anderen eigenen Denker hervor. Selbst Priester nutzten die Möglichkeit, sich in der Bibliothek umzusehen, denn sie enthielt auch religiöse Bücher: insgesamt eintausendzweihundertdreiundachtzig – jedes von ihnen angeblich *das* Buch. Es erwies sich als faszinierend, sie alle zusammen zu sehen. Wie Didaktylos mehrmals betont hatte: Die Welt war ein komischer Ort, der zum Lachen reizte.

Während Brutha frühstückte, las ihm ein Subdiakon aus dem Terminkalender vor. Die Aufgaben des Assistenten bestanden nicht nur darin, Brutha an wichtige Verabredungen zu erinnern; auf eine taktvolle Weise sorgte er gleichzeitig dafür, daß der alte Zönobiarch die Unterhose an der richtigen Stelle trug.

Heute erlaubte es sich der Subdiakon, einen schüchternen Glückwunsch auszusprechen.

»Mhmm?« fragte Brutha, und Haferschleim tropfte ihm vom Löffel.

»Hundert Jahre«, sagte der Subdiakon. »Seit du durch die Wüste gewandert bist, Herr.«

»Tatsächlich? Ich dachte, es seien vielleicht, äh, fünfzig? Meine Güte, es können doch nicht mehr sein als sechzig, oder?«

»Hundert, Herr. Wir haben in den alten Unterlagen nachgesehen.«

»Potzblitz. Hundert Jahre? Einhundert Jahre?« Brutha ließ ganz langsam den Löffel sinken und starrte an die schlichte weiße Wand auf der anderen Seite des Zimmers. Der Subdiakon drehte den Kopf, um festzustellen, was der Zönobiarch beobachtete, doch er sah nur eine Mauer.

»Hundert Jahre«, murmelte Brutha. »Hmm. Meine Güte. Hab's glatt vergessen.« Er lachte. »Ich habe es *vergessen*. Hundert Jahre, wie? Aber hier und heute…«

Der Subdiakon drehte den Kopf erneut.

»Zönobiarch?«

Er trat etwas näher und erblaßte.

»Herr?«

Er lief los, um Hilfe zu holen.

Brutha neigte sich fast anmutig nach vorn, und sein Gesicht klatschte auf den Tisch. Der Napf fiel um, und Haferbrei tropfte zu Boden.

Und dann stand Brutha auf, ohne seinem Leichnam Beachtung zu schenken.

»Ha!« sagte er. »Ich habe gar nicht mit dir gerechnet.«

Tod lehnte an der Wand.

DA KANNST DU VON GLÜCK SAGEN.

»Es gibt noch so viel zu tun…«

JA. DAS GIBT ES IMMER.

Brutha folgte der großen Gestalt durch die Wand. Auf der anderen Seite befand sich nicht etwa der Abort – offenbar gehörte er zur Welt der Lebenden –, sondern…

…schwarzer Sand.

Helles, kristallines Licht glänzte, und am dunklen Himmel leuchteten Sterne.

»Ah«, sagte Brutha. »Nach dem Tod findet man sich *tatsächlich* in einer Wüste wieder. Gilt das für alle?«

WER WEISS?

»Und am Ende der Wüste?«

DAS URTEIL.

Brutha dachte darüber nach.

»An *welchem* Ende?«

Tod lächelte und trat beiseite.

Was Brutha bisher für einen Felsen im Sand gehalten hatte, stellte sich nun als zusammengekauerte Gestalt heraus. Sie hatte die Arme um die Knie geschlungen und schien vor Angst wie gelähmt zu sein.

Er riß die Augen auf.

»Vorbis?«

Er sah Tod an.

»Aber Vorbis starb vor hundert Jahren!«

JA. ER HÄTTE DIE WÜSTE GANZ ALLEIN DURCHQUEREN MÜSSEN. NUR BEGLEITET VON DEN EIGENEN GEDANKEN. ER WAGTE ES NICHT.

»Seit hundert Jahren ist er hier?«

DAS KOMMT DARAUF AN. HIER IST DIE ZEIT ANDERS BESCHAFFEN. SIE HAT... PERSÖNLICHE EIGENSCHAFTEN.

»Du meinst, hundert Jahre können hier wie wenige Sekunden sein?«

ODER WIE EINE EWIGKEIT.

Schwarze Augen blickten flehentlich zu Brutha auf, der ganz automatisch die Hand ausstreckte... und dann zögerte.

ER WAR EIN MÖRDER, sagte Tod. UND ER HAT MÖRDER GESCHAFFEN. ER FOLTERTE. ER WAR GRAUSAM, KALT UND ERBARMUNGSLOS.

»Ja, ich weiß«, erwiderte Brutha. »Du hast sein Wesen ziemlich genau beschrieben.« Vorbis veränderte Menschen. Manchmal verwandelte er sie in Tote, aber irgendeine Art von Veränderung gelang ihm immer. Darin bestand sein Triumph.

Brutha seufzte.

»Aber ich bin ich«, sagte er.

Vorbis stand unsicher auf und folgte Brutha durch die Wüste.

Tod sah ihnen beiden nach.